博客思出版社

Homer Approach：
大幅提升 IQ 的英語自學方法 -
兼論華人外語教學中的百年通病

徐火輝、徐海天 編著

目　次

代序		08
體例		19
導讀		20

卷一　元初之問
第 1 章	公立學校小學生自學六門外語	26
第 2 章	「小白」家長的親子英文之旅	30
第 3 章	海歸媽媽親子英文「踩坑與出坑」記	41
第 4 章	外面的風吹浪打	50

卷二　聞道之行
第 5 章	毛毛的《哈利・波特》之旅	64
第 6 章	七週聽完《哈利・波特》七部	68
第 7 章	雙語的夢想：執子之手	72
第 8 章	從 200 個單詞起步到雅思 8 分	83
第 9 章	英語從國內「學渣」到英國學霸	86
第 10 章	用英語學 IT 的少數民族大學生	90
第 11 章	雙語的夢想：當我們人近中年	94

卷三　真理之光
第 12 章	掌握 68 門語言的大腦	98
第 13 章	AI 革命：放棄文法理論規則	101
第 14 章	科學方法論：第一原則	103
第 15 章	科學方法論：第二原則	106
第 16 章	語言學革命：語言是生物算法	108
第 17 章	語言習得的小數據算法	111
第 18 章	語言習得的大數據增強	113
第 19 章	語言進化的大數據增強	114

第 20 章	從 TOEFL 大數據觀外語習得	116
第 21 章	外語習得與智商提升的生理基礎	122
第 22 章	語言習得：腦神經靶向生長原理	124
第 23 章	語言學習的「荷馬原理」	129
第 24 章	外語教學體系的深層設計原理	133
第 25 章	外語習得體系建構的基礎定律	137

卷四　聆聽之本

第 26 章	外語自學的「321X」公式（上）	144
第 27 章	外語自學的「321X」公式（下）	148
第 28 章	用語音流大數據訓練腦神經生長	153
第 29 章	訓練聽力快速進步的諸技巧	158
第 30 章	用語音流優數據訓練腦神經	164
第 31 章	外語學習的第一伴生障礙	167
第 32 章	外語學習的第二伴生障礙	171
第 33 章	外語學習的素材、工具和應用場景	175
第 34 章	五種自學方案	183
第 35 章	外語學習的程式性錯誤：提前閱讀	187

卷五　閱讀之腦

第 36 章	語言加工的生物算法與閱讀「常識」	194
第 37 章	I-Languages：閱讀是內化的聆聽	197
第 38 章	字母 - 音位原則與文字的大腦加工效率	203
第 39 章	「自然拼讀」等閱讀技能	208
第 40 章	兒童閱讀發展階段	212
第 41 章	閱讀速成與 I-E 轉換原理	217
第 42 章	閱讀的大腦加工模型	221
第 43 章	閱讀是大腦二次生長的生物工程	225

第 44 章	英文閱讀困難症	229
第 45 章	單語單文的漢字大腦	231
第 46 章	語言學習的「倉頡原理」	236
中段複習：成人突破聾啞英語的行動力十句話		243

卷六　詞彙之瀚

第 47 章	外語學習的第三伴生障礙	246
第 48 章	單詞量解析與學習目標	250
第 49 章	單詞記憶的腦加工瓶頸	254
第 50 章	提升詞彙記憶的「系統力」	260
第 51 章	詞根與詞綴的運用	264
第 52 章	詞彙學習的語境原則	267
第 53 章	外語學習的序差特徵與應對策略	271

卷七　表達之藝

第 54 章	外語學習的第四伴生障礙	278
第 55 章	口語的大腦加工與訓練原理	280
第 56 章	原典「全真」口語訓練法	285
第 57 章	外語學習的第五伴生障礙	290
第 58 章	英文筆耕自修路徑	294
第 59 章	英文寫作自助工具	299

卷八　文化之維

第 60 章	用歌曲-影視學外語	306
第 61 章	語言學習的情感原理	310
第 62 章	互聯網浸潤與開放社會	314
第 63 章	語言學習的大師原理	319

第 64 章	站在翻譯大師的肩膀上	323
第 65 章	苦盡甘來的孤舟民族？	329
第 66 章	學冠西東的婚外情緣	332
第 67 章	獨步古今的奇點文明	336
第 68 章	「文字三害」的千年哲迷	341

卷九　理論之峰

第 69 章	喬姆斯基語言學理論	348
第 70 章	外語習得最簡綱領	359
第 71 章	用大數據檢定外語教學的頂層設計（上）	361
第 72 章	用大數據檢定外語教學的頂層設計（下）	368
第 73 章	華人外語教學中的百年通病	377
第 74 章	「可理解輸入」的意識入侵	380
第 75 章	剖析「自然法」	385
第 76 章	簡析「交際法」	392

卷十　語言之謎

第 77 章	語言「創世紀」與語言習得	400
第 78 章	語言韻律與語言習得	402
第 79 章	進化語言學與 L2 教學體系	407
第 80 章	語言學習的「繆斯原理」	410
第 81 章	外語學習的「水仙花謬誤」	415
第 82 章	基於腦科學的原典法公設系統	417
第 83 章	美歐主流 L2 教學流派取樣比較	420
第 84 章	雙語雙文的腦神經生長「原典假說」	423
第 85 章	雙語雙文與大腦增強	425
第 86 章	大腦增強與 2050 教育前瞻	428
第 87 章	上帝之音	430

附一章：用大數據診斷華人外語教學中的百年通病（增強版） 436

士為知己者生

代序：如果你教會我自學英文

　　短視頻火爆且閱讀沙礫化的時代，一分鐘的抖音討喜，一百字的 X 推討巧，三百頁的硬科普紙書《英語自學方法教程》不討嫌就太幸運了。但它的第二版連印十刷仍售罄。我很好奇，什麼樣的讀者會相中這部離經叛道之書？

　　出版社的資深專業責編寫在《英語自學方法教程》（以下簡稱《自學教程》）封面的推薦語是「英語自學與教學的新經典著作」。

　　該書第一版的序言裡說：「筆者在英語學習方法上幫助過眾多少年，能認真聽取建議的學生，英語能力都突飛猛進了……有緣的讀者，這本小書將帶給你一生的祝福。」出版後，既有平民溢美它是普羅米修斯之盜火，亦有學者怒斥它是江湖騙子之胡謅。一位留美歸來的碩士成為媽媽之後，為了孩子的英語啟蒙，閱盡海峽兩岸的專家和網紅，初遇《自學教程》時斷言：「這要麼是個大騙子，要麼是個大寶貝。」不久之後她成為「原典法」系列叢書的合著者。原典法是簡稱，全稱是原典腦科學雙語教育體系。

　　原典法的科普道阻且長，我偶爾感歎「難度眾生度有緣」，為此被妻子批評，她告誡我要有自知之明。我會深思一位名人的生涯。他不滿足於塵世的風流與功名，在艱困的亂世中拋妻棄子，終於在佛界封神而更被萬眾膜拜；他對天下女性言之諄諄這才算是人間的大慈大悲。倘若我能有他百分之一的教育、萬分之一的才華，我會做那種「大慈大悲」嗎？反省後我對妻子說，「不願成佛，也來度人」。

　　二〇二〇年一月十五日為《自學教程》的姊妹篇新書構思試筆時，

手機沒有如往常那樣靜音且遠放，聽聲聞響心有所感，拿起手機，喜訊入眼，魏嘉欣同學被劍橋大學錄取了。雖然這早在我預料之中，那兩行字我捧在手心看了又看。嘉欣才十五歲。

　　二〇一七年春節過後第二版《自學教程》上架時一位晚輩朋友懇請我提供手簽版書，他用微商助推，售價為原價的兩倍。我既驚訝又顧慮，冠名「自學」，就是恨不能免費送入每一個布衣家庭、贈予每一位鄉村教師。朋友批評我不懂商業不懂大眾心理。被說服後我同意他去試。很快就有一筆二百冊的訂單。這更令我坐臥不安。知道自己有幾部絕版書漲價數倍了，但這部現貨書當時大電商平臺常有五折優惠。我叮囑朋友查明施主。最終得知是魏嘉欣同學的媽媽歐陽女士。母女倆做親子英語公益時將此簽字版贈予聽眾。嘉欣說：「媽媽和我都認為平民大眾應該用原典法來學外語」，這句話已銘鐫在該書的封底。

　　嘉欣曾在香港一間粵語教學的學校上幼稚園和小學，歷時近五年，但她的粵語是會聽不會說，由此看她不是「語言神童」。歐陽女士讀到第一版《自學教程》後便帶嘉欣登門求教。二〇一四年夏我在「銀湖沙龍」上主講英文自學，剛滿十歲的嘉欣是我的特邀嘉賓。聽眾從《萬物簡史》（A Short History of Nearly Everything）原著裡任選一頁，教師播放音頻兩遍，嘉欣純聽後複述英語並翻譯。此時距她運用原典法才百餘天。隨後她用原典法自學日語和西班牙語，十二歲時首考 TOEFL 獲一百一十二分。

　　二〇一七年我邀請兩位平民母親粟華老師和馬楠老師來合著《自學教程》的首部姊妹書《親子英語原著教育真人秀：原典雙語大腦完勝AI》。她倆是實踐原典法、將英語名著引入華人少兒課堂教學的先驅教師之一。寒來暑往年復一年，始終未遇哈佛耶魯的海歸願意援手。這令我深感合著者團隊缺了一個主角：華人學童。我百般糾結：為著給千百萬中小學生「減負」，能給一個初中生再加負嗎？我試著發出邀請：「若

嘉欣能來合著這部書，我會非常榮幸！」十三歲的她欣然應允，扛著沉重的學業負擔，犧牲了春節和寒假的休息娛樂，獨自完成二萬多字的寫作，令我欽佩令我感動。該書也已印五刷。

　　身為外語教學的圈外素人，二十餘年伏案撰寫外語自學方法，且與平民和學生攜手，這大約是個人命運使然。一九七五年元月從服役四年的軍營府苑退伍、離別中原古都洛陽時，二十一歲的我不僅是英文ABC的純小白，連中文也幾乎是半個大白——我小學勉強畢業後即淪為失學少年——我卻答應了一位初中生的懇求，要教會她自學英文。那未語先凝噎的渴求、化作原典法的拙樸邏輯的源頭：「英文就是英國人的語文；語文科比數學科容易；你講數學都能比我們老師講的還要好，你一定能找出自學英文的方法；你教會我自學英文，我就能上洛陽外國語學院了。」

　　四年之後我有了人生第一部英文原著，女友贈我的《綠野仙蹤》（The Wizard of Oz）。書是一九〇三年版的，頁紙卷皺褐黃、邊角磨損、似將散骨。和我相似，女友初中沒上文化課也沒畢業，十五歲就工作了。她與我攜手此生，為我遮雨檔風。在妻子的鼓勵和呵護中，從二〇〇一年開始，我一部部地寫遲到的、永遠也寫不好的英文自學書。彼時，我已近知天命之歲了。

圖：《綠野仙蹤》，我擁有的第一部英文原著。

　　本系列叢書的夙願有三。首先，幫助草根平民悟原理而通操作，事半功倍地且免費地習得英語。其二，幫助讀者認清，嫻熟運用一兩門外語對提升 IQ 大有裨益。其三，為學術圈探路拋磚引玉，期許華人不再自囚於從美英輸入的外語教學體系的窠臼。

　　合著的「原典系列」的這些小書，我執筆的部分自以為寫得淺白，仍常遇晚輩訴說讀不懂。幫不了他令我挫折，幫不到她令我自責；在我自己，這必是被文字和學問功底太弱所困，在青年，這也是被外語教學體系所誤。

　　要幫助華語師生突破落伍的教學體系，科普至關重要。由此，本書既有具體的方法、細膩的程式，薈萃了各類不同家庭運用原典法自學而輕鬆習得英文的原生態案例，更聚焦於從當代語言學、大腦科學、人工智慧、大數據檢驗等來闡明語言習得的正確方法，並剖析華人英文教學中的百年通病。這種寫作安排如冰與火同盆，難免令讀者困惑，你究竟

是講實操還是做學術？我們宜領悟，語言是地球生物智慧進化的「喜馬拉雅」，是當代科學的未解之謎；外語學習實操體系的建構不但無法憑藉個案經驗、甚至不能完全依賴理論和科研，而不得不反覆訴諸科學哲學的深入思考。比喻地說，本書既有「鮮花與碩果」，亦有「大地與根脈」。是賞花摘果，還是跋涉尋根，請讀者隨個人喜好，各取所需，可直接讀案例、讀方法，亦可關注科普與哲理，並不吝賜教、多多批評！

為通俗起見，除當事人主述的案例之外，本書常以第一作者第一人稱的方式講述，如果它瑕瑜互見，瑕必出於我，瑜則歸功於其他合著者與責編。它幾經波折得以出版，沒有署名的合作者和貢獻者很多，他們的名單和事蹟寫出來，會比這本書更厚重。移花借果我喜愛的《孤勇者》的歌詞，感恩「原典體系」的每一位實踐者、建設者和支持者。

以最卑微的愛，我將造你的城邦，在我的廢墟之上。

象牙塔之外，越來越多的草根家庭躬身實踐多語言文化的自助與互助學習，無數個魏嘉欣們興趣盎然地穿越人類三千年多語言文明的時空隧道，筚路藍縷地締造著與時俱進的平民教育。推動搖籃的手，是推動世界的手；推動雙語教育普及的兒童、少年和青年是推動文明前行的「精衛和天使」。禮失求諸野，這或是教育家遠去的時代，卻也是千千萬萬個教育小創客百家爭鳴的時代。期許這套數代平民接力的叢書，能令讀者愛上人類所具有的古雅又青春的漢語言文化與姹紫嫣紅的多語言文化。

《這世界那麼多人》，遇見開卷有益的你，真好！

下一剎那，這位或那位讀者會轉念，將此書棄如敝屣。

一版、再版、售罄且絕版的《英語自學方法教程》的全名是：《中國人英語自學方法教程》。（註釋 1）

我想起亨廷頓在《文明的衝突》中引用的那句話："Empires rise and

1　徐火輝、徐海天、李睿，謝鋼著，外語教學與研究出版社，北京，2016 年。

fall, governments come and go, civilizations remain and survive political, social, economic, even ideological upheavals"。（註釋2）

我也靜思張養浩先生字字泣血的詩句中那個文明的千年哀慟：興，百姓苦；亡，百姓苦。

我的心願是每三五年更新一部原典法系列的書，以充實前沿科普。前文說過，「它是遲到的、永遠也寫不好的書」。未知此生還能寫多久，一枝草，一滴露，人生沒有來世路。

徐火輝

附：本文作者免費指導 / 幫助的部分中學生

錄取學校 （僅列兩所）	學生實名
劍橋大學	楊汀，任何，王旭峰，馮羽嘉，李倫娜，楊浩，于楊，塗琦，李佳，馬琳，顏煦，傅英子，李虹，劉瀛梓，李若楊，梁傑輝，林方進，任冠樺，喻彥明，袁藝軒，章麗娜，王今金，楊欣玫，章博，杜鵑，魏嘉欣。
牛津大學	孟燕，徐灝，楊倰，郭聰陽，戴鎮，張濤，瞿夢如，郭斯偉，陳嘉懿，張雲哲，李夢，王熙瑋。

2　Huntington S. *The Clash of Civilizations and the Remaking of World Order*, 1993.

Preface

（本文為《牛津英語》（Oxford English）系列教材的作者 Peter Etherton 先生為《超越哈佛——原典英語自學法》[3] 一書寫的序。P. Etherton，英格蘭人，英語教育家，100 多本英語教材的作者，所著教材曾被香港、澳門以及上海等地的中小學廣泛使用；曾任教於香港大學，曾任英國文化委員會（British Council）英語教育專員等職。）

Wendy, a Senior 2 graduate from Shenzhen, arrives at London's Heathrow Airport to start her new life in England. She is good at English, she thinks. She usually gets over 90% in her exams. She has studied exam techniques, and as a result she has achieved the score of 6.5 in IELTS. She knows her English grammar: adverbs of manner, nouns in apposition, "good-better-best", "swim-swam-swum", and so on.

But in England, she is hit hard by culture shock. The people are speaking English, but it is not what she learnt. A policeman asks her, "Yoorit, luv"? What does it mean? Does he love her? She does not understand that he means, "Are you all right, love?" and that "love" is a common and friendly way of addressing strangers. Wendy does not know how to reply.

She sees a newspaper headline, "BROWN ON BACK FOOT." She remembers that Brown is the name of the Prime Minister, but why is he standing on one foot? Which foot, left or right? She does not know that this is a sporting metaphor from cricket, meaning that you are trying to defend yourself from other players.

In her new school, life is difficult at first. The teachers speak so quickly,

---

[3] 徐火輝、Mary Ann O'Donnell 著，深圳海天出版社，2009 年。

and use many expressions she does not understand. Her new classmates are friendly, but their talk is full of slang words that she has never heard before. They find it difficult to understand her accent and her pronunciation. She finds it hard to express herself, and cannot ask questions about her work or tell her new friends about her deep emotional feelings. Her IELTS result and her high exam scores are of no use to her now.

Wendy is typical of many Chinese students who come on our Summer Courses every year. She is discovering that there are two different kinds of English, and two ways of learning.

The first kind of English is what we can call "English-for-Exams". The aim of studying this kind of English is to get a high number on a piece of paper, or to get a beautiful certificate. Students often learn by memorization. They learn words one by one, without any context. They learn thousands of grammar rules (which native speakers of English often do not know.) They learn exam techniques and tricks, how to do multiple-choice questions, how to complete sentences, and how to fill in gaps. Students are forced to study sentences such as:

"This washing machine ... 96 different parts."

(a) comprises (b) contains (c) consists (d) connects

I'm sure you have met this kind of sentence in your own learning of English. How can we teach English in this way? It is a sad truth that the backwash effect of many tests and exams has forced teachers to use teaching techniques which are boring, inefficient and damaging.

But there is another kind of English. It is real English, the English used by people all over the world to communicate with each other. It is the English we use to chat to our friends and family. It is the English used in international education, for teaching and writing scientific papers. It is the English in business, in top-level boardrooms. It is the language of the air and the sea. It is the English of Hollywood films and Shakespeare's plays.

We do not learn real English to pass exams. We learn it to express our meanings. We use it to congratulate a friend on her new job, to apologize for doing something wrong, to explain the route to a taxi-driver, to read a website, to apply for a scholarship, or to write a novel about our deepest feelings.

If you want to know real English, you will need to learn in a different way. You will need to focus on meaning, context and communication. You cannot forget about grammar. But if you only learn grammar, your English will be like a skeleton, dry bones without life.

It is important to learn new words within a context. You should not try to learn lists of words in isolation. You need to know the situations in which native speakers would normally use the words, and what ideas and connections they make in our minds. I recently came across an example of this. A Chinese teacher was writing a reference for a girl student, and he was praising her. He said that she was "hard-working, thoughtful and broody". Unfortunately, the word "broody" was used here in the wrong context. It does have the meaning "thoughtful', but it is usually used when we are talking about a woman who spends all her time thinking and hoping that she can have a baby. As you can imagine, this was probably not the meaning that the teacher intended!

The best way of learning the context of new words is by reading and listening to authentic English. If possible, you should start with material that is not too difficult for you, so that you already understand most of the words.

Then, as you learn new words, think about the context. Is it formal （a job interview） or informal （friends chatting on the Internet）? What meanings and emotions are the people trying to convey?

You can also pay attention to the culture and history. The books of Jane Austen, for example, are not too difficult for intermediate learners, and they are still popular in the UK. She writes beautifully about relationships between men and women. You can learn a lot about British culture, manners and social classes from her books, but remember that she was writing 200 years ago, and things have changed a lot since then!

So my advice to learners is always to listen to authentic English and to read widely. Read classic books, but also read modern writing. Read websites, magazines, newspapers, research journals, and even books for young children. You will get a better picture of culture and history, social classes and manners, and you will meet new language in a wide variety of contexts. You should also try to develop the habit of listening and reading for pleasure and enjoyment.

There is another difference between the two kinds of English I described above. If your aim is just to pass an exam, then you can stop learning when you succeed in getting your certificate. But if your aim is to learn real English for use in your life, then you will never stop. Learning a language is a life-long task, and it is essential to know the right study habits and strategies to help you on this journey.

Professor Xu Huohui's excellent book contains practical suggestions on how to improve your learning strategies, with the aim of learning real English, which will help you in your education, your career and your life. With his help and advice, hundreds of his students have improved their performance, and many have proceeded to Oxford, Cambridge and the other top universities of Britain, America and China.

Professor Xu's book will provide you with the tools you need on this journey. It is my honour to recommend it strongly to all learners of English.

Peter Etherton
June 2007
www.ethertoneducation.com

體例簡說

　　英文的作品或軟體等的名稱，若用中譯名，首次出現時備註英文名；否則直接用英文名。

　　外國人名有三類處理方式。用眾所周知的中譯名，例如愛因斯坦；首次出現中譯名時備註英文名，如喬姆斯基（Noam Chomsky），此後只用中譯名抑或英文名；直接用英文名，這樣便於檢索。

　　索引和注釋：置於正文各卷的卷末，但在代序、導讀和附一章中則置於頁底；此外，本書的宗旨是科普，在不影響查核便利的前提下酌情簡化了文獻類索引資訊的細節。

愛你所愛的人間

導讀：智慧源於勤問與邏輯

「Ask and you shall receive」是聖經的箴言之一（Matthew 7:7）。
本書從環環相扣的四大基本問題起步。

問題之一：為什麼華人學外語的失敗率過高？

一代又一代華語學童，十年寒窗，多數人到高校畢業彈冠、到白首黃昏蹣跚，仍是半個聾啞英文。這種人生教育失敗本該痛入骨髓，我們卻麻木不仁。為什麼會這樣？

如果把一切都歸咎於缺少雙語環境，就等於取消了科學探索。以科學探索而問、以結果導向而論，必須考慮所有邏輯可能。其中之一是：外語教學的主流體系是否難辭其咎？

問題之二：華人學外語的普遍困境是什麼？

想要解決問題，首要環節是發現並精確地定義問題（Discovering and Formulating the Problem）。這是科學方法論的基準要求。

可將華人學外語的難題分解為三個層層遞進的子問題。

在普遍缺乏英語／外語雙向交流的社會條件下，華語兒童少年能否習得英語／外語？

如果能，那麼既高效又便捷的學習體系究竟是什麼？

令此學習體系普惠大眾、特別是平民家庭的有效路徑是什麼？

它們依次是純科學之問、應用科學之問、科技與人文的綜合之問。

值得檢視，外語教學的主流體系中可曾有哪一家清晰地提出和界定過這些基本問題。如果壓根兒沒有，值得三讀當代語言學革命之父喬姆斯基關於科學方法論的格言：Typically, when questions are more sharply formulated, it is learned that even elementary phenomena had escaped notice, and that intuitive accounts that seemed simple and persuasive are entirely inadequate.（註釋4）譯文：典型的狀況是，當問題被更精準地界定時，人們會發現即便是基本的現象也被（學術圈）熟視無睹，而貌似簡單且有說服力的直覺解釋（的理論）完全不恰當。

問題之三：建設外語學習體系的理論綱領是什麼？

Nothing is more practical than a good theory 是社會心理學和應用心理學之父 Kurt Lewin 畢生的名言：最實用者莫過於好理論。（註釋5）欲解決華人外語學習失敗率高的難題，須追問，語言學的好理論究竟是什麼？又有哪些「傳統的狹義的語言學」之外的跨學科的好理論能運用於建設外語自學和教學的體系？

問題之四：建設外語學習體系的實證經驗是什麼？

這個問題部分等價於：外語能力卓越的群體的普遍行為特徵是什麼？後者又基本等價於：TOEFL 考試中高分群體的普遍行為特徵是什麼？請嘗試回答以下五個選項：

閱讀與聽力同步進步；

閱讀進步最快；

聽力進步最快；

口語進步最快；

4　Chomsky N, The Minimalist Program, 20th Anniversary Edition. p4. The MIT Press, 2015.
5　Marrow J. The Practical Theorist: The Life and Work of Kurt Lewin, 1969.

聽、說、讀、寫四項技能同步進步。

請讀者回憶自己學英語的經歷，可曾遇見專家導師深入淺出地講解過基於科研大數據的真知灼見和與此匹配的學習方略？

本書的結構

正文分十卷，卷一和卷二講述以自學為主嫻熟掌握英語的十一個真人秀案例，有小學生、中學生和大學生，還有告別大學多年的中青年。卷三以現代語言學和大腦科學為綱，從自然科學、社會科學和人文等跨學科角度闡明外語習得的根本原理。卷四到卷八從五個層面詳解外語自學的實操，依次是聽力、閱讀、詞彙、口語和寫作，以及文化薰陶，並結合案例講解實操技巧背後的科學原理。卷九與卷十相當於卷三的升級篇。

插說一句，若用第一原則（First Principle）來提煉外語自學的實操體系——那原本不過是一簾薄薄的窗紗——只須執行兩句話：「聆聽最大化，聆聽最優化」。如果您已領悟，就不必勞神再讀本書了。

外語教學 VS 外語自學

這兩者有多重區別。核心的區別包括：對學習者而言，花錢很多 VS 花錢很少；對教學專家群體而言——這裡說的是群體、而非個人——名利雙收 VS 無利可圖。

本書，顧名思義，它必須講解英語自學的高效且便捷的實操體系，進而，它還必須剖析為什麼在大多數場合——尤其是入門期——自學遠遠優於「洋外教」的課堂教學。

英語是當今外語教與學的主體，但這從來不等於來自英美的外語教學理論就放之四海而皆準。科學哲學家波普爾（K.Popper）有句警世名言：偉大的人物會製造偉大的錯誤。（註釋 6）讀者將會看到，外語教學界或

6　The Open Society and Its Enemies：The Spell of Plato.（in preface），1945.

已積弊成習：凡人製造出的小微錯誤，卻因為製造者是白人而被頂禮膜拜，累月經年膨脹成固若金湯的偉大錯誤。本書將理性質疑英美的外語教學理論。我也預期往事重逢：立刻被群起挺身而出捍衛「洋大人」的華人學者譴責。

當我們踏上自學之路

就我個人的經歷，自學＝自我拯救的人生。

我是外語教學圈的素人：沒有留學、沒有師從外教、沒有高校外語專業的訓練。實際上我等於沒有讀過中學，在別人已完成碩士博士的年齡我才踏進大學校門。「半生文盲」是我的筆名，這名副其實。一個人前半生是文盲，就註定要一生掃盲。

所以，就我個人還有另一項人生公式，掃盲＝向晚輩學習＋助晚輩自學。

所以，本書也是一部在晚輩合著者們的幫助下一個年長的掃盲者終身自學的筆記。

「不識廬山真面目，只緣身在此山中」。語言知識如群山巍峨，易令學習者迷失其中。惟有先跳出狹義的語言知識的圈子，從跨學科融合的經緯來俯瞰，才能領悟高效的外語習得的路徑與方法。這原本該是高校象牙塔的百年使命。

華人的傳統是重實用而不重理性，所謂知易行難。本書的寫作脈絡是知難行易，它聚焦於科普與哲理，期許以知禦行、以道馭術，由此真正實現授人以漁。

我能如願嗎？

嗯，差點忘了說，書中有一些小彩蛋，希望能帶給你一些小樂趣。

願多語言文化滋潤你的青春，無比絢爛。

卷一　元初之問

教育在野，教育在民

第 1 章　公立學校小學生自學六門外語

　　2009 年出版的《超越哈佛——原典英語自學法》中提出了一個開放性問題：為什麼華語兒童的英語水準將超越美國兒童？本書是千百份探索答卷之一。

　　初遇平面藝術設計師楊老師是 2015 年春，她想重拾英語，帶著 6 歲的女兒 Alice 一起學。我說：「這個時代贈紙書以勸讀是折磨人，但《英語自學方法教程》值得一讀。」不久楊老師給我留言她的讀後感：「原典法與鈴木音樂教學法原理相通。」我當即預感，因為媽媽悟性好善讀書，Alice 定會成長為外語小達人。

　　翌年開春楊老師第二次向我諮詢：「Alice 用原典法一年了，口語不盡如人意，是否需要專項口語訓練？」由此可推知 Alice 並非語言神童。「Alice 是否養成了愛聽英語故事的習慣？」我問楊老師。得到肯定的答覆後我說：「不用擔憂，愛聽故事的小童會口語自如。」當年暑假 7 歲半的 Alice 參加了《哈利·波特》（Harry Potter）英語原著聽讀班，是班上年齡最小的學生。媽媽感慨：「想不到 Alice 成了"哈迷和納粉"，天天聽《哈利·波特》或《納尼亞傳奇》（The Chronicles of Narnia）。有家長疑慮這是揠苗助長，但 Alice 自己著迷。Alice 口語也越來越流暢。」

　　2017 年 9 月楊老師第三次向我請教，同來的還有曾在大學執教物理的趙老師，網名黑妞媽。Alice 用原典法兩年半了，聽書太入迷而不願讀書，媽媽有些許焦慮了。她那些移居美國的閨蜜們——她們的孩子年齡與 Alice 相仿——反復催促她：美國老師都強調到 8 歲半再不抓閱讀就太

晚了！

　　我特意請黑妞媽先分享。她的小女兒黑妞剛升初中，在媽媽指導下她用原典法自學，從公立小學畢業時英語成績年級第一，全科成績也是全校冠軍，教師們說她的英語比那些學齡前曾旅居美國的學生還棒。黑妞媽敘述了一樁趣事。這個暑假在海外讀博的大女兒回來，一位英國博士生好友同行。這位白妞好奇地問姐姐：為什麼你妹妹英語比你還好？「姐姐臉上有點掛不住了」，黑妞媽笑得格外燦爛地說。我乘機插話，「當年你是怎樣指導黑妞訓練英文閱讀的？」黑妞媽說：「壓根兒沒管過！我只負責為她搜集英語有聲書和紙書，她自己挑喜歡的聽，聽著聽著就無師自通英文閱讀了，而且讀得飛快。」我借勢向楊老師建議：繼續讓Alice把「嗜聽」發揮到極致，再耐心等半年；當然，家裡須處處擺放出英文書，靜候她主動閱讀的那一天。

　　三個月後的某天Alice相中了《波西・傑克遜》（Percy Jackson）系列的一部紙書。楊老師告訴我：「一天就『搞掂』英文閱讀了！用太神奇太震撼都不足以形容！從嗜聽到嗜讀就這麼不期而至；我親身見證了『聽力秒殺閱讀』，見證了聆聽促進大腦神經優化生長。」從此Alice每週讀一本三五百頁的英文書。

　　留美的理科博士張金純老師曾向我提出一個精準的問題：「聽力秒殺閱讀是否有某種約束條件？」我說「有！那就是海量浸潤長篇有聲書；此事美英兒童也未必能個個做到。」

　　如果領悟了大腦增強（brain enhancement）的原理，（註釋1）就能獨闢蹊徑令學外語「勝於」學母語。語言的內核是大腦神經的生物演算法。（註釋2）經典小說與科普書的語言複雜度遠高於日常口語。缺乏口語交流語境的兒童，如若用不依賴文本的純聽方式，便能日日享受長篇有聲書，就對應於大腦語言加工神經夜以繼日地優化生長；由此就會不期而至地「秒殺閱讀」。

外語越棒、母語越要百尺竿頭。配合 Alice 欣賞《波西‧傑克遜》，媽媽選購了木心先生的《文學回憶錄》。Alice 翻閱後對媽媽說「古希臘神話這部分錯誤很多」。媽媽思忖這怎麼可能！木心是大師，女兒才是 9 歲的小屁孩！媽媽搜選出 BBC 的紀錄片臻品《古希臘神話》（BBC Greek Myths Tales of Travelling Heroes）。Alice 一邊觀賞一邊評論：「BBC 是對的，《波西‧傑克遜》的作者是對的，《文學回憶錄》裡錯了。」木心先生天上有知當會欣喜：Alice 母女這兩代平民正重建跨越文化斷層的橋樑。這段小傳奇也說明雙語的大腦增強具備超越單語大師的潛能。

　　轉眼到了 2018 年，Alice 開始自學德語。媽媽為她精選了第一個外教班：雷立柏教授（Leopold Leeb）暑期開設的拉丁語和古希臘語短訓班。班上多是高考結束後來學文化的准大學生。Alice 不僅驚豔了一眾高中資優生，更令語言學家雷立柏震撼，他說：我學漢語中文，在中國浸潤兩年多才能說出長句子；你剛學三天，拉丁語長句就脫口而出了！

　　近於無聲的拉丁文和完全失聲的古希臘文，表面上不適合用原典法去學。奧妙在於符合字母—音位原則的文字體系與聆聽浸潤互動，特別有利於腦神經的優化生長；（註釋 3）當大腦能夠高效加工三門不同語言的聲韻系統時，就能從拼音文字「舉文反聲」而舉一反三。這是大腦增強所收穫的「高維學習力」，學習新外語也就變成「降維打擊」。不久 Alice 又開始自學法語和希伯來語。

　　還在 Alice 9 歲時我就向她媽媽動議：想邀請 Alice 為華語兒童合著一部《哈利‧波特》英文原著的導聽導讀書。媽媽回覆我：女兒熱情高漲，躍躍欲試開始認真準備了。這個小小宏願迄今未能圓夢。妻子叮囑我：「你對小朋友做出的邀請和承諾，你無論如何要守諾；那本書「難產」，就另合著一部書、不讓小朋友寫作負擔太重的書。」我收藏了 Alice 小同學的 12 歲時手稿，在《原典親子英文真人秀：提升 IQ 的雙語教育》一書中你會讀到她的萬字親筆。（註釋 4）

Alice 14 歲時首考 TOEFL 得 116 分，15 歲時被百裡挑一的愛荷華青年作家寫作營（Iowa Young Writer's Studio）錄取。我卻始終沒有請她修訂 12 歲時的原稿，那是生命成長的腳印。

章末研討

對章首之問嗤之以鼻，不妨認真思考張金純博士關於「聽力秒殺閱讀」的約束條件之問。

> 慈母手中書，兒女耳畔音

第 2 章　「小白」家長的親子英文之旅

本章根據芊芊媽分享內容整理。

我初中一年級才開始學英語，後來讀了一個沒有英語課的大專農林院校，從此與英語絕緣。因為要為孩子英語啟蒙，我才重拾英語。

追隨專家

我曾買過十幾本英語啟蒙書，廖彩杏、汪培珽和蓋兆泉等專家寫的。細細讀後我又買來一堆堆英語繪本，按照那些書上的方法做親子英語啟蒙。我在繪本上貼上膠帶、標上音標，自己先磕磕巴巴地演練，然後給孩子朗讀，用心堅持了蠻久，但效果不理想，自己特別累，更不用說我的中式發音很蹩腳，備受挫折。我開始反思：那作者多有留學或遊學背景，更有英語專業方面的訓練，而我的英語能力幾乎歸零了，難以複製她們宣導的方法；那些方法說到底也都是個案化的經驗。身邊一位朋友的案例更促我的警醒，她自己是英語老師，每天堅持用繪本做親子閱讀，孩子還上了國際幼稚園；家長付出了大量金錢和時間，效果差強人意；孩子幾乎不說英語，偶爾張口也是中式發音。

跟隨外教

芊芊上幼稚園時每週有兩節白人外教課。那個外教擅長 TPR（Total Physical Response）教學法，教得很投入，帶著孩子們一起演唱兒歌，把每一個單詞都淋漓盡致地表演出來，非常歡樂。這培養了芊芊對英語的

好感。但外教從來沒有引導家長自主拓展英語兒歌等素材的家庭運用，外教與孩子們的英語口語交流總量也太少，三年的教學芊芊只積累了三百來個的被動詞彙，到幼稚園畢業也沒有主動張口說過幾句英語。

芊芊的英語啟蒙走了彎路。

相遇原典

我一直在尋找能讓英語「小白」家長實現親子英語啟蒙的路徑。在芊芊快上小學二年級時遇到了原典法。讀《英語自學方法教程》，書中腦科學的科普讓我醍醐灌頂：閱讀的內功不是閱讀而是聆聽，學齡前期聆聽量越大、學齡期的閱讀能力越強；只有大量聆聽才能自然而然地輸出。那時專家們都強調閱讀，卻罕有人講閱讀的大腦科研。

我開始引導芊芊海量聆聽。每天一起床就打開播放機，利用所有碎片時間來聽。芊芊聽得越來越投入。我也做功課，根據興趣愛好、再參考藍思值 Lexile，（註釋 5）為她準備好要聽的內容。從《小黑貓》（EarlyReads）開始，然後順序是《黑貓》（Black Cat）、《棚車少年》（The Boxcar Children）、《瘋狂學校》（My Weird School）、《老鼠記者》（Geronimo Stilton）、《內褲超人》（Captain Underpants），就到了接近高章書的《小屁孩日記》（Diary of a Wimpy Kid）了。

素材饑渴

隨著芊芊聽書上癮、有了「胡吃海喝」的聽書能力之後，她經常會無書可聽！我廢寢忘食地找名著有聲書。對我們這種英語小白家長，耗時最多且最難的就是尋找符合孩子興趣和能力的優質有聲書。幸運之神第二次降臨，我參加了「原典耳書家長營」，有老師和教練們的專業指導，有家長志願者們的互助交流，節省了大量時間，化解了獨行者素材饑渴的艱辛。

同時，知子莫如父、知女莫如母，孩子會喜歡什麼樣的內容？哪個作家的作品出彩？哪個大師的朗讀悅耳？歸根到底仍要家長自己去摸索，做到心中有數，以便適時而宜地推薦給孩子，包括備選各種方案。譬如，有一段時間芊芊特別喜歡小女生和公主類題材，我就給她準備了《我們叫她粉靈豆》（Frindle）、《女孩守則》（Allie Finkle's Rules for Girls）、《朵拉日記》（Dork Diaries）、《公主日記》（The Princess Diaries），等等。

嗜聽

聽書上癮在原典法中被稱作嗜聽。

小學三年級時芊芊對中文版《查理和巧克力工廠》（Charlie and the Chocolate Factory）愛不釋手。我立刻搜集基於羅爾德（Roald Dahl）作品拍攝的電影，包括《查理和巧克力工廠》、《圓夢巨人》（The BFG）、《了不起的狐狸爸爸》（Fantastic Mr. Fox）、《瑪蒂爾達》（Matilda）、《女巫》（The Witches）、《詹姆斯與大仙桃》（James and the Giant Peach）等，引導芊芊從看電影擴展到聽有聲書。我還找來《查理和巧克力工廠》的不同朗誦版本，芊芊逐個試聽之後選中了一個，她說太棒了，連描述捲心菜湯的那段都讓她聽得直流口水。

她就這樣一直聽，聽過的有聲書太多，我難以統計了。特別喜歡的她會反覆聽。進入了嗜聽，芊芊無時無刻都想聽英文故事，包括做奧數題時她也要聽——徐老師講過的做數學題時就不要伴隨聆聽了；（註釋6）有時聽到晚上11點還不睡，每次都是我強行奪走播放機，她東躲西藏不讓我搶。這種夢寐以求卻甜蜜無比的麻煩很多很多。這個期間仍沒有什麼閱讀。

從嗜聽到嗜讀

《瘋狂學校》和《小屁孩日記》，芊芊會聽得在床上笑著打滾；聽《簡愛》（Jane Eyre）和《怦然心動》（Flipped）時她會淚流滿面。聽大師配音的有血有肉的文學名著，才可能喚起孩子的情感去追劇，形成十足的良性循環。這是運用傳統的「經典教材」無法想像的。

不久之後芊芊嗜聽的書她主動要求買紙書讀了。我之前啃那些親子英語專家的書，花費上萬元 RMB 買她們推薦的繪本，買「傷」了！孩子根本不讀，囤了一堆堆在那裡吃灰，我就不情願買紙書了。當芊芊纏著祈求我：「媽媽你一定要給我買！」我才被動地去買。

歷久彌新的記憶是那一年暑假我給芊芊買回來了英文原著《飄》（Gone with the Wind），分上下冊，特別厚，擺起來足有 10 公分。她欣喜若狂地捧起《飄》，第一次讀就一目數行，絲毫沒有磕磕巴巴；連週末到公園她都把書捧在手上邊走邊讀。令我驚訝的是在讀這種大部頭的原著之前，芊芊的閱讀訓練量很少！她跟 Alice 同學的狀況特別像，就是「聽力秒殺閱讀」。

我自身沒有能力指導芊芊的英文閱讀，但我堅信原典法強調的腦科學原理，反而成就了芊芊卓越的聽力，卓越的聽力帶動了她流暢的口語，繼而又帶動了她強大的閱讀能力，後來，連寫作能力也被帶著起飛了。

前一陣子芊芊迷上了英語音樂劇，《悲慘世界》（Les Misérables）、《歌劇魅影》（The Phantom of the Opera）和《瑪蒂爾達》裡的經典劇段她都可以脫稿演唱，多次參加學校的英語音樂會。

自學第二外語

芊芊開始運用原典法時弟弟跳跳是 3 歲半。有姐姐的前車之鑒與之師，跳跳的英語啟蒙很順利，他從不上英語培訓班，更沒有跟外教，以

聆聽先導和主導的方式，從動作兒歌過渡到動畫片，再進階到有聲書，就這樣完全通過自學發展出了英語口語自由交流的基本能力。跳跳還開始用原典法自學西班牙語，也是從唱西班牙語兒歌起步，進階到分級繪本，一路向前，整個過程沒有一個人教他！因為身邊沒有一個人會說西班牙語的一個單詞！

跳跳的英語啟蒙沒有走彎路，我稱之為「短平快」。

英語超越美英兒童？

徐老師在書裡說過：恰當運用原典法，華語兒童的英語水準可以超越英美同齡兒童的平均水準。芊芊小學四年級時參加了一個比較靠譜的付費的「鯨魚外教測評」，結果是 G5B，意思就是可以勝任上美國小學五年級後半年的課。給她測評的白人外教都非常驚訝。因為芊芊沒有海外遊學或旅居的經歷，上小學之後沒有跟過外教，父母更是「英語盲」。外教說：不看芊芊的臉她完完全全就是一個北美長大的小孩。令我們家長最驚訝的是，芊芊跟外教的大段會話中語法錯誤很少，但是她從來沒有系統地學過語法知識！跳跳一年級時也參加了「鯨魚外教測評」測試，結果是 G2B-3A，和姐姐一樣，比美國同齡孩子還超前；負責測評的外教同樣莫名震驚。

10 歲時芊芊試著考過一次 PET，考前她連一道題也沒有做。結果成績是優秀，口語得滿分 170，聽力 165 分。14 歲時她裸考雅思學術卷，沒有花一分錢上考前培訓班，總分是 7 分。這些都是對芊芊英語綜合能力的權威測評。

參加「希望之星」國賽

芊芊 9 歲時參加「希望之星」大賽，省級賽排名前四，隨即赴京參加國賽。整個河南省各組別加滿一共去了五十來人，芊芊是唯一沒有經

過任何賽前訓練、就這麼一無所知地來參加的。當陪同芊芊身臨其境，我們看到很多在國外出生、在國外上幼稚園，後來才跟父母回國的「小海龜」，還有幾個小混血兒。我完全沒有信心，甚至有點沮喪，覺得我們簡直就是來「打醬油」的。結果讓人太驚喜了！芊芊是小學1到3年級組的選手裡，整個華北區除北京和天津之外唯一進入全國前50強的，排到第37位。排名在她之前的選手所屬的地域我細心看了，幾乎全是「北上廣深」的。

芊芊小學五年級時再度參加「希望之星」口語大賽，榮獲鄭州市小高組總冠軍。

外教的作用是陪練！

芊芊的英語表達欲與日俱增，我也樂於給她付費上遠程外教課了。千萬不要誤解這些外教課給芊芊按部就班地學習了什麼英文知識。我發現只有自由聊天時芊芊最開心，就和外教約定不灌輸知識、不限定範圍，根據芊芊自己的興趣喜好，讓她自主選擇話題來自由聊天；外教只是觀察和引導。芊芊興趣盎然地說個不停，語言表達中會有一些小錯誤，外教就給她糾正一下。芊芊的口語越來越流利，經常口若懸河聊上一個多小時，甚至於外教根本插不上嘴。聊完以後她經常跟我說：媽媽，太解壓了！太放鬆了！我發現，她真的是內化的英語憋在腦子裡太久了。她的生活中和學校裡都沒有人和她用英語聊天，遠端課上她逮住外教就幾乎就不讓對方說話，從頭說到尾她自己滔滔不絕。有一次她生病住院，嗓子發炎、幾乎發不出聲，她仍舊讓我為她約外教課聊天解壓。這麼多年原版音視頻的海量輸入，芊芊對文化和生活的眾多話題都能侃侃而談，令外教刮目相看；前後兩個外教都說，芊芊是他們教學生涯中遇見的英語口語最流暢且豐富的華語兒童。

英語寫作

芊芊小學五年級時，我曾從她書包裡翻出來她寫的英文小說。這是她不讓我看的小秘密。其實我也看不懂啊！她很自豪地告訴我，「外教說了，我寫得很好，我的語法、拼寫、用詞用語都沒有多少錯誤，沒有什麼可改的」。她非常自信於她的英文寫作。但芊芊並沒有上過任何寫作訓練課啊！

告別課外輔導班

芊芊在二年級之後就再也不上課外輔導班了，弟弟則從來沒有上過。自主支配的時間多了，反而越學越順。用原典法度過了啟蒙期之後，孩子的英語學習我管得越來越少了。他倆通過英語建立了的強大自信，不斷提升自學能力，還主動地用英語來自學各科知識，包括高年級的數理化和地理天文。例如芊芊四年級時已經把五年級的數學自學完了，還自學奧數。如前所述，弟弟自學二外。

各門外語、各個學科，只要有優質資源，孩子都可以學會自學。這令我更深刻地領悟為什麼原典法如此高效：它基於腦科學，而不再囿於傳統的外語教學理論或專家和網紅的個體經驗。

雙語雙文能提升智商？

徐老師在原典法的講座裡強調：用正確的方式學外語用外語可以大幅提升智商。

芊芊是女孩，大家自然會想她的數學怎樣呢？最近這次期中考試她得了 99 + 10，正卷滿分是 100 分，10 分是高難度的附加題。數學老師說芊芊的理解力等各方面都非常好，連奧數題都不怕。以我家兩個孩子的親歷，嗜聽外語真的是可以令大腦優化生長、令智商提升，其他學科學起來便得心應手。

供家長參考的一些建議

・提升口語的路徑

必須實現足量的先導聆聽輸入，之後可以嘗試以下這些方式。

第一是大聲朗讀。不論芊芊還是跳跳，概括英語學習的順序，基本是聽－讀－說－寫，而非聽－說－讀－寫。起步的讀是聽熟之後把文章大聲朗讀出來。剛開始肯定有蠻多似曾相識又不太認識的單詞，但有先導聆聽的輸入量，很快突破了這個瓶頸。

第二是給影視劇配音。芊芊酷愛玩「趣配音」APP。她迷戀的第一部動畫片《小豬佩奇》（Peppa Pig），芊芊配音了近 600 個片段。後來她看過的電影，只要她喜歡且能在趣配音裡找到，她都會去玩配音。那幾年她配了上千個片段，到現在偶爾還會玩一玩過過癮。興趣所至，口語自然提升了。

第三是用繪畫牽引英語創作，即一邊繪畫一邊說出或寫出配圖的情節話語。大聲朗讀和趣配音都只是重複，而圖文講述就非常考驗口語的自組織表達，既創作圖畫，又創作配圖的臺詞。跳跳 5 歲時開始喜歡畫畫，我就引導他畫小人書來自己編故事。跳跳會每天畫個不停，然後用英語給我講他畫的故事。這大大鍛煉了他的英語表達能力。

第四就是外教線上課程。前面講過，芊芊赴京參加「希望之星」國賽，我們從小海龜的家長們那裡瞭解到，他們回國之後會用線上外教來「保溫」和提升英語。我就開始讓芊芊上價格低廉的菲律賓外教課。家長根本不必擔心口音被帶偏，因為孩子海量聆聽優質有聲書所收穫的腦神經生長早已定型了純正口音。

還有兩個提醒。首先，趁孩子還小抓大量輸入，等孩子有了自主輸出的苗頭，開始自言自語蹦單詞冒短句，家長宜趁熱打鐵，創設各種環境讓孩子練習口語。小童大多不那麼害羞，甚至樂於在公眾面前表現

錯過了這個年齡段，就容易像我們成人，怕這怕那顧慮多多，即使知道怎麼說，也不太敢當眾張口。其次，不要擔心表達的語法錯誤。我聽不懂孩子的英語，但我一直鼓勵和讚美他們；他們的輸出難免有這樣那樣的錯誤，我不但沒有能力去糾正，也從來沒有想到過怎樣去糾正。就像孩子剛開始說母語一樣，會有顛三倒四等一些語法錯誤，隨著熟能生巧這些錯誤會自然消除。

·從文學擴展到科普

「典娃」的英語啟蒙先走文學路線，（註釋7）從兒歌起步，一路進階到聽讀有聲原著，英語能力已經非常棒了。但是仍舊會有盲區。例如試著說，今天我吃了四分之三個披薩、或者談論地球的自轉與公轉，這類話題即便聽讀過《魔戒》的孩子也未必能當場自如表達。要充分發揮羽翼漸豐的「雙語雙核大腦」的優勢，像大江大海那樣汲取知識，其進階的必由之路是擴展到非虛構類的科普素材，覆蓋在北美教育中被簡稱為K12的這個龐大的板塊。非常幸運，寓教於樂的K12系列素材也如雨後春筍，例如越來越多的北美學校採用的BrainPop系列等等，這令自學變得更有趣且有效。

·營造雙語聆聽環境

最好是全家總動員，長輩們一起開個會，講解聆聽對外語學習的重要性。鼓勵他們也讀讀原典法的書或看看原典法的科普小視頻。告訴家人，大家都要配合，開始執行每天聽英語這個動作了，孩子在家的碎片時間就打開播放機。之前我一人孤軍奮戰，家人都不屑一顧。每當我打開播放機，孩子跑來跑去或玩玩具，家人就覺得他沒有聽，會關掉播放機，還指責我，說你天天開這玩意，吵死了！真煩人！有什麼用！我頂著巨大壓力一直堅持。沒過多久我的家人們也肉眼可見孩子的進步，考試輕鬆拿滿分，摘取大獎，大家就認同這種外語習得方式了。

・結學伴而行

如果孩子已經到小學三四年級了，就要尋找有同齡孩子且能認同原典法的家長，以家庭為學伴、組建網路小群。大家制定目標，互相鼓勵，分享經驗，共用資源。我認識的一個媽媽就是用建學伴小群的方法。有一年暑假她們設定的目標是每天聽英語 4 個小時，天天堅持在群裡打卡；家家戶戶都完成了目標；有一個家庭達到每天聽 6 小時以上，這家孩子的英語自然「脫胎換腦」，後來他經常打英文辯論的國際賽，在圈子裡非常有名氣。

躺平家長十中有九？

我們的家境普通，孩子沒有上國際學校，沒有請一對一的線下外教。親友們好奇地追問，芊芊怎麼考 PET 的啊？怎麼在大賽中名列前茅的啊？於是我組建了原典傳播群，500 人的群很快滿了。送出去了幾十本原典法的書。群裡大約有十分之一的家長能認真閱讀，帶領孩子從幾乎零基礎到流利的口語輸出、閱讀原版書。這個成功率既低又高，畢竟就全憑我一己之力在推動。

止步不前的家長會找出種種理由。這些家長多數學歷比我高，為什麼總會狀況不斷、連入門都困難呢？我覺得主要有三個方面的原因。第一，觀念沒有轉變。第二，為偷懶找藉口，不願意付出時間來瞭解自己的孩子、學習腦科學、研究海量的素材。第三，頻頻攀比，孩子才十天半月沒有口語輸出，再看到別人家的孩子進步了，就很著急了，家長的焦慮就會影響到孩子。

家庭才是「外語的母校」

實話實說總結提煉我們家的經驗：學英語，家庭才是「母校」，父母才是主教練，不論父母是否掌握英語都是這樣。操作上：雞血輸入、

佛系輸出；九成的英語閱讀功力源於嗜聽。簡化的公式：嗜聽 ≈ 閱讀。

章末研討

　　將芊芊媽的求索分為三個層面：元初之問，實踐探索，個人結論。

　　元初之問：英語「小白」家長——大多數華語家長是聾啞英語——如何實現親子英語啟蒙？

　　實踐探索：沒有依賴校內或校外的英語教學，起步期也很少依賴外教，孩子主要憑自學就發展出了基本的英語交流能力。

　　個人結論：對英語「小白」家長而言，家庭才是「英語的母校」；父母才是英語/外語習得的主教練，不論父母是否掌握英語/外語都是這樣。此外；外教的口語課主要不是「教口語」，而是陪練。

　　草根家長的這些結論太離經叛道，易被學術圈鄙夷。但它們蘊含了外語習得的普世問題，具備重大學術和實用價值。

信步隨芳草，迷聽問小童

第 3 章　海歸媽媽親子英文「踩坑與出坑」記

徐老師按語

2023 年的中秋節，除了與家人聚餐，我在讀 JZ 女士的文筆中度過了一整天。邊讀邊想，她們也是這樣耗時來讀我的文字的。最沉的讀後感不是什麼原典法，而是，當代職業女性那麼累！本章節選 JZ 女士刊載於 2023 年 6 月（小紅書）的網文。

上下求索與「兵荒馬亂」

我們生活在北京，家有兩個男孩，下文中分別稱哥哥和弟弟。我們和「原典」結緣快滿一年了，時間不長不短，一路柳暗花明。

我自己是法律學士、語言學碩士、有留學經歷。回國後曾長期從事涉外法律工作，英語是我工作語言，用英語與客戶溝通，讀寫上百頁的全英文的合同或報告。即便如此，在結緣原典之前，無論我怎樣耗費心力，仍無法解決孩子的英語啟蒙。

如同很多「80 後」，我自己是從初中開始用傳統方式學英語的，即大量背單詞和學文法。有了孩子之後，想當然地認為英語啟蒙大致也就兩種方法。第一種是純英語環境，第二種是沿用我們當年的老一套。能有第一種最好，實在不行就上第二種。

受海峽對岸英語教育的影響，當時「高知」家庭開始流行親子共讀繪本。憑初為人母的愛心、我決心循這條路來做英語啟蒙。哥哥出生幾個月後我就開始陸續買英語繪本。但願景被兩個客觀狀況碾碎：

首先是工作太繁忙，其次是水準仍不夠。在大都市的市場充分競爭的行業裡，加班是常態。我甚至常常工作到後半夜兩三點，凌晨六點就起床準備開會。週一到週五，娃還沒起床我已經出門，娃睡熟了我才回到家，只有週六周日才能陪娃。講英文繪本這件事，從時間上就已無法做到。此外，我偶爾給哥哥講英語繪本時居然發現自己英文水準還不夠，比如某些單詞不懂、某些表述陌生、看得懂詞句卻抓不住故事情節中的抖包袱。事後回想起一個小經歷，領悟了「不懂」可能才是常態。我剛步入職場時，有一位英語專業背景的領導，涉外工作十幾年，和外國客戶無障礙口語交流，英文寫作水準在京城業界出類拔萃。有一次她跟我抱怨：給4歲女兒講英文繪本時居然還得去查詞典。當時我權當是個笑話，是罕見單詞的特例。後來自己身歷，才知曉國內環境下成人的工作英語與國外環境下兒童的生活和文學英語，這兩者之間的差別不是一星半點，能搞定前者不一定能搞定後者。

總之，給哥哥的第一程英語啟蒙在斷斷續續、不上不下中漸漸消失。

身為海歸經歷的職場媽媽，深知英語重要，我絕不會放棄。哥哥2歲多時試聽過 TPR「蹦跳英語」，結果上了三五次課後他死活不進教室了。我繼續留意周圍的各家英語培訓機構，都不滿意。直到哥哥4歲6個月時找到一個以「純外教＋原版分級繪本/動畫片/有聲書」教學的機構，無論如何都算是英語啟蒙的優質機構了。哥哥學了近三年，其中第三年還從「一對多」改為「一對四」、再改為最高端的外教「一對一」。花了10多萬元 RMB，耗費了3年光陰，最終學習效果只能用兩個字來形容，崩潰！

在對培訓機構和流行的外語教學體系的絕望之中，從2021年秋開始我重啟「真理何在」的漫漫求索，上網找遍了各種各樣的知名和不太知名的英語博主，比如北大某媽、常青藤某爸、北外某教授、水果某媽，買來了各種書，有娃學的、有家長學的，有分級繪本、原版繪本、有聲

書等等，一路地買買買。光原版分級繪本系列我家就多達 20 套，500 多本，還不算各種自然拼讀課本和讀物，當然也買了各種課程，一路帶娃學學學，我自己也學學學。總之，那是我家英語啟蒙「兵荒馬亂」的 10 個月，但依舊效果甚微。眼看哥哥越來越大，到一年級下學期了。英語啟蒙這事幾年下來的反覆折騰和失敗，已經給我們累積太多負面情緒和影響：一個厭惡英語、一打開英語繪本立刻彈起跑開的哥哥，一個挫折感日復一日的媽媽。

所以，即使是身為學了十幾二十年的英語、勝任用英語生活、學習和工作的家長，也不代表我們就知曉且能夠做好英語啟蒙。

・遇到原典

雖然對孩子的英語啟蒙極度疲憊和失望，我仍沒有放棄尋找「真理之路」。直到 2022 年 7 月一個加班的風雨夜，在小紅書上偶然刷到徐老師的視頻，我第一次知道了「原典」。我越聽徐老師的視頻越有一種「對的」感覺；而且我還感覺到跟其他專家不一樣的東西：一種無以言表的對眾生的慈愛。

2022 年 7 月底我一邊通讀《英語自學方法教程》《親子英語原著教育真人秀》這兩部書、一邊摸索著實踐起來，學著培養孩子聽和看英語故事的習慣。我順便也帶上弟弟，兩個娃一起做。

讀這兩本書給我帶來了很多震撼和懷疑。原因有三。其一，書中闡述的部分理論和觀點，特別是大腦科學部分，我聞所未聞；其二，與我自己的固有知識常常相悖；其三，書中那些個兒童少年的案例神奇到讓人不可思議。我跟丈夫說：「我這次發現的原典法──之前我也曾發現過太多的方法──要不就是一個大騙子！要不就是一個大寶貝！」

在我尚未準確掌握原典法的情況下，經過三個多月的聽、看兒歌和動畫片，哥哥和弟弟的進步越來越明顯。弟弟 2022 年 7 月末是 3 歲 3 個月，英語完全零基礎，到同年 10 月他開始蹦單詞、12 月開始自己用玩

具模擬英文對話，到 2023 年 1 月已經能英文背誦《西遊記》超過 10 分鐘，同年 3 月可以用英語表達自己的觀點。哥哥在 2022 年 7 月是 7 歲 3 個月——那時還在機構學英語，但已舉步維艱了——翌年 3 月已經可以裸聽初章書、可以全英語自由表達超過 10 分鐘。

成果、素材、流程等

·成果

兄弟倆運用原典法滿 10 個月、累積的聆聽量輸入量超過 1500 小時後英語能力概括見表 3-1。

表 3-1 － 2023 年 6 月兩兄弟的英語水準簡述

	弟弟 4 歲了	哥哥 8 歲了
聽	剛進入初章書	裸聽初章書可聽懂約 70% 下個月準備進入中章書
說	均可全英語自由表達超 20 分鐘 弟弟尤其喜歡用英文表達感受和想法	
讀	沒有專門實施閱讀訓練	
	是「文盲」	僅限於校內英語課的認字和閱讀
寫	未開始寫	可自寫 100 ＋詞的小作文，但拼寫錯誤較多

特別值得一說，從實踐原典開始，哥哥不再做學校裡佈置的英語練習，但哥哥常說「最喜歡的科目就是英語」；此前他校內英語考試徘徊在 80 多分，最近這輪期中和期末考，都是裸考，分別為 98 分和 100 分（滿分）。

以上是我們從未認字詞、背單詞、更未閱讀或學文法，僅是看/聽動畫和聽有聲書的情況下的成果。相信隨著聆聽輸入量的增加，待聽力完全過關、增加閱讀後，兄弟倆在聽說讀寫各方面將更加出彩。對這 10 個月的成果兄弟倆都充滿了自信，家裡的兩代長輩都為孩子感到驕傲。

・素材

表 3-2 中按使用順序陳述。

表 3-2 運用原典法所使用的主要素材

	弟弟：3—4 歲期間	哥哥：7—8 歲期間
兒歌	1. 清華語感啟蒙兒歌 96 首 2. 3S 兒歌（Super Simple Songs）225 首	對兒歌無感，故未用
動畫	1. Little Fox（小狐狸動漫系列）第 1 階（以下簡稱「LF1 階」，餘類推）裡的三個子系列故事，每個子系列均有 72 集。 2. LF2 階裡的兩個子系列，各有 72 集。 3. LF4 階裡的一個子系列。 4. LF5 階的《西遊記》（Journey to the West），108 集。 5.《小豬佩奇》和《藍色小考拉》（Penelope），興致不高，看了幾集後放棄。 6.《蜘蛛俠和他的神奇朋友》（Spidey and His Amazing Friends）第 1 季（25 集）。 7.《怪物數學小分隊》（Monster Math Squad），進行中。 8.《麥格女巫》（Meg & Mog）。 9.《威猛機器人》（Mighty Robot）。 10.《女巫溫妮》（Winnie the Witch）。 11.《宮保雞丁》（Kung Pow Chicken）。 12.《馴龍武士》（How to Train Your Dragon）。	1.《瘋狂原始人》（The Croods）第 1—4 季，52 集。 2.《怪誕小鎮》（Gravity Falls）第 1 季，20 集。 動畫起步期感覺難度較大，認知上尊重他的興趣，後面就調整，從 Little Fox 裡找喜歡範圍內的最低階的素材。 3. LF3 階裡的一個子系列，LF2 階裡的兩個子系列，均各有 72 集。 4. LF4 階裡的一個子系列，128 集。 3. LF5 階的《西遊記》108 集。 4. LF5 階的另兩個子系列，用了 24 集。 5. LF6 階裡的一個 89 集的子系列。 6. LF7 階裡的一個 100 集的子系列。 7.《降世神通》（Avatar）第 1 季，20 集。 8.《內褲超人》第 1、2 季＋太空版，39 集。 9.《可怕的亨利》（Horrid Henry）第 1 季（僅部分）。 10.《柯南》（Detective Conan）第 1 季，29 集。 11.《方塊兔》（Super Rabbit Boy）。

橋樑書		1. 《宮保雞丁》（Kung Pow Chicken）。 2. 《大偵探內特》（Nate The Great）。 3. 《瘋狂學校》。 4. 《可怕的亨利》。
初章書		1. 《神探狗狗》（Dog Man）。 2. 《內褲超人》。 3. 《小屁孩樹屋日記》（The Storey Treehouse）。

實際使用的素材比表中更多。

或許與其他孩子不同，在這個階段，我家兩個男孩用動畫片的學習效率高於用分級繪本，我們就轉向了以分級動畫輸入為主，輔以親子共讀原版繪本，後者的重點是親子關係和早期閱讀習慣的培養。未來我們會逐步轉向以有聲書為主。

提示：以娃喜歡為首要原則，啟蒙階段沒有哪個兒歌／動畫／繪本是每個娃都必須用的，哪怕它再經典／再流行／再高品質；② 待聽力拉上來以後，再往高品質且多元化的素材引導。

· 流程

看視頻的規則是一次不超過 30 分鐘，週一至週五每天看一次英文視頻，週末可以看兩次，英文中文各一次；寒暑假週一至週五上下午各看一次英文視頻，週末依舊是英文中文各一次。

在動畫階段通常實施 3-1-3 模式，即每一個動畫裸聽 3 遍，看 1 遍，再聽 3 遍；但重複聆聽次數會根據娃的喜歡度調整，從不教條。遇到娃興趣不大的動畫就適時換新素材。也有另一種狀況，弟弟看和聽《西遊記》是 3-10-50＋模式，就是聽了 3 遍之後就迷上了，看了 10 遍，然後反復聆聽超過 50 遍，足足看和聽了 5 個月。

提示：徐老師強調每個家庭都是「原典創客」，聽―看―聽的操作

程式，3-1-3可，1-3也可；1-3就是有時娃排斥裸聽新素材，那就先看1遍，然後聽三五遍。

多娃家庭的個體差異

哥哥年齡大，重新生長出「非母語神經」難度大一些、學業逐重、時間更稀缺，故平時哥倆在一起時，看或聽都以哥哥為主，如播放發生衝突，優先播放哥哥的素材。

實踐原典法並沒有「大童小童孰優孰劣」，但值得對比不同年齡兒童顯現的差異。表3-3概括我家兩娃的特點。

表3-3 兄弟倆運用原典法的概括

	3歲弟弟	7歲哥哥
1	年齡小、時間充裕。	年齡大、時間有限。
2	容易找到與認知相匹配的素材，起步容易。	認知和英語水準差距大，與認知匹配而喜歡的素材、聽不懂英文；聽得懂的英文素材、又太幼稚而不喜歡。起步較難，有一段尷尬期。
3	抓音能力較哥哥強，發音準；尚未發展出羞恥感，喜歡表達，時不時「飆」英文，成果容易外顯，父母容易獲得成就感，更容易堅持。	抓音能力較弟弟弱，也可能是因為哥哥樂感比弟弟弱；這個年齡已有羞恥感，不如小童喜歡表達，不容易外顯成果，父母的成就感較低。
4	當英語水準和認知水準基本持平後，英文學習會出現平臺期，家長營裡的教練軒媽將這種狀態命名為「保溫期」，很形象。	度過前面的尷尬期後，因認知水準已較高，後期可選的素材與可拓展的方向較多。

孩子的純粹

弟弟看和聽《西遊記》兩個多月後，我多次嘗試更換素材，但都不行。一是，問他想聽啥，他就說《西遊記》；二是，一播放別的素材，弟弟就說「不喜歡」；三是，即使開始播放了一點新素材，他也說要回到《西遊記》。《西遊記》中他最愛的那幾集，音頻一響弟弟就豎起耳朵聽，人走到哪裡就要把播放機帶到哪裡，哪怕從房間到客廳這麼幾步、播放機都緊貼身邊。到 2023 年春節期間弟弟已聽看《西遊記》3 個多月了。一天早上出門上班前我點開播放機播放了別的素材；弟弟無動於衷、繼續玩玩具。走到門口我突然轉念，「唉，大過年的，就讓娃高興一點吧！」折返回去改播《西遊記》。把播放機輕輕放在弟弟身旁，3 歲多的他抬起頭看著我，一字一頓地說「謝、謝、媽、媽！」我當場身心震顫！孩子其實很純粹、簡單，也很容易滿足。大人又何苦為了這樣那樣的功利、罔顧孩子純粹的熱愛呢？往後我再沒干擾他看聽《西遊記》，直到弟弟自己對《西遊記》的喜愛自然淡化、自然放下、走向其他素材。

今年 5 月弟弟「新冠二陽」，在發燒、精神欠佳的那兩天裡他又提出想聽看《西遊記》。對弟弟來說那是一段充滿愉悅的童年時光，每每重溫，甜蜜和安寧會重回心頭，給小小的他慰藉和能量。

總結

大恩不言謝！原典法不僅僅幫助了我的兩個孩子，還有背後我這個母親，乃至我的整個家庭。

多年來帶娃英語啟蒙，我當然持續關注和瞭解其他家庭的情況，包括我的同學、朋友以及社區內幾乎所有的娃。我得出兩項見解。

1. 爸媽自己會英語並不代表就一定能做好孩子的英語啟蒙；我們這些從「70 後」到「90 後」的父母多年英語學習的那些「經驗和認知」，大多是孩子英語啟蒙的「障礙」。

2. 除了提供自然的全英文環境之外——如英語是家庭交流的主要語言之一，或者上優質國際學校——原典法是科學高效的普適的英語啟蒙蹊徑。

章末研討

一個勝任用英語做涉外法律工作的海歸家長，不懈探究各種英語教學流派，為孩子精挑細選、燒錢上高端機構的課程，但她的親子英語啟蒙仍舊「兵荒馬亂」。就此，我們可否稍稍反省外語教學主流理論的不足？

進而，從社會學與宏觀政策等角度，什麼樣的外語教學理論和實踐能真正幫助青年女性、特別是職業母親群體？

外語教學專家帥多將廣，他們看見億萬學童的艱辛了嗎？聽見億萬家長的心聲了嗎？對改變現狀有所作為了嗎？惻隱之心人皆有之，答案不外是 YES! 同時也值得深度反省：半個多世紀以來這些「YES」的成敗得失。

> 吾家有嬌女，口齒自清韻

第 4 章　外面的風吹浪打

本章主講與主筆：Diana 媽媽，分享日期 2023 年 5 月。

徐老師按語：這從來不是我的風格：冒昧地失禮地強求素昧平生的晚輩為原典站臺。我居然這麼做了；所以有了 Diana 媽媽的這次分享。

在接到徐老師的邀約後，我就開始構思今天的分享了，可是千頭萬緒也不知道該分享些什麼。跟「典友們」比起來，我們家的經歷並沒有什麼特別之處，而我本人也並非擅長「雞娃」的媽媽，目前 Diana 僅僅是在英語這一門科目上取得了小小的成績。但我轉念一想，原典法之所以受到萬千家長的信賴，不正是因為有這麼多真實、鮮活的案例來佐證嗎？所以我決定卸掉思想包袱，跟大家說說我家的故事。我的分享包含三個部分，第一部分是我女兒的英語啟蒙路線。第二部分談談我為什麼認可原典法。第三部分是將原典法拓展到其他領域運用的一些思路。

一、Diana 的英語啟蒙路線

我們夫婦雖然在外企工作，但沒有海外留學的經歷，我倆的英語也僅僅是工作上夠用而已。和大多數普通的華語家庭一樣，家裡是純中文語境。女兒 Diana 目前在深圳的公立小學讀三年級。如果說我們家有什麼特別之處，那就是 Diana 從沒有報過任何線上或線下的英語補習班。

不過，Diana 接觸英語比較早，一歲時我就每天陪伴她做親子英語共讀，6 歲時她開始「裸聽」有聲書，8 歲時她僅僅用了 51 天就裸聽完了

七部《哈利‧波特》英文有聲書，此後，又反覆聽了四遍。除了《哈利‧波特》，她最愛希臘神話，聽完了好多套大部頭英語原著，比如 Stephen Fry 的《神話》（Mythos）和《英雄》（Heroes），還有很熱門的給兒童講歷史的作家 Virgil Mores Hillyer 講述的希臘神話，以及在 Audible 上評分超高的 Bernard Evslin 的《希臘神話中的英雄、上帝與怪獸》（Heroes, Gods and Monsters of the Greek Myths），另外還有《波西‧傑克遜》系列等等。她太喜歡希臘神話了，以至於有一次和爸爸聊天講到狩獵女神時，當下就決定用 Diana 作為自己的英文名。此外，她也聽完了 Neil Gaiman 的北歐神話。現實主義的作品中，Diana 特別喜歡聽英文版的《小婦人》（The Little Woman）和同一個作者的其他幾部作品。由於時間和篇幅的限制，就不一一列舉了。

・與外籍音樂家自由交流

2022 年暑假有一件事讓我印象深刻。我們在廣東惠州參加完一個音樂活動後返回深圳，一對外國音樂家夫婦朋友搭了我的便車。回程有一個多小時的路程，Diana 就一直跟人家海闊天空地聊。最逗的是她童言無忌地問那個音樂家：你都懂這些古典音樂想表達的意思嗎？那位音樂家很幽默地回答她：「I hope so.」

我們夫婦一直以來工作都非常忙，對於 Diana 如此輕鬆愉快地達到英語聽說自由的狀態，別提多滿意了。

接下來就分階段說說，在純中文環境、不報班、父母都比較「佛系」的條件下，Diana 是怎樣輕鬆習得英語的。

・親近英語

女兒 6 個月大時我就買了一張大大的爬爬墊，墊子上印滿了可愛的圖案和對應的英文名稱，我會時不時地指著圖案對她說，Where's the cat? This is the cat. Where is the train? That is the train. 過了一段時間之後我就

開始跟她玩遊戲，我問她：Where is the cat? 她就爬過去指著貓的圖案扭頭笑笑地看著我，仿佛在說太簡單了！我繼續問：Where is the train? 她又爬過去指著火車自信地看著我。這樣的遊戲我們百玩不膩，她從沒有答錯過。

等到她七八個月大的時候我就開始買玩具書，那種用布做的撕不爛也咬不碎、翻頁起來有窸窸窣窣聲音的書。有一本書名叫 Emily's Day，講述一個小女孩 Emily 日常生活的小故事，Diana 很喜歡。還不太會說話的她經常會揮著那本布書對我喊，Amy, Amy！我就知道她想要我給她朗讀這本書了，她不會說 Emily 就發音成 Amy 了。現在回想起來特別可愛。

我還經常給她朗讀另一本紙板書 Brown Bear，Brown Bear What Do You See。書裡的句子朗朗上口，韻律感特別好。朗讀幾次之後我開始跟她玩，比如我讀到 Brown bear brown bear what do you...，我就故意停下來，看著她，她就會說出最後一個詞 see。然後我繼續朗讀 I see a rabbit looking at...，我又停下來，她又立刻接上 me。

那個時候我沒有清晰的概念如何引導女兒習得英語，更沒有什麼功利心，就是每天給她讀點簡單的繪本、玩玩遊戲，使得她對英語有了親近感。

・親子共讀

Diana 一歲多的時候我讀到了汪培廷老師的《培養孩子的英文耳朵》。這本書當時很受歡迎，淺顯易懂、字大書薄，很快就讀完了，對我挺有幫助。我立刻採取了兩個行動，買繪本書，朗讀給女兒聽。汪培廷的書中提到的由 Harper Collins 出版社出版的 I Can Read 分級繪本，我和女兒都特別喜歡；直到現在我都經常推薦給朋友們用作英語啟蒙的入門讀物。它包含很多故事子系列，比方說《丹尼和恐龍》（Danny and the Dinosaur）等等。那時我專門查了詞典才知道 dinosaur 是恐龍。我就

拿著這個單詞去考我的同事，竟然也有很多人不知道——我們可都是在外企工作的員工！

我開始堅持每天 10-20 分鐘的親子英語共讀，不久之後連我自己都被這些故事吸引。我陸續把每一個主題的所有繪本都買下來，就像成年人追美劇韓劇一樣，和女兒一起追這些故事，由此學到許許多多的單詞和句式。

・動畫與童謠

除了親子共讀，我開始讓 Diana 每天看 5 分鐘的英文動畫片。《小豬佩奇》是我的初選，後來也成了女兒的最愛。再到後來我們全家人包括外公外婆都很喜歡看。這部動畫片內容溫馨，語速較慢，語句也簡單，每集只有五六分鐘，看完了就關電視；然後就是聽音頻。孩子爸爸把《小豬佩奇》的音頻提取出來存入播放機，女兒就捧著她的小播放機天天聽。播放機還經常播放經典的童謠，比如 3S 兒歌和鵝媽媽童謠（Mother Goose Rhymes）等等。這些歌曲旋律優美、朗朗上口，Diana 聽了一段時間就都會唱了。

上小學前我從來沒有教女兒認字，她一直處在聽媽媽朗讀和聽音頻故事的階段。多年以後讀到徐老師的書我才明白：這不就是原典法嗎！這不就是聆聽先行嗎！對幼童來說《小豬佩奇》和 I Can Read 系列不就是經典原著嘛！後者是深受美英小朋友喜歡的原版分級繪本，而並非一些魚龍混雜的刪減版或改編版。我發現自己一開始就走在正確的道路上，覺得蠻幸運的！

從這個階段開始，我也會用一些簡單的英語跟女兒對話。有時候我們想講一些不想讓外公外婆聽到的小秘密，英語就成了我倆之間的交流密碼。英語繪本故事實在太豐富了，女兒聽得多了，詞彙量迅速擴大，甚至超過了中文詞彙量，有時我甚至不得不用英語來向她解釋某些中文詞彙，一度讓外婆很緊張，她擔心孫女的中文會不會變弱？我告訴她不

會的！可以多聽優質的中文繪本啊！希望華語兒童作家們多多努力！

我實在是比較懶的媽媽，從來沒有去查過藍思值，也從沒有記錄女兒總共聽了多少系列。我就是很單純地把睡前親子共讀作為一個固定節目堅持了下來；書越來越厚，親子共讀的時間也就越來越長。

・不背誦就能背誦了

有一天我讀得口乾舌燥，停下來休息，去喝水，Diana 居然一句接一句地把後面每一頁的內容全都背誦了下來，一直背到全書結尾。我驚呆了！除了震撼還是震撼！要知道那個時候她完全不認字，我第一次身臨其境地感受到小孩子的腦子實在太神奇了，就像照相機一樣能夠整頁整頁地把內容照下來，每一頁的句子和圖片都關聯得絲毫不差。這個成果讓我喜出望外！

親子共讀我們持續了六七年了。大家聽起來會覺得好像挺難，其實每天只花 10—20 分鐘，實際上比堅持其他任何事情都要容易的多！

・嗜聽有聲書

6 歲以後女兒上小學了，英語啟蒙也進入第三階段，她開始裸聽有聲書，第一套書是《神奇樹屋》（The Magic Treehouse）。看著她如癡如醉捧著播放機聽的模樣，我暗自慶倖。從此之後我就太輕鬆了。我倆還經常同步念出這套書裡反復出現的那句話：「The treehouse started to spin. It spun faster and faster, then everything was still, absolutely still.」念完之後我倆會心地一笑。這些回憶都是讓我嘴角含笑的甜蜜的親子時光。

之前我滿網去搜尋原版音頻資源，特別耗時。徐老師的書中推薦了 Audible 平臺，我立刻買了會員，從此實現了有聲書自由。昨天專門查看了個人帳戶資訊，我已經是 Audible 第五年的會員了，時間過得可真快！

徐老師的書裡提到《哈利・波特》是很多孩童聽力通關路上的里程碑。我就給女兒推薦。她聽了第一章之後就迷上了，然後就一口氣聽完

了七部。之後她還重聽了好幾遍。這七部書的詞彙總量為108萬。這是一個純中文環境成長的從來不上外語培訓課的8歲的華語小女孩！我感歎複感歎，小孩子的腦子真的太厲害了！

·小孩子的大腦：讀這部繪本、聽那部有聲書

此後女兒就穩定地處於嗜聽狀態。我就此樂得清閒，退居二線。她在家裡只要一有空就拿著播放機聽她喜歡的故事，換衣服的時候、刷牙的時候、吃飯的時候、玩樂高的時候、畫畫的時候，都聽。甚至看一冊繪本的時候同步聽另一個故事！以至於我現在都要限制她了，比如告訴她換衣服和吃飯時候不許聽，因為她經常聽到入神，導致換衣服特別慢，吃飯時不讓聽，因為我們想跟她聊聊天，或者我們自己想聊天，在飯桌上只要她一聽，她就不許我們說話，我們被她憋得慌！

我們還喜歡原版音樂劇，像《音樂之聲》（The Sound of Music）、《貓》（Cats）和今年 女兒反復看了聽了十多遍的《瑪蒂爾達》。我會把音樂劇的全部歌曲專輯下載下來，她一遍遍地聽到幾乎每首都會唱。《瑪蒂爾達》音樂劇有不同的版本，女兒也反復聽，還做比較，各版本的歌曲她也全都會唱了。

她今年還津津有味地看完了兩部紀錄長片。一部是關於恐龍的史前星球，另一部是講昆蟲的小小世界。我本以為她只喜歡虛構類故事，沒想到製作精良的紀錄片她也挺喜歡的。看來家長的首要任務就是儘量去尋找優質的音視頻，推薦給孩子逐個試就行了。她不喜歡也沒有關係，就繼續換下一個，反正資源無窮多，喜歡的才是最好的。

這個階段我還發現女兒的新特點：開始大量輸出了。比如她臥床入睡前就經常用英語自言自語編故事。有一個故事的開頭我特別喜歡，大意是我們的地球是一個大學校，學校裡每個人都應該認真學習，畢業時才可以取得好成績、才可以去外太空的樂園繼續開心地生活。她還特意給我解釋說，這裡的學習可不是指教室裡的學習喔，而是 lesson learned

短語中 lesson 的意思。我覺得還蠻有哲理的。

小結：我女兒的例子說明在純中文語境下用對方法完全可以比較輕鬆地習得英語的聽力和口語。這個對的方法就是徐教授贈予我的書上的那句題詞：海量聽好書＝外語小超人。

・很重要：另外三個要素

第一個就是家長的陪伴和投入。如果不是因為我也特別喜歡英語故事、歌曲、電影和音樂劇，我未必能堅持陪伴她六七年每日親子共讀、效果也一定不會這麼好。

第二個就是不要過早給到孩子電子螢幕的掌控權。我們家平時不開電視，也不讓女兒玩手機和 iPad。只有到了每天看動畫片的時段她才打開電視、選擇自己想看的內容，但不可以隨意去點擊播放其他影視。這樣做，一是能夠控制看螢幕時間、保護視力，二是可以騰出大量時間去聆聽。女兒早已養成了好習慣，每天都非常自覺，看 20 分鐘視頻，時間一到自己立刻關電視，這讓我非常省心。

第三個就是家長放鬆的心態。我從來沒有讓女兒去考劍橋英語證書之類的想法。我自己的工作經歷告訴我：英語是拿來用的、不是拿來考的。我絕不否認有些考試和證書的積極作用，只是目前它們並非是我的優先項。我也沒有刻意強迫女兒多聽非虛構類的知識書。我覺得目前一切以她的興趣為主。隨著年齡增長，增加非虛構類的書籍是必經之路。那我就耐心地等待合適的切入時機好了，我不著急。

Diana 自己說得形象生動：「我沒有覺得我是在學英語，我一直是在玩英語！」我們都當過學生，「學習」二字聽著就很 boring、很嚴肅；玩英語玩雙語才能讓興趣源源而生。這個狀態特別好，我小心翼翼地呵護它。

（徐老師注：Diana 10 歲時順利考入香港的某國際學校，並於兩個月後裸考 TOEFL Junior Tests，獲 870 分）

・被忽略的親子英語功能

用原典法啟蒙女兒的英文獲得一個意外驚喜，我發現自己的英文無論是聽力還是口語都穩步提升到一個新水準；這對我的工作和生活都有莫大的幫助、讓我太開心了！下面就說說我自己的故事。

二、為什麼認可原典法

・當我走在和走出校園

我從小也比較喜歡英語，大學時非常努力，捧著厚厚的英文詞典，早起晚睡痛苦地背著，畢業時考過了大學英語六級，以及只有英語專業的學生才要求考的專業四級。聽到這裡估計有人會想：你英語那麼好，當然會教你的孩子，你的分享沒有普遍性。

恰恰相反，我也曾經以為我的英語很好，可是畢業後進入外企，我發現根本不是這麼回事。我們的工作語言是英語，不僅所有工作文檔都必須用英文，面對面的會議和電話會議，只要有外國人參加也都全程英語。但第一次參加電話會議時我有一大半的內容聽不懂。有人問我問題，我還心虛地 Pardon 了兩次，最後還是由我們組的領導幫我回答的。兩年之後我第一次出國、去美國出差，每次在餐廳點餐時我都非常緊張，更別說乘坐公共交通工具了，那些報站我根本聽不懂。那個時候我心裡就開始有疑問了：學了十幾年的英語、以優秀成績畢業，怎麼到了實際要用的時候跟沒學似的。

所以，儘管我憑直覺很早就開始做親子英語啟蒙，我仍舊會迷茫。之前看過一些書對我挺有幫助，但這些書始終是個體案例，缺乏科學的論證。Diana 確實半入門了，但未來的路線怎麼規劃，我其實心裡沒底。我不知道，什麼時候該開始教她認字母和單詞？該不該報個課外班加強一下？這些問題時不時就在腦海裡浮現。女兒 4 歲時我還去考察過一家挺有名的英語培訓機構，試課完畢之後我就立刻否定掉了。

・相遇原典

好在我沒有彷徨太久。偶然聽人隨口提到了原典法，說效果很好，我就上網查詢，馬上下單買來了迄今為止對我最有幫助的一本書，那就是《英語自學方法教程》第 2 版。讀完一遍之後我開始讀第二遍第三遍，在書上勾勾畫畫做筆記，比上學時還認真。我被徐教授淵博的知識和嚴謹的態度震撼到了。書裡旁徵博引，從腦科學、生物學和語言學等諸多方面，用這些學科的頂尖大牛的權威且前沿的理論和研究數據，以及大量實際案例，論證了語言習得的內在原理。還記得我向朋友們推薦這本書時的讚譽：「真水無香，原地封神，國內英語學習教程的天花板」，我說，「姐妹們你們快去讀，你們一定會回來感謝我的！」。

讀完這本書我少了焦慮和糾結。每當我開始有疑惑，我都會再回來讀，從書中找回寧靜、信心和力量。後來我反思，我當時之所以茫然，是因為知其然不知其所以然。徐老師的書真的就像燈塔一樣照亮了我對語言習得內在邏輯的理解。

因為多年在文化與認知多元的跨國企業工作，讓我養成了一個習慣，遇見任何資訊，先確認來源的真實性和權威性、再看論證過程的邏輯性和結論的可靠性。

以權威性來講，首先牛津英語教材作者的推薦序就非常有分量了。光是這篇序我就讀了兩遍，因為我簡直太感同身受了。序言中說的那個女孩 Wendy 在英國受到的衝擊，和我剛到公司時簡直一模一樣。我終於明白了傳統教學的癥結所在。原來我們費了這麼大的勁、花了這麼多的時間，學的都是考試英語而並非現實世界中的「真英語」。真正的英語，就像這位牛津英語教材的作者說的，是用來和異國他鄉的人交流的、和親友同事聊天談心的、寫科學論文的、董事會裡辯論企業發展策略的，以及用來欣賞或創作雅俗共賞的文娛作品的。這篇序只用了不到 4 頁紙就把英語學習應該怎樣、不應該怎樣，說的清清楚楚。最後他明確地為

徐老師背書。而書中反復引用的喬姆斯基更是大神級的人物了。我查詢後知悉他是語言學家、哲學家、數理邏輯學家、認知科學家，更被譽為現代語言學之父。徐老師簡直就是在用寫專業論文的形式來寫這本科普書。書裡引用的尖端前沿的研究，都提供了可查證的來源注解，舉不勝舉。

從邏輯性來講，書中有一段讓我醍醐灌頂。原話是：語言作為大腦的生物器官，其學習的高效框架萬年恆存，人類自發的本能早已對其完美解碼，今人所需要做的不是創新為先，而是回歸常識，再探索如何用高科技的手段來改進語言習得的亙古實踐。

・回歸常識！還回得去嗎？

「回歸常識」這四個字我覺得太重要了，撥雲見日。我們普通人不知道喬姆斯基等頂尖語言學家的高深理論，可是只要我們用常識想一想嬰兒牙牙學語的過程，就能明白這不是本能是什麼？！有誰會拿著課本去教嬰兒認字、教他分析語法、教她背單詞。我家女兒的經歷和書中的大量案例都驗證了徐老師的結論：在「純中文環境」裡，只要大量聽英語好書，就能夠輕鬆培養出外語小達人。

還有一個重要的原因打動我。那就是徐老師的大愛。他完全可以獨善其身，關起門來過其樂融融的小日子，不去理會外面的風吹浪打。可是他還是選擇艱辛地傳播原典法。我跟徐老師只有一面之緣，卻感受到了他的俠客精神。回歸常識，大道至簡，是我自己特別認可原典法的原因；而這兩點、加上原典法的道理也可以拓展到其他領域，可以使我們成為終身學習的智慧家長，最終成長為能夠鑒別「真專家」的專家。

三、拓展原典法

正在摸索實踐的是鋼琴教學。兩年前女兒開始學鋼琴，找了一家有名氣的連鎖機構，從「小湯一」學起。（註釋8）學了一年沒有什麼起色，

就有了換機構的想法，直到找到現在這個外籍的鋼琴老師。他否定了小湯這套教材，第一次上課就拿出巴赫的曲子讓 Diana 開始學，我有點被嚇到。但是他告訴我這些曲子是巴赫為他兒子寫的練習曲，是完全適合小孩子彈的。之後讓 Diana 彈的也都是完整的經典曲目。我們在家裡經常播放這些曲子來欣賞，對學琴挺有幫助。女兒的鋼琴技藝也確實比一年前好了很多。要彈就彈經典曲目，而不是刪減改編版，這跟原典法有共通之處。

近期還有一個不太成熟的思考。經典漢學很重要，可是文言文卻比較難。這些經典有很多現代中文版，可是一旦選錯版本，可就「失之毫釐謬以千里」了。除了聆聽高品質的朗誦版來學古典文本之外，我認為可以選擇優質的英譯本，通過中英文對照的方式來學習。比如前段時間我就《道德經》的開篇做了一個小調研。「道可道非常道名可名非常名……」，沒幾個人能說清楚涵義，更別說解釋給小孩子聽了。我找到了享有盛譽的英譯版《道德經》，開頭這幾句話就非常清澈。我就不讀給大家聽了，有興趣的可以自己去查。所以我猜想原典法用好了不光可以學外語，還可以拿來中英文對照著學中文經典，效果可能會更好。

另外，女兒的數學似乎還沒有上道，但是有了英語的優勢，無需報外班，直接用免費的可汗學院（Khan Academy）以及一本「The Big Fat Book Of Maths」來自學了一段時間後，進步還是比較明顯的。

章末研討

與第 2 章的家長一樣，Diana 媽媽清晰地界定了她要解決的問題：純中文環境裡怎樣讓女兒輕鬆習得英語？導讀篇簡析過：精準地界定要解決的問題究竟是什麼、約束條件又是什麼，這是科研探討的首要環節，也是科學家素養的基準要求。

用分級繪本做親子英語啟蒙，第 2-3 章的兩位家長備受挫折，Diana 媽媽卻如魚得水，這源自家庭和個體的差異。華人社會裡英語學習書刊

漫山遍野，日復一日地講述著運用這套方法那套書單而輕鬆習得外語的動人故事。我們是否關注過一個根本問題：如何令基於成功個案的方法超越個體和小群體的經驗而放之四海皆准？

可以想到兩個必須探索的方向。首先，當代語言學的理論有那些重大發展？第二，科研是否已經積累了足夠的實證大數據，可以從中透視出外語習得的全貌真相。缺失了這兩個層面的追問，如何學好外語的高談闊論或動人故事都不免是舊酒新瓶。

在開啟燒腦但有趣的理性跋涉之前，我們也再多聽幾例原典的故事。

索引和注釋

1. 大腦增強是人體增強（human enhancement）的分支之一，參見斯坦福學術百科網路版 https://plato.stanford.edu/entries/enhancement/。並見本書卷十。

2. 演算法：Algorithms，也譯為算法。「生物演算法」在本書中泛指由動物的腦神經系統所執行的各類資訊加工，它構成動物智慧行為的生理基礎。參見 Schyns P, et al. *Information Processing Algorithms in the Brain*. Trends Cogn Sci. Jan 2009。

3. 見本書卷五。

4. 浙江大學出版社，2025 年 2 月出版。

5. Lexile：一種主要依據詞彙量和句子長度來評估文本難度與閱讀水準的體系，官網為 https://lexile.com/。

6. 伴隨聆聽：見本書第 29 章。

7. 典娃：家長對實踐原典法的孩子的昵稱。相應的稱呼還有：典友、典媽和典爸。

8. 《湯普森簡易鋼琴教程》。

卷二　聞道之行

朝聞道，夕行晚矣

第 5 章　毛毛的《哈利·波特》之旅

　　本章的主角是山東淄博的小學生毛毛。自謙是英語盲的毛毛娘，引領毛毛短短一年內欣賞了包括七部《哈利·波特》系列和三部《魔戒》在內的眾多英語原著。

　　毛毛的「哈利波特之旅」2012 年 8 月 16 日，原典論壇貼文（註釋 1）

　　小名毛毛，2001 年 10 月生人，9 月開學上五年級。英語學歷如下：三年級學校開始教英語，去年 12 月至今年 4 月自學四個半月的「粽子英語」。

　　今年「五一」開始按原典法聽讀 Harry Potter 系列（後文簡稱 HP，HP1 表示第一部，餘類推）。這是孩子自己的選擇，他是 HP 迷。現在 HP4 已經聽過五遍，HP3 讀到第 11 章。

　　把毛毛這三個半月的原典之旅總結一下。

　　5 月 1 日，聽典第一天，HP1 五分鐘。先聽一遍音頻。毛毛說只聽出幾個詞，一句話也沒聽懂。我告訴他沒關係，萬事開頭難，不要在意是不是聽懂了，閉上眼仔細聽，就像聽音樂一樣。又聽了五遍後打開文本，孩子自己查生詞、加到單詞本裡。用了一個多小時查出 136 個生詞，實際應該更多。

　　5 月 4 日，通過觀察發現毛毛查生詞最耗時。毛媽想到一個方法解決了這個難題：用電腦軟體把每天學習的內容做成課件，便於查生詞，同時可以跟讀。這對近乎英語盲的毛媽來說真是一項浩大的工程，一直堅持到現在。

　　5 月 20 日或 21 日，毛毛要求一口氣聽全書。此前按章節聽的，此

後一直是整本書循環聽。他自己感覺聽夠了聽熟了，就聽下一部；每本書大約聽十遍。然後每天按章節跟讀兩遍二十分鐘的內容。

6月9日，開始HP2。14分鐘內容，生詞123個。

7月27，開始HP3。20分鐘內容，生詞48個。

8月15日，HP3第11章，20分鐘內容，生詞58個。

8月16日，按徐老師的建議準備一口氣聽完餘下的三本書，再選讀一本。

英語學習的路上毛毛起步比較晚，幸運的是遇到徐老師和論壇裡的熱心典友。按照他們介紹的方法和經驗，毛毛開始享受英語了。暑假每天聽書都在五六個小時以上、最多達十個小時。以前看徐老師的書，說起步階段聆聽要達到每天六個小時，當時我懷疑怎麼能聽這麼多。現在毛毛經常把聽到的有趣的內容用原文講給我聽，可惜我都聽不懂。

這幾個月裡最大的感受就是保持孩子的興趣太重要了。因英語水準有限，我無法輔導孩子，只能給他提供好的方法和素材。我經常誇獎他鼓勵他，用多種方法調劑，比如看原版電影，參加了HP電影的配音小組活動等，孩子學得很開心，基本上都自覺學習，不用家長督促。其次就是堅持，每天都聽。期末複習時、暑假旅遊時，不能讀英語，就堅持聽。還有，經常來論壇裡學習，借鑒他人的經驗。

很想對像我們這樣起步晚的大孩子的家長說一句，不要怕起步晚，只要有行動就會有收穫。

徐老師討論：

10歲7個月、英語基礎平平的毛毛，從2012年5月1日開始，到發帖時恰好108天——漢語文化中這是個神奇數字——走完了原典法修行的第一程。儘管萬事開頭難，但母子同心，越來越享受。這個樓貼值得細品詳析。

(1) 英語學歷：三年級才起步，發帖時正值四年級升五年級的暑假。

(2) 家庭背景：不在沿海大都市，沒有英語早教優勢，沒有外教便利，家長更無海歸的光澤。

(3) 學習素材：直接用非刪節版英語名著。

(4) 聽力和詞彙水準：HP1開篇5分鐘，一句話沒聽懂，生詞超過136個，按語速150詞／分計算，約五分之一是生詞。

(5) 操作特徵一：聆聽先行，起步時一整章內容循環重複聽。HP第1部共17章，朗讀時長8個多小時，每章平均時長30分鐘。約20天後改為大循環，即整本書聽完，再重複聽。

(6) 操作特徵二：聆聽最大化，假期裡每天聽五六個小時以上；每部小說大約聽10遍。

(7) 操作特徵三：聽熟之後每天跟讀兩個20分鐘。

(8) 家長支持：呵護興趣，耐心鼓勵，看原版電影和配音等多種方法調劑。

(9) 家長行動：用軟體自製課件，為孩子節省的時間難以計量。

(10) 聽讀進度：僅39天就聽完了HP第一部，108天內聽完了前四部、閱讀了前兩部。

(11) 詞彙進度：從5分鐘朗讀約136個生詞下降到20分鐘朗讀約50個生詞，換算成5分鐘約13個生詞。

(12) 學習體驗：享受且飛速進步。毛毛曾對媽媽說，「要是每天不能聽英語，不能讀書，我就沒法活了。媽媽，謝謝你當初讓我聽英語故

事，現在我太喜歡聽了！」

(13) 學習原則：興趣至上＋聆聽先導＋持之以恆。

(14) 教育哲學思考：突破了諸多現存理論。這裡僅擷取三項。其一，不束縛於權威教材；其二，不束縛於語言習得的關鍵期理論；其三，不束縛於「循序漸進」。

學過英語的華人好幾億。誰曾耕耘過小小夢想：半年聽完人生第一部英語長篇原著？誰曾收穫青青碩果：從 5 月 1 日到 6 月 8 日實際只用了 39 天，一個「三生萬物」的神奇數字，$3^1 + 3^2 + 3^3 = 39$。

反求諸己，法從己出

第 6 章　七週聽完《哈利‧波特》七部

節選 2015 年 11 月 12 日我收到的一封私信。

徐老師：

……兒子進入了初中，學業陡然繁忙。昨天兒子特意交待我一定要來感謝徐老師。兒子想對您說，他越來越慶倖與您在英語學習之路上相遇，由於小學積累了上千小時聽原版的功力，他才能在初中有大把的時間學習數理化，當他的同學們還在為語法備受折磨的時候，他已經達到了享受英語的程度。他說：聽英語成了他放鬆的一種方式。英語的語音、語調對他而言充滿了韻律與美。他心裡有個願望：期待著考上大學後，能去深圳看您，利用暑假為原典推廣做義工……。

Clement

在毛毛母子的帶動下，網名 Clement 的母親引領她小學五年級的兒子創造了原典論壇的一項新紀錄： 50 天聽完七部共 4100 頁的《哈利‧波特》。2013 年 8 月 26 日 clement 發給徐老師的貼文如下。

在您的指導下，僅僅一年，孩子爬上了一個高峰。一個我們不敢想像的高峰。

2013 年 8 月 24 日下午 3 點 12 分，一個值得紀念的時刻－孩子聽完《哈利‧波特》第 7 部。當熟悉的旋律響起，孩子的眼圈紅了，是感動，是不捨。

孩子在 50 天的時間裡聽完了《哈利‧波特》7 部原版作品，其中

4部聽了不止一遍。並閱讀了其中的兩部。

Clement還用郵件分享了她的經驗和認知。

徐老師：

您好！我的兒子用原典法學英語至今14個月，有統計的累計聆聽逾600個小時，從《黑貓》1級起步到5級；聽簡章書十幾本，7部《哈利‧波特》全部聽完3遍。感謝您指點、指引和鼓勵，是您給孩子開啟了英語世界的大門，而且未收分文！

……

我想到一個問題，就是應用原典法的最佳年齡段。以我兒子為例，四年級開始用原典，當時最大的矛盾在於時間安排。四年級開始作業量明顯增加了，可自由安排的時間不多。因為聽力差，他必須十二分專注才能捕捉到每個音節，因為太專注所以很累，只能堅持聽十幾分鐘，而且我要陪伴負責解釋。這樣每天堅持專注聆聽一個小時，雷打不動。我很明白這對其他科目的學習是有影響的，但依然堅持著。5個月後看到了明顯的效果，孩子聽力進步很快，可以伴隨聆聽了，從此明顯感覺時間充裕多了，連吃飯的時間都可以聽英語了。所以我覺得推廣原典最好從低齡開始，把重點放在小童身上，到三年級完全可以達到聽完《哈利‧波特》的程度。現在原典論壇裡有些孩子從五六年級起步的，由於時間限制難以大量聆聽，無法達到小童的學習效率，這令孩子和家長產生焦慮，很容易半途而廢。而且大孩子對學習素材更為挑剔，更容易產生動搖、抱怨等情緒。

第二個問題，關於學習進度。您經常提醒過家長不要急於求成，毛毛是個特例。不少家長，尤其是大童的家長，內心都期待著自己的孩子是下一個毛毛。我也曾有個這個念頭，但選擇了腳踏實地一步一步來。現在論壇裡很多大童小童起步就聽《哈利‧波特》，有不少人甚至

聽《黑貓》1級都很勉強。他們的說法是孩子早就看過中文書，對情節很熟了。我兒子沒有看過《哈利·波特》中文書和電影，但整個聽的過程他一氣呵成。我也曾懷疑過，但發現他閱讀時每頁生詞在2個左右，朗讀流利，說明他的理解度是真實的。他在全部聽完3遍之後表示更願意嘗試聽其他書了。我曾問過他，「有的孩子要聽十幾遍呢，你要不要再多聽幾遍？」他說，「我幾乎可以記得每個情節，甚至大多數的句子和詞了，真的沒必要聽那麼多遍」。我想他是把基礎打好再上《哈利·波特》的。毛毛不同，他是從《黑貓》1級直接跳躍到聽《哈利·波特》，跨越度大，所以他要聽大約10遍；他的學習方法很需要毅力。

我覺得家長不要急功近利，貴在每天堅持，並享受這個過程。想一步就達到目標，其實會在中途來來回回反復。所以冒昧建議原典論壇裡的家長們調整好心態；一味上難度，會損傷學習興趣，影響效果。

以上拙見，請徐老師指正。

CLEMENT 2013 年 11 月 7 日

我翌日的回覆如下。

你好家長 clement

感謝你在原典論壇的堅持分享，對原典法的支持和傳播。

非常認同你的見解。我查詢了早就免費刊佈的電子書《原典法傻瓜教程：100天聽懂 Harry Potter I》，書中我強調了預設的起點是掌握2500個常用單詞，能輕鬆裸聽《黑貓系》4級……。

非常感謝你能體認徐老師真正想幫到家長和孩子。同胞難免多「浮躁」，生存競爭的壓力一直延伸到幼稚園，家長相互攀比，等等。任何好方法好思路，傳播中都必然會發生這樣那樣的扭曲。

祝吉人天相
徐老師 2013 年 11 月 8 日

同樣不避冗餘將 Clement 母子的案例提煉如下。

(1) 原典法學歷：四年級開始。

(2) 起步程度：聽力弱，聽《黑貓》1級須全神貫注，孩子極易疲勞，只能堅持十多分鐘。

(3) 學習素材：從《黑貓》系列開始，聽完 1-5 級→又聽了十幾本章節書→約一年後挑戰《哈利・波特》，一氣呵成。

(4) 具體操作：① 恪守聆聽先行與聆聽主導，起步期每天光專注聆聽就達一小時。② 五個月內實現了從專注聆聽到伴隨聆聽，如邊用餐邊聽英語，有效解決時間稀缺的難題。③ 聆聽之後再跟讀或閱讀。

(5) 家長行動：① 三有三不。有淡定有耐心有堅持；不急躁不攀比不冒進。② 擇善固執；起步時比較難，且擠佔其他學科的學習，但媽媽堅守伴聽當活詞典。③ 多案例瞭解對比和思考，總結經驗，不照搬成功案例，隨時個性化調整。

(6) 效果檢驗：堅持一年後 50 天聽完七部《哈利・波特》，閱讀平均每頁兩個生詞。

(7) 長遠影響：進入中學後如魚得水，英語不但不占時間，而且成為享受和放鬆的方式。

此案例的操作特徵是回歸了循序漸進，同時既持之以恆又持之以速，馬不停蹄地小步快進。如果把毛毛的學習模式比喻為撐杆跳，Clement 家的模式就是競走。它還給家長帶來喜訊：有切實可行的自學路徑在小學階段嫻熟掌握英語，進入學業繁重的中學後少了一門主科負擔、多了一項技藝特長、一個愉悅的文化知識學習的利器，更有遷移到各科學習中的強大自信和良好習慣。

本案例提示了原典法操作的兩個關鍵：一是短期內基準的聆聽量，二是倍增學習時間的高效方法「伴隨聆聽」。

有為在此路，兒女共奮進

第 7 章　雙語的夢想：執子之手

主講者：Yilia 的媽媽；分享日期，2023 年 7 月。

　　大家好！非常高興有機會與典友們交流。從我相遇原典法到現在剛滿兩年，從我加入原典耳書第三期家長營到現在是一年半，從家長營畢業後我們母女都做了後續家長營的志願者。

「瘋狂學英語」傷到了身體

　　我從初一開始學英語，到 2001 年從大學的國際商務英語系畢業，在學校裡學了 10 年英語。這 10 年我非常刻苦地學與練。大學時代的我是熱血青年，連續兩個暑假我都參加了「瘋狂英語」第一屆和第二屆全封閉集訓營，真的把嗓子喊破了的那種瘋狂地練，絲毫沒有意識到要保護好嗓子，造成生理傷害。我曾經夢想做一個校園歌手；現在唱不了幾首歌、嗓子都會啞得唱不下去了。

　　徐老師在推廣「聆聽為王」的原典法時，總是叮囑要保護好生理聽力。

靠英語吃飯英語也會退步？

　　這樣苦學了 10 年，我英語水準是什麼樣呢？

　　先看考試。我大二就考了雅思，聽力和寫作都是 7 分，那是 1999 年，當時這個成績可以申請國外很好的大學，不過家庭經濟條件不允許，我未能去留學。

再看工作。畢業後我一直從事外貿，英語是我的工作語言，就是說我是靠英語吃飯的。我們的客戶多是中東的，常年跟他們打交道，我的英語不僅沒有進步、反而退步了。因為，我說英語說複雜了、客戶可能聽不懂，我信口開河的英語反而能暢通無阻。可是，一旦跟英美人士打交道，我就得三思而後言，連發微信我都要咬文嚼字地反覆斟酌。

外教贊 Yilia 創造了里程碑

舉一個前不久我鬧了笑話的例子。我們社區裡有一個美國外教 Mr.Simon，是蠻優秀的全科老師，Yilia 每週去他那裡上一次課。2023 年 2 月的一天 Simon 老師給我發微信，盛讚 Yilia 創造了他 9 年教學生涯的里程碑！原文包括：

"You should be proud of your daughter! She is probably the most amazing student I have! Great job, parents!!! It is an honor to watch her grow. I just wanted you to know her new achievement. Nine years I've waited, it is a personal teaching landmark for me. She makes me have hope for the future."

那天 Simon 老師給學生們做了一個很特別的練習，美國某大學入學的英文加試卷。過去 9 年裡 Simon 老師給他所有的「高級學生」（advanced students）都做過那張試卷，其中不少是國際學校的高中生；他萬萬沒想到小學六年級的 Yilia 成了他教學生涯中第一個答對那張試卷的學生。所以他興奮地給我發微信。這件事也讓我匪夷所思，於是我就去 Simon 老師那裡當面道謝。本來我想跟他表達：您是一個「與眾不同」的老師，結果我說成了：「You are not a normal teacher!」，意思就是：你是一個「不正常」的老師！Simon 老師聽了後目瞪口呆，簡直哭笑不得！這時我才意識到自己把「與眾不同」表達錯了，我應該說：「You are not an ordinary teacher!」真的是一字之差，謬以千里，

貽笑大方啊！

　　Simon 老師對 Yilia 的英語進步讚不絕口時，沒有歸功於他自己或學校裡的外教，而是歸功於家長。他真的用了三個驚嘆號，Great job，parents!!! 那麼身為家長我究竟做對了什麼？

我對英語學習方法很挑剔

　　對 Yilia 學英語我既重視又謹慎。Yilia 上的幼稚園裡沒有英語課。到 Yilia 5 歲時我覺得應該給她啟蒙英語了，就帶她去社區周邊的培訓機構一個個地上體驗課，沒有一個讓我滿意。我又到網上搜索英語學習的好方法，也沒有找到。但由此種植了一種觀念：沒學過英語的叫零起點，學歪了的叫負起點，負起點比零起點更難搞；就好比學熟了狗刨式泳姿的人、比沒學過游泳的人更難教。我便有了個執念：一定要給孩子輸入地道的英語，否則不如不學。所以 Yilia 上小學之前我自己沒有教她英語。

　　Yilia 上小學時我們選擇了氛圍相對寬鬆的私立學校，學校裡實施分層教學，英語分為 A＋、A、B 和 C 四個層級。Yilia 被分到了 B 層。為了幫助女兒往 A 層升級，我仍舊不停地找尋靠譜的學習方法。但翻遍全網，蹉跎多年，一直到女兒快要升五年級了也一無所獲。不過憑直覺我給 Yilia 有一搭無一搭地看了一些英語動畫片，例如《汪汪隊》（PAW Patrol）、《愛探險的朵拉》（Dora the Explorer）。

　　直到 2021 年暑假我在「原典之光」的公眾號裡面看到徐老師的一篇文章，它深入淺出地解釋了腦科學原理、並結合真實案例闡明語言是人人與生俱來的能力，習得語言主要靠聆聽。我立刻把《英語自學方法教程》和《親子英語原著教育真人秀》這兩本書都買回來讀。同時又買了「原典耳書」會員，開始讓 Yilia 聽耳書裡的課程。當時我還看到了二期耳書家長營的招生資訊，我立刻報名，但已經滿員了，只

能等第三期了。

那時 Yilia 將要 10 歲了。暑假過後她升五年級，每天早上 7:40 就要到校，晚上 8 點半才回家，課業繁重，每天聽英語的時間太少，再加上我對原典法的原理仍一知半解，執行得不到位，一個學期下來進步乏善可陳。

到五年級上學期快結束的 2021 年的 12 月，三期家長營終於開營，我趕緊報名入營。入營之後聽系列講座我才意識到之前效果不佳是因為每天聽英語的輸入量遠遠不夠。我開始見縫插針給孩子播放英語，每天早上播《西遊記》，放學回來之後給她聽《神探狗狗》，還有初章書《棚車少年》，晚上睡覺前她聽自己最愛的《小屁孩日記》。

聽《小屁孩日記》的啟發

重點說一下《小屁孩日記》。這本書藍思值接近 1000，屬於准高章書，語速也很快，我自己聽都有些吃力。Yilia 曾讀過它的中譯本，她特別喜歡，內容也符合她的生理年齡；所以剛開始即使聽不懂，她仍舊熱情不減，每晚就寢前都要聽，不求甚解地聽。到現在都一年半了，Yilia 還在一遍遍地嗜聽《小屁孩日記》。她就喜愛那個故事那個嗓音。前不久我們還買了《小屁孩日記》系列的 4 本最新續集和配套音頻。通過這個例子我想對家長說永遠把興趣放在第一位，不要被藍思值束縛，不要擔心孩子小聽不懂，只要孩子感興趣，就算難對她來說也不是大障礙。

三期家長營開營之後不久就到 Yilia 五年級的寒假了，假期裡她聽了羅爾德的《查理與巧克力工廠》《夏洛的網》（Charlotte's Web）《凱叔的爆笑醫學》（Kay's Marvelious Medicine）等素材。我讓女兒給聽過的素材打分，她都很喜歡（見章末的表 7-1）。

一天聽完《哈利‧波特》第 2 部

2022 年的 2 月五年級下學期開學了。每天早上起床 Yilia 播放《哈利‧波特》第 1 部，剛起步時她聽得雲裡霧裡，幸好在耳書配套課程的支撐下 Yilia 不久就越聽越喜歡了。她還創造了一個紀錄。那段期間她「新冠」陽了，在家裡療愈，整日臥床休息，開始聽《哈利‧波特》第二部；沒想到翌日她就跟我說全部聽完了，主動要求聽第三部。《哈利‧波特》原著有聲書成了她疾病康復期的密友。

Yilia 五年級下的整個學期主聽素材，除了《哈利‧波特》全系列，還有「最糟糕系列」（The World's Worst Teachers/Parents/Pets...）和《手提箱孩子》（The Suitcase Kid）等等。一句話：Yilia 進入嗜聽狀態了。

「裸考」劍橋 PET

到 2022 年 6 月，為了讓 Yilia 上六年級時能夠升到學校「A＋層」的英語班，就報考了劍橋 PET（Preliminary English Test）。Yilia 拒絕上培訓班，我就隨她了，只是考前一個月給她買了一本 PET 真題集，一共有 8 套題。Yilia 一個週末做一套。她只做了 4 套真題就去考了。當時沒有抱太大希望，考不過也沒關係。成績出爐之後不光我們家長驚喜，學校裡她的英語老師都覺得不可思議。因為同場考 PET 的 Yilia 的同學多數都參加了高額學費的考前強化培訓班，其中一些同學還是沒考過；Yilia 不僅輕鬆通過，還是這些同學中得分最高的。

參加英語大賽

2022 年的 8 月 Yilia 參加了常春藤杯英語大賽（Ivy Cup International English Contest）。歷經線上的初賽和線下的複賽，最後進入決賽，獲亞太地區總決賽銀獎；獲金獎的選手都是「小海龜」們。

2022 年 9 月 Yilia 升六年級了，學業負擔更重了，她還是聽了《魯濱遜漂流記》（Robinson Crusoe）《波西‧傑克遜》的第一部以及《納尼亞傳奇》。2022 年 11 月原典首次推出雙語小主播線上課程，時逢 Yilia 最繁忙的小升初的升學季，我們沒有猶豫就報了名。經過 4 個多月的學習，Yilia 成了原典耳書簽約的雙語小主播。如今她已經參與錄製了耳書的兩個新課程，每次錄完課她都收到薪資，這大大地提高了她實踐原典法的積極性。

2023 年初 Yilia 報名參加了「希望之星」風采大賽，經過線上初賽、線下市級賽、再到省級賽，一路過關斬將，6 月份獲得了廣東省特等獎，並且晉級國賽，此時距我們入耳書家長營正好一年半。

從我們相遇原典法，Yilia 就這樣開開心心地聽了兩年的原著。現在她的英語水準輕鬆地超過了我這個學了 10 年「學校英語」、還用了 10 多年「商業英語」的媽媽。

寒暑假：最佳聽書季

自從有了原典法，每逢寒暑假我們最開心，因為終於有大量時間享受英語原著了。今年暑假我給 Yilia 準備了《屋頂上的索菲》（Rooftoppers）、《城堡》（The Fort）、《眼睛眨呀眨》（Wink）的有聲書，都是英美同齡兒童聽讀的素材。放假到現在僅僅兩周 Yilia 已經聽完了兩本原著，她都很喜歡。

以上就是 Yilia 兩年來使用原典法的主要歷程。下面說說我給家長朋友們的七項建議。

建立家長與原典法的連結

第一，最重要的是家長自己把原典法的原理搞通，解決好自己對原典法的「信」的問題，相信的信。

如果一個理論是正確的，那麼信則靈、不信等於零。我有一個理念，要達成一個目標，99%取決於你要還是不要，只有1%才是怎麼要；要不要是道，怎麼要是術。解決了道的問題，術的方法有千萬種。如何解決英語習得的「道」之問？可以根據個人習慣來做。喜歡讀書的就讀徐老師的書，或者讀原典之光公眾號的文章。喜歡刷視頻的家長可以看小紅書和B站上的原典法的小視頻。我本人喜歡反覆觀看歷屆耳書家長營的徐老師的開營講座，每多看一次就能多懂一點。我還找到了徐老師當年在深圳大學親自授課的視頻《原典法教程》，也看了好多遍。

建立孩子與原典法的連結

第二，要想方設法讓孩子自己喜歡用原典法。

Yilia 在四期家長營做了小志願者，從此要在對應的課程引領群裡每天發她自己朗讀《哈利・波特》的錄音，以帶領其他學童。這是她唯一主動朗讀英語的場合，雖然每天不超過5分鐘，但一年下來她已經不知不覺朗讀和錄音完整整兩部《哈利・波特》，現在朗讀到第3部第7章了。水滴石穿，Yilia 沒有參加任何機構的應試課程，但校內校外的英語考試都名列前茅。書面語單詞她究竟是怎麼掌握的？我覺得跟她海量聆聽《哈利・波特》之後朗讀原著文本應該有關聯。

如前所述，Yilia 還報名參加了雙語小主播，每次錄雙語課程時她領到工資都很開心。通過做小志願者和做雙語小主播讓 Yilia 與原典法連結，自己英語持續進步，又幫助了其他家長和同學，還獲得收入，她非常開心。如今怎樣運用原典法提升雙語能力已經是女兒自己的興趣所在和主動追求了。

素材選擇興趣為王

第三，永遠以孩子的興趣為王，再結合孩子的生理年齡和「英語年齡」來給孩子選素材。

家長要做的關鍵功課之一就是為孩子找她感興趣的素材。選素材的管道很多，可以參考家長營裡分享的同齡孩子喜歡的素材；Yilia 學校的老師每學期都會推薦書目，多是中譯本，我就直接找英文原版音頻和書，通常都跟她的認知年齡對應的八九不離十，她都會喜歡。

還有，只要孩子能力跳一跳夠得上，選素材宜避免刪減版。上中學時我很喜歡《傲慢與偏見》的中譯本。前不久我不小心聽了一個縮略版的 Pride and Prejudice 英語有聲書，很快聽完了，情節更熟悉了。當我再找出非刪節版來聽的時候就意興闌珊了。聽刪減版就好比吃速食，很快就吃飽了；一旦醇香的山珍海味擺上桌時你也沒有什麼胃口了。

家長培養定力

第四，要有定力，做一個既不內卷也不躺平的家長。我們入家長營之後，早一年半載入營的家長都會分享，有的孩子可以聽高章書了，有的可以複述故事了，有的閱讀成癮了，有的出口成章自編英語故事、用英文自由創作了。看到別人家的孩子如此優秀，我既為他們高興又很焦慮。天吶！我的孩子什麼時候可以那麼卓越？但當我把原典法的原理搞通了之後，我就能說服自己寬慰自己，我要做的事就是把孩子所有的零碎時間都利用起來，先做到聆聽最大化。運用原典法，我們不比孩子的原來的水準，也不比誰更快出成果；我們只注重一個方面，就是想方設法積累聆聽輸入量，愉悅聆聽和伴隨聆聽的時間越長、就越有利於腦神經的生長。家長的心態一定要放鬆，任何打擊孩子興趣的事情都不能做，不要去考孩子單詞、不要去問她有沒有聽懂；只關注這個那個故事孩子喜不喜歡聽。

不怕起步晚

　　第五，特別想對「大孩子」的家長說不要怕起步晚，只要行動就會有收穫。譬如，大童不怎麼願意輸出，這很正常，大童的輸出方式也不一定是嘰哩呱啦說英語。我是能用英語交流的家長，但 Yilia 到現在也不會主動地跟我說英語，我也不跟她說。大童的輸出常常體現在別的方面，例如考試啊、比賽啊、辯論活動啊、自發寫作啊，以及與外教自由交流啊。

去教條化

　　第六，要活學活用。徐老師反覆強調每個家庭都要做原典法的 DIY 創客。不要把原典法弄成變相的分級閱讀和分級聆聽。英語聆聽有很大的彈性，沒有成規說一定要教條地服從這套系列的標準、那套書單的進階，一定要先聽什麼後聽什麼；關鍵是能激發孩子的興趣。徐老師說過：素材誠可貴，方法價更高，若為興趣故，兩者皆可調。只要孩子興趣濃烈的素材都可以嘗試。究竟是難是易，是被每個孩子的興趣調節的。

家長自我實踐

　　第七，家長自己躬身實踐。當你自己聽英語原著時，你就會湧現出涓涓感受層層感悟，從而更加理解孩子，就不會教條地要求孩子。有一些好素材，譬如科普素材，我希望 Yilia 聽，但當她還不太感興趣時，如果我硬生生地塞，她會條件反射式地抵觸。這種場合我就自己放自己聽，順便地有意無意地讓女兒也在旁邊能聽得到。有時不經意地 Yilia 就會跟我說：媽媽，我發現你聽的這個很有意思哎。她「上鉤了」。

還有，此前我聽英語主要是為了給 Yilia 選素材，揣摩她會不會喜歡；如今我又有了新動力，防止英語被孩子甩得太遠太遠。

期許：如果大學英語教學能改變

當我渴望成為校園歌手的青春歲月，刻苦更刻苦地學英語永久地損害了我的嗓子。如今，目睹一代又一代莘莘學子仍舊被迫用落伍方式學英語，孩子們掙紮，家長們焦慮。成熟的科學的解決方案就在我們眼前，它簡單、高效、不費錢，有深厚的理論有豐富的實踐。如果 Yilia 的學弟學妹們都可以用原典法來習得雙語和多語，該有多好！

表 7-1 Yilia 對素材的喜愛度評分

素材	評分 滿分 10 分	備註
《哈利・波特》第 1-7 部	10	做家長營小志願者每天打卡朗讀及錄音第 1-3 部
《小屁孩日記》系列	10	百聽不厭
《伊索寓言》，《納尼亞傳奇》第 1-2 部	10	做耳書雙語小主播錄製的課程
《城堡》《瑪蒂爾達》《手提箱孩子》《屋頂上的索菲》《夏洛的網》《伊索寓言》《最糟糕系列》	10	
《冰雪奇緣》（*Frozen*）《查理與巧克力工廠》《凱叔的爆笑醫學》《魯賓遜漂流記》《神探狗狗》《西遊記》	9	
布朗百科（*Encyclopedia Brown*）《棚車少年》《馬兒樂園》（*Horseland*）《波西・傑克遜》第 1 部	8	

用過的其他素材：		
BrainPop	學習方式	App
《簡而言之》（*Kurzgesagt*）		耳書課程
《無厘頭科學研究所》（*Science of Stupid*）		B站/bilibili
《好運查莉》（*Good Luck Charlie*）	Yilia百看不厭的電視系列	

章末研討

　　以色列的思想家和未來學家 Yuval Harari 說：「幾乎所有人都認同，不論教育過往取得了多大成就，在當代它完全破產」。（註釋2）家長和學生自己該怎麼做？

> 枕邊聽雨思過客、夜半挑燈繪海圖

第 8 章　從 200 個單詞起步到雅思 8 分

2008 年 6 月 9 日我收到一封郵件。摘錄如下。

徐老師您好：

　　我是一個非常無助的高中生，今年 11 月 9 日要考 TOEFL，我的單詞量只有 200 多。我有幸看到了您所著的《超越新東方》，（註釋 3）它讓我很振奮。我並不是一個不努力的學生。上學這麼多年我都忙著幫父親做生意了。但我現在大了，想有自己的生活、自己的事業。我決定去美國留學。我的其他科的成績都不錯，但英語離 TOEFL 有很大距離。我希望您能幫助我。我要考 TOEFL，考後我願意去您的學校服務和學習。這段時間裡我希望達到讀美國商學院的入學水準。您能幫我設計具體的計畫嗎？我要有多大的強度？每天分別每項多長時間？經典教材推薦哪個？能在哪裡買到？如何備戰 TOEFL？考完之後您建議我學什麼？……

　　對不起我好像問太多了。但我沒有 24 個月的時間。我不怕吃苦，希望我能用您的方法成長飛翔，實現夢想。謝謝！

　　　　　　　　　　　　　　　　　　　　　　　　　　張宇

「我不怕吃苦」？看名字是個男孩。我回覆如下。

張宇同學你好

　　我可以幫助你。如果你住在深圳或附近地區，可以直接來我家。我很忙，未必能及時回郵件。祝健康快樂！

　　　　　　　　　　　　　　　　　　　　　　　徐老師 2008-06-10

張宇同學還真在深圳。兩天后他就登門了。開門迎客我蠻驚訝，他，應該是她，而且獨自一人。她腳剛踏進玄關換拖鞋時我就開問：「你說你才會 200 個英語單詞，是不是寫錯了？！」張宇說沒有錯，種種陰差陽錯的經歷令她幾乎就沒有學過英語，所以只能讀藝術類高中。

　　記不起來那天跟張宇談了多久，事後檢索到以下這封郵件。

　　你好張宇同學，

　　今天身體不舒服，晚上還有其他同學求助，就沒有跟你再多談。最主要的方法我書上寫了，今天也根據你的情況把核心訓練程式說了，你先認真用起來。不要怕難，相信自己的努力，開始一兩個月會感覺很難，甚至有昏天黑地的感覺。但我十分肯定，如果你能堅持用這個方法，兩個月以後你就會「豁然開朗」，英語學習和進步的感覺源源而來。

　　相信你能迅速進步。祝順利！

　　　　　　　　　　　　　　　　　　　　　　　徐老師 2008-06-12

　　50 天後我請張宇寫了一篇「零起點」學生運用原典法的體會，刊登在《超越哈佛》一書的第 9 章。（註釋 4）閱該文易知，張宇說自己英語零基礎並非自謙。隨後我倆就斷了通訊；直到 2010 年的感恩節收到喜訊。摘錄如下。

　　您好徐老師：

　　　我是張宇，您還記得我嗎？08 年我寫過一封電郵給您，您讓我去您家，還給我拷貝過英語資料。用您的方法兩年多了，真是受益匪淺……一年前我參加了雅思培訓和 SAT 補習，雖然很艱澀，但因為用了您的方法，我聽力和語感都很出色，培訓了三個月，考了兩次，取得了非常好的成績，雅思第一次是 7.5 分，第二次是 8 分。我和我的家人

都非常高興，SAT 得了 2150 分，雖然不高，但我盡力了。加上我的美術作品，去年年底我被美國 4 所大學錄取，一所給了全獎，兩所半獎，還有一所是佛吉尼亞大學。這真的改了我的命運，以我原來情況最多也就能上個「三本」或大專，（註釋5）再一次感謝您。

我向朋友同學積極推薦這套方法，開始他們都是聽聽就算了。後來得知我的第一次雅思考試成績後，很多同學和家長又向我請教學習方法，他們都興奮地買了您的《超越哈佛》。但激動完了，他們又只是在背單詞、背「機經」和語法上下功夫。他們泥足深陷，掉「坑」裡出不來，為什麼呢？……

從「去年年底我被美國 4 所大學錄取」推斷，張宇應當在 2009 年 12 月底之前就考完了雅思和 SAT，實踐原典法最多剛滿 18 個月。在《超越新東方》一書裡我說過，英語程度中上的高中生，運用原典法 24 個月可以「超越」大牌培訓師。英語近乎零起點的張宇同學也做到了。我向張宇求證考試日期。她的回信節選如下：

我 09 年 9 月了報了一個三個月的雅思培訓，但為了熟悉雅思 9 月 26 日就參加考試了，在北京語言大學考的，是裸考，目標也就是 6 分，結果 7.5 分。培訓了兩個來月，11 月 07 日又參加了一次，得 8 分。

張宇同學兩次雅思考試離前來徐老師家求助分別相距僅 15 個月與 17 個月。非常肯定的是，她的零起點「白板」反而成為她的獨特優勢，與她的毅力珠聯璧合，令她的英語鳳凰涅槃。

三分天註定，七分靠打拼

第 9 章　英語從國內「學渣」到英國學霸

　　高中生學外語最常見的心理暗示是：我年齡大了，學外語效率低。學理上將此稱作「意識入侵」。（註釋 6）本章我們看一位高二之前英語成績年級墊底的學生在運用原典法後不僅考試成績超越英美資優生，還順利通過英國司法考試獲得從業資質。對比思考，即便冰雪聰慧如伊萬卡（Ivanka Trump），來參加中文司法考試她能及格嗎！

我的原典英語學習法體會

　　徐老師，您好！

　　和您相識已是近 9 年前的事情。我從一個英語成績倒數的高中生到經過層層篩選被英國的國際律師事務所聘用，是從 9 年前那質的突破開始的。從被英國律師事務錄用來判斷，客觀地說我的英語水準已經超過多數英國本土青年。我想做一個詳實的回顧，讓我的案例令更多的學生接納原典法而受益。

　　2007 年我在深圳實驗中學讀高一，全年級共 450 人，我的英語成績排名第 427。暑假時媽媽帶我到徐老師家中諮詢。徐老師給我播放了一段《萬物簡史》的音頻，講的是「Water」。一分多鐘的錄音我只聽懂了「Water」這一個詞。太難了！見我的英語程度「慘絕人寰」，徐老師強烈建議我一定要運用原典法。我立刻開始遵照徐老師的要求，聆聽先行，海量聽英語。

　　徐老師向我推薦了《黑貓》系列有聲書和科普原著《萬物簡史》。起步時我就決定挑戰最難的《萬物簡史》。與我在徐老師家裡的經歷一

樣，幾乎什麼都沒聽懂。但是我硬著頭皮往下聽、查詞、接著聽。一開始只聽 2 分鐘的小段，每段都查出 50-70 個生詞。我購買的單詞抄寫本，不到一周就寫滿了。感覺難度太大了，我甚至開始懷疑方法錯了，懷疑為什麼要從聽不懂的書開始。但是關鍵時刻我還是選擇了相信原典法，硬著頭皮往下聽，每天 4-5 個小時，重複聆聽、查詞，背詞。

這樣堅持了一個月，我發現經常能捕捉到一些單詞、漸漸能聽懂這一段那一段，然後把它們串在一起就理解了。當時真的覺得太神奇。那時，《萬簡》在我眼裡是高深莫測的英語，它的詞彙量高於 15000，而高考詞彙量只有大概 3500。震撼和驚喜之中，也自我給力，堅定了繼續聽下去的決心。

大約 100 天之後我開始追美劇《越獄》（Prison Break）了。隨後擴展學習素材，包括 BBC 紀錄片、《老友記》（Friends）、VOA 和 CNN 新聞等材料，都是用「先聽後讀記單詞」的方法。

下面列舉原典法給我帶來的突破：

2008 年 2 月份我考雅思獲 6.5 分。成績不算卓越，但對 8 個月之前還是高中英語墊底的我，是第一次權威考試成績的躍升。

2008 年 3 月份因想找外教練口語，我報了英孚，（註釋7）在深圳市英孚總部裡幾乎找不到比我英語口語更流暢的學員。

2008 年 7 月我赴英留學，在英國本土學生學校 Welling School 修讀 A-Leve。（註釋8）我是第一個將戲劇（Drama）納入選科的華人學生。我首次和英國本土學生同台排練的是易僕生的《玩偶之家》（A Doll's House），我擔當反派一號 Mr.Krogstad 這個角色，其他演員都是英國本土學生，我可以和他們無縫銜接。之後學校公演，我被師生們交口稱讚！我的戲劇科成績也獲得了最高等級分。

2009 年報讀大學，出於對英語的自信我選擇了心理學，順利地被當時心理學專業排名全英第一的倫敦大學學院的心理學系錄取。

大學在校期間我發起組織了學習社團，既教外國學生學中文，又教中國學生學英語辯論，我參加了倫敦大學學院辯論社，成為大學的英語辯手。

2013年我參加了殿堂級的國際英語考試Law School Admission Test(LSAT)，得169分，百分比排位是前3%，這個成績超過了97%的美國法學院的申請者。

為著自我體驗，我未做任何準備又裸考了GMAT和GRE，兩項成績排位都進入TOP10%。

2014年7月我接到歐洲一間著名律師事務所的工作邀約和獎學金，進入英國最大的法律業務專業培訓法學院BPP Law School深造。英國律師界的外國人（包括歐盟其他國家）的從業比例是2%，我成為其中之一。

下面談幾點個人經驗。

首先是不能荒廢耳朵。我每天都會選聽一段難度較高的素材，無論是新聞、電視劇、脫口秀還是講座。針對其中聽不太懂的內容學習和記憶。

第二是主動進入異國文化圈。由於我英語流暢、心態開放，也注重體育鍛煉，我較快地融入英國本土學生圈。

第三是主動訓練超過日常交流的口語。使用原典法幾個月後我的口語表達就越來越順暢，但我並不自滿。在看影視劇或紀錄片時，我經常想像自己是片中的角色，模仿他們說話。我還經常用自言自語的方式總結當日所見所聞。在成為倫敦大學辯論隊的一員後，我會在家中向想像的觀眾宣講所見所思，我也利用一切機會與各類觀眾現場互動。持續地聆聽、模仿、包括自言自語演說和現場演說，是我口語流暢度和英國本土人媲美的主要原因。

在我看來原典法是最符合語言能力發展規律的外語學習法，它適

用於學習任何語種。不斷挑戰語言的新高度，例如從日常英語通→學術英語通→法律英語通。一路走來我很確信的一件事是：對於聽不懂的東西，一定要保持平和的心態去聆聽，耳朵會越聽越清，等聽清了以後，之後的學習才能更高效，這一點不僅對培養基礎英語太重要，對學新詞、糾口音和流暢表達也同樣重要。再次感謝徐老師潛心研究的原典法，給我帶來今天的成就。

您的學生吳東蔚 2016 年 3 月 7 日

徐老師討論：

到高中英語成績還墊底的學生，很難斷言他們有出眾的語言天賦。前一章、本章和第 60 章的案例均顯示，只要方法正確，可以將大腦語言神經生長的敏感期拓展到高中段，甚至能令華人青年的英語功底超越多數英美本土學生。

2012 年我臨近退休，人生該做減法了。一個家庭的公益太微小，若要以團隊之力助天下少年，就只能做機構。糾結了一整年之後我做了加法。2015 年吳東蔚同學一畢業就向錄用他的英國律所申請延遲一年入職，來幫助筋疲力盡的我。才 24 歲的他擔任深圳原典機構的總校校長，學生們都特別喜歡他。本書第 1 章的主角 Alice 小朋友就是吳東蔚老師開設的《哈利‧波特》原著班上的學生。這一年我得以閉關，寫了《英語自學方法教程》第二版。

吳東蔚的案例讓我再思兩個問題。其一，原典機構裡，曾經讓孩子上過英孚等著名外教機構的家長都公認原典的教學效果勝過外教機構。其二，原典法十多年前就做了過河卒子，將《哈利‧波特》等英語原著直接用於華語兒童的自學和課堂教學，現如今民間初見燎原之勢；但美英的外語教學理論和流派對這類普惠大眾的教研探索似乎始終漠不關心。

> 鴻雁於飛，肅肅其羽

第 10 章　用英語學 IT 的少數民族大學生

　　奔 19 周歲的 1972 年秋，我從坑窪顛簸的沙石公路翻越祁連山脈的當金山口。戈壁和高原的廣漠荒涼令我倍感生命的渺小和青春的迷惘。旅途中我受惠於一位哈薩克牧民。再遇哈薩克族人已是 36 年之後。

　　我在大學講授的公選課不及格率歷來高達 20%；開課時我會當堂預警，提醒學生及時棄選。JYN 同學錯過了棄選期。她向我求助，自述上大學反令她的人生陡落冰窟，她高考報讀文科，卻因少數民族跨學科錄取的優惠政策被入讀電腦軟體工程專業，大一學年理工各科幾乎要門門不及格，大二伊始她又糊裡糊塗選了我的課，感覺雪上加霜、未寒而栗。

　　以下是 JYN 的自述：（註釋 9）

　　漢語不是我的母語，英語更不是。我學習生涯中最恐懼的日子都曾來自英語。

　　我居住在邊陲小城新疆阿勒泰，初中才從字母表開始英語之路。與從幼稚園就學唱英語歌的漢族同學比，我「輸在了起跑線上」。這遠不是最糟的。初中一開學我就病倒住院。家境貧困，買不起磁帶複讀機，13 歲的我躺在病床上，一隻手掉著掛針輸液，另一隻手緊緊攥住課本。「Hello, My name is Lucy, nice to meet you!」，「Hi, I'm Lily, nice to meet you too!」。我強迫自己一頁頁地啃無聊的課文，掙紮著想學到一點一滴，好像那書中的蝌蚪字是保佑我朦朧的理想不會破滅的護身符。這樣的自學收效甚微。等康復後返校，第一次英語測驗給我巨大打擊，我把自己鎖在房間裡，哭了，很久很久。

我拼命追趕因病拉下的功課。初二開始其他科目成績節節攀升，唯獨英語跟不上。按當時流行的詞，我是英語「瘸腿」者。中考前的幾個月，再次感受到泰山壓頂，我買來了複讀機，已經沒錢買磁帶了，向同學借用，翻開課本，從音標開始跟著磁帶不停地發音校音，不停地背單詞，更每天每夜大量做題。這終於讓我擺脫了成績的「瘸腿」，卻對英語產生了深深的厭惡。

高二剛結束我再次病倒，休學整一年。一年的空白期令我心裡壓滿恐懼，最恐懼的仍是英語。高三入學首次摸底考試，讓我再次備受打擊，比之前更重更深。但我不再哭泣。

上大學後大家都有相似的感受，發現中學裡學的英語根本無法用；大學裡的英語課堂同樣沉悶枯燥，毫不誇張地說，很多同學都覺得是浪費生命，這個那個同學常常會蹺課。我殘留的對英語的些許渴望被扼殺了。我曾經靠著做題做題再做題的那股韌勁傻勁考進大學。但這令我無所適從，更令我厭倦。我那七年寒窗萬道試題的生命耗費，換回來不折不扣的聾啞英語，還有什麼價值？

大二時陰差陽錯誤選了徐火輝老師的課。它並非英語專業的課，卻令我邂逅「原典英語自學法」，徹底改變了我的學習生涯。

第一大改變是讓題海訓練永遠深埋於黑色記憶。這帶給我第二個改變。很多大學生都「聞四六級色變」。我沒有經過任何「自殘式」複習，悠哉遊哉地上場裸考。CET-4成績519，沒有任何可炫耀的，卻「性價比最佳」。四級輕鬆過關，更令我拒絕加入地獄式的六級備考大軍。CET-6我同樣是裸考一次輕鬆過。與那些對六級幾乎望洋興嘆的少數民族同學相比，我多麼幸運！第三大改變是英語從我的厭惡我的恐懼變成我的最愛。在電腦軟體工程專業沉重的課業下，短短一年我聽完了非刪節版英語有聲書《萬物簡史》《飄》和四部曲的《暮光》(Twilight)等等。適逢校園網開放CNN和BBC頻道，它們的官網納入了我的收

藏夾。見縫插針欣賞英語媒體成了我的生活習慣。我的最愛是 Oprah Winfrey，從她的專欄《活出最好的你》以及其他英語頻道裡，我總有意外的收穫。剛入大學時每個來自大城市的漢族學生英語都比我強。如今每當我打開 CNN 或 BBC，被脫口秀、辯論賽直播等逗得傻笑，漢族同學常以驚異羨慕的眼光看著我。對於曾經見到英文單詞就打顫的我，這一切的一切實在是匪夷所思。

從大二開始我先後選修了六門外教課。既有積極心理學（Positive Psychology）等公選課，又有 JAVA 程式設計原理等專業課程。不知不覺我成了軟體工程專業裡極個別有能力與外教流暢深入交流各種話題的學生。

從小在爺爺家長大。我 13 歲那年爺爺驟然去世，我隨即病倒入院。父母和家人忙於料理爺爺的後事，無法脫身來照顧重病中的我。獨自一人躺在醫院裡，開始半個多月之久都沒有跟父母見過一面。對爺爺的思念、對父母的牽掛，在醫院裡獨自面對重病的恐懼，身體的病魔與精神的創傷交織，令我瀕臨崩潰。

很感激同學的愛心，她們給我帶來了課本，更帶來了的譯著《福爾摩斯探案集》等，讀起來與教材天壤之別。每天掛著點滴看書，看到入迷的時候，常常沒在意吊針刺穿了血管，手背鼓起大包，或者沒留意到藥液已經滴完。時有發生的狀況嚇壞了護士，她們總是責備我太大意。在生命至暗時刻，讀譯著帶給我陽光，幫助我對抗著孤獨和恐懼。當時就渴望能夠像讀漢語譯著一樣流利暢快地讀英語原著。

最令我驚喜莫名的是運用原典法後不知不覺我的理科思維也進步巨大。大二結束時我的整體成績從大一本專業墊底的 20% 躍升到前 10%，獲得校級一等獎學金。要知道這是我迄今並不喜歡的電腦軟體工程專業！我已經找回我自己了：在哈薩克語中「Jiayina」就是像陽光一樣燦爛和溫暖的意思。

JYN・JNT

徐老師討論：

原典法的實踐者鄭哲浩、徐溢華和 JYN 三人齊齊向我力薦《暮光》，鄭哲浩和徐溢華說它足以媲美《哈利·波特》。我說：那邀請你們合著一部用《暮光》原著學英語的書。鄭哲浩和徐溢華打退堂鼓了。JYN 有熱忱。我就請徐海天老師撥冗，三人合著了《和我一起聽＜暮光＞學英語》。（註釋 10）為此我硬著頭皮聽完了《暮光》全系列，發現自己並不喜歡；不過我還是認真寫了人生的第二篇書評。

JYN 讀中學時曾病休一年，開始用原典法時已近 21 歲。此案例強化了我的兩個猜想：① 方法正確＋運用科技可以延長語言習得敏感期的年齡窗；② 嫻熟掌握數門聲韻結構差異較大的語言——漢語和英語都是 JYN 同學的「外語」，她還能說維吾爾語——或能遷移到助益數理思維的腦神經生長。

家境貧困的 JYN 大學畢業時順利就業，不久她就捐贈 5000 元 RMB 用於原典公益推廣。

> 流水它帶走光陰的故事，改變了我們

第 11 章　雙語的夢想：當我們人近中年

　　以為《新概念英語》不再會被尊為學英語的教材之神，寫《英語自學教程》第二版時我曾打算將第一版中析評它的文字清空。與安慈女士的一面之緣令我轉念。她告訴我，「英語學習屢敗屢戰；最近一次衝擊用了《新概念英語》背誦法；第四冊的每篇課文讀和背 500 遍，但還是不得要領。」

　　500 遍！怎麼可能？！面對面直視她的眼睛我連問三次，才確信自己尚未到耳背之年。

　　安慈改用原典法學英語近百日之時應我之邀約寫一篇體會，如下。

　　從小愛看小說，看到譯著時就癡癡地想，能看懂原著就好了。

　　生於 70 年代中期，從初中開始學英語，考試從沒及格過。大學讀藝術類服裝專業，對英語沒有硬杠杠要求，畢業時依舊只認識 26 個字母。但第一份工作就去了外資企業，與客戶的文書交往全用英文。當時就立刻報讀了夜校，可怎麼考都不及格。大家都說背《新概念英語》最有效，我就從《新概》第二冊開始背，第二第三冊每篇課文都背了 50 遍。背過後真的考試考過了。可畢業證拿到了還是不能自如地聽說、不能閱讀原著，都不好意思告訴別人我是學自考英語的。

　　轉眼到了 2015 年，想著此生怎麼也要圓聽讀英語原著的夢想啊！既然《新概念》二冊三冊都背過，就背第四冊吧。我像讀佛經一樣，每篇閱讀 500 遍，再反覆背，一直背到第 25 課，覺得還是不行。此時在網上遇到了原典的理論。這下感覺對了。開始按原典法說的去做，聽黑

貓系列。每天聽一個故事，開始覺得挺好的，可一周後覺得太簡單了太慢了。書裡還有說聽《萬物簡史》或《飄》，也找來聽，太難了。迷茫中的我 2016 年 1 月 31 日去聽了徐老師的公開課，課後和徐老師聊了幾分鐘，老師建議我聽《哈利‧波特》。

2 月的第 1 周就開始聽《哈利‧波特》，每天聽十多個小時，整本書聽了三五遍。聽時每個詞都能聽清，就是不知什麼意思。聽得最清晰的時段是睡前和醒後。2 月 8 日開始過年了，沒怎麼聽。3 月 15 日又開始再聽，還是聽不懂。能看懂，可就是聽不懂，挺煎熬的。想著那麼多小朋友都能聽懂，徐老師說成人要聽三到九個月呢。我開始穿插著聽《傲慢與偏見》，再回過來聽《哈》，覺得簡單了很多。3 月 27 日早上 5 點醒來，靜謐的朦朧中我打開《哈利‧波特》聽，突然都懂了！太神奇了！！聽了一段時間後，我以為只能聽懂《哈》，把其他有聲書找來聽，都能聽懂。能聽懂了，就想把以前渴望讀的英文書都聽了。有一次通宵聽、一直聽到凌晨四點還欲罷不能。現在更愛聽書了，讀得反而少。有時會看 TED 感興趣的話題，沒字幕的。這也是渴望了好多年的。

自己堅持執行過原典法後，特想分享給想學英語的人。門，就在那裡；路，要自己走。

安慈 2016 年 5 月 2 日

讀著安慈女士的親筆，想著她向我求助時那療傷癒痛仍風雨兼程的眼神，那是幾代人外語學習的萬水千山。歲月不改追夢的晚輩，如果你渴望圓夢英語卻始終不得要領，無論你人在校園還是人近中年，請聽我一次勸，好嗎？

但，半生文盲如我，何故何苦何必，對晚輩勸學勸讀更勸聽呢？

是的，勸讀更勸聽。《斯坦福哲學百科全書》裡直陳：古往今來整個哲學界都低估了「聽」！（註釋 11）

索引和注釋

1. 本書引用的原生態案例部分來自原典公益論壇：http://bbs.homer-english.com/forum.php；該論壇因屢受網路攻擊於 2019 年關閉。
2. Harari Y. *On What The Year 2050 Has In Store for Humankind.2018*. 引自 WIRED.CO.UK 官網。
3. 徐火輝等，《超越新東方——徐老師原典英語學習法》，深圳海天出版社，2007 年。
4. 徐火輝等，《超越哈佛——徐老師原典英語自學法》，深圳海天出版社，2009 年。
5. 三本：指中國高校入學統考的第三批次錄取，批次越前錄取分數越高。
6. 見本書第 47 章。
7. 英孚：EF Education First，一家外資的外語培訓機構。
8. General Certificate of Education, Advanced Level. 英國 12-13 年級的課程。
9. 節選自《和我一起聽＜暮光＞學英語》，深圳海天出版社，2010 年。
10. 深圳海天出版社，2010 年。
11. 見網路版 Stanford Encyclopedia of Philosophy，詞條 Auditory, Sound.

卷三 真理之光

會當凌絕頂，一覽眾山美

第 12 章　掌握 68 門語言的大腦

外語的世界記錄

　　出生於木匠之家 Emil Krebs 就讀於一間鄉村混齡小學，9 歲時他偶遇一本德法詞典，開始好奇不已地探索語言迷宮，到高中時他已掌握 12 門語言。上大學時他雙修東方語言和法律，夢想去神秘的遠東。26 歲時他如願以償，入職德國赴華外交使團，後晉升為首席翻譯。慈禧太后特別召見了 Krebs，一見如故地誇讚他「你是我見過漢語說得最好的外國人」。旅華期間 Krebs 自修了藏、蒙、滿等諸語種。Krebs 一生共掌握了 60 多門口語；他的 3500 卷／冊手稿被美國華盛頓國會圖書館收藏，從中確認 Krebs 使用的書面語高達 120 門。（註釋 1）

　　這個案例提示：存在著我們尚未領悟的「大腦增強」的奧秘。用跳高來類比，男女的世界記錄分別是 2.45 米與 2.10 米；健康少年稍加訓練都能輕鬆逾越此生理極限的五成；由此按 E. Krebs 十分之一的語言功力來類推，人人都能習得五六門外語；在歐洲嫻熟掌握五六種語言的人也並非罕見。如果外語教學體系的實際效果經年累月地與此悖離，例如幾代華人前僕後繼、依舊連習得一門外語都倍感艱辛，邏輯上就不能排除這種可能——教學方法體系錯矣。

大腦內生增強與外延增強

　　E. Krebs 是大腦內生增強的典型案例，科學家發現他大腦的語言中樞確實與眾不同。（註釋 2）

　　大腦增強可粗分為兩大類：內生增強和外延增強；前者主要指大腦

的生理健康和腦神經優化生長；後者主要指發明和運用各種智慧拓展工具，如文字和電腦；AI 是其新高峰。

用 AI 評估智能難度

AI 可用於評估大腦內生智慧的「客觀難度」。見下表。

表 12-1 AI 發展的公眾事件里程碑

AI 進階	年份	智能難度進階
里程碑 I	1997	擊敗人類國際象棋冠軍
里程碑 II	2011	擊敗全美有獎智力競猜冠軍
里程碑 III	2017	擊敗人類圍棋冠軍
里程碑 IV	2020	語音辨識基本達到五歲兒童平均水準
里程碑 V	2022	ChatGPT 等

以 AI 來衡量，智能難度從低到高的順序是：國際象棋＜有獎智力競猜＜圍棋＜口語識別（speech recognition）。AI 的語音辨識已經做得很棒，但截至 2020 年它仍舊難以勝過人類兒童。AI 會超越兒童，但它不改變此處討論的要旨；AI 彙聚了全球頂尖數學家、演算法專家和語言學家的智慧，還有英偉達和台積電等超級晶片系統的支撐，更有大數據訓練加持；嬰幼兒習得語言時毫無這種夢幻團隊的組合。

若用 A 代表電腦，B 代表人腦，可將表 12-1 中前三項表達成 A>B。第四項則正相反，可表達成 B >A。請思考這個奇觀：一方面全球聰明絕頂的人都遠不如 AI；另一方面全球科學家智慧薈萃的 AI 尚不如小童。這個現象學矛盾「A>B 同時 B>A」蘊含了外語學習的真理。

教育學第一悖論

還可從與 AI 里程碑事件對應的教學任務獲得啟迪。見下表。

表 12-2 按智慧難度遞增的教學任務對照表

教學目標：培養出……	智能難度 / 學齡段	智能類型
國際象棋世界冠軍	高級智慧 / 博士後	意識理性
智力競猜全國冠軍	高級智慧 / 博士後	意識理性
圍棋世界冠軍	高級智慧 / 博士後	意識理性
口語識別 - 運用者	超級智能 / 學齡前	潛意識本能

沒有教師能確保完成表 12-2 中前三項。但無須任何正規教育每個幼童在 5 歲前都輕鬆完成第四項。進而，只要具備多語種交流環境，幼童掌握多門語言亦毫無困難。我們將此現象學矛盾命名為教育學第一悖論：頂級智能不教而會。

太有必要繼續從 AI 的視角來考察人類的語言智慧。

曲徑通幽處，花有別樣紅

第 13 章　AI 革命：放棄文法理論規則

　　被譽為 AI 革命之父的 Geoffrey Hinton 是全球唯一既榮獲諾貝爾物理學獎又榮獲圖靈獎的科學家。生於書香世家的 Hinton 從小就心知肚明長大後將「被讀博士」。外柔內韌的他時而輟學，叛逆的少年期還曾去學當小木匠。這些都擋不住天資聰慧的 Hinton 入讀劍橋大學。他自主選擇了腦科學→生理學→心理學→ AI 的學術曲徑。

　　AI 曾有雲泥之別的兩個流派：規則學派與神經元學派。

　　規則學派高屋建瓴，其思路是，針對任何領域，運用該領域的前沿理論，集成出鉅細靡遺的規則表和知識庫，生成 AI。神經元學派則追本溯源，其思路是，放下分門別類的理論知識，先去模擬腦神經元的工作，建構人工神經元網路；然後再用數據集去訓練它，生成 AI。

　　以語言識別為例對比這兩個學派。規則學派將語言學專家的智慧結晶，包括文法規則、詞彙規則、語音規則，百科全書知識庫等等，集成為 AI 系統。這條道科學家走了 60 年，頻頻碰撞天花板，被稱作 AI 的冬天。神經元學派則從簡陋的人工神經元網起步。可以將其理解成：人腦太複雜就先模擬鼠腦，鼠腦仍太複雜就先模擬螞蟻腦，等等。然後再用語音流與文本數據去訓練人工神經元網。

　　「妄想」模擬低等動物的陋腦來解決高等智慧的神經元學派備受冷落，Hinton 是它屈指可數的孤行者之一。他在英國的科研經費被斷供後輾轉到美國高校，仍難覓棲身之地，最終北漂至加拿大，荒江小屋潛心 40 年。2012 年他指導的初出茅廬的門生在 AI 大賽中擊敗了規則學派一眾頂尖專家。（註釋 3）一戰成名後神經元學派瞬間成為 AI 主流。

語言識別 AI 的突破，不是獲益於語言學家陽春白雪的理論規則，而是求教於人類大腦的神經網。這對外語（L2）教學有正反兩大啟迪。（註釋 4）

　　先看反向啟迪。規則學派擁有語言學家的理論知識體系、演算法專家、高深的數學模型以及超級電腦的加持，但仍舊無法解決語言識別。憑什麼人們篤信灌輸入門級的文法知識是學外語的最佳途徑？

　　劍橋大學連續三版的權威綜述專著《語言教學的流派》裡斷言：「語法規則-翻譯式教學沒有任何理論。沒有任何學術文獻為它提供理論基礎或合理性論證，把它與語言學、心理學或教育理論的研究相聯繫。」（註釋 5）

　　再看正向啟迪。AI 的柳暗花明源於模擬了腦神經元網的工作原理；但兒童大腦中天生就有遠比 AI 人工神經網更高端的語言加工神經元網！

結論

　　外語學習，簡便高效的大道在於如何令大腦語言神經正常生長；少慢差費的歧途是頭懸樑錐刺股地研修文法知識。

　　仍須追問，為什麼規則學派會失敗、而神經元學派能成功？這關涉科學哲學的方法論。

大道至簡

第 14 章　科學方法論：第一原則

　　為缺乏雙向交流環境的數億華語師生設計外語教學體系相當於一項世界規模的社會工程。值得借鑒系統工程學的思維方式。工程學泰斗馬斯克（Elon Musk）將 Space X 做到超越美俄中的國家隊。他人向馬斯克請教秘訣，回答永遠是：請恪守第一原則（First Principles）。（註釋 6）

什麼是第一原則

　　指解決複雜問題時必須追本溯源，自底向上地思考，對疊床架屋的知識做減法。

　　西方文化首次提出第一原則的是亞里斯多德。更早，惜墨如金的老子對第一原則多有闡述。「大道至簡；道生一，一生二，二生三，三生萬物」。老子解釋說：「為學日益，為道日損。損之又損，以至於無為。無為而無不為。」

學會做減法

　　在科學方法論中，第一原則就是公理化或稱公設化的思維方法，亦被稱作節儉律（Law of Parsimony），其操作術語是奧卡姆剃刀（Occam's Razor）。它強調，建構理論體系的根基時，概念越多犯錯的概率越大，必須損之又損，用剃刀剃掉絕大部分概念，剃到剃無可剃。看幾個經典案例。

1. 歐幾里德做減法

萬年前的人類就有了數學智慧。為什麼 2300 年前的歐幾里德被公認為數學家之祖？因為他把減法做到極致。其他數學天才迷戀百疊千堆之術，歐幾裡得只聚焦於損之又損之道，他把幾何學的原始起點減到只剩五條公理，宏偉的體系就建造起來了。

2. 牛頓做減法

從石器到青銅器到鐵器，從十字弓到木流牛馬到風帆船，一部文明史就是對「力」的智巧運用。但一代代天才都沒整明白什麼是「力」。牛頓把減法做到極致，釐清力學迷宮的原始起點，得出三大定律，其他一通百通，由此建立了經典物理學。牛頓還直接對減法本身做減法，減到最後就無窮趨近於零；如果能夠用符號體系表達出「無窮小的減法」，動態數量系統的萬丈高樓就拔地而起，這就是微積分。歐幾里德做成了一次減法，畢生向歐幾裡得學習的牛頓做成了兩次減法。

3. 愛因斯坦做減法

物理學在牛頓之後，概念、定義、定律和公式噴湧而出。愛因斯坦同樣把減法做到極致。他只鎖定四個關鍵字：時間、空間、能量和質量；「四詞撥千鈞」。愛因斯坦最著名的公式與小學一年級的數學等式 1+1=2 同樣簡潔，一共只須五個符號。

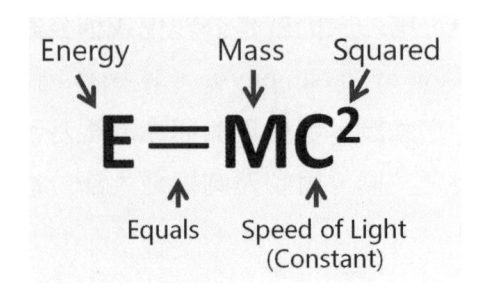

$$E = MC^2$$

Energy = Mass × Speed of Light (Constant) Squared

圖 14-1 愛因斯坦最著名的物理學公式

愛因斯坦的減法不僅揭示了宇宙的奧秘之數，還閃爍著童話的魔幻之美。時間可以伸縮，空間可以彎曲，質量與能量可以神奇轉換。愛因斯坦說：Everything should be made as simple as possible but no simpler。這與老子的名言完美匹配。

外語習得體系建構的第一假設？

第一原則的拉丁語詞源 Ab Initio 的英文直譯是 From Beginning。運用於外語學習有如下推理。

① 百年前 99% 的人不學文法知識；千年前 90% 的人是文盲；萬年前沒有文字；那時的人類早已有語言。

② 嬰幼兒不用閱讀或文法知識來習得母語。

③ 盲人能嫻熟掌握口語；同時十聾九啞。

④ 五個月大的胎兒已開始聆聽。（註釋 7）

⑤ 嬰兒平均聆聽 300 天以上才開始蹦單詞，不經正式教學自然發展出口語表達。

由此，建構外語習得體系的起點須依次減去顯性文法知識、文字和口語，只聚焦到一個原點：聽。原典法將它初擬為建構外語習得體系的第一假設：「聆聽為本」。

需要從多學科的研究來交叉驗證聆聽為本的第一假設。

> 始條理者，智也，終條理者，聖也

第 15 章　科學方法論：第二原則

人類兩大智慧領域，這邊廂是數理和自然科學，那邊廂是人文和社會科學，鴻溝漸巨。為化解這種不健康的趨勢，C. P. Snow 於 1959 年在劍橋大學開設《兩種文化》（The Two Cultures）專題講座並集結成書。哈佛大學教授 E. O. Wilson 接棒，於 1998 年出版《一致性：知識的統一》（Consilience: The Unity of Knowledge），探討將自然科學、社會科學和人文統一的路徑。Wilson 被譽為生物多樣性之父和社會生物學之父，他有三本科普書登暢銷書榜，並榮獲 TED 2007 年度夢想大獎。（註釋 8）

Consilience 可譯為「跨學科一致性」。它有兩個層面：縱橫交錯的實證一致性與因果鏈條的理論一致性。

實證一致性。如果一個理論假說獲得多個不同學科領域的實證數據支援，即使就任何單個學科考察其證據並不算強，其跨界吻合的狀況就屬於鐵證如山，它就是一致性。可用概率模型表達實證一致性，這裡僅用常識來類比。如果某人 X 被其父母頻誇脾氣好，這不足為據；若 X 的妻子和子女、同階和麾下同事、鄰裡和社區清潔工等等，都交口稱讚 X 脾氣好，對 X 實施的心理學測量也與此契合，這種來源不同而一致的評價，就足以呈堂佐證而採信。實證一致性還有更嚴格的界說，此處不展開。

理論一致性。它指基於實證一致性而能夠自底向上從自然科學的因果機制鏈闡明不同學科內在關聯的深層理論體系；它也就是知識的統一體。例如，物理學是貫通物理與化學兩大學科的深層理論體系，

分子細胞生物學是貫通醫學各分支的深層理論體系。

簡言之，Wilson 用 Consilience 這一理念，力主以自然科學為基石，通過多學科交叉融合來自底向上地貫通分門別類的社會科學，以改變後者碎片化閉環繁衍的趨勢。他特別強調生物學導向的大腦科學是統一社會科學的主脈。本書將 Consilience 稱為科學方法論的第二原則，且在後文中直接使用此英文原詞。

方法論第一原則是把減法做到極致。方法論第二原則是把加法做到極致；但此加法非彼加法，它必須突破「身在廬山」的單學科的知識囹圄，做跨學科的加法。

為解決華人學外語的難題，既要運用方法論第一原則，做減法聚焦到聆聽為本的第一假設，又要運用方法論第二原則，跳出傳統語言學和文本知識的閉環，以大腦科學為主脈、跨界探析眾多相關學科，在第一假設的基礎上做出高階綜合。

獨自莫憑欄，無限江山

第 16 章　語言學革命：語言是生物算法

每當遇見留學美英名校攻讀外語教學的碩士博士，我都會詢問：課程體系裡是否有結合大腦科學深入淺出講解喬姆斯基理論、並探討其運用的內容？他們總是一臉懵懂地看著我。

導讀篇引用了社會心理學與應用心理學之父 Kurt Lewin 的名言：最實用者莫過於好理論。當代語言學的好理論究竟是什麼？

喬姆斯基做減法

喬姆斯基有兩項桂冠：語言學革命之父與認知科學之父。他的研究覆蓋語言學、生物學、數學、分析哲學、資訊科學和科學思想史等。喬姆斯基對語言學理論做了通透的大減法。他的思路如下：嬰兒不論生於何地何族都能不經正規教學而嫻熟掌握人類 6000 多種語言中的任何一門，由此結論只能是每個嬰兒大腦中天生都有一種普世語法 Universal Grammar，簡稱 UG；此普世語法只能是人類物種基因預設的生物本能，且主要體現於大腦語言神經的構造；喬姆斯基將其表述為大腦中的語言習得裝置（Language Acquisition Device，LAD），（註釋 9）它在與社會環境的互動中自發生長，個體由此發展出語言行為。弄通了此普世語法，其他就「一通百通」了。喬姆斯基的理論對外語習得有兩大啟迪。其一，應聚焦探討如何運用大腦科學去舒展兒童的語言本能；其二，龐大繁雜的文法理論知識無關宏旨。

在以傳統文法知識體系揚名立萬的外語教學圈，喬姆斯基的語言學理論難免被普遍漠視甚或敵視。

語言內核是生物演算法

科普名著《未來簡史》有句名言「生物即演算法」（Organisms are algorithms），（註釋10）更準確的表達應該是「生物本能即演算法」。這一思想部分源自喬姆斯基。用一句話提煉喬氏理論：語言的內核是被人類物種基因所預設的生物性的演算法神經系統。（註釋11）

傳統語言學家會質疑：首先，現象學層面，地球上近7000種語言形態各異，個個均相互不能「識別」，即彼此不能直接理解；進而，文化學層面，從莊子到曹雪芹，從荷馬到莎士比亞，文學經卷高聳入雲，怎能把語言降格為與飛禽走獸相似的「生物器官／生物演算法」！

可從融入日常生活的GPS系統來領悟。設問：人類大腦中有沒有體現「GPS」能力的演算法神經？有，即俗語說的方位感。個體的方位感有強有弱。同時，作為物種，人類大腦中的「GPS」演算法神經並不發達。有沒有「GPS」天賦發達的物種？有，如候鳥或海龜。它們的「GPS」能力是學習對應理論知識獲得的嗎？不是，那是物種基因預設的生物演算法。蜜蜂的「舞蹈語言」、蝙蝠的「聲波雷達」等，動物千奇百態的本能，殊途同源，都是生物性的演算法神經的生長。第13章我們也初窺，演算法神經的思想還啟迪了AI。

綜合第12-16章獲得以下認知。

(1) 人類大腦擁有兩種不同的智慧加工和學習機制；一種是潛意識層面的，如語言的核心能力；另一種大體是意識層面的，如智力競猜、圍棋對弈和文法知識；後者無法替代前者。

(2) 就演算法的客觀難度衡量，潛意識層面的物種本能常常高於意識層面的理性知識；進而，兒童潛意識的語言本能，其演算法難度超越任何顯性的文法理論知識。

(3) 不可能通過灌輸文法知識實現習得語言所須的演算法神經的生理生長。

總結

　　語言本能對應於人類物種特有的大腦演算法神經的生理生長。繼續追問：欲令大腦語言演算法神經正常生長，需要匹配的關鍵行為是什麼？

舉一反三，舉萬反一

第 17 章　語言習得的小數據算法

大數據演算法 VS 小數據演算法

　　2017 年圍棋冠軍柯潔敗於 AlphaGo 後評論：「AlphaGo 今天的棋跟去年完全是兩個人；原來我覺得它還是個人，現在有點像神」。（註釋 12）是什麼魔力讓 AlphaGo 變成了「神」？是演算法＋大數據訓練。AlphaGo 自 2015 年誕生起先從能搜集到的所有高手棋局學習，然後又自我對弈 3000 萬局。（註釋 13）

　　設想某華人天才少年設計出命名為 AsianGo 的 AI，它僅僅學習了數百局普通棋譜後，與 AlphaGo 博弈就能旗鼓相當，兩者之中誰的演算法更強？無疑是 AsianGo。也即，演算法的強弱與訓練它所須的數據量成反比。每個幼童的語言本能恰恰相當於此 AsianGo 的小數據演算法。更通俗的類比例，同一項數學原理，甲做三道題就掌握了，乙做三百道題才掌握，誰的數學天賦更好？

　　人類的大腦能舉一反三，這是小數據演算法，迄今 AI 只能「舉萬反一」，這是大數據演算法。以語言識別、理解與交流的 AI 來管窺，2022 年震撼全球的 ChatGPT 屬於大語言模型（large language model，LLM）。這類生成式 AI 有「三高」特徵：功耗極高，演算法的參數量極高，訓練它所須的數據量極高；數據量包括，百年來的知名演講、訪談、經典影視劇和百萬部名著書刊，等等。幼童學語言毫無這類特供。每個幼童交流的對象平均不足百人，他們的父母不是曹雪芹、教師不是莎士比亞、發小中也罕有童年的吳濁流。喬姆斯基概括出幼童

語言輸入數據的三個特徵：量少，「平庸」，日常口語常含錯誤。邏輯上，幼兒無法從如此「貧乏且平庸」的數據中淬煉出高度複雜的句法規則、從而迅速掌握語言。這就好比 AlphaGo 絕無可能從臭棋頻發的棋譜中學習而獲得戰勝柯潔的功力。現實中，每個兒童都達到了媲美頂級 AI 的語言識別和自如交流能力。喬姆斯基將此稱為刺激貧乏（Poverty of the Stimulus，POS）。（註釋 14）筆者稱其為語言習得的小數據悖論，它也就是小數據演算法。

　　兒童語言的「小數據習得」凸顯三樁事。① 語言內核必定是人類物種基因預設的生物演算法。② 此演算法遠勝當代頂級 AI。③ 小數據演算法與大數據增強並無矛盾，兩者可珠聯璧合；如果小數據訓練都能令幼童迅速展現頂級語言智慧，若能設法運用大數據增強、令大腦演算法神經優化生長，個體語言智慧便如虎添翼。這是教育的福音。

　　總結：外語習得的關鍵可歸結為運用大數據訓練天賦的大腦語言演算法神經，實現其優化生長。

與君千言還萬語，請君為我傾耳聽

第 18 章　語言習得的大數據增強

存在一個本原問題：訓練大腦語言演算法神經生長的數據，其物理特徵和對應的行為模式究竟是什麼？從第 14 章可知，行為模式是聆聽而不是閱讀，物理特徵是語音流而非文字。這又引出三個基礎問題。① 閱讀究竟是什麼？② 閱讀能力高低的根源是什麼？③ 將文本閱讀當做外語學習的主要模式是毋庸置疑的正確、抑或是南轅北轍的失誤？

科學家 B. Hart 和 T.Risley 的一項經典研究揭開了前人習而不察的秘密。他倆統計了幼童期的聆聽輸入量，分析它對閱讀能力有何影響？數據震撼了學界：① 四歲時不同家庭幼童的語言聆聽量的差異高達 3200 萬個單詞；② 學齡兒童閱讀能力主要取決於學齡前期累積的聆聽量，聆聽量越高閱讀能力越強。（註釋 15）該結果被多項跟進研究確認。

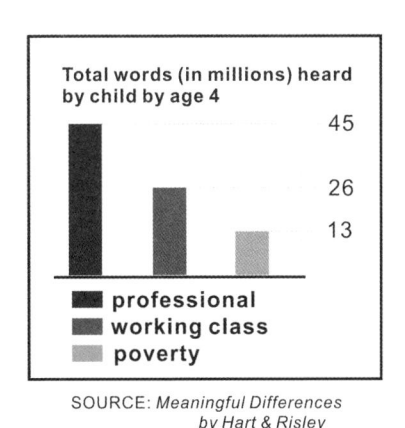

Total words (in millions) heard by child by age 4

- professional: 45
- working class: 26
- poverty: 13

SOURCE: *Meaningful Differences* by Hart & Risley

總結

閱讀能力低弱的病根是聆聽量不足，北美教育界稱此為教育的大災難（Catastrophe）。

之乎者也君不解，卦語閑言蘊天機

第 19 章　語言進化的大數據增強

牛津大學教授 Robin Dunbar 在一部學術奇書《摩膚理毛、八卦喋喋與語言進化》中提出語言起源於「八卦」的假說。（註釋 16）人類喋喋不休地八卦是基因與文化互動演化出的行為特徵，它保障了腦神經生長所需要的刺激量。前章已述，四歲兒童累積的最低聆聽量已達 1300 萬個單詞。

70 多年來的各項研究結論始終一致，聽、說、讀、寫四種交流行為中聆聽占比高達約 50%。見表 19-1。

表 19-1 語言交流中聽 - 説 - 讀 - 寫四種行為時間占比的多項研究

研究者，年份	群體	閱讀	寫作	說話	聆聽
Rankin, 1930	各行各業人員	15%	11%	32%	42%
Brieter, 1971	家庭主婦 - 家政	10%	7%	35%	48%
Werner, 1975	高中生、大學生、就業者和家庭主婦	13%	8%	23%	55%
Barker, 1980	美國大學生	17%	14%	16%	53%
Bohlken, 1999	美國大學生	13%	12%	22%	53%
U.S. Department of Laboer, 1991	政府機構管理人士	13.3%	8.4%	23%	55%
O. Hargie 2011	各行各業人員				≥45%

聆聽促進語言神經生長體現了腦神經的可塑性（Activity-dependent Neuroplasticity）。大腦語言演算法神經的生長，先天被物種基因預設，後天被日常行為持續啟動；此日常行為主要是聆聽而非文本析讀。即使天天啃書本的大學生群體，聆聽時間也比閱讀高約三倍！

人是編故事聽故事的動物。從閨蜜私語到小說影視，從宗教經卷到 IPO 路演，條條成功之路萬變不離其宗，編出好聽的故事。為什麼美英的販夫走卒太容易到海峽兩岸招搖、變身為英語名師？因為即使他們懶於讀書，天天網迷抖音，也是刺激語言神經生長的數據訓練。

總結

　　促進大腦語言神經正常生長的主要行為是聆聽而不是文本析讀。文本閱讀崇拜是母語掃盲的金科玉律，但照搬於外語教學它蛻變為錯謬之源。從 50 後到千禧後華語學生聾啞英語的「宿命」，並非命中註定，而是「耳中註定」。

醍醐灌頂觀數據

第 20 章　從 TOEFL 大數據觀外語習得

個體數據與群體數據

　　朋友 NJ 女士向我通報她兒子的 TOEFL 考況：「侃侃自己說考砸了。」電話這頭我說：「我敢打賭，侃侃總分高於 110。」兩周後出成績，侃侃總分 115。我預測的信心來自吉光片羽：侃侃赴美後很快習得一口黑人英語，這貌似旁門左道，實則是大腦語言神經優化生長的特徵。然而，一個人外語學習的成功只是他或她的個體故事，它或有某種啟迪，但不能劃等號於普遍規律。能夠證實群體規律的是大數據。

　　上世紀我就想做外語習得的大數據研究。身為大學裡的科研「三無人員」，無團隊無經費無設備，我採取兩個策略。首先聚焦於結構化數據 TOEFL，這能倍減統計工作量。第二是做 10 年規劃。我主動降職，從管轄「國際考試中心」的上級崗位進入其所屬崗位，做了 TOEFL「主考官」；這令我能感受豐富的第一手個案，見微知著而見宏知著。融入初探 TOEFL 大數據實證研究的《英語學習的革命》於 2010 年正式出版。（註釋 17）兩年後聞名遐邇的達沃斯世界經濟論壇發佈《大數據，大影響》，（註釋 18）大數據話語即刻風靡全球，但迄今仍罕見運用大數據對 L2 教學理論實施嚴謹檢驗的探討。

　　哈佛大學的明星講師 Tal Ben-Shahar 曾調侃：學術期刊的文均閱讀量是 7 人次，其中包括作者他娘。《英語學習的革命》出版時我早已終止向學術期刊投稿多年了，但這部書實際是多學科綜合的主題論文集，我揣測其中的大數據分析或能引發學界興趣，權當破例我將其單獨

成文投給學術期刊，旋即被退稿。此後十多年內共有三人主動與我討論 TOEFL 大數據與外語學習的深層原理。一位是醫生朋友。一位是 2017 年底偶遇的陌生少婦，她開口便說，「您是徐老師吧！讀了您書中的大數據分析，我就知道原典法是對的，我立刻讓大寶用」，她一邊喘著、一邊井井有條地講述數據的分佈模式；我眼睛發亮卻不忍接續話題，看她的身形，臨產期很近了。第三位是大學英語教師，應她之邀，我們合作於 2021 年重續而更新了 TOEFL 大數據研究，再次向多家學術期刊投稿後均被退稿。

大數據研究有嚴謹的技術概念，但它的思想方法並不玄奧，就是從海量資料的分佈特徵中去發掘出更深的規律。如果只強調技術概念反而會止於淺表。怎樣運用大數據研判外語習得的普遍規律，本章先簡析，嚴謹的統計學剖析見 71-73 章等 。（註釋 19）

外語大數據研究的深層邏輯

這需要剖析對比外語能力強與弱這兩個群體。從表面看，強者分高弱者分低，無論數據量多大也理不出頭緒。思路在於探明高分群體的分數分佈模式是否隱含某種「指紋型特徵差異」。

可借鑒科學方法論的「思想實驗」。（註釋 20）這樣來類比思考，人類的身高有族群和個體的差異，但均值是男比女高；想像虛構的狀況，某個族群的平均身高是女高男低，那就構成特徵差異，它提示必定存在某種重大的深層因素。另一個虛擬例：如果遇見一個家庭裡都已長大成人的六個子女，三女三男，個個健康，但女兒個頭都比兒子高，旁人會不由自主地推想他們家有故事。由此類推，需要對比考察在高分與低分這兩類群體的內部，聽、說、讀、寫這四個單項技能得分的「相對排序」是否存在著具有跨語種普遍性的重大差異。例如，如果在高分群體中聽力得分排序高於其他單項技能，而低分群體則與此相反，那就是特徵差異了。

根據第一假設預測

如果「聆聽為本」的第一假設正確，TOEFL 聽、說、讀、寫四項技能得分的相對排序會同步呈現 5+1 項特徵。① 高總分群體聽力分排序普遍趨向第一；② 聽力分排序第一的群體總分普遍趨高；③ 低總分群體聽力分排序普遍趨低；④ 聽力分排序低的群體總分趨低；⑤ 說、讀、寫這三項技能中的任何一項不同時具備以上這四項普遍特徵。加一特徵是：以四個單項技能之間的相關係數考察，口語最低。

TOEFL 數據剖析證實了上述預測。

TOEFL 大數據直觀分析

（一）全球數據

TOEFL 的實測順序是讀→聽→說→寫，以下按此順序列寫；各單項滿分為 30 分，總分 120。以 2008 年的 TOEFL 為例，全球總體平均成績 79 分，覆蓋了 109 個不同母語群體；聽力得分在四項技能中排序第三；且讀、聽、說、寫四項技能分大體滿足分佈中心一致，（註釋 21）即 μ 值基本相同，其中讀－聽兩項基本滿足方差齊性，即 σ 值相近，因此讀－聽得分可以直接對比，說－寫兩項亦可作為整體背景數據納入直觀檢視。（以下表格為 2008 年數據）。

1. 從高分群體看聽力排序

表 20-1 總分最高的 33 個母語群體的四項技能排序

母語群體	R/ L/ S/ W 分	T 分	群體內排序			
			R	L	S	W
Dutch	25 27 25 25	102	2-4	1	2-4	2-4
…（略）	…	…	…	…	…	…
Slovak	21 24 22 23	89	4	1	3	2

注：① 按總分降冪排列，僅顯示前後各一位；② R/L/S/W/T 分別為讀/聽/說/寫/總分（後文同）；③ 由於 ETS 公佈的數據只保留到個位，排序存在並列現象。

表 20-2 總分最高的 33 個母語群體四項技能群體內排序模式總結

排序模式單項第一				
技能	R/閱讀	L/聽力	S/口語	W/寫作
不同母語群體數量	1	17	0	3
備註：因公佈的數據舍入誤差較大，本表未包括並列第一的狀況				

聽力分在全球總體四項技能中相對排序第三，但在總分最高的 33 個母語群體內躍升至第一。

以下只歸納統計分析的結果，不再詳列數據表格。

2. 從聽力排序第一看總分

聽力在群體內排序第一或並列第一共有 44 個母語群體，其總分全都高於全球總體平均分，且囊括了總分最高的群體。而寫作、口語和閱讀群體內排序第一的群體均沒有這種普遍狀況。

3. 從低分群體看聽力排序

總分最低的 14 個母語群體中，其四項技能得分的群體內排序模式，聽力第一或第二（含並列）的均為零。

4. 從聽力排序最低群體看總分

聽力在群體內排序第四的共有 11 個母語群體，其中有 8 個群體的總分都低於全球總體平均分，占本群體的 73%，5 個群體得分顯著低於總體平均分，占本群體的 45%。華語考生屬於這組群體。

綜合以上四個方向的直觀考察，聽力在四項技能中的相對排序，在高分與低分群體中呈現反差分佈模式。

（二）華語學生 TOEFL 數據分析

為彌補 ETS 刊佈的數據不精細的缺陷，並深入研究華語學生的狀況，筆者搜集了深圳 TOEFL 考點 2007 年 1 月至 2009 年 9 月全體考生（N=1615）的成績。統計分析摘要如下。

1. 基本統計量分析

讀、聽、說、寫四個單項平均分中聽力分最低；這與 ETS 公佈的華語學生總體資料吻合。

2. 根據標準分的分組所呈現的分佈特徵

標準分（standard score）是更可靠的比較指標。對四項技能得分「標準化」計算後（$\mu=0$ / $\sigma=1$），根據從高到低每 10% 一組、分成 10 個組別，組別之內四個單項技能得分中聽力排序概括於下表。

表 20-3　聽力標準分在分組群體內四項技能中的相對排序

分數從高到低的分組群體	聽力技能排序
前 30%	第一
30% - 50%	第二
50%-90%	第四
後 10%	第三

上表凸顯了聽力的差異化排序分佈。前 30% 高分考生聽力在四項技能中排序第一。更細膩的資料顯示：前 10% 的學生聽力分極顯著地高於閱讀與口語；前 20%-30% 的學生，聽力分明顯高於其他三項技能；30%-50% 的中偏高群體裡聽力排序降到第二；低於 50% 群體聽力排序迅速滑落到四項技能中的墊底；惟有最底端的 10% 群體閱讀分排序最低。

全球大數據整體圖景中聽力排序的獨特模式，在此華語考生標準分的精準對比中獲得驗證。

3. 從相關性看單項技能

聽力與其他三項技能的相關係數是 0.72；而口語與其他三項技能的相關係數只有 0.39。如此顯著的差異旁證口語並非語言習得的本原技能。

還值得指出，TOEFL 考生屬於高度重視英語學習的群體，由此它的中低分段更接近華語學生的普遍狀況；他們在精準的標準分對比中聽力最弱，揭示出關鍵的薄弱環節。

外語習得體系建構的第一定律

概括全球 TOEFL 資料和深圳考點精準資料的分佈模式，讀、聽、說、寫四項技能的群體內得分排序，① 聽力分高總分就高，總分高聽力分就高，② 聽力分低總分就低，總分低聽力分就低，③ 讀、說、寫這三項均沒有這種整體的特徵。④ 單項技能之間的相關係數，口語顯著低於聽力。

結論

大數據支持原典法的第一假設：聆聽為外語學習之本。

本章的實證數據分析與本卷其他各章的多學科探討完美輻輳，初步證實了「聆聽為本」的第一假設；結合本書卷九的統計推斷，這相當於在社會科學領域內獲得了趨近自然科學標準的嚴格檢驗。由此可將外語習得的第一假設表達為第一公設或第一定律。

初步釐清了行為大數據的分佈模式，須進一步探究外語習得的生理層面的機理。

各歸其位，各安其所，各司其職

第 21 章　外語習得與智商提升的生理基礎

每秒鐘生長出 100 萬個新連結

　　終身學習的生理硬體基礎是腦神經生長，其生長越充分越優化，腦神經的終身可塑性就越強。腦神經生長主要分為四類。① 長出新神經元。② 長出神經元之間的連接結構，軸突和突觸等。③ 長出包裹神經元軸突的髓鞘，其功能是倍增神經傳導速率。④ 修剪而優化神經網，以優化整體的血流供給。

　　腦神經生長有兩大特徵，年幼速高且用進廢退。哈佛大學官網的講解如下。

　　「大腦自底向上地生長，需要時間積累。大腦的基本結構是持續地生長建造的，這個過程從出生前開始持續到成年。先長出和形成簡單的神經連接和技能，然後形成日益複雜的神經回路與技能。…在生命的最初幾年中，每秒生成超過 100 萬個新的神經連接。在這段高速增殖期之後，通過修剪過程減少神經連接，以提升大腦回路的工作效率。」（註釋 22）

　　嬰幼兒期大腦每秒長出 100 萬個以上的新連結，請注意是每秒鐘。此後生長速率雖然下降，但絕對數量仍舊很可觀。這構成 IQ 持續大幅提升的生理硬體基礎。

Human Brain Development
Neural Connections for Different Functions Develop Sequentially

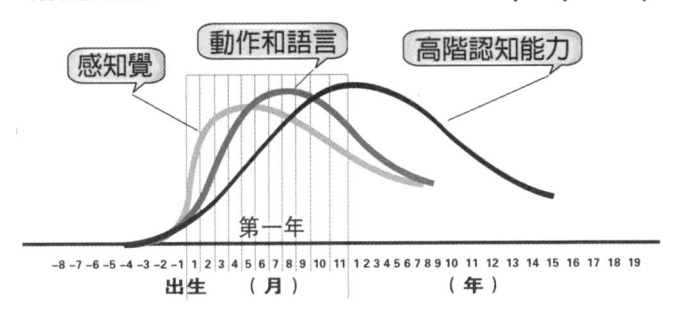

圖 21-1 不同功能的腦神經連結生長的順序與效率

感知覺 - 動作 - 語言 - 認知神經的互動融合生長

從圖 21-1 可知，高階認知能力發展的三大支柱是感知覺神經＋運動神經＋語言神經。語音流加工是大腦的「四重奏」，它同時包含感知覺＋動作＋語言＋認知，從而令三大支柱神經網生長互動促進、提速升級而趨於完美。由此，只要方法運用得當，小童多語言學習會形成正回饋的「爆炸型」腦神經生長，從而大幅提升 IQ。

19 世紀前的醫學因缺乏生理科學而長期停滯，人類平均壽命不足生命自然週期的一半。21 世紀前的教育學因缺乏大腦科學而長期徘徊，人類平均 IQ 遠未「達標」。特別值得關注實踐多語言童蒙教育而大幅提升 IQ 的族群，猶太人，他們的 IQ 均值比人類均值高約 20%。（註釋 23）

道沖而用之或不盈

第 22 章　語言習得：腦神經靶向生長原理

靶向神經生長

瑞典公主維多利亞（Victoria Alice Désirée）20 歲時曾罹患重度厭食症，赴美療愈期間在耶魯大學匿名上學。她另有一難以根治的微恙：臉盲症。（註釋 24）臉盲症患者視覺和物體識別功能正常，唯獨難於辨別人臉，重者連照鏡子都難以識別自己。科學家發現大腦左右兩側顳葉的梭狀回內各有一約莫蠶豆大的區域，若發育異常或受損，就易罹患臉盲症。（註釋 25）從臉盲症可窺見大腦的秘密：存在著「大腦地圖＋演算法庫」，即大腦存在著靶向的分區、構造和差異化的演算法神經網路。

語言習得的靶向神經

百年前科學家就知道大腦存在語言加工的分區，有多個腦區和神經結構參與語言加工，不同腦區受損就會導致不同的失語症。

表 22-1 部分失語症簡介

英文名稱	簡要解釋	
Wernicke's aphasia	Wernicke 區受損導致的失語症	
Transcortical sensory aphasia	跨皮層傳導神經束受損導致的	感覺型失語症
Transcortical motor aphasia		運動型失語症
Mixed transcortical aphasia		混合型失語症
Global aphasia	語言中樞區多處受損導致的綜合型失語症	

Conduction aphasia	弓狀束或弓狀束相鄰腦區受損導致的傳導性失語症
Broca's aphasia	Broca 區受損導致的失語症
Anomic aphasia	不同腦區受損導致的以單詞運用障礙為主的失語症

聽書與讀書的大腦加工大不同

以 Carnegie Mellon 大學的一項研究為例，其標題通俗，《眼睛與耳朵的理解各不相同》（Eyes and Ears Understand Differently）。正文節選如下：The brain constructs the message, and it does so differently for reading and listening... the medium is part of the message.（註釋 26）末句源自當代傳媒學之父 Marshall McLuhan 所鍛造的名言 The Medium is the Massage，媒介即訊息

聆聽與閱讀這兩種行為所啟動的腦區與所啟動的方式差異很大，可用示意圖 22-1 表達。

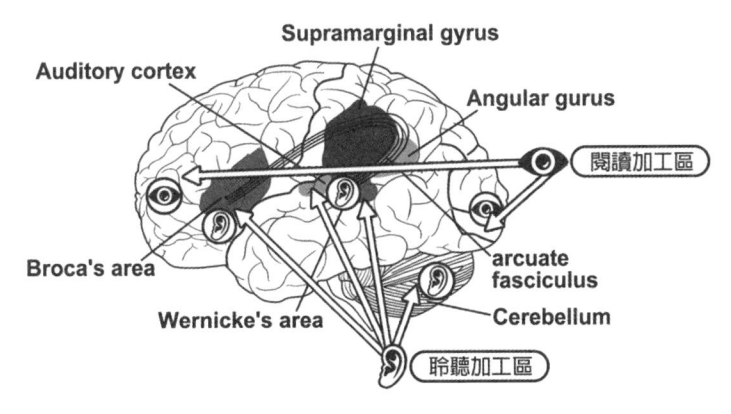

圖 22-1 大腦語言加工靶向區域 - 構造原理示意簡圖

圖 22-1 說明。① 此系高度簡化的示意圖，真實情況遠為複雜。但簡化後易於領悟本質：語言加工存在靶向神經區域和構造。② 小圖像耳朵 VS 眼睛，象徵聆聽加工 VS 閱讀加工，且此處特指聽力不過關時的閱讀；這兩種行為各自啟動的靶向路徑 - 區域 - 演算法神經 - 加工方式，均有重大差異；這導致不同的神經結構生長。③ 聆聽直接啟動百萬年進化出的語言演算法神經的生長，孩童由此習得一種或數種母語；聽力不過關時的閱讀所啟動的路徑和模式很不同，此時閱讀難以引發（新）語言靶向神經結構的正常生長。④ 此為左視圖，聆聽還啟動密切參與語言加工的邊緣系統和右側小腦，等等。（註釋 27）

　　小結：聆聽直接促進語言靶向演算法神經生長；聽力不過關時的閱讀缺乏此功效；進而，錯配的行為會導致錯亂的腦血流供給。

從大腦靶向供血看教育

　　海鞘（Sea Squirt）會適時「吃掉」自己的腦神經。海鞘有運動和感知神經，它在水中游啊遊，找尋鐘意的棲居地，如某處礁石甚或船底。一旦覓得良棲，它就附著其上而永居。從此刻開始腦神經因能耗太高得不償失了，海鞘便自食其腦，即當作營養自我吸收掉。

　　從生物進化看大腦利弊兼具。人腦只占體重的 3% 以下，能耗卻占 20% 以上；粗略地說其單位能耗是人體均值的 7 倍以上。能量靠血流供給，血流是大腦的稀缺資源，這令眾多腦區的血流保持某種低供給的常態。血氧飽和度低於正常值 5% 以上就須立刻診查醫治，大腦缺血缺氧 5 分鐘就導致神經元不可逆的壞死。但迄今被教育界普遍忽視的是：大腦靶區慢性的頻發的「亞缺血」同樣會造成嚴重負面影響；智力和學習能力低下的根源常常是靶向腦區長期血流供給不足所造成神經生長不良。

行為錯配所致的大腦靶區供血不足

智慧發展存在一個背離奇觀,從七八歲開始各種高階智慧的學習能力日新月異,唯獨語言習得能力下降。其原因是什麼?有一種「語言本能加工區血流供給不足」的理論假說,可稱其為語言習得的「供給學派」,簡介如下。

大腦額葉特別是前額葉,成長最緩成熟最晚;嬰幼兒期額葉的主體還沒長出來。這反而帶來巨大優勢:司職本能加工的腦區供血不會被額葉分流。額葉發育成熟後其皮層容量占比最高。這意味著高強度工作的額葉必定造成巨量血液分流,容易導致其他腦區供血不足。大齡童或成人學外語時,如果方法不當,血液立刻被額葉分流,以顳葉為主的語言本能加工區反而無法獲得充足的血流供給,靶向神經網的啟動和生長由此受阻,學習效果陡降。

表 22-2 成人大腦皮層容量占比與發育

	大約占比	發育
額葉	41%	發育晚/緩
顳葉	22%	發育早/快
頂葉	19%	發育早/快
枕葉	18%	發育早/快

注:大腦除皮層外還有其他重要的結構,未納入此表。

提升成人的外語學習能力

2017 年《自然》官網刊載的一項實驗驗證了「供給學派」的假說。用一種不損傷大腦的經顱磁技術來阻斷大腦前額葉的正常工作,避免它大量分流血液;在這種狀況下讓成人學外語,顯示學習效率確實提升了。(註釋 28)

巧婦難為無米之炊,巧腦難為缺血之學。外語學習的行為須優先

保障語言本能加工靶區的血流供給充沛；聽力低弱時，文本閱讀、苛求即時理解和文法知識等各類教學模式均令血液供給被前額葉等腦區大量分流，語言本能加工腦區血流供給不足，妨害了語言靶向神經的正常生長。

總結

　　外語學習的入門期，越訴諸顯意識學習的高階知識，錯配的血液分流越嚴重，學習效果越差。

八音克諧，無相奪倫

第 23 章　語言學習的「荷馬原理」

達爾文提出語言起源於原始歌詠的假說。哲學家和教育家威廉・洪堡（W. von Humboldt）說：人是一種歌詠著的動物，只不過將思想與樂音聯結在一起（A singing creature, only associating thoughts with the tones）。語言與音樂的關係是領悟語言習得之道的最佳人文視角。

常識之問：音樂 VS 語言

外語學習方法越五花八門，越曝露行之有效的主幹方法闕如。西諺說太陽底下並無新事。人們常自以為標新立異，卻忽略了亙古常理。我們從常理設問。

問題 1. 人類交往獨特性是什麼？以外星人來看，地球上人類與其他動物的天壤之別是酷愛發出千奇百怪的聲音，他們自稱為語言和音樂。語言和音樂都是聲韻。容易推知，培養語感與培養樂感原理相通。

問題 2. 學唱歌和培養樂感，什麼方法恰當或不當？答案直觀。① 從聽歌聽曲開始；而不能以讀譜和刷題主導。② 聽雅俗共賞的經典；此處經典非指老歌，經典都曾是新作；經典指旋律優美、曲調動人、過耳不忘、聞者人人心為之動身為之舞。③ 聽大師的演繹；同一首鋼琴曲由王羽佳女士抑或筆者來演奏，天差地別。

表 23-1 學唱歌 - 培養樂感方法對比

三大常識方法	三大不恰當方法
聆聽優先，聆聽主導	理性分析歌譜知識，做選擇題填空題
聆聽經典的歌曲樂章	聆聽「普通教師」編寫的「教材歌曲」
聆聽原唱／歌唱家-演奏家的表演	聆聽「普通教師」的演唱-演奏

　　培養優秀的樂感，巴赫的管風琴曲、貝多芬的交響樂、舒伯特的鋼琴曲、斯特勞斯的圓舞曲和莫札特的小夜曲等都是必聽的首選。由此獲得啟迪，應該從聆聽經典朗誦開始培養卓越的語感，而不能主打普通教材。我們將此表述為外語學習的樂感原理。

表 23-2 學外語方法對比

三大常識方法	三大不恰當方法？
聆聽優先且聆聽主導	文本視讀優先，文法知識分析記憶主導，刷題
聽「經典」素材	聽普通外語教材
聽美英一流朗誦家的朗誦	聽普通外教的朗讀

荷馬 VS 倉頡

　　西方文化之祖是荷馬，對應的漢語文化之祖非倉頡莫屬。遠古傳說用形象特徵的隱喻來表達文明的基因，它蘊含穿越時空的智與美。盲人荷馬是聆聽的大師，四目倉頡是視覺的大師。他倆奠定了兩種原典文明的舒展路向。西語文化恒有聲韻元素和聆聽美學的特徵，漢語文化恒有圖像元素和視覺美學的特徵。前者發展出與聲音分化互動而解析的表音符號體系；後者演化成視圖分化與意像聯想的語素符號體系，並衍生出發達的書法美學，與口語聲音脫節的文言文亦曾主導兩千年。簡言之：西語西文重聆聽，漢語中文重目視；這強化了學習方法的差異。學中文或可適當提前視讀訓練；學西語則須跳出學中文的思維定勢。

圖 23-1 倉頡與荷馬。左圖為徐悲鴻所繪。

荷馬是西方的左丘明＋孔子

　　文明的演化同源而異流。同源於語言之聲，異流於文字之符。荷馬、左丘明和孔子俱是同源之祖。春秋之前諸夏有兩種史官，太史和瞽矇；瞽矇系由盲人專司的史官，「史不失書，矇不失誦」。左丘明不僅是司馬遷的先聲，也是荷馬的東方知音。今人只說孔子是教育家，卻忘記他首先是一個東方的荷馬或古典的羅大佑。若非對音樂癡迷，孔子不會整理出《詩經》。孔子的歌壇巨星式傳道最可愛。孔子遭厄於陳蔡之間，絕糧七日，弟子餒病，孔子弦歌；子路入見……子路悅，援戚而舞，三終而出。年輕力壯的弟子都紛紛饑病於困境，但孔子他老人家依然弦歌不絕！《尚書》載：「詩言志，歌永言，聲依永，律和聲，八音克諧，無相奪倫，神人以和。」《墨子·公孟篇》曰：「誦詩三百，弦詩三百，歌詩三百，舞詩三百。」《史記》言：「詩三百五篇，孔子皆弦歌之」。由此，可將語言學習的樂感原理形象地表達為「荷馬-孔子原理」，簡稱為荷馬原理。

　　宋朝的百科全書學家鄭樵痛心疾首於華夏文明聲韻傳承的式微。在《通志·樂略》中他針砭文字圖騰令古典教育堙滅：「詩為聲也，不為文也……詩者，樂章也。詩三百篇皆可歌、可誦、可舞、可弦。大師世守其業以教國子，自成童至既冠皆往習焉，誦之則習其文，歌之則識其聲，舞之則見其容，弦之則寓其意……後之弦歌與舞者皆廢，直誦其

文而已,且不能言其義,故論者多失詩之意。」

　　千年之下,不論母語外語,無分此岸彼岸,此文字圖騰型教學沉痾日重。

天行健，君子求智求真

第 24 章　外語教學體系的深層設計原理

特異智慧 VS 通用智慧

科學家區分出兩類智能：物種特異智慧與通用智慧。（註釋 29）與蝙蝠回聲探測或候鳥「GPS」導航等智能類似，語言是人類物種的特異智能；無須專業訓練，每個孩童 5 歲時已習得。各行各業的知識和技能大體屬於通用智慧，通常需要 10 年的學習、訓練和實踐方能精湛，例如培養合格的醫生。見圖 24-1。

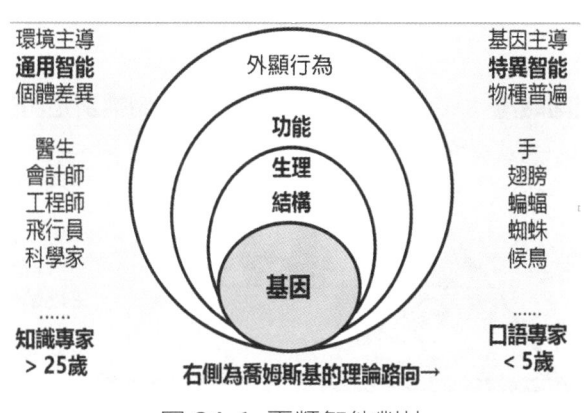

圖 24-1　兩類智能對比

語言的層次結構

可用金字塔圖概括語言的四個層面。自底向上分別為：物種基因→被基因預設且與環境互動而發育生長的大腦生理結構等→外顯行為、如社會交際等→文本知識的世代積澱。兩個底層體現語言的生物屬性，

兩個上層體現語言的社會與文化屬性。按喬姆斯基的思路，頂層是表層結構，物種的基因表達與大腦構造才是語言的深層結構。

　　正因為是物種本能，兒童無須瞭解任何理論，只要置身人類社會就能自然地生長出語言演算法神經的某種表現型，如華語或英語。倘若缺乏外語習得的神經生長的社會條件――親密自然的雙向交流環境――為全民所設計所規劃的外語教育體系，就不能局限於語言的社會與文化屬性，而必須自底向上探明語言的生物及生理屬性。這就好比設計汽車的總工程師與考駕照的青年，前者必經物理學的系統訓練，但後者則毫無必要。

　　大腦和語言是地球上進化出的最精妙的生物系統和最神奇的智慧系統。頂尖語言學家都反覆強調：人類對語言的認識迄今仍是盲人摸象；但外語教學的諸多流派，對大腦和認知科學的突飛猛進置若罔聞，卻自詡為完美解決了外語習得的「難題」。

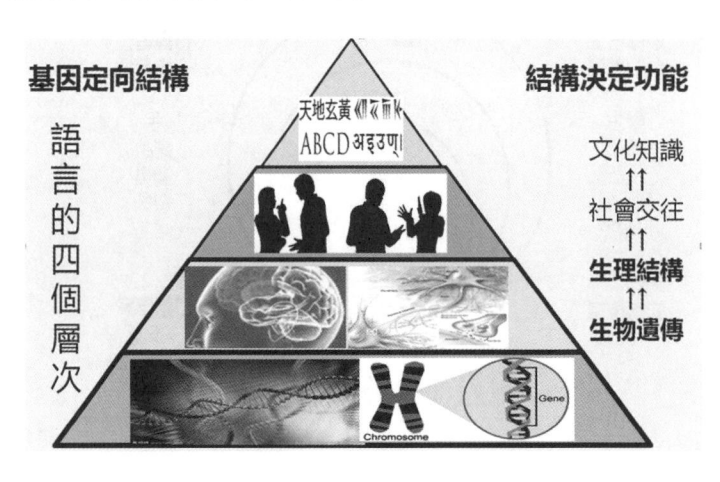

圖 24-2 語言的四個層面，表層是行為和文化知識，底層是基因和大腦結構。

腦神經生長的可塑性

人腦具有強大的可塑性（Neuroplasticity），它表現為時時刻刻的神經元生長、連接和神經網的重構。結構決定功能、功能決定行為，學習成效是內在生理結構與功能的行為外顯，大腦科學理應成為教育理論的核心基石。語言習得獨具「高精尖」的物種生物演算法；外語學習的大道不是理性知識的強化記憶，而是生物演算法神經的優化生長。類比於手機，學齡前的語言習得相當於人類物種百萬年進化所淬煉的「生物晶片群」的硬體生長，其性能超過「iPhone99」；學齡期的文字體系學習相當於向大腦內化的「作業系統」，它被千年文明持續改進；基於文本閱讀所汲取的知識相當於配置各種 APP；只有腦神經生物硬體優化生長了，才足以運行高性能 APP。

SEL: Subconciously Engaged Listening

雖然新生兒大腦裡的語言「晶片群」的藍圖被物種基因所預設（pre-programmed），但它們的正常生長需要後天特定行為的匹配；這行為是語音流輸入的加工，即自發或自主的聆聽（Subconciously Engaged Listening），而不是文字符號的視讀輸入；也即它與閱讀沒有直接關係。500 年前大眾多是外文文盲，更沒有文法知識教學，人們照樣談話、說書、吟詩唱和，下南洋之海、上絲綢之路，學會多門外語，融入萬般風情，幣重言甘而商貿無阻。

被誤用的成語

由大腦科學和基因-文化互動理論，（註釋 30）語言習得的高效路徑萬年恆存，人類社會演化的自發行為早已對其完美「解碼」。今人所需的不是自戀型創新，而是在回歸常識的大前提下探索如何運用科技手段來改進亙古實踐。

外語學習的天道是人類物種百萬年進化出的聆聽，而非普及不足

500 年的文本析讀。天道酬勤是華人愛用卻常誤用的成語，它有一先一後兩個層面。只有學習方法符合天道、勤奮方能歲物豐成；逆天道而行的勤奮是白辛苦。教學效果不彰的病根從來不是學生不勤奮或教師不敬業，而是頂層教學設計失誤所致的系統性行為錯配，古今中外概莫能外。一言以蔽之：華文世界，古有範進中舉、今有聾啞英語。

夫物芸芸，各復歸其根

第 25 章　外語習得體系建構的基礎定律

　　為建設適合華語學生的外語自學體系，本卷先運用方法論第一原則，做減法聚焦到第一假設「聆聽為本」，再運用方法論第二原則，走出外文教學的知識閉環，跨界探析眾多學科的深層關聯，對第一假設實施理論與實證的一致性檢驗。檢驗涵蓋：① AI 人工神經元網，② 教育學悖論，③ 當代語言學，④ 大腦科學，⑤ 閱讀能力科研，⑥ 語言行為大數據，⑦ 外語能力測評大數據；⑧生物學與進化心理學，⑨古典人文。由此將經歷了檢驗的第一假設初擬為外語學習的第一定律，並擴展成一組基礎定律，拋磚引玉如下。

表 25-1 外語（語言）學習的 10 項基礎定律

擬名	簡說
生物本原律	語言首先是潛意識的生物本能，其內核是基因預設的大腦生物演算法神經的加工與生長
演算法難度定律	就智慧難度評估，語言演算法高於大眾個體的意識理性（如圍棋冠軍或文法理論）；用理性知識主導的教學去實現語言生物演算法神經的生長是南轅北轍。
演算法神經生長的行為匹配定律	語言演算法神經的生長須有後天行為去匹配；此行為主要是聆聽（Subconciously Engaged Listening）；訓練大腦語言靶向神經生長的高效資料是語音流，而非文本。
神經生長量化定律	語言演算法神經的正常生長需要足量的語音流刺激。
神經生長供給定律	語言演算法神經正常生長需要大腦語言加工靶區被啟動而供血充足，不被理性知識加工的大腦靶區嚴重分流。

優先技能定律	外語學習的首要目標是儘快實現聽力過關，而非閱讀或碎片化場景的口語交流能力，更非文法知識的吸收記憶。
優勢技能定律	外語能力強與弱這兩個群體之間的關鍵差異在聽力；華語學生英語能力弱的普遍根源是聽力弱。
聲韻樂感定律	語言與音樂都是聲韻的大腦加工和表達；學語言與學音樂在原理與實踐上異曲同工。
人文定律	感受聲韻而習得語言是人類大腦增強的亙古實踐，它能貫通自然科學、社會科學和人文；根據 Consilience，將其命名為「荷馬原理」，進而還有更高層面的「繆斯原理」。（註釋 31）
神經生長普適定律	充分運用匹配行為的大數據和優數據去愉悅地訓練大腦靶向演算法神經，令其優化生長以實現大腦增強，不僅是外語教學改革的路徑，也是教育學進步的大方向。

還有兩項推論：① 以文本析讀和文法知識灌輸先導且主導的教學模式錯了；② 以交際法（communicative language teaching）等為主脈的外語教學諸流派，理論上缺乏大腦科學的支持、實踐中脫離華語世界的條件，客觀上持續地浪費著華語青少年的生命，（註釋 32） 亟需運用以腦科學為主脈的文理交叉的學科群對其脫胎換骨；學術的說法是範式轉換。（註釋 33）它是一場觀念變革；在象牙塔它是「既得利益」群體的代際更替，或須十載百年；但個體生命無法耗等；所幸對家長、學生和一線教師，它不過是「一簾窗紗」；認知易於閃變，實踐和實操更能自主。

索引和注釋

1. Emil Krebs in the German National Library catalogue.

2. Amunts K. *Outstanding Language Competence and Cytoarchitecture in Broca's Speech Region,* 2004.

3. *How A Toronto Professor's Research Revolutionized Artificial Intelligence*, Toronto Star, 2015.

4. L2: Second language/ 二語。L2 也被用作外語和二語的統稱；本書即如此，根據上下文語境使用「外語」或「L2」。

5. Rechards C. et al. *Approaches and Methods in Language Teaching*.2nd Edition, p7, Cambridge University Press, 2004.

6. Higgins T. *Behind Elon Musk's Management Philosophy: First Principles.* The Wall Street Journal, 2013.

7. Hepper P. et al. *Development of Fetal Hearing.* 1994.

8. https://www.ted.com/speakers/e_o_wilson, 2024 年 8 月檢索。

9. Chomsky N. *Aspects of the Theory of Syntax.* 1965.

10. Harari Y. *Homo Deus: A Brief History of Tomorrow*. 2017.

11. 喬姆斯基慣用的術語是 The Language Faculty，更專業的表述是 The Computational System for Human Language, 縮寫為 CHL。為科普起見本書簡化表達為「語言演算法」。

12. https://www.twoeggz.com/news/1557300.html, 2018 年 7 月檢索。

13. Silver D. et al. *Mastering the Game of Go with Deep Neural Networks and Tree Search.* Nature，2016.

14. 同注釋 9，並見喬姆斯基的其他著述；POS 是喬姆斯基理論中的主要概念之一。

15. Hart B. et al. *The Early Catastrophe: The 30 Million Word Gap by Age 3.* 1995.

16. *Grooming, Gossip and the Evolution of Language*. Harvard University Press.1998.
17. https://www.weforum.org/publications/big-data-big-impact-new-possibilities-international-development/
18. 《英語學習的革命――論中國人學英語》，中國金融出版社，2010年。
19. 本章以下內容原載《英語學習的革命――論中國人學英語》，有刪節。
20. 見網路版斯坦福哲學百科，thought experiment 詞條。
21. *Test and Score Data Summary for TOEFL Internet-based (and Paper-based) Tests.* 2006-2021. 截至本文寫作期，除 2011 年資料之外均可從 ETS Official Website 下載。
22. https://developingchild.harvard.edu/science/key-concepts/brain-architecture/，哈佛大學官網，2022 年 2 月檢索。
23. Pease L. *The Golden Age of Jewish Achievement: The Compendium of a Culture, a People, and Their Stunning Performance.* 2009.
24. *The Next Queen Victoria, the Glamour Model and A Right Royal Scandal.* The Sunday Times, May 23, 2010.
25. Kanwisher N. et al. *The Fusiform Face Area: A Module in Human Extrastriate Cortex Specialized for Face Perception.* 1997.
26. https://www.sciencedaily.com/releases/2001/08/010815082552.htm, 2024 年 8 月檢索。

27. 本圖根據眾多腦像科研報告（簡化）繪製，部分列舉如下。(1) Michael B. et al. *An fMRI Investigation of Sentence Comprehension by Eye and by Ear: Modality Fingerprints on Cognitive Processes.* 2001.(2)Cathy J. et al. *A Functional Imaging Study of Translation and Language Switching.* 1999. (3) Buchweitz A. et al. *Brain Activation for Reading and Listening Comprehension: An fMRI Study of Modality Effects and Individual Differences in Language Comprehension.* 2009.

28. Smalle E. et al. *Language Learning in the Adult Brain: Disrupting the Dorsolateral Prefrontal Cortex Facilitates Word-form Learning.* https://www.nature.com/articles/s41598-017-14547-x

29. Spunt R. et al. *A New Look at Domain Specificity: Insights from Social Neuroscience.* 2017.

30. Lumsden C. et al. *Genes, Mind and Culture: The Coevolutionary Process.* 1981.

31. 見本書第 80 章。

32. 見本書 76 章。

33. Kuhn T. *The Structure of Scientific Revolutions.* 1962.

卷四　聆聽之本

往來無鴻儒，談笑皆平民

第 26 章　外語自學的「321X」公式（上）

從本卷開始講解原典法的實操方法和技巧，且同步闡述它們內在的腦科學原理。一句話概括外語學習的核心原理：用語音流大數據和優數據訓練大腦神經，令其優化生長。

概述 321X 之術

「321X」公式原本是原典法速成的實操程式的助記口訣，且僅適用於已能自律的學習者，其操作涵義見下表。

表 26.1　321X 公式的實操

3	2	1	X
先聆聽 ≥3 遍	速讀 ≤2 遍	再聆聽 >1 遍	複習單詞＋自由擴展訓練

略展開講解。選擇自己酷愛的有配套文本的音頻素材，按如下順序操作。① 先導聆聽：三遍以上，多多益善。② 速讀輔助：單純閱讀或邊聽邊讀，囫圇吞棗，不糾結即時理解，一遍足矣，最多兩遍。③ 聆聽循環：一遍以上，只聽不讀，刻印聲韻。④ 自主擴展：X 是自主選項，除複習生詞是規定動作之外，初學者宜省略此環節；待聽力顯著進步後再自由選擇精聽、跟讀、朗誦、背誦、閱讀或模仿寫作。

強調：321X 是過目不忘的助記口訣，而非教條；入門期的總原則是多多聽少少讀，各步訓練的具體次數個人宜自主調整；程度弱者須增加聆聽次數，例如可調整為 613X，即先聽 6 遍→速讀 1 遍→再聽 3 遍；隨著程度進階重複次數可遞減，例如用 211X，等等。聽力過關後就不必再拘泥於此公式。

提醒：該助記公式所蘊含的原則適用於兒童，但具體操作要變更，閱讀與擴展這兩個環節對幼童應該省略或以其他方式替代。例如，幼童的英語啟蒙若運用卡通類素材，可以採用更簡單且亦可靈活變通的操作程式 19X，見表 26.2。

表 26.2 幼童使用卡通類視頻素材學外語的簡化程式

1	9	X
先看一到兩遍	9 是象徵值，用伴隨聆聽多多重複	配合音視頻欣賞的任何趣味擴展活動

如果把原典法類比成臺灣料理，那麼 321X 只不過是牛肉麵，而且一道菜餚在不同的大廚手中也有不同的烹調。學習者根據自身情況自主調整，千萬不要僵化。

概述 321X 之道

看到不少讀者總把 321X 當教條，我就賦予該公式在原理和運用原則層面的詮釋。見表 26.3

表 26.3 － 321X 公式的原理 - 運用原則

3	2	1	X
語言是生物的、生理的、生長的	聆聽最大化 聆聽最優化	快速累積聆聽量，每 1000 個小時都令英語能力上一個新臺階	每個家庭、每個學生都是原典法 DIY 的創客

縮略地說就是：三生，兩最，一千，創客。

「道」唯一而「術」千千，如果領悟了道，實操就可從心所欲。但華語師生常糾結於實用細節，以為內藏秘笈。故此先說說 321X 公式的源頭，然後詳解 321X 的實操要領。

321X 的由來

　　那是一次即興小創作。

　　2006 年妻子主動卸任合資大公司工會主席兼人力資源經理崗位，不顧我的強烈反對去山東沂蒙創辦了臨沂市威靈頓外國語學校，一間經她努力獲得合法資質的校外培訓機構。妻子說：「在小城市用本土普通教師，無須外教，每週只上一兩次課，如果孩子們都能學好英語，就驗證了你的原典法管用，千千萬萬個華語兒童就都能受益了。」妻子耗資幾百萬元 RMB 在臨沂市中心購買了已封頂的華通國際商務大廈六樓的幾乎整層，用作辦學場地。但它最終成了半個爛尾樓，三年後不得不終止了教學。所幸在停辦之前僅僅兩年該校就培養出眾多英語小明星，他們曾在全省的英語素質大賽中勝過省會濟南市和沿海名城青島市的團隊，榮獲團體冠軍並囊括個人冠亞軍。（註釋 1）從概率論評估這是不可能事件，它相當於自然的社會條件下的對比組實驗。由此我可確認，原典法不僅理論上說得通，實踐還更有效。

　　大二學生卞紅莎是妻子辦學的首批學員。妻子聽聞她少年喪父，不僅給她全免學費，還叮囑我為她個別指導。我思忖，用喬姆斯基理論和大腦科學說服專家都枉費口舌，對青年我該怎樣表達？看著卞紅莎同學那張齊魯素顏的臉、那雙渴求學習的眼，我想如果我是李安，我就「3-2-1-Action」拍攝那瞬間。好吧，讓一切簡化，先編出過耳不忘的口訣，讓他們先 Action 起來；Action 用諧音的 X 替代。這就是 321X 助記公式的由來。

　　2007 年出版的《超越新東方──原典英語學習法》（註釋 2）中我把為沂蒙學子「杜撰」的 321X 白紙黑字正式留書了。正式也好，留書也罷，不要把 321X 等同於原典法，更別把它當教條。

　　卞紅莎的英語能力飛躍提升後請我簽贈一本《超越新東方》。我們夫婦將書遞到她手中，她打開扉頁，認真看過題詞，後抬頭懇求「徐

教授您能寫上我的名字嗎？」我說「已經寫了」。滿臉困惑的她低頭再看，片刻，笑靨如花。

　　題詞是：碧朝陽之紅，豔芳草之莎。

> 君子善器，致遠而不泥

第 27 章　外語自學的「321X」公式（下）

詳解 321X 之術

・準備事項

1. 素材。四個標準。① 故事為王，初學者避用非故事類的情景碎片化的實用教材。② 聲文雙佳，有音頻有文本，文本經典，詠誦更須聲情並茂。③ 適度挑戰，通常說來裸聽 3 遍能聽懂 30% 上下的故事都合適。④ 個人喜愛，既喜歡內容又喜愛嗓音的素材是外語學習的「情侶」。

2. 詞彙量。具備 200 個耳詞量。耳詞指聽聲知景而會意的單詞。耳詞量不足亦無妨，可選用更簡易的故事，同時用合適的軟體以聆聽為主的方式集中突擊，儘快習得 200 個高頻單詞。

3. 便攜音箱。語音音效好，決不可用劣質耳機和揚聲器，但無須高檔音響。

4. 軟體辭典。配備高品質自然人朗讀的軟體圖解詞典（Picture Dictionary）。程度提升後須儘早使用英英詞典和英文百科全書。

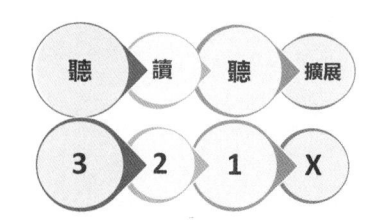

圖 27-1 原典法自學程式概要圖

（一） 助記公式 321X

學習程式見前章表格 26-1 以及上圖。

（二） 步驟詳解

素材分段：將音訊分成 3-20 分鐘的段落，英語程度越弱分段越短，但不宜短於 3 分鐘。

(1) 先導聆聽：反覆感受語音流刺激，賞音、辨音、猜詞和猜情節。

先聆聽 ≥3 遍，初學者多多益善。大齡學習者應勻出適當時間專注聆聽，例如每天兩到三個 10-15 分鐘，同時必須迅速培養伴隨聆聽的習慣。（註釋 3）

三大要點。① 不求甚解：絲毫不介意聽不清聽不懂。欣賞男聲的渾厚和女聲的甜美、張弛自如的節奏和抑揚頓挫的語調，品味暫時不能會意但可以感受到的情緒和情感。② 浮想聯翩：自由想像故事的情景畫面，猜測情節，完全不介意翻譯。③ 耳畔回聲：每逢朗讀的短暫停頓，讓聽到的語音流在腦海回蕩。

附加點：禪聽修身。成人可嘗試把聆聽與靜氣功或打坐或瑜伽相結合。選僻靜處，閉上雙目，完全放鬆，呼吸柔勻，神清氣爽，甯心靜默，意念專一，恬淡鬆弛地自然聆聽，欣賞朗誦家嗓音的流淌。但此項不強求。

(2) 閱讀支援與時間管理

入門段文本閱讀的目的是輔助聆聽，而不是深度析文以苛求即時理解。對初學者閱讀的普適訣竅仍是不求甚解。使用智慧軟體，遇到生詞自動翻譯並令其發音。只針對生詞或短語翻譯，避免使用整句翻譯，儘量減少翻譯式理解。可單純閱讀，亦可邊聽邊讀。

二選一收錄生詞：① 憑直覺判別生詞是否常用或有趣，大體按二取一的比例放入生詞表，主動忽略其餘生詞；② 若聽讀中重遇某生詞，則放入生詞表。既要持之以恆地學習記憶生詞和短語，又要習慣主動忽

略部分生詞；更不要強求記憶全部生詞，特別是生僻詞。

　　時間分配：閱讀一到兩遍足夠了。聽與讀的時間比大體為 80:20。即必須將 80% 時間用於聆聽浸潤，將閱讀時間控制在 20% 左右，讀多少算多少，無須將音頻對應的文本全部讀完。

　　再次強調，閱讀時決不糾結所謂透徹理解。

(3) 循環聆聽：欣賞經典朗讀

　　再次聆聽 >1 遍，多聽有益。方法大體同步驟 1。體會聽力增進的喜樂。

　　① 悅耳訓練：感受語音和語調，體會詠誦的韻律感；這可類比於音樂家的辨音訓練。② 欣賞朗誦：體會朗誦所表達的情緒和情感；經典詠誦既是理解的雪中送炭，又是欣賞的錦上添花。③ 無須主動回憶：閱讀後再次聆聽時往往會回憶將要聽到的內容，可自然接受自發的回憶，但不必刻意強化它。當能毫不費力能聽懂 80% 以上內容、並自發產生同步誦讀時，可順其自然地背誦或做影子跟讀（Speech shadowing）。

(4) 自主擴展選項：集中複習生詞，精聽、跟讀、閱讀、朗誦與背誦、複述、口語和模仿寫作，打通說 - 讀 - 寫。

　　集中複習單詞的音詞衝擊法：① 直接播放單詞或短語，聆聽而回想情景畫面；② 用圖像詞典提醒或驗證記憶；③ 同步顯示單詞拼寫與畫面＋聆聽＋（可選：大聲跟讀＋自我聆聽回饋）。也可將包含生詞和短語的音頻句多播放幾遍。總之，主要通過聲韻衝擊來強化記憶。

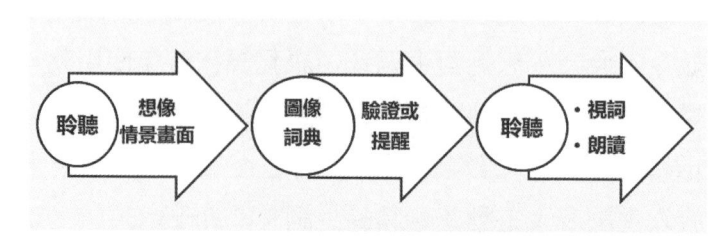

圖 27-2　生詞集中複習的音詞衝擊三步法

用音詞衝擊法複習單詞為 X 擴展操作的規定動作。以下均為自由選項，初學者請忽略。① 精聽：將語音流聲韻刻印於大腦。② 閱讀或跟讀：宜在精聽之後實施。③ 朗誦：自己獨立朗讀。④ 複述：不看文本，說出內容脈絡。⑤ 背誦：僅限於自己酷愛的段落；背誦也不要求百分百準確，只要脈絡流暢、無重要內容缺失、其中經典句型準確，即可。⑥ 口語訓練：選出常用口語句型，想像其適用的不同場合，做造句操練。此 ②-⑥ 項通常在累積聆聽 1000 小時以上再選擇實施。⑦ 精讀與寫作訓練：分析全文結構與表達風格，模仿寫作；通常在累積聆聽 2000 小時以上再實施。

注意事項 11 條

(1) 安全與健康。A. 確保安全。B. 保護生理聽力；儘量使用外放揚聲器並控制音量，決不可為追求「聽懂」而額外調大音量；周遭噪音大時應止聽；使用降噪耳機時特別注意安全。

(2) 以嬰兒為師。聽不清聽不懂也要習慣於無煩躁無挫折地放鬆式聆聽。

(3) 順序不宜顛倒。有人為著降低聆聽難度先讀文本後聽音頻，這大錯特錯。但對自己喜愛的曾讀過中譯本的英語素材則不必糾結，仍可使用。

(4) 素材不可功利。起步期勿用考試素材，請首選聲情並茂的趣味故事或個人酷愛的其他類型素材，聽力明顯進步之後再涉獵考試素材。此時會感覺能應對自如。

(5) 善猜而習。在故事情節中猜猜猜是學單詞的最佳方法。但這不排斥用其他方法助記單詞，見卷六詳解。

(6) 大數據原則。不宜把素材劃分得太細碎，耗時費神逐句精聽，這貌似循序漸進，實際少慢差費。先導聆聽是用語音流刺激和訓練腦神經。首先，大腦具有內生的數據統計和規則假設的功能；第二，語言靶

向神經的優化生長直接依賴於聆聽量；第三，適當加長聆聽段落有助於追故事情節，增強猜詞能力；第四，入門期以逐句精聽為主的學習方式容易誘發翻譯式思維。如果整段故事已經聽了六七遍以上，希望藉此做口語訓練，當然可以細分精聽，詳見第 56 章。

(7) 雙音混用與雙音選一。英音和美音都聽，但朗讀和口語訓練則先盯住一種訓練。

(8) 以樂養聽與以視助聽。多欣賞英語歌曲和音樂劇；亦可結合影視劇學習。詳見第 60 章。

(9) 多追故事少摳題。有些兼顧教學的有聲書附加練習題，起步期應忽略。大量刷題會延緩整體語感的進步。待聽力顯著進步之後可輔助刷題，檢驗進步。

(10) 倍數聆聽。勻出 10-20% 的時間把語音流調到 1.2 -1.5 的倍速來聆聽，毫不在乎是否聽懂；倍速聆聽後再回聽常速語音，會感覺難度降低了。這個技巧特別有助於刺激腦神經生長。

普適原則。只要配備優質朗誦，原典法適合於學任何語種，包括用於母語精進、古漢語、人文社科等；它還適用於各層次學習，英語功底越好越要選用大師作品，且無需拘泥於 321X 公式。

訓練目標

有且只有一個核心目標：用優質語音流的大數據訓練大腦語言演算法神經，實現其「野蠻」生長；其對應的行為特徵是從習慣聆聽進階到酷愛聆聽。

不積小流，無以成江海

第 28 章　用語音流大數據訓練腦神經生長

非典型的個案分析

我請卞紅莎同學寫出她運用原典法的體會，刊載於 2009 年出版的《超越哈佛》，摘要如下。

・我的聆聽頓悟

上高中時父親猝然辭世，我被悲傷壓倒，荒廢了整整兩年，高考成績沒法好，被「調劑」到臨沂師範學院學商務英語。高中那兩年落下了課，進大學後就吃力。入學後第一次英語考試，我的聽力還不足 60 分，其他如泛讀精讀等也就 70 多分。我們宿舍六個人中我考得最差。我經常坐在大學圖書館裡痛苦地看著《大學英語語法》，反復默念著「學海無涯苦作舟」。

2006 年大二結束的那年暑假我聽了徐教授的「原典英語學習法」講座。開學後我就開始聽徐教授給我的《萬物簡史》。那時我買不起手提電腦，我們大學裡學生用電腦也不方便，我就先反復聽，然後把事先列印的文本拿出來對照著讀。沒有電腦讀文本很痛苦，滿眼生詞，查單詞查到我幾乎要嘔吐。然而，我堅持下來了。

很奇怪的，就這麼昏天黑地聽讀了三個半月之後，突然，就那麼一兩天，好像有什麼魔法進入了大腦，所有的英語朗讀都變得非常清晰非常簡單了。我很興奮。又繼續堅持了一個多月後，弄到了 2004 年專業八級英語考試的真題磁帶，自我測試，一口氣聽完做完，只錯了一道題，覺得一點也不難！我當時的感覺就兩個字：震驚！「英語專八」

一直是我仰望的巔峰。現在，它在我腳下，竟然是這麼容易的「小菜一碟」，我不敢相信，但怎能不信。用原典法僅僅一個學期，我的英語水準一躍到了年級最前列，把曾比我強的同學都甩在了後面。

我非常感激徐教授和他的妻子王璐校長，感恩原典英語學習法！

作者：卞紅莎

卞紅莎的暑期課程老師告訴我，這批商務英語專業的大學生程度弱到他無法想像。我把《萬物簡史》素材拷貝給卞紅莎，請她硬著頭皮用原典法先聽後讀這部書。倘若知道她用電腦很不方便，我不會推薦這麼難的書。查單詞查到要吐，那是什麼狀態！這造成了卞紅莎的磨礪，同時也創造了對原典法原理的非典型個案的嚴酷測試。

卞紅莎三個半月的勤奮迎來茅塞頓開。其實，用原典法每個人都會體驗到頓悟感。素材漸進性越好，頓悟感越溫和且散發；素材越難、與學習者的水準相差越大，感受就越強烈，如魔術、如奇跡、如又盲又聾的兒童海倫·凱勒突然頓悟到語言符號與現實物理世界之間的閃通。

這是腦神經將持續接受的「無序」資訊不斷嘗試組織起來的自生自發的假設型加工過程，科學家稱此為大腦的統計學習（statistical learning）。它有兩個階段。第一階段，嘗試→失敗→嘗試→失敗；在生理層面，大腦頑固地用母語的演算法神經來同化輸入的語音流，相關的神經元都忙碌著但又都困於混沌；在行為層面，聽到昏天黑地仍舊聽不清更聽不懂。第二階段，反復嘗試的進程裡演算法神經生成的新的假設模式匹配上了，所有相關神經元的啟動都能琴瑟和諧了，原本貌似無序的輸入資料在語音和語義之間有序貫通，強烈的感受噴湧而出。這與2000年前阿基米德「啊！我發現了！」的感受相似。

這與一個個單詞和文法知識點的學習存天壤之別。後者是個細部有序、但整體上錯配的大腦加工。每一個單詞和知識點都立刻被有條不

紊地掛靠在根深蒂固的母語神經結構裡，生成依賴翻譯的碎片化理解，始終固著於母語系統的神經表徵；由此每個細節的有序都在強化整體的無序，無法生長出外語演算法神經的新表徵。

如果素材的難度與學生的程度之間存在鴻溝，自底向上的自生自發的大腦語言演算法加工能達到頓悟嗎？卞紅莎的案例提供了明確答案。

專家技能分析

厚達 900 頁的學術名著《專業技能和專家行為劍橋手冊》（The Cambridge Handbook of Expertise and Expert Performance）綜合多學科的研究，給出鐵硬的結論。任何領域，如畫家、作家、棋手、作曲家、鋼琴家、運動員、舞蹈家，科學家，甚至大盜神偷，即便是天才，都需要 1 萬小的訓練其專業技能和知識才能爐火純青。這被稱作 1 萬小時原理。這就是腦神經生長的「大數據訓練」。同理，要嫻熟掌握一門語言的綜合能力亦須到 1 萬小時訓練，分解成聽、說、讀、寫，每一單項需要訓練 2500 小時以上。

語言神經生長的 2500 小時

根據第 18-19 章的科普，語言行為中聆聽占比約為 50%，可由此推算日均聆聽量不少於 5 小時。與此完美匹配：① 嬰兒平均聆聽約 10 個月後開口一個一個地蹦單詞，平均 18 個月起，即聆聽達到 2500+ 小時後，口語輸出明顯加速。② 幼童平均四歲能夠嫻熟運用母語，此時聽與說的累積量已達約 1 萬小時；雖然其認知能力成熟還需要十多年。由人類語言天賦和 1 萬小時原理，外語習得既不神秘也不例外，只須起步時先盡速累積聆聽達 2500 小時，此後讀、說、寫的訓練都能水到渠成。這一要求或令部分學生沮喪。然而，十年寒窗的文法翻譯式學習，累積訓練量遠超 1 萬小時，多數人依舊既聾又啞。如果我們找出了——實際

是找回了——正確的方法，2500 小時並非障礙，它甚至還不到當今華語中學生一年的平均學習量。

20-80 法則與 500 小時閾限啟動

廣為人知的 20-80 法則（The Pareto Principle）說 20% 的主變數決定 80% 的餘變數。2500 小時聆聽訓練中的前 20%，即短期內快速累積聆聽量達到 500 小時，大腦語言演算法神經就重新啟動，進入「二次生長」，（註釋 4）這是外語入門段量變到質變的臨界點。每天聽 5 個小時或 3 個小時，分別需要 100 天或 6 個月。我們將此稱為外語習得神經生長的閾限啟動原理。它是百試百靈的捷徑。

學習負荷重的中小學生怎麼辦？① 寒暑假多聽；② 週末和其他節假日多聽；③ 充分運用伴隨聆聽將碎片時間積少成多。請相信兒童少年，他們的語言神經生長潛能遠強於成人。

1000 小時競速賽

原典法的實踐者楊紅恩老師給出一個更保險的數量公式：1000 小時聆聽競速賽，誰最先達到，誰英語能力開始起跳，誰慢慢吞吞，最終仍舊必須重新補課這競速賽。

成語牧豕聽經

《後漢書》記載，山東臨沂的貧困孤兒承宮，給人牧豬牧羊為生。8 歲時他懇求鄉紳徐子盛先生收自己為旁聽生，聽典聽經；他由此改變了人生，長大後擔任侍中祭酒。承宮聽典的盛名還流傳到塞外的遊牧民族。承宮和徐子盛是原典法的「前輩」，也是我妻子選定臨沂做原典法班級教學實踐的歷史因緣。

在聆聽起步期，中學生和大學生常自我暗示太難而萌生棄念。放棄就導致一生的外語學習失敗。健身須練肌肉，健腦須練神經。聽外語

故事是健腦練神經的好方法，它無須燒錢，不流臭汗，更能饒有興致追故事情節。如果天子驕子認為聽英語故事太難，宜休學百日去養豬，實習牧豕聽經。

古來聖賢皆寂寞，惟有聽者留其情

第 29 章　訓練聽力快速進步的諸技巧

1000 小時的聆聽競速賽和 2500 小時聆聽基準量令不少青年犯難。我們看一個案例。

每天聆聽超過 12 小時

2013 年春節我收到素未謀面的典友 Andy Chen 的郵件，摘錄如下。

標題：在新的一年懷著一顆感恩的心走近原典

恭祝徐老師新年快樂！

尊敬的徐老師您好，愚生於 2012 年 10 月底在幾乎對英語絕望之際（之前參加了國內各種培訓、國外各種英語考試，可在英語學習的道路上越行越遠）有幸認識了原典，11 月初開始全封閉式踐行原典，先後按照原典教程認真完成《黑貓》系列、《萬物簡史》《飄》；同時泛聽 VOA、《老友記》、《哈利·波特》、《老人與海》等。至今天總共 13 周，每天超過 12 小時的聆聽。特地向您彙報三個月閉關結束（的確是足不出戶）的體會。

說來慚愧，不知道是自己覺悟不行，還是受到上海各種教育機構和十幾年正統教育的誤導，從來沒有意識到聽的重要性，靠著字幕看了四年的美劇。所幸遇上原典才幡然醒悟，經過三個月的聆聽至今已經完全摒棄字幕，沉浸在每天一集的美劇中欣然不已。

從小很喜歡故事，高中發現學校圖書館的館藏，99% 是中文，看了兩年的世界名著，可惜從未接觸英文原版，領略不到原著的那份精髓。11 月至今陸續看完了英文版《簡愛》、《紅與黑》、《悲慘世界》

和《福爾摩斯全集》，還有英譯版的高爾基三部曲，在原著的精彩世界流連忘返。

雖然收到國外大學的 offer，但從來不敢說自己英語入門了，最近開始看名校的英語公開課……再許我三年光陰，有機會在美輪美奐的英語世界登堂入室，再來深圳親自拜訪您！此致！

Andy Feb 09,2013.

Andy 同學在原典論壇裡有分享，選摘如下。

成長於山村，初一才知道有英語這個東西。高二兩次月考 150 分卷只得 60 分，每天早上 5 點半爬起來做完兩本閱讀理解和完形填空，從此英語不下 110。高考落榜，獨自南下打工歷盡艱辛，第二年複讀省兩千名內，英語 132。大學裸考過四六級，但大二裸考 TOEFL 和 GRE 分數慘絕人寰。曾陸續被澳國立、港中文、美休士頓錄取，由於英語信心不足，未能成行，遂工作旅行。2012 年 11 月開始原典……愚人節裸考 GMAT，被美國高校順利錄取讀 MBA。

Andy 高考延誤一年，大學畢業後打工旅行一年多。以此推算，他與原典法結緣時約二十四歲。他閉關聆聽每天高達 12 小時，僅百日便鳳凰涅槃。Andy 在原典論壇的簽名句是「信原典，得永生」。這太誇張，卻發自肺腑。

同步聆聽與生命倍增

采采芣苢，薄言采之……呦呦鹿鳴，鼓瑟鼓琴。篇篇《詩經》記載了人類進化的特徵路徑：採集、狩獵和宴儀等各種活動中同步的聲韻交流，這是人類獨享、聆聽獨具的大腦加工天賦，它加持了群體合作的生存優勢。

同步聆聽令個體生命舒展的時空多維疊加。候車、排隊、散步、健身、繪畫、書法、手工、用餐、沐浴、如廁、做家務等等，同步聽書

非但毫無困難，而且輕鬆愉悅；但讀書就行不通。大腦語言神經生長與聆聽的時長成正比。同步聆聽等於倍增時間，倍增語言神經的生長。一句話，它是青春的丰韻，是生命的倍增。

伴隨聆聽與專注聆聽

同步聆聽俗稱伴隨聆聽。在確保安全和保護生理聽力的兩大前提下，應隨時、隨地且隨意地聽，所有可利用的碎片化時間都宜用伴隨聽書來填滿。

專注聆聽宜使用難度略高的新素材，伴隨聆聽則從心所欲。對成人這兩者各有優勢，請交錯使用。 對兒童，伴隨聆聽應成為浸潤的主要形式。同時，需要專注努力才能完成的認知，例如數學解題，它們並非人類的本能，需要充足的血流供應額葉，通常不建議伴隨聆聽了。

量化每日聆聽

國際上群體實踐普遍成功的外語學習方法唯有浸潤法（immersion）。浸潤法有效的外因是具備外語交流的社會環境，內因則是外語語音流「強制」刺激訓練著腦神經。有四大路徑實現浸潤。① 旅居美英等國並主動融入主流社群。② 有美英情侶日夜卿卿我我。③ 燒錢雇外教天天陪聊。④ 培養聽英語故事的習慣，並進階到聽各類素材。第四項一舉多得：簡易高效、幾乎免費，它亦能令渴求前兩項的青年受益。精通外語並不難，只需日均累積聆聽量達標；1 小時太少，2 小時不足，3 小時及格，4 小時良好，6 小時以上是速成外語達人的捷徑。

時間管理的八二法則

將伴隨聆聽與時間管理結合很容易達標。起步 6-12 個月內聆聽時間占比須達 80%，將閱讀＋單詞複習的時間控制在 20% 以內，讀多少算多算，完全不必在乎是否能讀完或複習完所有生詞。同時，重拾英語

的成人也不能只聽不讀，最好能勻出時間用音詞衝擊法集中複習單詞，通常每天用兩三個 5-10 分鐘強化生詞，足矣。

初聽長篇小說之法

(1) 萬書開頭難。聽第一部英語原著最耗時，聽完之後再聽第二第三部就會漸入佳境，直至每週可輕鬆聽完一兩部經典。

(2) 20-80 法則。一部長篇小說前 20% 反復聽過，後續 80% 就變得容易。故事開局多有讀者陌生的人物和背景，作家慣用的詞彙和句式，朗誦者獨特的嗓音。一旦這些元素熟悉了，就會越聽越順。所以須硬著頭皮去聽小說的前 20%，重複次數多多益善，適度閱讀並強記高頻生詞。在此基礎上追情節一口氣聽完後 80%。

(3) 個性化調整。自主調整 321X 公式，難度越高越要增加聆聽次數。反之，如果兩三遍已聽懂五六成了，就可以先省略閱讀環節，一口氣聽完全書並重聽兩遍以上，然後再挑興趣最濃的章節閱讀或精聽，根本不用擔心所謂學習不夠紮實。

應對走神

可嘗試以下幾種方法。

(1) 躺聽與走聽：有些人感覺躺著聽更容易凝神，多數人感覺散步或慢跑時聆聽更輕鬆。

(2) 伴聽寫繪：伴隨音頻詠誦的節奏起伏，隨機寫出或繪出聽出來或聯想到的單詞、短語、角色、情感或畫面等等。隨聽 - 隨寫 - 隨繪 - 隨進，亂塗亂畫，絲毫不追求寫繪完整。這能避免瞌睡，且常能增進聆聽效果。亦可用即興的自由動作來伴聽，如健身伴聽或舞蹈伴聽，或表演出無聲的虛擬詠頌來伴聽。

(3) 視頻聆聽：找自己喜愛的話語密集型視頻，如真人秀等，邊聽邊看，同步關注說話者的口型和表情。它既有視頻圖景的匹配，助趣且

助聽，又不像影視大片那樣畫面過於豐富快閃而分散聆聽的大腦加工。詳見第 60 章。

（4）跟讀聆聽：不出聲或輕聲的影子跟讀（Speech shadowing），一般宜在靜聽三五遍後才運用；若配合手臂動作加強節奏感效果會更好。

（5）交替聆聽：專注聆聽與伴隨聆聽交替，神清氣爽時專注聆聽，累了就切換成伴隨聆聽；不同素材或嗓音或語速的音頻交替，聽累了就換一種。上述各種方式均可交替搭配，令大腦常聽常新，化解疲勞。

無論用什麼方式都要心態平和去享受聽；也不必介意走神，意識到走神時回神即可。聆聽，既沒有紮針開刀的切膚之痛，又沒有體能訓練的氣喘如牛，毫無必要痛苦地聽；所謂痛苦，不過是急功近利的心態滋生的自虐枷鎖，不難自己解鎖。

問：睡著了繼續播放音頻有沒有效果？

答：缺乏科研支持，反對這樣做。無干擾的香甜睡眠最有利於大腦健康和知識記憶。可用定時播放功能，如播放 15 分鐘後自動關機；讓床頭故事伴你香甜入眠。

聆聽催眠？

不用介意聽著聽著就睡著了。每個母親都會給幼兒講床頭故事（bedtime stories）。 科研確認睡前床頭故事和香甜睡眠非常有助於語言加工。

禪聽和瑜伽聽

成人可修行。只簡說禪聽，相通的原理可運用於瑜伽聽。讓自己入靜，燃一支香帶入儀式感，既全神貫注又自然放鬆地聆聽，學習讓呼吸與詠頌的韻律水乳交融。5 分鐘的朗誦，半小時就重複了 6 遍。成人專注入靜 30 分鐘不困難。堅持好第一個 30 分鐘，休息片刻，再聽第二個 30 分鐘。同時用伴隨聆聽填滿日常碎片時段。一兩周之後你就會發

現已然進步了：嗓音日益親熟了，聲韻逐漸清晰了，單詞可以捕捉了，這一句那一句恍然有所悟了；雖然還未達到行雲流水的即時理解，但這恰恰是語言習得的正常過程：先不知不覺地清晰解碼語音流，再自然而然地畫湧景現，吉光片羽的微頓悟綿綿不絕。你會越聽越順。這總共才三五周，而不是一百天，更非寒窗十年！

浴聽

聽的優勢太多。① 無須正襟危坐，坐著站著走著均可聽，躺著更可以聽。② 無須整塊時間，30 分鐘可聽，5 分鐘也可以聽。③ 不傷眼睛。華人近視眼比例鼎霸全球，究其病根，眼睛太累而耳朵太閑。

浴聽即沐浴時伴聽，它或是比禪聽更極致的境界。清水滋潤肌膚，清韻滋潤心靈。每一個生命的神奇舒展和綻放絢爛，都從愛的浴聽啟程。人們稱之為：胎教。

萬紫千紅才是春

第 30 章　用語音流優數據訓練腦神經

　　2019 年仲夏 HSBC 的一位理財經理為我們夫婦服務時我反向提出建議，推薦她考慮買入時價在 200 美元/股波動的特斯拉（TESLA），我的預測是五年增長 500%；我也提醒她華爾街的專家普遍看空，甚至給出 10 美元的目標價；我寫滿一頁紙的分析便於她拿去與資深同行探討。本章寫作時特斯拉仍在 200 多美元/股處震盪，但已經一股拆十五股了。其實我早已遠離股市十多年了。那次破例緣起研究自動駕駛，愕然發現公認的 AI 領軍 Google 旗下的 Waymo 終將被特斯拉拋離。特斯拉是從全球各種道路的豐富場景中搜集差異化的大數據，這是優質數據；而 Waymo 則在被稱作地理圍欄（geo-fence）的少數區域搜集數據，這是單調數據；單調數據是訓練 AI 神經網的庸劣數據。

珍重差異化數據

　　同理，用語音流訓練腦神經生長，其數據差異必須森羅萬象。請重視六類差異。

　　(1) 語種差異。單語單文，無論擁有多少經典，因仍屬於單調數據而存局限。為什麼豆蔻年華時我們都曾夢想學好外語？這恰恰是腦神經生長的本能飢渴，它希望你我用不同語種的差異數據來訓練它。進而，當兒童嫻熟掌握英語口語之後，最好還能選學自己喜愛的第二外語。

　　(2) 方言差異。美音英音都要聽；當輕鬆聽懂這兩種口音、且自己的口語發音也穩定之後，宜適量聽聽澳大利亞音和印度音，等等。

　　(3) 情感差異。聽話聽聲、鑼鼓聽音；好的詠誦傳情傳意更傳神。這

帶來兩項要求：① 聽說書家的詠誦，② 聽情感豐沛的喜怒哀樂起伏跌宕的故事素材。傳統教材，無論其知識體系多麼條理分明、或情景對話如何面面俱到、或朗誦如何詞正腔圓，均因情感單調而不利於促進腦神經生長。

(4) 體裁差異。從故事類的有聲書、廣播劇、音樂劇和影視劇，擴展到科普、新聞、演講、博客、採訪、真人秀、公開課和辯論賽等等。

(5) 語速差異。倍速聆聽法是訓練大腦神經的高效技巧。請讀者體驗，如果華語主播字正腔圓，用 1.5 倍速聽輕鬆自如，用 2 倍速仍能聽得一清二楚。這顯示你大腦中的漢語語音流加工神經早已優化生長。所以，每天要撥出適當時段挑戰 1.2-2 倍速的英語聆聽。倍速聆聽的目的是刺激神經生長，更不必介意即時聽懂。可類比於腿上綁著沙袋跑步，其目的是訓練肌肉、而不是跑得快，或健美訓練時交錯使用輕磅與中磅啞鈴和組合動作，效果更佳。用倍速聆聽，不論聽懂多少，再回聽常速英語會感覺越來越輕鬆。聽力過關之後倍速聆聽還能提升資訊攝入效率，且對口語、閱讀和思維加工的提速均有增益。

(6) 觀點差異。語言與思維交織，單一觀點也是單調數據。宜用與自己的認知有差異的知識體系的敘事和邏輯論證，去刺激、反思、調整、豐富和擴展原有的認知。單一觀點的閉環自戀無法產生智慧的實質進步。

優質語音流的簡明標準

可將大腦語言中樞類比於其硬體晶片能自動升級的手機，此自動升級源於用優質語音流日日浸潤所致的腦神經優化生長。概括優質語音流的 4 + 1 大基準：① 令人心戀情迷的嗓音和內容；② 聲藝大師的演繹（voice acting）；③ 音效好；④ 前節詳述的各種差異化數據；加一基準是：多聽人文、科學與思想大師的名著和講座。

歌德有句名言：不懂外語的人對母語一無所知（He who knows no foreign language knows nothing of his mother tongue）。魯迅亦勸導華語青年「少讀中文書」。這類見解難免令母語情結者驚詫。從大腦科學

看就容易領悟，文豪的所見略同出自他們拙樸的直覺和免疫於情緒的理性，他們洞悉差異化至關重要。這恰是孔子宣導的「和而不同」。

　　用兩句話概括原典法的實操：聆聽最大化，聆聽最優化。

> 聲韻雖美，錦書難托
> 十年苦讀，欲言無果；錯錯錯

第 31 章　外語學習的第一伴生障礙

聆聽錯覺與「歪破英語」

　　神經語言學領域的卓越科學家 Patricia K. Kuhl 教授曾兩次受邀到白宮為兩位總統做科普掃盲。Kuhl 教授的研究發現：① 大腦語言「生物晶片組」的首輪生長在出生後 12 個月之內基本完成，它奠定了語音流加工的硬體構架；② 受制於大腦語音神經的首輪生長，初學外語必定產生聆聽錯覺。

　　新生兒是語言的「全球公民」，出生時都能敏銳地加工人類近 7000 種語言中任何一種的語音系統；（註釋 5）但腦神經生長從 9 個月開始就逐步收斂於母語的語音流分佈模式，從全球公民向「本土居民」轉變。此後再接觸一門新語言，初期都會呈現「同化吸收」狀態，把輸入語音流扭曲後同化於母語語音神經表徵（Neural Representation/Neural Coding），由此產生錯誤匹配；聲音從耳朵到大腦的傳輸和加工，被大腦裡的母語語音神經硬體改變了。Kuhl 教授精選 warp（歪曲，諧音為「歪破」）一詞告訴人們：初學者聽到的是「歪破」之音；連聲音都沒有聽對，自然無法聽清聽懂。她用「語言知覺的磁效應模型圖」來描述這種扭曲，見圖 31-1。（註釋 6）

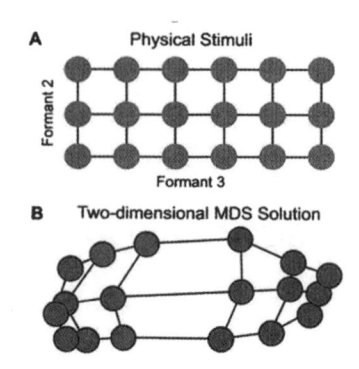

圖注：子圖 A：音節從 /ra/ 到 /la/ 的發聲漸變，從第二共振峰（Formant 2）和第三共振峰（Formant 3）兩個維度等距變化的語音物理量的圖示。子圖 B：美國被試主觀感受到的音節知覺距離，感知到的聲學空間被扭曲了。

母語腦神經刻模理論

　　Kuhl 教授提出了母語神經刻模生長理論（Native Language Neural Commitment Theory）。（註釋 7） 被物種基因預設的嬰兒大腦具有自發的「尋親 - 刻模」（Commitment）生長傾向：根據輸入的語音流模式主動匹配、生長出加工母語語音流的專用神經硬體。此生長過程基本完成後便產生雙向作用。① 正向：若輸入母語語音流、符合內在語音神經表徵，大腦對它的感知加工效率增強，助推母語習得。② 逆向：若輸入非母語語音流、不符合內在的語音神經表徵，大腦對它的感知加工的鈍化和衰退；進而，內在的母語語音神經表徵還會對它過濾、改造和扭曲而強行匹配。

第一伴生障礙與聆聽增量要求

　　外語初學者只能借用母語語音表徵而產生拉郎配式的聆聽錯覺，這是聽不清而聽不懂的根本原因。我們稱之為外語學習的第一伴生障礙：因母語神經率先強勢生長而伴生的障礙。外語習得必須首先化解這一障礙。由此，先導聆聽具備三重效能。

(1) 本原生長效能。無分母語外語，語言習得的基礎階段是匹配語音流的腦神經生長，它百分百依賴於聆聽。

(2) 重新啟動效能。母語習得時大腦對語音流的加工完全開放與可塑。外語初學時大腦對語音流的加工相對閉合且固化；必須重新啟動，恢復大腦語音流加工的開放性與可塑性。

(3) 阻抗克服效能。要生長出新的獨立的外語語音流的神經表徵，還必須克服已有的母語語音表徵的強大干擾和扭曲。

後兩重效能系學外語獨具的剛需，這產生了的增量聆聽要求：只有先強制啟動＋克服阻抗，才能重新啟動神經再度生長。

結論：聆聽在第一門外語習得過程中的重要性甚至超過母語習得，怎麼強調都不過分。見圖 31-2/3。

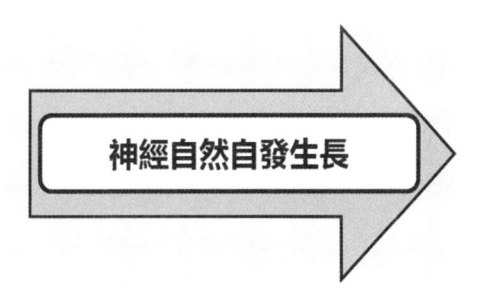

圖 31-2 母語語音加工腦神經生長過程

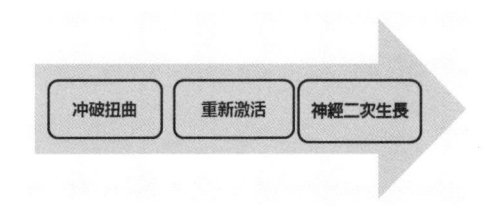

圖 31-3 外語語音加工腦神經生長過程

外語學習的「第一軍規」

　　外語習得的首要任務是啟動而恢復開放型的語音加工能力，啟動大腦語音加工神經的新一輪生長，破解聆聽錯覺，矯正被母語表徵扭曲了的「歪破之音」。實現這一目的匹配行為是老老實實且自然而然地聆聽純正優美的原版朗誦，並在起步期倍增聆聽強度。外語學習，耳朵當先鋒必勝、眼睛當先鋒易敗。我們稱此為外語學習的第一軍規。坊間形象地冠名為「磨耳朵」。

>聽聲聲凌亂，聽語語心煩
>專氣致靜柔，能如嬰兒乎

第 32 章　外語學習的第二伴生障礙

未署名的合著者

　　Judy Cui 女士從北京航空航太大學畢業後成為原典法的自學創客。她的文筆宛如她妙曼的歌舞，第一版《英語自學法教程》若不是處處鑲嵌她的博客文珍，會黯然失色——她無愧於該書的合著者，我卻犯傻到沒有署上她的芳名，為此歉疚自責至今。以下是 Judy 女士的一篇親筆。

　　能夠完全不借助任何字幕而純粹地欣賞英語原版影片，這是在運用原典法狂聽有聲書一段時間後發生的。因為來得太突然，以至於任何的欣喜都化為平淡。

2010.05.08 觀影片 Frame 後有感

　　讀書時費盡心機為考試，工作時機關算盡為掙錢，在經歷了一次次的挫敗之後，終於無奈地長歎一聲：我放棄英語了。至此，甩掉了身上的包袱，也拒絕了廣闊的世界。

　　這樣的場景並不陌生。奇怪的是，英語學習搞得如火如荼，好的依舊只是那麼一小撮，每天都有芸芸眾生掙紮在英語的泥潭中難以自拔。英語，真的這麼難以掌握嗎？

　　像許多人一樣，英語的聽說曾讓我心生恐懼，這份恐懼從我高中開始一直持續到 2009 年底，這是一個漫長如冬日般瑟冷的日子。直至

我開始使用原典英語自學法。

師傅領進門，修行在個人，我已經駛入了學習英語的正確軌道。這裡，我記錄自己行進在原典英語自學之路上的點點滴滴，以親身體驗鼓勵那些曾經放棄和試圖放棄的朋友，重新開啟英語乘風破浪的航行。

・第一次聽《萬物簡史》

2009 年 12 月我在網上邂逅了原典法。三個月解決英語聽力？難以置信。我嘗試了那麼多方法也未見大成效，怎麼可能短短的 3 個月？！第一直覺：懷疑。第二直覺：嘗試。反正，三個月，試一試也未嘗不可。成功了是我的；不成功一切照舊。

這個方法還蠻吸引我的，一個字歸納之：聽。只要昏天黑地地聽，加一丁點兒的閱讀，就解決問題了。即使對已經工作的人也是容易付諸行動的方法。

粗略研究了原典法的推薦，決定從《萬物簡史》和《飄》開始。書上說聽懂 20%-40% 的材料最適合。當塞上耳嘜開始我的原典第一趟旅程、聽《萬物簡史》第 25 章時，別說 20%，那完全就是傻眼，除了個別詞語聽出來了，其他就是一片混沌，以至於大腦高度緊張產生了屏障，什麼也聽不進去。現如今聽起來很清晰，就會很奇怪，當時為啥會有那樣又快又模糊的感覺呢？

聽，還是不聽？沒辦法，繼續吧。糊塗不過三個月，咬咬牙就挺過去了。

就這樣，一次兩次三次……我將音頻分成 3 分鐘一段。對於當時的我這是注意力能夠異常集中的時間了。每段都先聽 5 至 6 遍，然後閱讀 3 遍左右，最後回聽一兩遍。聽得累了，就連著一整段劈裡啪啦的聽著，反正注意了也聽不清，不注意了也聽不清，就讓它在耳朵邊響著吧。

一周過去了，《萬物簡史》第 25 章究竟聽了多少遍自己也不知道。最痛苦的莫過於每次閱讀的生詞量都達到百個以上，每每狂查詞典狂記

錄的時候，都讓我覺得自己是沒事找罪受。這挑戰著我的耐心。鑒於我有偷懶的習慣，後來我就變成只是拼命地聽而幾乎沒有閱讀。我實在忍受不了正襟危坐幾個小時的查詞典記單詞。這樣反而讓我堅持下來沒有半途而廢。

聆聽它，聆聽這種不同的語音語調，熟悉它的聲音，像欣賞音樂一樣地感覺它。慢慢地，你的腦中可以容下它的旋律，一點點地熟悉並且加深。

這段經歷也讓我意識到英語不需要特別地認真地對待，而是保持一種輕鬆愉悅的心情去感覺。於是，我在學習英語的過程中真正地放輕鬆了，這有點像吸引力法則。在愉悅的狀態下，你可以吸引到更多更好的東西在你的身邊。

原載 http://blog.sina.com.cn/judyvkuo

嬰兒怎樣聆聽

幼兒學語言，既有萬語皆通的語音加工優勢，又有得天獨樂的煩躁與挫折免疫力。語言習得的敏感期也是聆聽煩躁的免疫期。嬰兒平均聽300天才開口蹦單詞、聽600日才串句子。在滔滔不絕之前的整整兩年裡，嬰兒多數場合聽不太懂、更不可能全懂、常常完全不懂，但他們沒有一點煩躁一絲挫折。這種越聽不懂越好奇地愉悅地自發聆聽的情態是嬰幼兒習得語言的心理本能。幼童絲毫沒有克拉申（Stephen Krashen）「可理解輸入」和「i+1」的理論預設，（註釋8）絕不預期話語能被即時理解，決不會對爹娘抱怨，「你們說話我聽不懂我好煩躁唉！！」

第二伴生障礙

大齡童和成人就很不同。五分鐘聽不懂就倍感挫折，再堅持多聽一會兒就煩躁莫名，甚至抓狂。它是母語習得中不存在、外語學習中由理解預期所造成的普遍的情緒障礙。我們將這種「話語必須被即時理

解」的意識預期、和它所伴生的挫折感和煩躁感，稱作外語學習的第二伴生障礙。它是一種主觀的意識入侵，是外語學習效率低下的重要成因之一。被學術圈被奉為圭臬的「自然法」（Natural Approach）的「可理解輸入假設」在客觀上強化了這種意識入侵，造成惡性循環的廣泛誤導，本書將在第 74-75 章中剖析。

外語學習的「第二軍規」

返璞歸真，以幼童為師，無挫折感無煩躁感地聆聽。我們提倡兩不四有：不要「可理解輸入的思維添加劑」，不在乎當下是否透徹理解；有正確方法，有喜愛素材，有習慣培養，有過程愉悅。心智成熟的優勢是善於自我調節。能認識到意識入侵負面情緒的惡性循環，就不難自我化解。原典法實踐成敗的關鍵在於能否做到無挫折無煩躁地先導聆聽一百日。相比於嬰兒聆聽一年才開口，這個要求太寬鬆。

眾裡尋他千百度

第 33 章　外語學習的素材、工具和應用場景

本章由 Diana 媽媽執筆：

　　在投資領域有一個常見術語來衡量公司表現：Organic Growth／有機成長，翻譯成白話 就是專注於加強企業核心業務的競爭力，從而實現可持續的利潤增長。公司無法掌控宏觀經 濟環境、政策或競爭對手，它只能不斷增強自身優勢而基業長青。對於個體的「草木一 秋」，地緣政治經濟的變遷動盪，更非人力所能改變或預測。只有努力提高自學力、舒展潛 能，才能適應未來，春華秋實，創造出璀璨的人生。前面的卷章從多學科融合的視角解釋了 人類天生具備解碼語言的能力。本章將側重於原典法在不同場境中的實際應用，並分享如何 選擇合適的素材與工具，為讀者提供靈感，建立屬於自己的學習策略，實現個人的「有機成長」。（註釋 9）

　　得益於互聯網的飛速進步和英語兒童文學的蓬勃發展，優秀英語童書盈千累萬，新品 層出不窮。常有讀者詢問：「該買什麼書？」或「用什麼軟體硬體聽書效果最好？」這類問題其 實沒有統一答案，個體差異必然帶來個性化的需求。以兒童系列故事為例，在英文閱讀分享型社交網站 Goodreads 的「6-12 歲兒童必讀系列書」（The Must-Have Series for Children Ages 6 to 12）評選中—— 限定不是系列故事不能入選——讀者推薦上榜的就有 829 套之多（2024 年 10 月檢索）。此外，由專業機構、大媒體或大商家評選的各種「100 本必讀童書」榜單更是舉不勝舉。為了環保且節省讀者購書成本，筆者不重複羅列書單，只恪

守授人以漁的原則，簡析選擇素材的原則並舉例，供讀者參考，請舉一反三。

素材選擇七準則

國際外語教學界素有強調素材真實（authentic）的傳統。原典法將它提升為以下七準則：

1. 好的母語素材往往就是好的外語「教材」。
2. 素材不僅要真實，更要優質；後者可以經驗地界定為廣義的經典。
3. 入門段素材通常以廣義的故事類（Storytelling）最佳；根據心理認知發展分級的母語兒童 系列有聲故事書，包括啟蒙期的繪本和動漫，如果內容健康，語言大體滿足詞彙量和句式難度的進階，詠頌聲情並茂或搞笑滑稽，符合原典法對情感和樂感的經驗要求，通常均屬於優質素材。
4. 與美英同齡兒童趨近 - 同步 - 乃至反超；為非英語母語地區學生另起爐灶設計的傳統教材體系往往低估了兒童外語學習的潛能，反而須審慎鑒別選用。
5. 用於母語青少年和成人學習、根據認知和語言難度適當分級的非刪節版經典作品， 只要配備高素質的詠誦，就是中高級程度外語學習的最佳素材。
6. 國際流行的高品質英語教材，若配音素質佳，亦可用作輔助素材。
7. 根據學習者多樣化興趣和需求（Language for specific purpose），英語母語的各類優質素材，體裁、類型和內容不限，包括文學、科普、實用、娛樂節目、學術演講和公開課系列等等，均可用於中高級程度的外語學習。我們稱此為「素材開放原則」。用於中級程度的素材仍有配音素質要求；用於高級程

度可淡化此要求，以符合母語交流的真實情境。

玲琅滿目的素材也容易使人花海迷途，筆者建議讀者每個類別選擇 2-3 樣即可，如何正確使用是關鍵。正如 Peter Etherson 在序言中所說「學習英文是伴隨一生的項目，有了好的學習習慣和策略，能起到事半功倍的作用。」下面列舉一些日常生活中的主要應用場景，並介紹部分資源和工具。

場景一：在家中享受高質量的親子時光

良好的親子關係對兒童心理健康發展極為重要，尤其是在幼齡階段。父母充滿愛意的表情和溫柔的聲音是孩子最感安全的溫馨港灣。再忙碌的父母都應設法每日安排至少 10-20 分鐘與孩子一起聽兒歌，看動畫片或共讀分級讀物。網絡上有無數優質的素材可以助力父母 如同魔法師一般創造出多姿多彩的親子時光。 選擇兒歌時應符合三個基本原則：好聽、適齡、益智。符合這三個原則並在全球廣受歡迎的兒歌例舉如下。

1. Super Simple Song 合輯，簡稱為 3S。 2005 年起源於日本，2015 年被北美的動畫工作 室 Skyship Entertainment 接手運營。官網：https://supersimple.com/super-simple-songs/
2. Wee Sing 系列。已有 44 年歷史的兒歌品牌，享譽全球，官網 Slogan 是 Learning Through Music。 爸爸媽媽可以和小童一起唱跳，營造快樂和諧的家庭氛圍。官網：https:// weesing.com.
3. 版本眾多的《鵝媽媽》系列。它的歷史可以追溯到 16 世紀的法國童話，17 世紀開始在英國流行，伴隨著一代又一代歐美小朋友長大。筆者推薦由民謠研究專家 Iona Opie 編寫的繪本 My Very First Mother Goose，它一經出版就備受讚譽。家長可以一邊播放 歌曲，一邊和小朋友翻閱繪本，其樂又融融。該書可以在各大網上書店購買，音樂則可以在 YouTube 或是 Apple Music

裡找到。

以上資源均有官方網站和 Youtube 頻道，也很容易在 Spotify、Apple Music 等音樂平臺上找到完整的專輯。家長亦可只播放音頻，讓它成為孩子玩耍時的背景音樂。

除了聽兒歌之外，家長不妨在每日安排一段固定的動畫片時段播放英文動畫片。為了保護兒童的視力，建議限定播放時長為 5-10 分鐘，選用語速較慢，色彩明亮且內容符合兒童身心發展特性的動畫。下面列舉三部高口碑動畫片供參考：

1. 《小豬佩奇》系列，風靡全球，無需多做介紹。
2. 《史努比歡樂秀》（The Snoopy Show）。2021 年 Apple TV 上線了這部全球最受歡迎的狗狗的全新劇集，網上好評鋪天蓋地。劇情輕鬆搞笑，台詞富有哲理，動畫裡一個叫做 Schroeder 的男孩經常在他的玩具鋼琴上彈奏世界名曲，令人忍俊不禁。非常推薦全家一起觀看。
3. 《超級飛俠》（Super Wings）。這是韓國出品的動畫片，講述了一隻叫 Jett 的噴氣式小飛機和它的團隊 Super Wings 將包裹送達到世界各地的小朋友的故事。隨著劇情發展這個團隊去過了 45 個國家的 52 個城市，帶領小觀眾們瞭解了不同國家的風俗文化。

很多家長忙碌了一天之後，往往不知如何跟孩子高質量相處，除了唱兒歌、看動畫片以外，親子共讀也是一舉多得的活動。眾多典友不止一次分享，在親子共讀的過程中，不僅孩子的英語日新月異，媽媽或者爸爸們的英文也與時俱進，驚喜連連。全球暢銷書《朗讀手冊》（The Read-Aloud Handbook）的作者 Jim Trelease 就大力推崇親子共讀，他將這個家庭習慣延續到了子女們成年！筆者選列三家在全球聲譽卓著的出版機構如下，讀者可登錄她們的官方網站瞭解更多資訊，根據自

己和孩子的喜好選擇合適的書籍進行親子共讀。

1. HarperCollins Publishers，有著 200 年歷史的全球頂級出版商之一，擁有多個童書和青少年書的子品牌，出品的經典童書品類豐富。如《小怪物》（Little Critter），《愛心樹》（The Giving Tree），《晚安月亮》（Good Night Moon），《野獸國》（Where the Wild Things Are）等等，都是媽媽和寶寶的大愛。廣受推崇的 I Can Read 系列也是他家的出品。官網是：https://www.harpercollins.com/。

2. Penguin Random House，大名鼎鼎的企鵝蘭登書屋是全球最大的出版發行商，其子品牌 Puffin Books 專門出版童書。在這裡能找到眾多耳熟能詳的經典暢銷童書，如系列科普書《誰是？》（Who was? series），廣受小朋友喜愛的帶有科普性質的穿越小說《神奇樹屋》，低齡孩童最愛的蘇斯博士系列（Dr. Seuss's series）、最會說故事的羅爾德・達爾的系列小說如《查理和巧克力工廠》等等。官網是：https://www.penguinrandomhouse.com/，https://www.penguin.co.uk/puffin/

3. Black Cat，享譽歐洲的意大利 L2 學習出版商，全名是 Black Cat Cideb。它的入門級繪本有聲故事系列 Earlyreads，分 5 個等級，有 40 多個故事，適合於學齡前兒童。它也有向上銜接的系列，涵蓋數百本有聲讀物。Black Cat 出版商的優勢之一是同時也提供法語、西班牙語、德語和意大利語的 L2 學習分級故事素材，很適合多語種學習的需求。官網是 www.blackcat-cideb.com。

除了選擇分級讀物以外，家長還可以啟用以下兩個軟體，專門用來聆聽高質量的有聲書。別忘了原典法反覆強調：聆聽為先，聆聽為金。

1. Libby App. Libby 是一款讓讀者借閱公共圖書館的電子書、有聲書和雜誌的免費應用 程式。首先需要辦理當地圖書館的讀者證，然後在智能手機或 iPad 上下載這款軟體，根據指示找到所在城市的圖書館，輸入會員號登陸後便能借閱任何能搜索到的數位書籍，最重要的是它免費 ！對自己英文水平自信不足的家長，在開始親子共讀時可以用這個軟體搜索你已購買的分級讀物的配套朗讀版，然後和孩子一邊翻著書一邊欣賞高質量的朗讀。

2. Audible. 在 Libby 上借閱不到的有聲書，可以用 Audible 來補充。它是全球有聲書的領導品牌，包羅萬象，它的母公司為 Amazon。剛入門時可以單獨購買幾本有聲書反覆聽，等進入到「嗜聽」狀態後，可以選擇購買年度會員，優惠享受海量的有聲書資源。亦可以和好友組隊或是和家庭成員通過 Audible 的家庭 sharing 計畫進一步降低聽書成本。

場景二：通勤途中

上下學和通勤途中有無數碎片的無聊時間可以運用於浸潤英語，何樂不為？以下介紹一些軟硬體的應用。

1. Apple Podcast / Spotify 。若是自駕，通勤路上時間或短或長，還有可能遇到塞車， 可以在車內收聽 Podcast（播客）節目。Podcast 由 Apple 公司在 2005 年正式開始推廣，被內置在蘋果裝置中。到目前為止蘋果全線產品都預裝這個軟體，而且免費使用。Podcast 近幾年在台灣也很夯，除了 Apple Podcast 外，Spotify 這個知名音樂軟體以及前文提到的 Audible 等也都可以用來收聽 Podcast 的節目。經過了二十年的蓬勃發展，大多數

知名的媒體、出版社以及網紅都開設了 Podcast 頻道，其素材玲琅滿目，豐富多彩，很多節目時長達到 2-3 個小時，頗具深度。在網上有很多 Podcast 頻道的榜單，請讀者按照自己的興趣自行選擇。

2. 降噪耳機。若是乘坐公共交通工具，選購質量好的降噪耳機聆聽是個好方法。一般 而言，Bose, Sonos, Sony, JBL 和 Apple 等專業的音響供應商是首選。在這裡提醒讀者在使用降噪耳機時應特別注意安全，因為這種類型的耳機所營造的沉浸式體驗容易令人忽略周遭事物，建議僅限於靜止時或雖然活動卻高度安全的場合，如健身房。

場景三：戶外 / 健身 / 做家務

戶外運動和健身是現代人享受的日常項目。將聆聽有聲素材融入其中會帶來更多的樂趣。

1. 戶外玩樂。出門遊玩時帶上音質好的便攜式揚聲器，調整到不擾人的音量，充當小孩子玩耍時的伴隨聆聽或背景聲。無論是音樂、有聲書還是 Podcast 都可以。小孩子有一個成年人所不具備的超能力——他/她們真的可以聽著一個故事，做另一件事，互不妨礙！而且有了高品質音訊陪伴小孩玩耍，大人在旁邊就可以「偷閒」喝喝咖啡、與家人朋友聊天，大家都開心。

2. 健身房。成人在健身房運動時，可以配戴耳機聽音頻。原本難以堅持的 40 分鐘到 1 小時，因為有了有趣的有聲書而變得輕鬆了不少，讀者不妨試試。

3. 家務事總是最令人煩惱，不得不做還耗時良多。高科技小家電替代了部分工作，對於必須親力親為的家務活，可以邊做邊聆聽有聲書或者 Podcast 節目，有助於調節心情。這些本來被浪

費掉的時光，突然被有效利用了起來，多麼令人開心。

場景四：睡前冥想

現代社會，無論是小孩還是大人都背負著過多的壓力，冥想這一古老的瑜伽技巧被證明能有效舒緩情緒，提高睡眠質量。不妨給自己和孩子培養起一個 10 分鐘的睡前冥想儀式，無論是 YouTube 還是 Podcast 上都有專門針對兒童的冥想頻道，找出嗓音動聽又專業的指導老師，用藍芽音響外放，聽著英文指導（別擔心，詞彙都很簡單），和孩子一起專注當下，讓內心平靜。堅持下去一定會受益良多，大腦的健康和身體健康同樣重要。

結語：投資已成為當代青少年的終身必修課，堅持定投優質的標的已被證明是最適合平民大眾的投資方式。被稱為「世界第八大奇蹟」的複利效應在長期定投模式下會自動放大本金，時間越長金額越令人驚喜。提高自學能力也同樣需要「定投」，上面提到的場景應用人人可行，關鍵點就在長期堅持。本書分享的無數真人秀都證明了一個事實：嫻熟掌握英語無關年齡大小、英文基礎和學術型智力，只依賴定投（每日聆聽）、優質標的（個人有興趣的經典素材），以及長期堅持這三個要素。『三生萬物』，華人用原典法提高了英語水平後，可以輕鬆地提升更廣泛的能力，例如用英語學習其他科目、用英語學習健身、冥想以及健康飲食、直接研讀英語經典、用雙語做文創、勝任薪酬更高的雙語／多語崗位，分析第一手資訊來投資全球證券市場而獲取更穩健且更豐厚的收益等等。筆者衷心希望華人青少年擁抱長期主義，成長為定投自己人生的終身學習者，享受豐厚的複利回報。

借改女作家 Gwendolyn Brooks 的一句名言，贈予樂意實踐原典法的讀者：*Live not for battles won. Live not for the-end-of-the-song. Live in the listening along.* 活著不為戰功，活著不期曲終，活在傾聽之中。

從心所欲，不逾矩

第 34 章　五種自學方案

　　給出僅供參考的五套自學方案，其中所列素材絕非唯一，請學習者依據個人喜愛自主遴選素材。

方案一：假期 50 天速成

　　訓練素材：《黑貓》分級有聲讀書系列＋非虛構類常速英語。

　　適用對象：有基本自律、詞彙量約一千名的學生。

　　訓練量：每天 6 個小時，總訓練時間（不計入伴隨聆聽，下同）300 小時。

　　訓練目標之一：聽讀能力達到或超越高考高分水準。

　　訓練具體方法：黑貓系列 Level 1 -3 的每個故事時長約 30 分鐘，每章約 4 分鐘，Level 4-6 的每個故事時長約 50 分鐘，每章亦略長。每個 Level 選 4 個故事，用 522 模式訓練。① 從 Level 1 開始，先專注聆聽 5 遍，共約 20 分鐘；② 然後快速閱讀 2 遍，根據上下文語境儘量猜測而模糊理解，借助軟體詞典翻譯部分目標生詞，忽略讀不懂的難句；③ 將此聽 - 讀過的內容再聽 2 遍；④ 進入下一章的 522 模式，餘類推。⑤ 每天兩到三次用音詞衝擊法強化記憶單詞和片語，每次 10 分鐘。⑥ 充分利用所有碎片化時段伴隨聆聽。Level 1 - 3 的 12 個故事音頻總時長約 6 小時，共約 36,000 單詞的聽讀量。假設閱讀文本耗費的時間是對應音頻時長的四倍，那麼 6 小時的音頻用 522 模式訓練就需要 6 X（5+2X4+2）= 90 個小時。音詞衝擊法等輔助訓練約需 20 個小時，共 110 個小時，20 天內可完成。然後進階到 Level 4，此時聽讀速率都會

提升，大體按 2:1 時間比例交叉使用黑貓系列和非虛構類素材，並改用 311 模式，且可自主調整。經過 50 天的突擊訓練，累計的聽與讀分別超過 18 個小時的朗讀量與 10 萬個單詞量。此時語速、文本句型複雜度已接近高考水準，學習者的語感源源而生，聽力飛速進步，閱讀能力也顯著提升，自信心和興趣倍增。此後保持平均每天不少於 1 小時的專注訓練量外加伴隨聆聽，再堅持兩個學期，學生就必定能在校內各種英語考試中名列前茅。

方案二：6 個月訓練

訓練素材／適用對象／訓練目標，與方案一相同。

訓練具體方法：框架同方案一，差別在於每天專注訓練時間減少，但總訓練時間增加 20% 以上，學習者要在週末和節假日期間增加訓練量，確保六個月內完成 360 小時以上的專注訓練總量，同樣仍須將伴隨聆聽發揮到極致。

方案三：50 天 + 6 個月挑戰培訓名師

訓練素材：長篇文學經典與科普經典各一部。文學可選 *Harry Potter* 系列或 *Gone With the Wind*，科普可選 *A Short History of Nearly Everything* 或 *Sapiens: A Brief History of Humankind*。

訓練量：前 50 天每天專注學習 6 小時，後 6 個月每天 2 小時以上，總訓練時間 660 小時以上。

訓練目標：奠定超越培訓機構名師的基礎。

適用對象：掌握 3,500 以上常用詞彙、聽力和閱讀基礎較好、自律性好且有毅力的學生。

訓練具體方法：建議先聽讀小說，起步時一章一章地「中循環」聽讀。*Gone With the Wind* 的 Part 1 部分共約 380 分鐘的朗讀量，對初聽者感覺最難，大體按 523 模式硬著頭皮聽讀，最多 130 個小時的訓

練就可完成 Part 1 的聽讀，此時學習者會感覺小說後續部分突然變得很容易了，語感源源而來。此後可逐步過渡到 311 模式甚至 300 模式聽讀完整部書。300 模式就是只要 3 遍能大體聽懂 50% 以上，就可以追情節一口氣「大循環」聽完整部書。*Harry Potter* 的難度低於 *Gone With the Wind*，起步時感覺困難的音頻約 200 分鐘，訓練方法同上。*A Short History of Nearly Everything*（ASHNE）的訓練順序建議為 Introduction → 第 25-30 章 → 自主選擇章節聽讀。ASHNE 的第 25-26 章共約 83 分鐘的朗讀量，切分成 5-10 分鐘的音頻段落，按 523 模式硬著頭皮訓練，經過僅約 50 小時的訓練，囫圇吞棗式地強化了這兩章，後續部分就會越來越容易，可逐步過渡到用 412 模式聽讀完全書。忽略書中過於專業的內容。期間同樣要把伴隨聆聽發揮到極致。在運用此方法滿 100 天之後，須漸進引入本書後文講解的其他方法。這樣經過 230 天的訓練，學生就會發現超越英語大牌培訓師已然志在必得。這並非說 230 天就能達此目標，而是說學生就此可以親身體驗並確認，這套方法確實發揮了語言天賦，已經培養出了好語感好習慣，自信心倍增，堅持下去趕超培訓名師指日可待。當然，自原典法問世以來越來越多的英語培訓師也開始暗自運用這套方法自我提升，但他們大多閉口不提原典法。

方案四：微量步進訓練（註釋 10）

從第一天聆聽 2 次、每次各 10 分鐘開始，每天每次酌情彈性增加約 2-5 分鐘聆聽量。進行到第三周共 21 天，就基本走完了習慣養成的最低時間跨度，即所謂「21 天法則」。三周之後仍須繼續鞏固習慣，增加聆聽量直至達到每天累積聆聽兩小時以上。其中約 30 分鐘專注聆聽，其他用伴隨聆聽。

方案五　自主設計 DIY

根據原典法的原理，參考上述方案，結合自身狀況自主設計，並

隨時調整，這往往能成為最佳方案。

　　原典法的初心是喚醒每個少年的自學本能，它只有普適原則，並無教條陳規。每個人都是學習方法的創客。終身自修就能成長為有慈悲有智慧有力量、自助而助人的俠客。

紙上得來終覺淺，絕知外語要躬聽

第 35 章　外語學習的程式性錯誤：提前閱讀

文明的「健康細胞與癌細胞」

　　2015 年春我有了新鄰居，剛喬遷來的琪琪一家。原籍大陸的琪琪在香港上小學，因是新移民，英語學得掙紮。琪琪媽在電梯間首遇我妻子後幾分鐘的諮詢就決策實踐原典法。琪琪很快成了英語有聲書發燒友，把我電腦裡的兒童故事全聽完了。我建議琪琪媽註冊了有聲書 Audible.com 的會員，讓琪琪自己選書。一年後琪琪的英語反超香港學霸，兩年後成為全校唯一同時被哈羅公學和香港漢基國際學校錄取的學生。琪琪爸說：原本靦腆內向的女兒變得自信大方。父母還轉述教師的眾口一詞：琪琪的記憶力越來越驚人。

　　對大陸赴港生我有不少相似的個案經驗。我的同事鄭豔玲老師指導在深圳中考失利後隨父母移民香港的王俊同學運用原典法，（註釋 11）不到一年他就成為英語尖子生，當選為校學生英語協會主席，考 TOEFL 寫作獲滿分。我居住的社區也時有家長帶著在香港上學的孩子登門請教。從理論上我知曉美英主流外語教學體系落伍，但邊親耳聽學童講述他們老師的教學方式邊親眼查閱他們的教材和作業，仍令我嗟歎。

　　文字是文明的細胞；文本閱讀的重要性在語言學習的提高階段怎麼強調都不過分。但正如異常增生的細胞會致癌，異化的閱讀也會孳生外語教學的「癌瘤」。閱讀先導且主導是外語學習中最常見的程式性錯誤，是華人外語教學中最常見的「癌瘤」

大腦雙向加工原理

　　大腦認知包含自底向上和自頂向下兩條加工路徑之間的密切互動。語言聆聽，自底向上的加工路徑是：耳朵→聽覺中樞→語言中樞→其他智慧中樞。自頂向下正相反，它先啟動相關認知基模，（註釋12）調動已有的背景知識，預測性地匹配和加工輸入的資訊流。嬰兒母語習得的初期由自底向上的加工主導，按物種基因預設的演算法，從加工語音聲波參數開始一步步內化，生成母語的音素、音素序列、韻律模式和詞切分等等的神經表徵，進而再生成句法和語義的神經表徵。隨著此內化過程逐步確立，自頂向下的加工會漸進強化成為主導。

　　舉一個簡單的心理語言實驗。特意把「咔嗒」噪音插入話語中一個單詞的發音之內，讓被試聆聽後報告在何處聽到了噪音。請看下句，其中 # 代表「咔嗒」音。

　　Different counties have different educa#tion systems......

　　被試都報告是在兩個單詞之間而非一個單詞之內聽到了此噪音。由此可知，成人大腦根據內在的範疇化表徵自上而下地導控輸入語音流的加工。

　　第31章剖析過的聆聽錯覺就是自頂向下主導的加工。

先讀後聽易造成惡性循環

　　先聽後讀與先讀後聽是兩種不同的生理加工。外語入門段如若閱讀先導且主導，文本分析的強度越高、錯誤的大腦加工模式就越頑固，它強化自上而下的翻譯式的匹配理解，從而替代、干擾和壓抑神經本原生長的兩大過程：① 目標語言的語音流基礎聽覺加工和相應的神經生長，② 以語音流加工和表徵為基礎的句法和語義的神經生長。先讀後聽還會加重聆聽錯覺。三者疊加就遮罩了甚至剝奪了語言習得的本能生理加工。簡言之，越聽不懂越多摳文本→越壓制和遮罩自下而上的語音

流加工→越加重聆聽錯覺→越強化翻譯式思維→越分流語言本能加工區的血流供應。這種學習模式即使預習了全部生詞、熟讀並「理解」了全部文本，聆聽時仍或多或少是「假懂」——啟用回憶預知的語義翻譯。這容易墮入惡性循環，加重第一伴生障礙。一句話：閱讀先導且主導的教學模式阻礙了習得新語言的大腦神經生長。

傳統教學貌似也強調聽力，但因普遍存在兩塊短板而效果不佳：素材平庸且強度遠遠不夠。

外語初學時要化解第一伴生障礙、避免大腦血流供應錯配，惟一正確的途徑就是聆聽先導且主導，自下而上地、由外向內地啟動嬰兒期的開放式語音流加工。

為什麼是聽－讀先行而非聽-說先行

原典法訓練程式的設計思路是模擬母語習得，並令此程式適用於最大多數學生。模擬並非機械照搬表面過程，而是符合內在的生理生長。先導聆聽之後大腦語言加工延伸到語音與語義匹配。華語學生普遍缺乏英語互動的社會環境，即便有外教課堂，交流強度和時間積累也遠遠不足。同時大齡童也有兩大優勢：大腦中的語義系統羽翼漸豐＋自律性日益進步。由此，對大齡童和青少年，簡易可行的語音與語義匹配方法是用文本和多媒體等支援的聽-讀互動，以最大限度地替代母語習得的親子互動。因此，緊隨先導聆聽的環節通常是閱讀而非口語；同時，只要社會環境和教學條件許可，它隨時可相容聽-說先行。

常見問題

問：是否永遠要恪守聆聽先行？什麼時候什麼場合可以忽略聆聽？

答：聽力顯著進步後應漸進強化閱讀；聽力過關後應重點發展高速閱讀力；但仍應保持聽書習慣。

問：原典法了無新意，聽說先行的理念在外語教學界已經提倡幾十

年了。

　　答：與文法翻譯式教學相比，聽說先行的理念大有進步。但是，① 它尚未在體制教學裡充分落實，② 落實須要校內和校外均具備足量的雙語浸潤的社會環境；③ 聽說先行隱含聽說並行且並重，它仍未釐清語言習得的大腦加工機制。原典法通過大腦科學等透徹闡明聆聽具有本原的優先性。

　　問：怎樣提升閱讀能力？

　　答：仍須從大腦科學領悟。

索引和注釋

1. 《齊魯少年英語口語電視大賽山東省總決賽落幕：臨沂代表隊囊括冠亞軍》，《魯南商報》，2008年7月17日，A9版。
2. 深圳海天出版社。
3. 伴隨聆聽：見本書第29章。
4. Tremblaya K. et al. *Central Auditory System Plasticity: Generalization to Novel Stimuli Following Listening Training.* 1997.
5. Kuhl P. *Language, Mind, and Brain: Experience Alters Perception.* 2010.
6. Kuhl P. *Early Language Acquisition: Phonetic and Word Learning, Neural Substrates, and a Theoretical Model.* 2010.
7. Kuhl P. et al. *Phonetic Learning as a Pathway to Language: New Data and Native Language Magnet Theory Expanded.* 2008.
8. Krashen S. et al. *Natural Approach: Language Acquisition in the Classroom.* 1983.
9. 請參見本書第58、59、60和62章。
10. 此具體方案由謝鋼先生提出。
11. 中考：中國大陸初中三年級升高中一年級的考試。
12 認知基模：見本書第50章。

卷五　閱讀之腦

書不盡言，學語難全

第 36 章　語言加工的生物算法與閱讀「常識」

　　人類兩千年的閱讀傳承日益被多媒體刷屏取代。科學家關注這一大趨勢會對「閱讀的大腦」帶來什麼樣的長遠影響。對閱讀的科研包羅萬象，文獻五花八門，觀點各抒己見，誤區亦處處可遇。本卷嘗試依據海量科研資料，去蕪存菁，釐清脈絡，幫助讀者領悟英文閱讀的原理、掌握其訓練的高效方法。

語言演算法舉例

　　我外婆韓慕賢 90 歲失智後仍能給我啟迪。入座用餐時她會先後指著我媽媽和我，說，「那個女的年紀大的，你坐這裡；那個男的年輕的，你坐我身旁」。 外婆遺忘殆盡了原本是刻骨銘心的「知識」，兒孫的容貌和名字，但她語言能力正常。這讓我領悟學語言與學知識這兩者的神經生長機制必有差異。

　　腦科學正在揭示語言演算法神經工作的奧秘。以下是兩種語言表達的一個短句，按常速說完每個句子均只須約 2 秒鐘，請讀者嘗試在 2 分鐘內完成其單詞切分。

　　　荷蘭語：Weetjedatikjehebgeholpen?
　　　匈牙利語：Tudjahogysegítekneked?

　　西語文本預置了單詞間的空格，從而免去了閱讀時大腦切分單詞的負擔。但口語是一串串連續的語音流，近似於上面無空格的文本，讀者已感覺詞切分之難。然而，對人類近 7000 種不同語言的語音流實施詞切分僅僅是嬰兒習得語言時大腦自動完成的諸多小微任務之一！

1996 年發表於期刊 Science 的一項報告震撼了科學家和哲學家，題目是《8 個月嬰兒的統計學習》。該科研發現嬰兒僅僅聆聽幾分鐘音頻就勝任對「新語言」實施單詞切分，且嬰兒用於切分單詞的演算法之一是大腦自動統計轉移概率。（註釋 1）

無須擅長數學，但須領悟，無論聽書或讀書都是大腦裡的生物演算法神經在加工；嬰兒大腦裡與生俱來的演算法神經勝任高度複雜的統計規則學習，計算轉移概率只是其中舉重若輕的一小項。這些演算法神經的自發生長系由聆聽行為啟動，與閱讀或文法理論知識的學習訓練風馬牛不相關。

閱讀的六個「常識」

對閱讀我們多有各種「常識」。① 閱讀文本時眼睛的視動是連續的。錯！觀物或看書，眼球都在跳動與停頓注視之間交替不已，且眼球運動的速度極高。（註釋 2） ② 眼睛對圖像的捕捉如手機攝像，是一個均質圖元的平面。錯！眼睛的「圖元解析度」呈梯度分佈，在中央凹處高清，向外圈延伸時迅速降低。③ 雖做不到一目十行，但一目十詞輕而易舉（一目看清十來個單詞）。錯！閱讀英文時眼睛每一時刻平均只能分辨注視點右側約 14 個字母，約三四個英文單詞，往左側更少。④ 單詞越長，單詞識別所用的時間越長。錯！對熟練的閱讀者，若單詞字母 ≤7，識別單詞所需的反應時間與字母多少無關。⑤ 識別一個孤立而醒目的字母速度最快。錯！任何一個字母，把它放到拼寫正確的單詞中去識別，速度會更高，這被稱作詞優效應（word superiority effect），（註釋 3）。⑥ 閱讀時先要把一個個單詞的意思都整明白了，方能理解整句。錯錯錯！無論聆聽還是閱讀，只要素材合適且方法得當，大腦不僅能容納相當比例的生詞而不影響整體理解、更擅長從上下文猜出生詞的含義。從後三條可推知大腦具備語句整體加工的特徵：囫圇吞棗常勝於細嚼慢嚥、不求甚解常優於專求甚解。

精讀與泛讀

外語教學區分精讀和泛讀（Intensive / Extensive Reading）。學生常問精讀與泛讀何者更重要？答案是都重要、但在外語學習的入門期都不重要。入門期重要的是個性化的泛聽與精聽，而將閱讀明確地定位於輔助聆聽。當聽力突破之後再漸進引入適配的閱讀訓練。

英文閱讀速度

嫻熟者可達每分鐘500個單詞以上，是朗讀-聆聽速度的三倍左右。科學家還確認，儘管閱讀存在視覺與記憶的生理極限，大腦仍舊能夠運用各種認知策略倍增閱讀效率。

怎樣訓練才能收穫疾目如飛的閱讀力？

紙上一分鐘，耳朵三年功

第 37 章　I-Languages：閱讀是內化的聆聽

被曲解的閱讀？

看兩個案例。

案例一。華文家長的大愛《朗讀手冊》（The Read-Aloud Handbook），英文直譯是《大聲朗讀手冊》。大聲朗讀就是讓孩子聆聽。譯成《朗讀手冊》更簡潔，卻有資訊減損，大聲朗讀→朗讀→閱讀→視讀，就失之毫釐謬以千里了。原書作者特意用連詞符把兩詞併成「一詞」，Read-Aloud，就是強調閱讀的啟蒙期這兩個詞須臾不離，不要把大聲朗讀等同於閱讀。

案例二。泰國高校邀請日本繪本大師松居直演講，主辦方提出一個問題，「怎樣使兒童喜歡讀書？是靠文字呢？還是靠畫？」松居直的回答摘要如下。（註釋 4）

（不靠文字，不靠繪畫）靠耳朵！兒童讀書，用耳朵聽是最重要的。關於這一點，只要想一想我們是怎樣將語言變成自身的東西，是怎樣掌握語言的，就可以明白了。我們要認識到，在嬰幼兒期有沒有用耳朵聽語言的豐富體驗，非常重要。如果這方面的體驗貧乏，將對孩子日後的學習能力、讀書能力、思考力和集中力有很大的影響。

閱讀依賴於聆聽

第 18 章講解的經典實驗揭示閱讀能力低下的關鍵肇因是聆聽量不足。以該實驗估算的聆聽時間量如下表。

表 37-1　四歲兒童累積的母語聆聽量

	專業人士家庭	藍領家庭	貧困家庭
單詞聆聽總量	4500 萬	2600 萬	1300 萬
以每分鐘 120 單詞（語速較慢）計算			
聆聽總時長 / 小時	6250	3611	1805
4 年日均聆聽時長 / 小時	4.28	2.47	1.24
以每分鐘 150 單詞（語速較快）計算			
總聆聽時長 / 小時	5000	2889	1444
4 年日均聆聽量 / 小時	3.42	1.98	0.99

注：B. Hart 等人的研究跨度是從嬰兒 7 個月開始連續觀察記錄 30 個月，即孩童剛滿三周歲時的資料，故本表格推算的日均聆聽時間量略保守。

概括如下：① 四歲小童累積的聆聽時長已達 1,500-6,000 小時；② 聆聽量越高學齡期閱讀能力越佳。進而，第 31 章分析過，與母語相比、習得第一門外語需要更多的聆聽量。

耳濡重於目染

哈佛大學學者 Catherine Snow 統計了一個貌似無關緊要的細節：與愛子愛女的會話是非同兒戲的兒戲，學前兒童家庭正餐口語互動（talk around dinner）越多學齡期閱讀力越佳。斯坦福大學的一項研究顯示，源於耳詞量的差異，剛滿兩歲時富家子女的語言智商已超前於寒門子女整半年。（註釋5）加拿大兒童語言教育家 Andrew Biemiller 的研究顯示：入學時耳詞量分別處於頂端抑或底端 25% 的兒童，到六年級時閱讀能力與平均水準相比，分別遙遙領先抑或落後三年。（註釋6）教育專家 Louisa C. Moats 統計對比了一年級入學時語言能力頂端與底端兒童，耳詞量差距已高達 15,000。（註釋7）

語言習得是在匹配行為的持續啟動下，腦神經元依據物種基因指令的生長再生長與聯網再聯網。幼童每習得一個口語新詞，都包含四類

靶向神經生長：① 生長出語音微網路，② 生長出動態情景的語義概念微網路，③ 生長出將這兩者連結的束叢，④ 生長出與情感神經網貫通的束叢。

腦科學家 M.Wolf 在她的科普名著《大腦閱讀的歷史與科學》中用四個排比－進階句闡述為什麼聽話語和聽故事是閱讀能力的大本大宗。

When words are not heard, concepts are not learned.

When syntactic forms (sentence patterns) are never encountered, there is less knowledge about the relationship of events in a story.

When the story forms are never known, there is less ability to infer and predict.

When cultural traditions and feelings of others are never experienced, there is less understanding of what other people feel. （註釋 8）

聽故事時時喚起情緒與情感而追情節，由此辨新詞知新句，在情感與認知水乳交融的情節和對話聆聽中，千千萬萬個神經元微網路，耳詞語音神經、畫面神經和概念神經、句法神經、預測推理思維神經和情緒情感神經，生生不已地連結優化。這一過程為紙上讀文鋪墊了最優的大腦硬體。耳聰才能目明。Reading 首先是 being read to，閱讀首先是聆聽朗讀。將閱讀窄化為文本視讀，錯了。

內化語言與外化語言

喬姆斯基強調必須區分內化語言與外化語言，Internal Languages VS External Languages，分別簡寫為 I-Languages 和 E-Languages。（註釋 9）可以把內化語言理解成大腦內生的語言加工相關的生物演算法的集合；語言交流行為則屬於一階的外化語言；文本承載的文化典籍和文法知識屬於二階的外化語言；後者的燦爛輝煌源自千萬個曾經行走在這

個星球上的心靈的內化語言的外顯創造，它們是從屬的派生的表面的；當然，它們亦由此而與個體的內化語言代代循環互動而演化。見圖37-1。

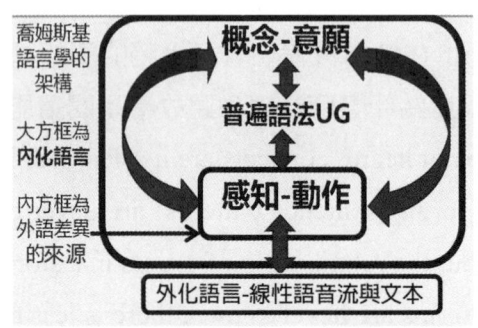

圖 37-1 喬姆斯基理論的語言結構示意簡圖，詳見第 69 章

　　通過幾個例子來體會內化語言 I-Languages。① 當你準備一次夢寐以求的應聘，你之所以能夠一遍遍地在腦海裡構思面試時的表達，是因為你具備了母語的內化語言。② 讀中文小說常常看了上句就能猜到下句，這就是你活躍的內化語言在主動提前預測而匹配視讀；一目十行是內化語言的功力展現。③ 你之所以感歎自己尚不具備英語思維，恰恰就是還做不到無聲地在大腦中自由地構思英語表達，也即，尚未將英語變成內化語言。④ 當你已能不依賴字幕輕鬆追美劇時，睡夢中你也會蹦出英語，這說明它正在成為你的內化語言。

　　正如欲領悟陽光滋養萬物，不能只吟詩作畫讚美它溫暖明媚，而必須研究太陽系和太陽能，欲探索文明的淵遠流長，語言學不能高山仰止於的瑰麗雄奇的名著典籍，而必須深究創生出文本經卷的終極源泉，剖析大腦中內化語言的工作機制和來龍去脈。喬姆斯基稱此為生物語言學（Biolinguistics）。（註釋10）

　　還可從醫學進步史來領悟。傳統醫學局限於望、聞、切等外顯症狀，當代醫學在關注外顯症狀的同時更注重透析內在的生理和病理，發展出以細胞分子生物學為基石的「大內科」。

I-Languages 與 E-Languages 是貫穿本書的重要概念，後文常直接使用此英文術語。

閱讀是內化的聆聽

正常的閱讀是文本輔助下的內化聆聽，後者是 I-Laguages 的工作形態之一。可以觀察兒童的閱讀進階來領悟它：先一個字一個字磕磕巴巴地大聲讀→時而斷續時而連貫地出聲朗讀→連貫地輕聲朗讀→默讀。默讀即內化聆聽。

讀者不妨遍憶自己的朋友圈，凡是英語說、讀、寫均駕輕就熟的，都曾在其人生的某一階段或有意或無意或自覺或被動地經歷了足量聆聽浸潤。不識閱讀真面目，只緣困在紙讀中。閱讀的內功源於海量聆聽，對母語習得它是渾然天成的童子功，對外語習得它可以是大器晚成的修行功。學外語的入門段押注於文本閱讀是南轅北轍。「粗陋」地說，聽力不過關時一切閱讀都是「三等殘障」，除非你是歐陽鋒。

天功與人功

聆聽是生物百萬年進化而成的天功；文字是千年文明演化的人工。閱讀之所以可以集大成，是以天功為跳板的個人努力和文化積澱。自以為讀萬卷書而獲的成就，內裡都是聽萬卷書而生的精進；因為，你早已將閱讀內化為行雲流水的自我聆聽。

也存在更高的境界：當精湛三門以上外語的聲韻，以音通文的大腦又能舉一反三地以文萃音，揮灑自如地習得新外語，它是多語言內功所產生的「乾坤大挪移」。例如，已嫻熟掌握兩門羅曼語族語言（Romance languages）的英國人，再學歐洲的任何一門新外語往往舉重若輕；但他們學中文書面語仍舊舉步維艱。反向推理便是：華人學歐洲的語言和文字本應遊刃有餘；倘若一代複一代、多數華人學生仍倍感艱辛、甚至終身聾啞，那惟餘一種可能，教學體系錯矣。

陶行知先生在《偽知識階級》一文中這樣評說華語文明的教育：「土豪、劣紳、訟棍、刀筆吏之害人，我們是容易知道的；教書先生之害人更廣、更深、更切。我們是不知道的。」

　　就外語教學而言，一線教師不是責任人而是「受害人」；同時，如果他們攜手家長援手學生、學會反思學會改變學會自學，他們就是最可愛人。

> 耳似雙絲網，中有千千樂

第 38 章　字母－音位原則與文字的大腦加工效率

迷迷糊糊的童年

聽到這歌詞就像寫的是我自己。小學低年級的一次期末語文考試，卷面滿眼都是拼音知識題。依稀想起老師叮囑過：推廣漢語拼音是偉大領袖的號召，學好了可以回家教爸爸教媽媽，他們全都沒有學過！但拼音是什麼，我腦子裡完全空白。我懵懂地望著教室牆上的宣傳畫發呆。紅光滿面的大哥哥小姐姐，昂首挺胸的俊叔叔俏阿姨，畫上的口號都配有拼音。好好學習，天天向上！Hao Hao Xue Xi，Tian Tian Xiang Shang...。看完三面牆壁的每一幅畫，一邊好奇是誰發明了這麼透明的水晶文，一邊開始提筆答題。語文考試第一次得了滿分。長大後知道周有光先生是漢語拼音的發明人之一，每逢他生日我就覺得欠他一份師生禮，還感歎「有光」這個名字好，契合聖經的源頭句 Let there be light。再往後又知悉早在 2800 年前古希臘人就發明了完美的拼音文字體系。

我的中文掃盲

等於沒有讀中學，25 歲上大學之後我一邊應對燒腦的電腦專業，一邊見縫插針掃盲「國學」。越掃盲困惑越多。讀魯迅，他在《關於新文字》裡說：必須除去阻礙傳佈智力的結核：方塊字……；在《漢字和拉丁化》中他說：「漢字是古代傳下來的寶貝，但我們的祖先，比漢字還要古，所以我們更是古代傳下來的寶貝。為漢字而犧牲我們，還是為

我們而犧牲漢字呢？只要還沒有喪心病狂的人，都能夠馬上回答的。」讀金庸，他自述曾反覆讀《金剛經》難有頭緒，直到在劍橋大學讀到英譯版才豁然開朗。讀錢穆，他頻頻挑戰胡適的中文功底——你我的中文功底呢？諸如此類的文豪案例舉不勝舉。他們都擁有超級大腦，但研讀中文各有所難。如今亦常見大學校長錯讀漢字，我自己更如此。

錯失大腦生長的黃金期？

　　首版牛津英語辭典（Oxford English Dictionary）共 17 卷 125 分冊，學界公認對這個浩大工程貢獻卓著的兩位作者分別是它的主編 James Murray 和義工 William C. Minor。前者 14 歲即貧困失學，從未上大學，後者是一位長居精神病院的患者。（註釋 11）

　　我自己讀康熙字典，越讀越犯暈，讀牛津辭典，越讀越清晰。讀者不妨嘗試。

　　一間 AI 公司的創始人田學紅博士向我力薦伍新春教授領導的北京師範大學兒童閱讀與學習研究中心的研究：華語兒童的閱讀發展水準比英語兒童平均滯後約 3 年，中英同齡兒童年均閱讀量之比約為 1:6。（註釋 12）由此推理，固守單語單文相當於令華人子孫後代錯失大腦神經優化生長和升級的黃金年齡。

字母 - 音位原則

　　2015 年功成名就的商業巨獸 Google 做了「認祖歸宗的正名」：成立新公司 Alphabet，將 Google 「降格」為其子公司。Google 奠基者之一 Larry Page 解釋說：冠名 Alphabet 是因為 Google 出類拔萃的搜索性能歸功於「語言最簡字母集」，那是人類最偉大的發明！（註釋 13）L.Page 是指滿足字母 - 音位原則（Alphabetic Principle）的文字系統，（註釋 14）其特徵是字元與語音流的最小獨立單元音位（phoneme）——對

應。並非所有表音文字都滿足字母－音位原則，例如日文假名和印第安切諾基文（Cherokee）均是表音文字，但它們的表音層次是音節而非音位，被稱作音節文字（Syllabary）。英文是勉強滿足字母－音位原則的表音－詞素文字。中文是表意為主－表音為輔的意符（詞素）－音節文字（logo-syllabic or morpho-syllabic）。

文字的大腦加工效率

代代華人堅信漢字中文最佳，但科研確認滿足字母－音位原則的文字體系大腦加工效率最高。可從三個層面科普。

其一，發明出滿足字母－音位原則的文字體系，就要洞察人類語音流的微觀結構，將物理上連續的聲波解析分離，提取出一個個相互獨立的聲音原子，即音位，然後用最小化的字元集簡潔表達；它標誌著人類認識語音內在結構的重大突破——它也是第 14 章所闡述的科學方法論「第一原則」的絕佳發明案例。漢字中文並未達到這個層面。

其二，大腦加工有三項效率指標：時間＋空間＋個體發展期，分別指完成某項智力操作，如閱讀複雜長句，大腦加工所須的時間、所佔用的腦神經資源、和習得該技能所須訓練的年齡時長。這三項指標，滿足字母-音位原則的文字體系均比漢字優越，特別是兒童習得該文字體系所需的生命時程最短。（註釋 15）

其三，最小化的有序字母集文字，不論是大腦心算檢索還是機器搜索均有顯著的效率優勢。

評測文字的首要標準是大腦認知效率。正如著名的大腦科學家 S. Dehaene 所言：「文字體系進化的正確方向是逐漸適配大腦加工的需要……這一演化過程優化了文字體系。」（註釋 16）類比於電腦，文字體系相當於人類為自身大腦設計的作業系統；因腦神經資源有限，佔用神經資源少且執行速度快的作業系統更佳；否則，無論該作業系統多麼美輪美奐或積澱深厚，都不是最優。

人人都鍾愛母語父文。但普世科學的思維精妙並不相容族群本位的情感執拗；情人眼裡出西施≠情人眼裡出牛頓。湘女可以獨愛女書，納西少年可以獨尊納西文，華語大眾卻宜警惕這類情緒化的武斷，膠柱鼓瑟地拒斥科普常識。

文字圖騰

文字是人類的重大發明，文字圖騰自然成為遠古文明的特徵。從古埃及人的 Thoth 神到古蘇美爾人的 Enlil 神，從古華夏的倉頡到古瑪雅的 Itzamna 神，處處傳頌著神創文字的傳說。不掌握文字的群體常被視為「低等」。但文字圖騰也常令眾生忽視了語言的本真。給表達語言之聲的文字添贅圖像元素，不論它們多麼秀巧智趣，都會增加大腦加工負擔。類比於給五線譜加綴聯想豐富的意象符是畫蛇添足。文字，其字圖越複雜越優雅＋與內在的語音神經表徵相關度越低＋字形本身疊加的歷史越厚重，就越成為大腦的藝術體操，要入門不易，要精湛太難。魯迅便是一個渾身帶傷卻終身無法退役的「大腦文字藝術體操的亞運會冠軍」。語言教育讓學童個個如錢穆那般刻苦鑽研國學，就好比體育教育讓學生人人都去做楊傳廣。

西文也難？

上大學時我讀過一本專析王國維先生自殺的博士論文集，合上書就忘光了內容，仍不解他為何在人生智慧的巔峰期赴死；但也長了一個見識：一個人的死可以養活一群群博士。後來我再去讀王國維的原著，始有所悟。他坦陳自己讀西語經典曾倍感艱難。倘若王國維 10 歲前就習得英文和拉丁文，他就不會絕望地認定華語圈終有無法逾越的理性壁崖。

單語單文在歷史上無虞，當下則須與時俱進。需要強調：漢語不難

中文難。只要教育有海闊天空的選擇，每一代總會有鍾情於中文的少女少男，可以耗費十年去精湛淵源流長的漢字，成長為曹雪芹或余光中；也可以 12 個月掌握一門簡潔高效的文字，成長為馬斯克或黃仁勳。

圖 38-1 從削足適履觀燒腦適字

無為而無不為

第 39 章 「自然拼讀」等閱讀技能

自然拼讀之名

我的校友孫克瑞老師在京城擔任英語教研員時曾推動將 Phonics 教學引入國內。Phonics 或 Phonics Instruction 直譯是拼讀教學法。我向孫克瑞老師請教：誰發明出「自然拼讀」這一風靡的譯詞，英語原本沒有這種溢美的表述。

語音覺知能力

發展出滿足字母 - 音位原則的文字體系需要發達的音系覺知（Phonological awareness），它指在無意識的語音感知基礎上淬煉出的理性分析技能，勝任有意識且高效地分解和操弄語音結構的各種成分；它也是流暢閱讀表音文字所需的核心技能之一。音位覺知（Phonemic awareness）是它的重要子概念之一，指能夠聽辨出、提取出並熟練操弄音位（phoneme）這一最小的語音單位。這對母子概念常被混同。Phonology 特指包含語言所有聲韻成分（不僅僅是音位，例如漢語的聲調等）的語音體系，因此將 Phonological awareness 譯為音系覺知更妥當；為通俗起見本書今後也常將其泛稱為「語音覺知」。

拼讀教學的原則

嚴格滿足字母 - 音位原則的拼音文字，其字母與發音一一對應，沒有歧義，那麼它自然度最高，拼讀學習最容易。英文並非自然度高的拼

音體系，它有不少常用單詞的拼寫缺乏簡明的規則。Phonics 就是設計出一套教學體系，對拼寫自然或「不自然」的單詞都能識別，以幫助兒童閱讀。具體地說，Phonics 是通過提升兒童在學齡前已初步生成的音位覺知（phonemic awareness）而教會他們與口語發音對應的拼寫模式（graphemes）。例如，cat 有三個音位 /k/ + /æ/ + /t/；將 cat 變換成 tac，不論是否認識它，也不論它是否是真單詞，兒童都能憑拼寫而正確地朗讀出它的發音 /t/ + /æ/ + /k/；反之亦然。簡言之，拼讀教學追求的是強化兒童已然存在的語音覺知能力，其發展順序是大量先導聆聽令潛意識的語音感知生根，繼而用文符拼寫的視讀誘導、提煉為意識層面的語音分辨和操弄技能。有意識的語音覺知（awareness）百分百根植於潛意識的語音感知（sense and perception）。拼讀技能教學的普適公式如下。

「自然拼讀」教學的有效性 = ∑ 大量先導聆聽→拼讀匹配訓練

聽力不過關時過早引入「自然拼讀」就不再是自然、而是揠苗助長。學術界在肯定 Phonics 教學功效的同時，也不乏對 Phonics 教學圖騰的各種批評。（註釋 17）

著名高校倫敦經濟學院發佈過一項拼讀教學研究，它有三大特點。① 樣本量大，覆蓋 27 萬名學童；② 長程追蹤，覆蓋 5-11 歲；③ 不僅用閱讀測驗，而且用全民課程的整體成績來評估。該研究揭示：① 對 5-7 歲兒童，密集型拼讀教學短期內能提升成績；② 對大多數兒童此效用隨年齡增長減弱，到 11 歲時歸零；以長程追蹤來衡量，「自然拼讀」教學效用甚微。領銜該研究的學者 S. Machin 教授說「無論採用哪種教學方法，多數兒童最終都能學會閱讀」（Most children learned to read eventually, regardless of teaching method）。（註釋 18）同時該研究也確認，對弱勢群體學童的閱讀，拼讀教學的短期訓練效果較好。

教育是人一生一世的成長。教育創新的科研若要真正可靠，須滿

足四大條件。① 持續追蹤了被研究者終身；② 覆蓋面廣；③ 對比了不同族群和不同社會；④ 有大腦科學的實證支持。鮮有教育科研滿足這些要求。所以對自然拼讀既無須盲目跟風也不宜全盤否定。

快速自動呼名技能

快速自動呼名技能（Rapid Automatized Naming / RAN）貌似很簡單：快速說出字母、數字、顏色及各種實物的名字。這種易於客觀測量的技能與閱讀能力休戚相關。（註釋 19） 快速呼名技能反應了文符的視覺辨別 + 聲音提取 + 概念提取這三者的加工效率，以及這三者之間的關聯速率；不難推知它是將耳詞 - 口語詞升級為文本詞的基礎技能。

有一項經典實驗：凡是 RAN 存在障礙的學童，絕大多數並非視覺辨認問題，而是語音匹配故障。科學家挑選拼讀時總是混淆 b/d 或 p/q 或 d/q 等的兒童做被試，改用不說出字母發音而畫出字母或指認匹配字母的方式，發現他們從不出錯，即視覺感知能完美區分 b-d-p-q 等等。這個實驗揭示了閱讀困難多源自語音加工，它推動了閱讀障礙研究領域的方向轉換。（註釋 20）

英語初學者也常有這樣的體驗，讀或聽數字單詞串時不是不能辨別，而是反應速度跟不上；換言之，將該視詞或聲音連接到數位概念的大腦「網速」太慢了。

英文閱讀的六項技能

美國全民閱讀委員會（National Reading Panel/NPR）的一項大規模綜合研究，以 50 年來 10 萬多份科研文獻為資料庫，從中歸納出英文閱讀所需的六項技能。（註釋 21）① 語音覺知能力。② 快速自動呼名技能。③ 流暢誦讀能力。它又包含三項子技能：書面字串的辨識拼讀 + 將其轉換為口語 + 自我聆聽監控。 ④ 詞彙量。字母串解碼之後，如果

該單詞是兒童已熟悉的耳詞，閱讀便順暢推進；耳詞量越多閱讀訓練越順暢。⑤規範拼寫能力。掌握規範拼寫，識別不規範的拼寫，對提升閱讀能力有益。⑥自覺運用各種閱讀策略的高階能力。

縱橫俯瞰可獲四大相互關聯的結論。①增進英文閱讀能力的三條路徑：增進聽力＋增進耳詞量而增進眼詞量＋增進文本詠誦能力。②閱讀深度依賴語音加工。③閱讀能力進階密切依賴耳詞量。④既要鼓勵課堂教學的各種微創新，更要恪守人類教育的亙古智慧：興趣至上＋聆聽為閱讀之母。

行百里者半九十

第 40 章　兒童閱讀發展階段

兒童閱讀發展的五個階段

著名的腦科學和閱讀專家 Maryanne Wolf 提出了閱讀技能發展的五階段說：① 閱讀前準備期 emerging /pre-reading stage；② 新手閱讀期 novice reading stage；③ 解碼閱讀期 decoding stage；④ 流暢與理解期 fluent,comprehension stage；⑤ 嫻熟精湛期 expert stage。（註釋 22）此順序普遍存在，但個體發展的速率和終點千差萬別。約 50% 的學生達不到嫻熟精湛期。

閱讀前準備期

閱讀準備期與學前家庭教育期重合。比照預防醫學，閱讀準備期之重要在於它可以有效預防學齡期的多種閱讀困難症。Maryanne Wolf 說：閱讀技能起步於嬰兒期，而非學校（Reaing expertise begins in infancy, not in school）。（註釋 23）搖籃裡媽媽情切意甜的歌謠，小床邊阿嬤娓娓道來的故事，小桌前爸爸繪聲繪色的畫本朗讀，和鄰家姐姐全情共舞的韻律操，與幼稚園小夥伴同唱的動作兒歌，雖然還不能識字、卻興趣盎然地伴隨媽媽的朗讀或音頻播放、適時主動翻過繪本頁面，喜歡有模有樣地假裝朗讀、講述繪本故事；這樣樣俱是閱讀準備期的最佳活動。

閱讀準備期既緩慢又飛速。它按部就班，平均時長五年。它日新月異，媽媽們天天驚喜於愛子愛女的妙語綻放。這一切都對應於大腦語

言神經網夜以繼日地生長；這一硬體生長中的任何不足、滯後或異常，都會導致學齡段姍姍浮現的閱讀困難。可用一句英語和一個公式來概括閱讀前準備期：A good Pre-beginning is half done；1≥4。即，閱讀前準備期的重要性高於此後四個階段的加總。

新手閱讀期

階段二～三～四大體對應於小學學齡段。階段二的特徵是孩童意識到書本文字關聯於有聲有調的口語，但他們尚無法勝任將字元一一對應於語言的聲音單元，即音節、母音和子音。他們開始把字串拼接成眼詞，把眼詞關聯於耳詞，再一詞一詞地串讀成短語和句子。這是大腦解碼文字的初期，它有三項相互關聯的加工任務。① 領悟並掌握字母-音位原則，相當於在視覺神經叢與語音神經叢之間生長出高速聯通網；② 將顯意識學習與潛意識的語音感知互動，生成兩者相互強化的音系覺知（phonological awareness），這是語音神經叢的二次優化生長；③ 單詞概念神經叢的持續生長與強化連結。

解碼閱讀期

此階段浮現九大特徵。① 語音覺知持續精細化；② 由字到聲的朗讀不再費力；③ 朗讀錯誤減少；④ 朗讀流暢度提升；⑤ 從大聲朗讀向輕聲朗讀和默讀邁進；⑥ 能拼讀出從未遇見的新詞；⑦ 能識別和朗讀不合常規拼寫的單詞；以上各項表明從字母串到口語的解碼過程日益自動化；⑧ 眼詞與耳詞的數量同步增長；⑨ 單詞相關的顯性語法知識穩定進步，如單複數和時態等等。

能流暢朗讀文本並不等於自動獲得理解。但解碼的精準化和自動化對應著大腦神經結構的專門化和自動化。它帶來兩大增益：大腦加工時間縮減＋大腦皮層空間資源佔用減少；這為高階閱讀和思維奠定了最

寶貴的大腦生理資源。閱讀是多任務並行的腦加工，閱讀的效率和理解度，取決於在文字解碼之時及之後，大腦還能調用多少腦神經的時間和空間資源以同步思考、想像與推理。

流暢和理解期

當文本解碼熟能生巧後，閱讀超越視讀升級為思讀。本階段可浮現八項特徵：① 閱讀時自發調動知識與經驗背景；② 讀者與作品的情感交流增強；③ 文本結構複雜度持續增加；④ 發展各種思維技能去領悟文本蘊藏的深層涵義，如想像、猜測、類比、分析、歸納、推理、比喻、反諷、雙關和話中話的言外之意，等等；⑤ 淬煉出邏輯與實證相結合的分析能力；⑥ 培養閱讀策略，即時自我同步監控、督導和協調閱讀活動，以提升閱讀效率；⑦ 閱讀成為獲取知識資訊的主管道，children shift from learning to read to reading to learn，即從學會閱讀轉變成閱讀而終身學習；⑧ 呈現「馬太效應」，即閱讀習慣與情智成長和創造性思維形成正回饋。這也是閱讀進階的瓶頸期，行百里者半九十。與口語不同，閱讀並非人類的本能；它既是順流而下的風帆，大腦原有神經網路巧妙地再利用；更是逆流而上的孤舟，不進則退、寸進尺退。拼音易認、小說好讀，但「善未易明，理未易察」；沒有任何基因預置了高階思維神經叢的持續生長，後者是攀登閱讀巔峰的終身挑戰。

嫻熟與精湛期

跨越了流暢和理解期的閱讀者也在揮別兒童節，閱讀成為人生尋覓知己的漫漫旅程。「知音如不賞，歸臥南山秋」。經典文本是甜夢難醒的睡美人，於作者，它收攏了韶華之光，織裹了青春之美，凝煉了生命之慧。沒有讀者的知音之吻，她寧願百年守孤獨、千年留夢鄉；她不期而期的默默等候，世世代代穿越熙熙攘攘，老去芸芸眾生；他懷瑾握

瑜向死而生的復活，只在菩提樹下那一位的邂逅；他開卷復掩卷默默訴衷腸；惟有，陶醉思想的深邃，不謀稻粱的靈慧，方能逆流而上，攀援閱讀的巔峰，沐浴繆斯女神溫暖的朝陽。

閱讀的大腦原理百扣千節，歸根結底它是大腦神經的生長再生長、建構再建構；根植於思維淬煉式閱讀的每一次深邃的頓悟，都是一輪波瀾壯闊的大腦神經「換代升級」。

我的閱讀

無書可讀和讀書無感是我 25 歲之前的人生記憶。進大學之後希望打破這魔咒，那時國內尚未引進卡式錄音機，我買了最昂貴的收音機，天天聽短波英語台。我還嘗試直接讀英文原著。除女友贈我的《綠野仙蹤》等文學書之外，首讀的兩部理科書亦令我耳目全新。一部是伯克利大學的《物理學教程》，約 8K 大小橫寬版式的書，配圖生動且精準。例如一幅跳高運動員的插圖，與簡潔的文字珠聯璧合，把動能與勢能的數量關係講解得一清二楚。紙張柔韌如緞，每頁都有三分之一的邊側寬白，或是留給買得起書而讀的人寫筆記或做關鍵演算用的，感覺真奢侈。另一部蘇聯學者寫的《演算法入門》，它從歐幾裡得的演算法程式開講，這顛覆了我此前被灌輸的認知：電腦科學起源於《易經》。它還令我臆想，俄語作者用英文寫這麼深奧內容都如此清澈易懂，文字的奧秘一定不在於字圖優美智巧或聯想豐沛。從此我漸漸有了讀書的感覺，還發現了百試百靈的技巧；凡專業內容若讀中文書雲裡霧裡，去找英文多版次教科書來讀就容易懂了。

我們「50 後」的閱讀

中文閱讀要達到精湛本就不容易。時代也有溝壑壁崖。和我一起失學的小學同窗都無學可上無書可讀。待到突然恢復高考，我們都

二十四五歲了，能進大學者寥寥。但學習和讀書，關鍵或不是上學。華夏是耕讀文明。只要有好書暖心的篝火之光，越漫長的寒冬越是聽書讀書的好時光。對同學和我那是十多年的奢望。荒於學令人愚，凋於歲摧人醜。浮現著的告別兒童節那個夏天，訣別豆蔻少年的那兩個冬天，聰慧的他和她，我為沒有畢業而被畢業的那幾代人歲歲月月寫封封書信，如何掃盲、如何閱讀。

不能一遍聽懂，就無法一目十行（註釋 24）

第 41 章　閱讀速成與 I-E 轉換原理

英文閱讀速成案例

　　閱讀發展的五階段中閱讀前準備期是關鍵的關鍵。它蘊含兩個相互嚙合的層面：① 滿足音位 - 字母原則的語言文字大腦加工效率最高；② 一旦大腦語言演算法神經優化生長了，這類文字的閱讀多可以速成。我們看一個小案例。

瑤瑤爸 2012 年 3 月 28 日 帖文（摘要）

　　如何讓女兒學英語是一直困擾著我的問題。去年偶然進入了原典英語論壇，認真學習了《英語自學方法教程》，使我豁然開朗。

　　女兒瑤瑤 2005 年 5 月出生，到 5 歲半之前都沒有接觸英語。在她讀大班的下學期時我給她看了洪恩 GOGO 英語。然後在一年級的上學期的 9 月開始使用原典法學習英語，用 *EarlyReads* 的 MP3 代替了原來由我這位爸爸讀睡前故事。

　　令我吃驚的是到十一假期時，我嘗試讓瑤瑤為我朗讀 *Dorothy* 這本書，她竟然讀得惟妙惟肖，得到我的表揚後，她接著把 *EarlyReads* Level 1 的全部故事都讀給我聽，之前我從來沒有讓她讀過啊！只不過她很喜歡翻看裡面的圖畫。至此我對原典法更加深信不疑，並加強聽書的分量。無論瑤瑤是在玩還是在吃飯甚至洗澡或上洗手間的時間，我都用外放 MP3 放英文故事給她聽。到現在瑤瑤已經聽讀了全部 *Earlyreads*，*Black Cat* 的 Level 1 的六本，Level 2 聽讀了 2 本，輕鬆英

語名作欣賞－小學系列的全部故事和中學系列的 4 本，書蟲初級 9 本，*Password Readers* 聽讀了前四本，還有很多在網上下載的英文繪本。我自己的英語水準只有小學高年級的水準。現在瑤瑤的英語水準已經遠遠超過了我，我根本聽不懂的英文動畫片，她看得津津有味。感謝徐老師使我這個英語盲也能讓心愛的女兒享受到英語的樂趣。

英語兒童平均要近 70 個月（0-6 歲）達到閱讀解碼期，瑤瑤用原典法無師自通而流暢朗讀英文，按爸爸發帖日計算用了 7 個月。7 個月 PK 70 個月，以傳統教學框架評估這是不可能事件，更何況這是外語，但它發生了。這是腦神經優化生長的典型個案，值得剖析。

① 年齡與學程：瑤瑤 5 歲半開始少許接觸英語。9 月份上小學時開始用聽故事的方法浸潤，發帖時孩子 6 歲 10 個月；聆聽浸潤共 7 個月時，已經快速推進到聽 2009 版《黑貓》Level 5（以上貼文未摘錄），這是多數中學生勉強讀得懂而聽不懂的素材。 ② 教學環境：家長壓根兒沒教孩子閱讀。③ 指導者水準：爸爸自述英語是「小學高年級」。④ 方法一：充分利用時間聽，無論是玩、還是吃飯、甚至洗澡或上洗手間，她都聽外放的英文故事；由此，基於聆聽的語音 - 語義匹配的腦神經生長因融入一切活動而獲得時間積累的極限優勢。⑤ 方法二：瑤瑤很喜歡邊聽邊翻看圖文並茂的繪本，不久進階到插圖較少的初章書，聽讀交叉同步，此為通過聲 - 圖 - 文的匹配促進腦神經優化生長。⑥ 學生情態：嗜聽英語故事，又擴展到聽讀結合，已然成為習慣；這對應於被愉悅感加速的神經優化生長。 ⑦ 國際比較：美國教育一直為移民兒童的英語閱讀犯難，此案例放到美國也是榜樣；6 歲小童並沒有雙向交流互動環境——請特別注意這個層面——不僅半年內英語聽力過關，文本朗讀也開始出口成頌。

借此案例不避冗餘強調促外語習得的三大極簡模式。① 將聆聽融

入一切適合的活動而收穫神經生長的時間累積優勢。② 源於嗜聽而生的腦神經加速生長。③ 從聲-圖並茂到聲-圖-文並茂是多重神經結構的匹配生長。

I-E Languages 轉換原理

語言習得的方方面面都可以歸結為 I-Languages 與 E-Languages 之間的互動轉換。本書的案例均彰顯，與交際法強調的日常口語交流等相比，聽系列小說和科普巨著有四大優勢。① 語言結構複雜度高；② 認知複雜度高；③ 不被口語交流的物理場景所框限；④ 不依賴外在文本就勝任處理複雜度高的語音流；這一切反令大腦內生的加工更活躍。

概括聽書的雙高特徵：E-Languages 素質高，I-Languages 活躍度和自由度高。兒童大腦中的 I-Languages，與複雜句型、多角色人物關係和情節撲簌迷離的 E-Languages 互動，完全憑自由奔放的想像和推理，海闊天空虛構出萬千氣象；這些都對應於情感體驗、情節推理、創造想像等腦神經叢日以繼夜地優化生長。由此，在英語習得的啟蒙和入門期，只要能培養出不依賴文本、單憑純聽及視聽而享受英語故事的愛好，華語兒童就可以將缺乏外在雙向交流物理環境的劣勢轉變成內生的虛擬實境交流的優勢——說到底，「語言本能就是虛擬實境的本能」——從而實現「聽力秒殺閱讀」，媲美美英同齡兒童的平均閱讀水準。反之，若美英兒童僅有日常口語交流、沒有養成聽長篇有聲書的習慣，雖然聽力和口語無虞，卻未必能收穫閱讀的速成，更難以駕馭複雜文本。

學外語宜將 I-Languages 與 E-Languages 之間的正回饋互動發揮到極致，我們稱此為 I-E Languages 轉換原理，簡稱為 I-E 轉換原理。

嗜聽：神經優化生長的特徵感受

聽書成癮對應於腦神經優化生長，它構成一目十行閱讀的生理基礎。要達致嗜聽，在保護生理聽力和確保安全的前提下，實操要訣仍是原典法的老生常談。① 選喜愛的嗓音；② 選喜愛的素材；③ 培養日日聽書的習慣；④ 享受「初戀」素材，也即一旦產生嗜聽，不急於為從「舒適區」邁向「挑戰區」而換素材；⑤ 常速與倍速交叉聽；⑥ 在恪守興趣牽引的原則下，循序漸進擴展素材種類；⑦ 賞玩各類聲韻藝術，如歌唱和器樂；⑧ 把學英語轉變成日日用英語。

知其雄，守其雌

第 42 章　閱讀的大腦加工模型

　　文本閱讀至少包括五大演算法神經模組：① 文字視覺解碼；② 文字串轉換為內化語音流；③ 基於內化語音流的語言加工；④ 文字與概念兩者之間的直通；⑤ 協調前四大任務的高階認知。閱讀的表觀起點是文字視覺解碼，但它並非閱讀訓練的重點。可借用漢字藝術來領悟：隸 - 楷 - 行 - 草等龍飛鳳舞的書法，其圖像複雜度遠高於工整的印刷體，但華人如有火眼金睛識別它們。由此易推知，拼音文字的「識字」不是閱讀教學的真難題。

大腦認知加工的三種流程

　　以閱讀為例見表 42-1。

表 42-1 閱讀認知加工的三種流程

流程分類	流程描述
自底向上 Bottom-up	從文本辨識的解碼加工（decoding）開始，（字母）→字母串→ 單詞→ 短語→ 句子→ 段落等→ 獲得理解
自頂向下 Top-down	調動文化相關、語言相關和話題相關的背景知識→在主動性的假設（assumptions）/ 猜測（guesses）/ 設問（questions）等思維活動的中自發或自覺預測文本內容→在閱讀進程中隨時驗證並調整預測→獲得理解。
互動循環 Interactive	同步且互動運用自底向上與自頂向下的加工策略，達到理解。

　　過分依賴自底向上的文本閱讀教學有兩個缺陷。① 當聽力低弱時它很低效；② 往往令學生處於被動學習狀態。在給定的語言水準下，

閱讀的效率取決於學習者是否能運用自頂向下的各種認知策略，這又歸結為 I-Languages 的發展水準。

閱讀大腦的跨文化三區

C. Perfetti 等人綜合腦成像科研資料，提出了閱讀的普世大腦（Universal Reading Brain）模型。（註釋 25）簡述如下。不論何種語言文字，閱讀的腦加工存在三大共用區：① 枕葉的部分視覺區，它司職文字識別解碼；字元數量越多、圖形越複雜，佔用視覺皮層越多。② 左半腦顳葉及顳葉周邊交互區，司職語音與語義深加工。③ 左半腦額葉的泛布洛卡區（Broca's area），司職句法加工、語音語義的進階加工和口語輸出，並關聯於大腦的「CEO 任務區」。注意後兩大區恰恰是聆聽和口語的腦加工專用區。

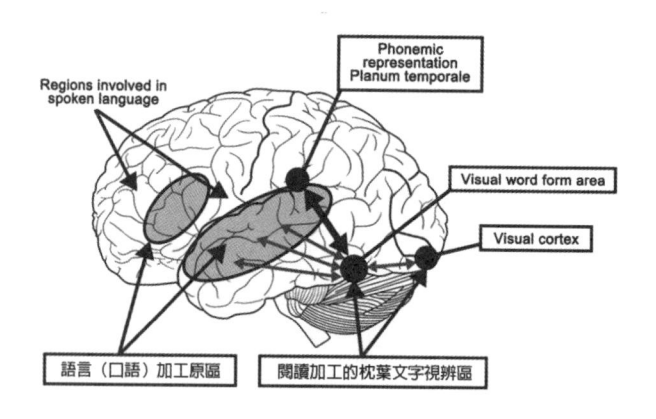

圖 42-1 跨文字文化的閱讀加工的大腦三區

易於釐清：閱讀從司職文字視覺的大腦枕葉加工開始——口語沒有這一環節——然後迅速轉向口語加工腦區。也即：閱讀是被文字持續啟動的內化聆聽。

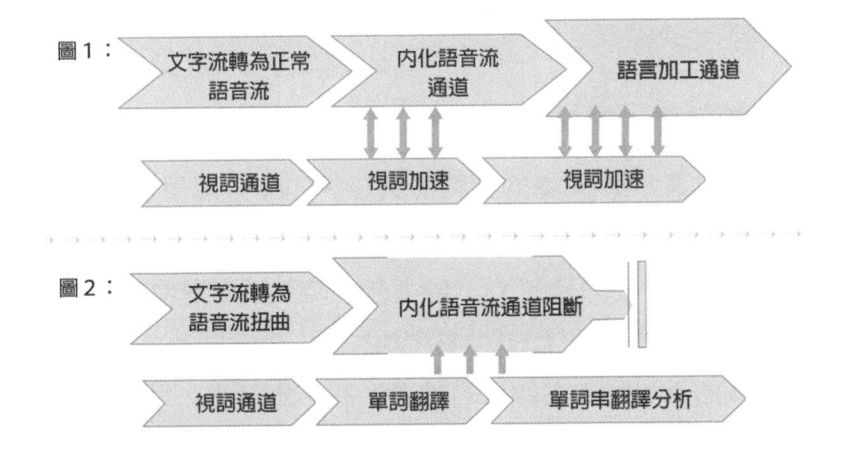

圖1：
文字流轉為正常語音流 → 內化語音流通道 → 語言加工通道
視詞通道 → 視詞加速 → 視詞加速

圖2：
文字流轉為語音流扭曲 → 內化語音流通道阻斷
視詞通道 → 單詞翻譯 → 單詞串翻譯分析

圖 42-2 閱讀的大腦雙通道加工模型示意。

上圖：聽力過關時的閱讀；視詞通道加持語音通道。

下圖：聽力不過關時的閱讀；它的主加工通道、即語音加工通道沒有打通，大腦加工依賴於單詞串翻譯。

閱讀的雙通道腦加工模型（Dual Route Theory of Reading）

閱讀存在兩大並行加工通道：一條將文字串轉換成語音流，用內化的聆聽去啟動語義和句法的加工，它被稱作語音通道（phonological route）；另一條由文字直接啟動語義加工，被稱為視詞通道（lexical route）。（註釋 26）不詳述專業細節，僅結合圖 44-2 歸納如下。① 聽力過關後的閱讀是被文字啟動的內化了的聆聽加工，可以將其理解為默讀，它就是 I-Languages 的形態之一，是閱讀加工的主幹道。② 視詞通道是加持閱讀的輔道，它與主幹道互動，能倍增內化聆聽加工的「網速」。③ 聽力不過關時的閱讀，由於尚未打通語音加工通道，又由於視詞通道能夠直接啟動單詞語義、具有替代補償作用；但它容易罹生過度依賴，從而阻斷新的語音通道的生長建構。從雙通道腦加工模型可洞悉翻譯式外語學習的神經機制：視詞單通道依賴症。

閱讀的雙極效應：拐杖抑或翅膀

　　有三項結論。① 閱讀的獨特優勢在於能充分運用視詞通道而產生「並聯加速效應」、提升 I-Languages 的加工效率和自由度。② 充分發揮此優勢的前提是聽力過關。③ 聽力低弱時大腦會過度依賴視詞輔道，它就蛻變為依賴母語翻譯的單通道獨木橋；這意味著大腦放棄了新的 I-Languages 語音流加工主幹道的神經生長。此即外文閱讀的雙極效應：文本在聽力過關前是拐杖，在聽力過關後是翅膀。閱讀科研常關注眼球運動，閱讀訓練也常強調略讀和躍讀（skim & skip）。大腦科學揭示，如果沒有勝任內化聆聽的 I-Languages，任憑眼球跳來跳去、無論怎樣略讀或躍讀，都屬拐杖式閱讀。（註釋 27）清華大學的碩士張毅成先生將此概括成：不能一遍聽懂，就無法一目十行。

今朝春比昨朝春，八鬥才逢洛水神

第 43 章　閱讀是大腦二次生長的生物工程

文字與閱讀之源

　　1879 年，一次童話般的際遇令 Maria 和她的父親名垂藝術考古史。9 歲的 Maria 纏著父親 S. de Sautuola 帶她去 Altamira 山洞探險。探奇中的 Maria 發現了洞頂亦真亦幻的岩畫：鹿騰豬奔馬嘶狼嘯之中，成群野牛圍成一圈。絢麗如生的畫面富有文藝復興時代大師的風格。父親 Sautuola 是業餘考古學家，他推測這很可能是遠古人的創作。此後的科研證實 Altamira 岩畫為石器時代的藝術。

　　文字和閱讀是人類歷史上首批大腦增強工程，它的源頭撲簌迷離，它的進程波瀾壯闊；它龜甲金箔延綿不絕。萬年之前，那些茹毛飲血時代的無名氏藝術家，那些餐風露宿卻沉迷於塗鴉美趣的男男女女，啟動了這項開天闢地的生物工程。他們運用自己抽象思維的萌芽，反覆嘗試將精妙的口語神經與發達的視覺神經配接，用圖形之美來描繪實物之真、來表達概念之玄。這一創新和它伴隨的閱讀活動，對人類大腦產生了曠世持久的生理升級改造，令理性抽象智慧代代俱增，孕育了文明大躍進。

閱讀的生物基礎

　　科學家用閱讀悖論（Reading Paradox）來表達閱讀與口語的涇渭之別：文字誕生不足 7000 年，閱讀普及不足 700 年，如此短暫的歷史，它們不可能是物種進化選擇的直接產物。萬年前的古人與今人的基因

相同，他們嫻熟於口語，但沒有閱讀。認識這一區別是領悟閱讀訓練方法正確與否的基石。閱讀是基因 - 文化互動中大腦進化的副產品。M. Wolf 說， Human beings are born to speak, but they are never born to read. 人們生來能說話，但絕非生來能閱讀。S.Pinker 說，Children are wired for sound, but print is an optional accessory that must be painstakingly bolted on. 孩童生而善辨音，但閱讀則是辛勤訓練方能配置的選項技能。用一句話概括：Languages are in our DNA, but reading isn't. 人類有語言的基因，卻無閱讀的本能。大腦科學家 S. Dehaene 將此表述為：閱讀是神經元再循環利用（neuronal recycling）。（註釋 28）

顳－頂群核：語言加工的樞紐區

可用「雙全＋三多」來描述大腦語言加工。雙全：左右兩個腦半球都參與。三多：大腦多中心、多區域、多通道和多層次參與。根據腦科學家 N.Geschwind 等人的語言加工互動模型，（註釋 29）首屈一指的語言加工集成區是顳－頂群核區，以下簡稱為群核區（參見圖 22－1）。它包括：基礎聽覺區 Auditory area ＋維尼卡區 Wernicke area ＋ AG 核區 Angular gyrus ＋ SG 核區 Supramaginal gyrus ＋顳葉向內包裹直通的邊緣系統（Limbic system）等等。群核區有幾大特徵。① 是四大腦葉互聯的樞紐區，聽覺－視覺－觸覺－軀體覺－運動覺－時空感等各種感知覺均在此融合互動。② 邊緣系統不屬於大腦皮層，但它向外直通顳葉，向下連通腦幹及小腦，司職情緒、情感、記憶、動機及多種感覺加工；其中情緒情感是語言的核心要素之一。③ 邊緣系統內的海馬體是新的腦神經元的源生體，是長期記憶的核心結構。④ 兒童語言習得時，群核區的活躍度顯著高於成人。⑤ 嫻熟的閱讀者同步大量啟動雙側腦半球的群核區。總之，顳－頂群核區司職多種感知覺的統合，是大腦語言加工和高階認知的關鍵樞紐區。語言加工的語音流雙軌模型

（dual－stream model）（註釋30）更新且細化了上述語言靶向樞紐區的定位和具體加工機制，它進一步揭示語言的腦神經加工的核心載體是語音流而非文本。

顳－頂語言群核區的優化生長

　　腦科學家J.Morais 1979年的一項實驗提供了閱讀塑造大腦的早期實證資料。兩組葡萄牙人，各方面條件相當，成年前均為文盲，成年後一組掃盲、另一組未掃盲。測試他們提取單詞和「偽單詞」的語音音位的能力，顯示文盲明顯弱於非文盲。偽單詞是符合拼讀規則但不是單詞的字母串；以英文為例，fort和furt，它們拼讀的三個音位均是/f/ɜː/t/，但後者是偽單詞。測試發現文盲組無法完成以下操作：將furt中的/f/音刪除後的獨立發音/ɜːt/，等等；但非文盲組能輕鬆勝任。進而，到被試滿60歲時用腦像技術再測試，發現文盲組顳－頂群核區不啟動，但額葉啟動；即他們棄用語言加工本能區，以「解題運算」的高級認知區（額葉等）來替代；非文盲相反，顳－頂群核區啟動，即他們能用語音感知的本能區來應對，並不需要調用額葉區。（註釋31）

　　將這個方向的腦科學研究總結如下：① 閱讀引發了相關視覺區與顳－頂群核區的神經再生長。② 對視覺中樞它是包括「字母匣子區」（Letterbox）在內的神經元再利用生長。（註釋32）③ 對顳－頂群核區等它是語音－語義統合和互動分化的正回饋再生長；④ 表意與表音兩類文字體系引發了大腦神經的差異型生長；此差異在視覺區是量變，在顳－頂群核區則可能存在著質變；⑤ 顳－頂群核區的神經再生長相當於語言加工生理硬體樞紐的升級，而枕葉的文字視覺區的再生長對語言整體加工作用有限；⑥ 拼音文字的閱讀訓練對促進大腦語言加工關鍵樞紐區的「二次優化生長」更有優勢。

總結

　　外語學習必須追求顳-頂群核區的神經優化生長，它相當於 I-Languages 在生理層面的升級；通往這個目標的高效路徑是先用海量優質語音流訓練，聽力過關後再強化閱讀訓練。

　　大腦科學還發現：左半腦顳-頂群核區生長發育不良、或工作異常、或啟動不足，是英文閱讀困難症的主因。這也很可能是中文族群英語學習困難症的生理主因，而它又可歸因於文本閱讀與文法知識主導的教學模式。

天生我材必有用

第 44 章　英文閱讀困難症

達芬奇的大腦

　　2008 年 9 月的一天外科醫生 L. Shlain 發現自己的右手無法扣上襯衫紐扣。他被診斷出罹患 IV 期腦癌，生命餘日無多。Shlain 連續七年用腦掃描等先進科技研究達芬奇的大腦，殫精竭慮的他忽略了自己的大腦。2009 年 5 月 3 日 Shlain 寫出最後一篇科研手稿後離世。他的三個孩子合力耗費五年將父親的遺稿整理出版，《Leonardo's 大腦：理解達芬奇的創造天才》問世。Shlain 的研究發現：達芬奇的大腦結構確實與眾不同，因而具有迥然不同的意識狀態（have a different state of consciousness than practically all other humans）。（註釋 33）

　　2019 年達芬奇冥誕 500 年之際，Thomas Jefferson 大學醫學院的 S.Mangione 博士撰文說，達芬奇罹患的閱讀困難（Dyslexia）很可能是他天才創造力的來源之一。（註釋 34）

閱讀困難症

　　達芬奇、愛迪生和愛因斯坦等人都有不同程度的閱讀困難，此類「大智弱讀」令科學家困惑不已。對閱讀困難症的界定莫衷一是，但主流的共識是排除了口語＋智力＋基礎視覺和聽覺異常的閱讀困難；簡言之什麼都正常但閱讀不正常。（註釋 35）閱讀是大腦加工的集成智慧。類比於飛機等集成系統，任何一個局部結構的失靈都會引發整體功能障礙。由此，對閱讀困難症既有臨床細分的子類型，又有理論殊分的眾模

型。根據不同診斷標準，表音類文字的閱讀困難症兒童高達 5-10%。

　　閱讀困難症的科研經歷了兩大階段。起初科學家猜測它源於基礎感知覺的缺陷，例如視覺統合力弱。後續的科研反復揭示閱讀困難症主要源於高階語音加工（phonological processing）的各種異常，包括語音加工與其他認知加工之間在時進同步（timing）方面的不協調，即基礎聽覺正常但語音流加工異常。語音流功能低弱（The Phonological Deficit Hypothesis）是解釋閱讀困難症的主流理論模型。Florida 州立大學的 R.Wagner 團隊 20 多年的系列研究亦反復證實：語音流加工能力決定閱讀能力發展，兩者之間呈因果關係。（註釋 36）

失聰兒童閱讀的科研

對嚴重失聰兒童閱讀的研究極富啟發。多數嚴重失聰的兒童「理所當然」有閱讀困難，但其中亦有閱讀能力正常的；科學家發現這些兒童與其他耳聾兒童的主要差異在於：儘管喪失了聽覺，他們仍具備內在的語音表徵和加工能力！該研究還確認耳聾兒童閱讀能力的高低與視覺加工無關。Liberman 等人將其解讀為：內在的語音流表徵和加工是閱讀所依賴的核心能力。

Liberman I.et al; *Linguistic Coding by Deaf Children in Relation to Beginning Reading Success*, 1984

預測和預防閱讀困難症

　　科研確認有四大可靠預測指標。① 學齡前累積的聆聽量。② 學齡前的口語詞彙量。③ 語音覺知能力。 ④ 快速自動呼名技能。進而，從聆聽入手的專項訓練程式是迄今為止矯治閱讀困難症最有效的方法路徑。（註釋 37）

一春情緒空撩亂

第 45 章　單語單文的漢字大腦

母語偏好與認知偏見

讓不同族裔的兒童觀看兩兩對比的視頻，每一幀有兩個性別相同且顏值相當的兒童在說話，讓被試二選一做朋友。被試（觀看者）為白人兒童的實驗資料如表 45-1，其他亦可類推。（註釋 38）

表 45-1 語言 PK 膚色：英語為母語的白人兒童擇友實驗

視頻中兩位兒童 A 與 B	A 與 B 膚色相同	A 是白人，B 是黑人
A 說英語，B 說英語	隨機分佈	選 A，即選白人
A 說外語，B 說英語	選 B	仍選 B，即選黑人
A 說英語，但帶外語口音 B 說英語，沒有外語口音	選 B	仍選 B，即選黑人

該兒童擇友實驗揭示：母語偏好是人類普遍的心理稟賦，而且母語／口音偏好比膚色／人種偏好更強勢。母語偏好具備進化功能，它有利於原始人的部落合作。同時它構成與生俱來的認知偏見，潛滋暗生出彌漫的排他性與封閉性，例如堅信自己的母語母文全球最佳，其蘊含的邏輯就是「非我族類其文必劣」。語言學家稱此為語言沙文主義（Linguistic Chauvinism），人類學家稱此為部落主義（Tribalism）。

多學科研究都輻輳於這一發現：單語單文的漢字大腦沒有充分舒展語言樞紐腦區的神經生長。但華人太容易被母語偏好挾持而遮罩思考。

趙元任的奇文與字圖分化

「天上飄著些微雲，地上吹著些微風。啊！微風吹動了我頭髮，教我如何不想她？」這闕劉半農作詞、趙元任譜曲的歌，是首批使用「她」字的中文典籍。他、她、它、祂，是同音詞 - 字的小案例。更經典的案例是趙元任先生的一篇百字文。

石室詩士施氏，嗜獅，誓食十獅。施氏時時適市視獅。十時，適十獅市。是時，適施氏適是市。施氏視十獅，恃矢勢，使是十獅逝世。氏拾是十獅屍，適石室。石室濕，施氏使侍拭石室。石室拭，施氏始試食十獅屍。食時，始識十獅實十石獅屍。試釋是事。

這是中文系女神聽不懂但費時耗神能讀懂的故事。它提示用字圖分化取代語音流分化的文字，無論是聽或讀都加重了大腦加工負擔。

腦科學教授論閱讀的腦加工差異

2004 年 Nature 刊登了一項中文閱讀腦成像研究報告：Biological Abnormality of Impaired Reading Is Constrained by Culture，《閱讀障礙的生物異常被文化所束限》。參與的科研機構包括中國教育部認知科學與學習重點實驗室的腦功能成像中心、香港語言認知神經科學實驗室、匹茲堡大學學習研發中心和美國國家衛生研究院的神經心理學研究室。領銜該研究的金真教授就此為華人外語教學界寫過科普文章，摘錄如下。（註釋 39）

用學習中文的方法來學習英文是行不通的……講拼音文字的人，常用的是威爾尼克語言區…；但使用中文的人，平時主導語言功能的主要是布魯卡區，威爾尼克語言區平時幾乎用不到，因此功能極弱，在腦影像圖上不易找到。

文中說的威爾尼克語言區就是顳-頂群核區的一個部分。

中英文大腦加工之差異

用字圖分化抑或用聲音分化來表達語義分化，這兩種文字體系的差異造成大腦神經結構生長的適應型差異；既存在著閱讀的「普世大腦」，又存在著閱讀的「差異大腦」。（註釋40）

表 45-2 中文與表音文字單詞閱讀腦像激活／啟動對比。

時間軸		首段	中段	長尾段
		0-150 毫秒	100-250 毫秒	200 毫秒之後
中文		視覺區激活較大	顳-頂群核區激活弱	雙側大腦廣泛激活
英文		視覺區激活較小	顳-頂群核區激活強	同上
日文	假名	與英文相同或相似	加工相同的單詞假名速率快於漢字	同上
	漢字	與中文相同		

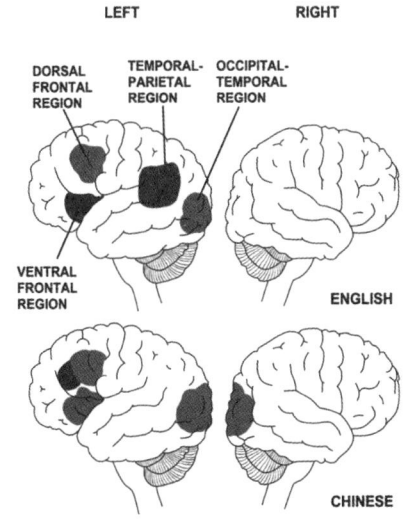

圖 45-1 兩種不同文字對應的大腦閱讀加工區；約 100-250 毫秒大腦激活／啟動模式。深色是大腦閱讀時激活的加工區域。左右兩列各為左半球與右半球。上兩圖為閱讀英文顯著激活的腦區；下兩圖為閱讀中文顯著激活的腦區。根據大腦閱讀科學家 Maryanne Wolf 的 The Story and Science of the Reading Brain P62 原圖繪製。

由表 45-2 與圖 45-1，中英文閱讀主要有兩大差異。① 左半腦顳－頂群核區，中文閱讀弱啟動，英文閱讀強啟動。② 中文閱讀額葉加工區擴大，且右半腦枕葉強啟動。

結合第 21-22 章科普的腦神經生長靶向原理和供給原理，有兩項推論。① 單語單文的漢字大腦的左半球顳-頂群核區因長期刺激不足而易導致神經生長不足。② 漢字大腦右枕葉啟動強，這會帶來字元識別的優勢，例如或可令聽力過關的漢語兒童識讀英文更為輕鬆；同時，右枕葉並非語言加工的關鍵腦區，且日常生活中各種自然或藝術形態的三維圖像的豐富視覺刺激，其複雜性遠高於漢字；沒有科研證據顯示二維平面的字圖分化對提升語言整體能力或高階認知能力具備重要功效。

「雙卡雙待型大腦」

日本人是被研究閱讀的腦科學家所青睞的族群。日文是假名（音節文字）與漢字（意符文字）的混合體，日本人應該有「雙卡雙待」型閱讀大腦。腦像資料證實了這一推理。日本人閱讀的大腦工作模式是：加工漢字時與華人相同，加工假名時與切諾基人或英國人更接近；後者表現為加工中段顳-頂群核區的顯著啟動。研究資料還顯示，針對日文一詞雙文的腦加工，即同一個單詞既有漢字又有假名，加工假名快於加工漢字。（註釋 41）

雙語雙文令大腦優化生長

概括如下。① 閱讀觸發大腦的適應性再生長。除視覺皮層外，中英文單詞閱讀的主要差異在加工中段（約 100 毫秒-250 毫秒）；英文閱讀的生理基礎是顳－頂群核區等語言中樞的原發型與繼發型再生長，中文閱讀弱於這種效能。② 英文母語閱讀困難者與中文閱讀者均表現為顳-頂群核區啟動不足、語音覺知能力弱。這證實外語習得存在剛性

順序：先通過海量聆聽建構顳-頂語言中樞的「新 CPU/GPU 群核」，然後再導入閱讀。③ 提前閱讀＋文法知識分析主導的外語教學大體對應於訴諸司職通用智力的額葉腦區等來替補天賦的顳－頂群核等語言神經區，它是大腦靶區錯配型教學，效率極低。④ 拼音文字文化對大腦的再造是文明厚積薄發的生理基礎；厚積於大腦生長、薄發於邏輯分析思維。⑤ 基於不同文字體系而演化了三千年的諸文明，相當於人類自生自發的大腦生物工程的長程實驗，西語西文碰巧是相對最成功的一脈。⑥ 雙語雙文特別有利於華語族群的大腦產生語言神經分化型的優化生長，由此大幅提升 IQ。（註釋 42） ⑦ 人類文明是後知而後覺的差異化路徑的嘗試、比較和相互學習；「凡我族類其文必優」而膠柱鼓瑟於單語單文，是不健康的族群心態。

簡言之，顳-頂群核區既是語言加工的樞紐區，又是分析性思維等各種高階認知加工的重要腦區；若華語青少年固守單語單文，就意味著他們的顳-頂群核區的生長潛能難以充分舒展。

曾任全美語言學會主席的趙元任先生精通英、德、法等多門外語，漢語方言張口就來，他被譽為東方的舒伯特，還曾在頂尖大學執教物理和數學。同時擅長多門外語＋音樂＋數理是大腦左右半球的顳-頂群核區神經同步優化生長的行為表現。正如牛頓之後每個少年都能比亞里斯多德更懂物理學，如今每個華語青少年都能比趙元任先生更通曉語言習得的大腦工作原理。以大腦科學為基石的雙語和多語教育改革應能令每一代華語兒童都成長出千萬個趙元任，何樂而不為！

書山有路聽為徑，學海無涯典作舟

第 46 章　語言學習的「倉頡原理」

文盲發明高效文字體系

　　《淮南子・本經訓》裡說：「昔日倉頡作書而天雨粟，鬼夜哭。」昔日不是見證者在場的同日。然而，200 年前北美切佬基（Cherokee）人 Sequoyah 獨自發明了切佬基文字體系，這被當時的學術界見證並好評如潮；更令人驚訝，在這曠世罕見的案例中 Sequoyah 本人是文盲！（註釋 43）

語言學習的「倉頡原理」

　　原典法借用遠古文明的人物肖像來表達外語學習的指導原則。荷馬原理與倉頡原理分別象徵聆聽先導浸潤和閱讀強化訓練；兩者順序不能顛倒；同時，聽書不能替代讀書。

　　人多會有這樣的體驗：白日夢時滿腦子不停湧現稀奇古怪的想法，與暗戀已久的異性別離時千言萬語卻不知如何開口，等等。這些頭腦風暴正是生生不已的 I-Languages 與思維的互動。它有三大特徵：自由、高速且平行迸發。有聲書與紙書是 I-Languages 外化成 E-Languages 的兩種形態。有聲書存在兩大短板。① 朗讀語速低於閱讀「語速」；② 音頻的檢索效率遠低於文本。此兩大短板令 I-Languages 上述的三大特徵無法充分舒展。而文本形態的 E-Languages 與 I-Languages 的互動存在九大優勢。① 外延而「倍增」個體記憶；② 永續人類族群記憶；③ 突破交流的時空物理限制；④ 精煉口語資訊的解析度；⑤ 壓縮口語

資訊密度；⑥ 便於檢索；⑦ 文本視讀時資訊攝入自由度極高，不再受制於語音流的線性約束，令閱讀的極限速度遠高於聆聽；⑧ 實現大腦神經多模組重構的二次優化生長；⑨ 為符號邏輯等高階理性智慧的個體學習和代際傳承發展奠定物化基礎。簡言之，聽力過關後，閱讀是 I-Languages 與文本形態的 E-Languages 互動的認知加工，它能持續啟動並優化腦神經的繼發生長。我們將此命名為「倉頡原理」。

決定閱讀速度的硬核是 I-Languages 對文本預測的匹配速率。古希臘劇作家 Menander 說：Those who can read see twice as well，意譯為「會閱讀的人有兩雙眼睛」。那正是東方倉頡的西方知音。

大腦增強型外語學習，宜先強勢聆聽 24 個月成為荷馬的高徒，再發奮閱讀 24 個月成為倉頡的高徒。聽力充分過關後要將閱讀最大化、將閱讀最優化。

提升閱讀能力的十原則

(1) 神經優化生長原則。全書都在說這句話。

(2) 聆聽浸潤先導原則。再補充聽書的一項優勢：英語大量使用短語，單詞組成短語後其涵義常宮移羽換，易於造成閱讀障礙，以聽書方式浸潤時大腦善於將短語當做「一個詞」來感知加工，便利領悟與記憶。

(3) 素材優質原則。應首選名著名篇。例如，常春藤盟校曾向大學新生推薦的《你的音樂之腦》（This is Your Brain on Music）朗讀時長約 6 小時，聽讀完此書可舉要刪蕪地瞭解音樂與大腦關係的科普概貌。又如《萬物簡史》朗讀約 16 小時，欣賞此書可提綱挈領地俯瞰自然科學史的脈絡源流。這是刷幾十套考卷而瞎碰瑣碎知識無法企及的。進而，素材須涵蓋自然科學、社會科學和人文三大領域。IELTS／TOEFL 等國際測評，套套考卷

都覆蓋此三大領域。這種知識的差異化呈列並收，就考試而言體現了公平，就人生教育而言有益於均衡博通而孕育智慧創新。

(4) 語言知識輔助原則。根植於聆聽的潛意識語感，是拼讀、詞彙和句法本能的基石；但這不排斥隨聽力進階輔以學習顯性文法知識。讓潛意識與顯意識互動分化的訓練也有益於腦神經的優化生長。

(5) 讀－寫作互促原則。海量聆聽浸潤後大腦中已經長出了 I-Languages 的神經內核，但它的優化生長永無止境。閱讀效率依賴於大腦持續提升主動預測能力，它需要持續增強 I-Languages 的自由表達力，這依賴於寫作、演講和辯論的訓練。就好比自己喜愛廚藝，就更善於品味他人烹調的佳餚。自己動手動腦釀製好文，再讀他人的文章便如庖丁解牛。若缺乏口語雙向交流的環境，寧靜致遠的寫作往往能比口語更有效地強化 I-Languages 的神經生長。

(6) 思維力訓練原則。它包括人本價值、邏輯批判理性和文化差異覺知。冬烘無以明理，夏蟲不可語冰。只有經歷理性思維淬煉的跋涉，涓涓細流的閱讀才能融入大江大海。還有兩個方面值得重視。① 以基礎數理邏輯能力為核心的資料圖表型閱讀與表達；② 時時警覺與反省人類大腦生物稟賦所伴生的認知偏差（Cognitive Bias）。（註釋44）

(7) 統攝力訓練原則。指閱讀中靈活運用各種高階認知策略。例如，閱讀一篇好文，既要關注核心術語、概念和文本類型，更要重視文章的主旨。作者面臨什麼樣的問題？其歷史文化脈絡是什麼？有何兩難困境？作者的傾向立場是什麼？他釐清此問題的思路是什麼？他採納的潛在前提假設是什麼？他論證的邏輯是否自洽？他提供了那些事實和資料證據？又如，讀長篇學術名

著常常可採用如下順序策略：先整體過章節目錄→讀全書的頭尾→讀各章頭尾→按文本順序通讀全書→自選重點章節精讀。還須時時反思自己思維能力的強與弱何在？怎樣揚長補短？怎樣運用專業資源和 AI 工具幫助閱讀？等等。

(8) 一萬小時原則。聽力過關之後逐步增加閱讀時間占比。大腦秒秒鐘，聽讀年年功。

(9) 興趣原則。這是老生常談，卻或許比任何教育理論更有價值。大腦科學遠不足以神而明之地探究興趣。方法誠可貴，素材價更高，若為興趣故，二者皆可調。

(10) 雙語互促原則。既摯愛天荒地老的傳承，又秉持海納百川的心胸。教育是全人類不分族群不分文字的智慧接力，說到底是愛心的接力，讓後輩站在你我的肩膀上攀登巨人的肩膀，華語中文與外語外文同是巨人的肩膀。

本卷擇要複習

(1) 文字和閱讀體現了基因 - 文化的雙重互動演化，相當於族群和個體大腦再造的生物 - 社會工程。

(2) 滿足字母 - 音位原則的拼音文字，其大腦加工有顯著的效率優勢。

(3) 閱讀是內化的聆聽，海量聆聽對應於 I-Languages 神經的基礎生長，聽力過關後的海量閱讀對應於 I-Languages 神經的繼發優化生長。

(4) 單語單文不足以充分發揮大腦天賦的語言神經生長潛能。

(5) 以大腦科學為指南，推動閱讀轉型，從視讀轉型為聽讀並重，從單語閱讀轉型為雙語閱讀，從知識記憶型閱讀轉型為思維批判型閱讀。

索引和注釋

1. Saffran J. et al. *Statistical Learning by 8-month Old Infants.* 1996.
2. Fischer B. et al. *Human Express Saccades: Extremely Short Reaction Times of Goal Directed Eye Movements.* 1984.
3. Baron J. et al. *An Analysis of the Word-superiority Effect.* 1973.
4. http://mt.sohu.com/20151102/n424997361.shtml,2016 年檢索。
5. *Language Gap between Rich and Poor Children Begins in Infancy*, Stanford Report, September 2013.
6. Biemiller A. *Teaching Vocabulary*. American Federation of Teachers, 2001.
7. Moats L. *Overcoming the Language Gap.* American Educator, 2001.
8. *Proust and the Squid: The Story and Science of the Reading Brain.* p102, 2007.
9. Chomsky N. *A Minimalist Program for Linguistic Theory.* 1993. 見本書第 69 章。
10. 詳見本書第 69 章。
11. *The Professor and the Madman: A Tale of Murder, Insanity, and the Making of the Oxford English Dictionary.* 1998.
12. 參見伍新春《別把早期閱讀功利化》，https://4g.dahe.cn/womenslife/20150420104805733，2016 年檢索。
13. *Google's Larry Page Explains the New Alphabet.* CNET. 2015.
14. Gelb I. *A Study of Writing.* University of Chicago Press, 1963.
15. ① Paulesu E. et al. *A Cultural Effect on Brain Function*. 2000.
    ② Bolger J. et al. *Cross-cultural Effect on the Brain Revisited: Universal Structures Plus Writing System Variation.* 2005.

16. Dehaene S. *Reading in the Brain*, 2009. 中譯本《腦與閱讀》，中信出版社，2011 年。
17. 如哈佛大學教育學院教授 Jeanne Chall 等人的研究；參見 http://www.aft.org/periodical/american-educator/spring-2001/teaching-vocabulary
18. Machin S. et al. *"Teaching to Teach" Literacy*. CEP Discussion Paper No 1425，2016.
19. Denckla M. *Rapid "Automatized" Naming of Pictured Objects, Colors, Letters and Numbers by Normal Children*, 1974.
20. Vellutino R. *Dyslexia: Theory and Research*. Cambridge, MA. MIT Press, 1980.
21. National Reading Panel (NRP) - *Summary Report*. 2000.
22. 同 8 (*Proust and the Squid*)，Part II. 並見 p223.
23. 同上。
24. 語出清華大學碩士張毅成先生。
25. Perfetti A. et al. *Universal Reading Processes Are Modulated by Language and Writing System.* 2013. 並見索引 15.
26. Jobard G. et al. *Evaluation of the Dual Route Theory of Reading, A Metanalysis of 35 Neuroimaging Studies.* 2003.
27. 雙通道模型的實驗設計圍繞單詞加工，但潛意識句法加工高度依賴語音通道，這是視詞通道無法替代的。
28. 同 16.（中譯本《腦與閱讀》），p45-46. 並見 Dehaene S. *From Monkey Brain to Human Brain.* A Fyssen Foundation Symposium. The MIT Press, 2005.
29. *The Organization of Language and the Brain.* Science. 1970.
30. Fridriksson J. et al. *Revealing the Dual Streams of Speech*

Processing. 2016.
31. Morais J. et al. *Does Awareness of Speech as a Sequence of Phones Arise Spontaneously?* 1979.
32. Dehaene S. *Inside the Letterbox: How Literacy Transforms the Human Brain.* 2013.
33. Shlain L. *Leonardo's Brain.* 2014.
34. *Was Leonardo Da Vinci's Dyslexia Responsible for His Brilliance.* 2019.
35. 基礎視覺或聽覺異常會導致閱讀障礙，但它們通常不被歸類為 Dyslexia。
36. Wagner R. et al. *The Nature of Phonological Processing and Its Causal Role in the Acquisition of Reading Skills.* 1987.
37. Torgeson J. et al. *Lessons Learned from Research on Interventions for Students Who Have Difficulty Learning to Read.* 2004.
38. Kinzler K. et al. *Accent Trumps Race in Guiding Children's Social Preferences*, Soc Cognition, 2009.
39. 《學習漢語英語有區別 - 中國人大腦有獨特的語言區》，2016. https://www.sohu.com/a/75542419_375318，2024 年 8 月檢索。
40. L-H Tan et al. *Brain Activation in the Processing of Chinese Characters and Words: A Functional MRI Study*, 2000.
41. 同 8. 日語文加工部分請見 p61 ～ 65, p152.
42. 見本書第 65-68 章。
43. ① Altmann M. *The Ascent of Babel: An Exploration of Language, Mind and Understanding.* Oxford University Press, 1997. ② Cushman E. *The Cherokee Syllabary: A Writing System in Its Own Right.* 2011.
44. Wilke A. et al. *Cognitive Bias. In Encyclopedia of Human Behavior.* 2nd Edition, 2012.

中段複習：成人突破聾啞英語的行動力十句話

1. 聆聽最大法

請強化執行力。

2. 故事優先法

大腦具備天賦的「故事基模」；廣義的故事指敘事結構（Narrative structure），不僅限於小說，還包括人物傳記、電視連續劇、歷史、真人秀、新聞等等。聽故事特別有利於猜詞和朦朧理解、啟動語言神經和相關認知神經的生長。那些實用的碎片化的情景教材缺乏這種效能。成人聽少兒文學故事，也能重溫童年的夢幻旅程。

3. 不求甚解法

理解是大腦語言神經自然生長的結果，而非刻意追求即時理解的結果；為理解而理解容易滋長翻譯式思維。翻譯是一種聰明的替代，替代並非智慧的本原，其結果往往是干擾甚至阻斷大腦語言神經的新生長。聽力充分過關後，可以專求甚解式學習，此時翻譯可以成為思維淬煉的高階訓練。

4. 難易交錯法

交錯使用有難有易的素材。同時，一旦對某素材產生嗜聽，就百分百聽夠它再換素材。

5. 變速聆聽法

經常穿插倍速聆聽，令大腦適應節奏更快的語音流。聽力顯著進步後倍速聆聽應當成為常態。

6. 閱讀助聽法

對成人，聆聽之後應輔以適當閱讀，但並不需要全部都讀，通常挑選自己最有興趣的 10-20% 的段落閱讀就夠了。起步期的閱讀不求甚解、但求多猜。

7. 音詞衝擊法

每一次單詞、短語和句子的聆聽衝擊，都會直接刺激大腦語言神經元微網路，令它生長令它強健。單詞集中複習時宜多多運用聆聽衝擊。

8. 素材擴展法

聽力顯著進步後及時擴展素材類型。如果要應對 TOEFL/IELTS 等考試，必須增加科普類素材。如果為著出國旅遊和生活，則引入趣味性強的實用口語教材；學習程式一般仍舊是單獨聆聽 → 視頻聆聽 → 文本跟讀 → 可選擇的複述，並可隨時調整變通。

9. 內化聽 - 讀法

聽力顯著進步後應漸進增加閱讀占比；閱讀是聽力過關後在視詞加持下內化了的高速聆聽，故稱作內化聽 - 讀法；最終達至閱讀最大化與最優化。

10. 強制輸出法

聽力突破後大齡學習者要引入強制型的口語和寫作訓練。本書後續卷章會詳述。

語言是本能，也是藝術，「知之者不如好之者，好之者不如樂之者」。若能培養起對語言藝術的愛好，學習就不再僅僅是學習，而是賞心悅耳的享受和運用。

卷六　詞彙之瀚

但遇新詞美，更覺舊詞親

第 47 章　外語學習的第三伴生障礙

哲學家的詞彙「小白兔」

　　20 世紀著名哲學家 W. Quine 就單詞習得的語義匹配提出一個「小白兔之問」。（註釋 1）想像你初訪非洲某部落，一見鍾情於酋長女兒；她陪你漫步草原，芳草萋萋野花爛漫，突然竄出一隻小白兔；她連聲喊「Gavagai! Gavagai!」從此你永生難忘。對哲學家這是個難題。邏輯上 Gavagai 可能有多種語義：我的寵物／多可愛啊／耳朵好長／毛那麼白／我好久沒有看到它了／我的美食獵物／快把弓箭給我／……憑什麼你立刻銘記 Gavagai ＝ 小白兔？進而可追問，嬰兒的語義近乎為「白板」，邏輯上他們學單詞要實現語義匹配理應比成人困難百倍，但從來沒聽見過幼童嚷嚷單詞難學啊！

意識入侵

　　思維入侵（Intrusive thought）指顯性思維對潛意識的重大影響，本書使用「意識入侵」表達它，以與潛意識加工對照；它仍是腦科學的未解之謎；（註釋 2）我們用象徵值的簡表 47-1 來表達。

表 47-1 隨年齡增長大腦加工的潛意識與顯意識相互作用的象徵值示意表

年齡段		0-3 歲	3-7 歲	7-12 歲	12-19 歲	≥20 歲
潛意識強度值		10	9	8	7	6
顯意識強度值		1	2	3	6	9
相互作用	正向	增益：加法 - 乘法 - 指數，整體腦力倍增				
	負向	干擾：減法，整體腦力衰減				

　　語言習得的核心是潛意識加工；嬰幼兒處於意識理性的「真空期」，大腦加工由潛意識主導，這特別有利於語言習得。意識理性增強之後任何後天觀念的糾結都易構成負向的意識入侵。

自我實現的預言

　　意識理性也是無所不在的心理暗示，具有心理與生理相互轉換的「魔力」；它有正向的積極的，也有負向的消極的。古希臘 Pygmalion 故事常被當作正向的心理暗示。Pygmalion 天涯海角追尋夢中情人，不見蹤影。返鄉後他廢寢忘食雕塑出夢中佳人，陪伴栩栩如生的玉雕，他日夜涕泣不止。愛神 Aphrodite 被感動，賜予那雕塑生命。這個傳說被《天龍八部》借用，也被現代心理學「證實」，將其命名為 Pygmalion 效應。更一般的它被歸入自我實現的預言（Self-fulfilling Prophecy）。

　　學者 R. Mertonn 對「自我實現的預言」的界說如下：「初始時它以對現實的虛錯定義引發出新的行為，這些新行為進而導致原本虛錯的概念變得「真實」。自我實現預言的似是而非的有效性在於它能令錯誤恒久化。預言者會將此錯誤延續的實際過程當做證據，證明他從來一貫正確。」（註釋 3）

消極心理暗示的呈現形式

消極的心理暗示還常用美麗的言辭來呈現。例如培訓機構常常將外語學習與勵志捆綁，其潛在邏輯就是「外語太難學了」。它更可以用光鮮的理論拔高，例如被華人學術圈膜拜的「可理解輸入理論」，（註釋4）它的邏輯和它對初學者的心理暗示都是：「99%的素材對你都是不可理解的！你學外語舉步維艱是因為使用了不可理解的素材！」它強化了負向的意識入侵。

心身醫學

哈佛大學醫學院心身醫學中心（Mind-Body Medical Institute）創始人 Herbert Benson 做過如下實驗。將對某種植物過敏的被試眼睛蒙上，用兩種植物分別接觸他們的左右臂，接觸左臂的非致敏植物，接觸右臂的是致敏植物；同時告訴被試完全相反的情況，即「觸碰你左臂的是致敏植物，觸碰你右臂的是非致敏植物」。實驗的結果是，被試左臂產生了過敏症狀，右臂卻罕有。

Herbert Benson: *Timeless Healing*, P59, 1997

第三伴生障礙：小白兔變成「攔路虎」

單詞學習原是智慧舒展的奇趣之旅。幼童每天都有無窮無盡個是什麼與為什麼，都會有一隻隻新奇的「小白兔」單詞跳進他的小腦袋裡紮根生長。但如果以虛錯的先入之見開始——單詞難學難記＋不可理解——它便引發出層出不窮的幼童期不存在的心態和行為，如詞義糾結＋方法錯配＋素材不可理解輸入的自我暗示和自我懷疑＋使用貌似更簡單實則更庸劣的素材等等，結果弄假成真，原本虛錯的觀念變為頑固的現實。嚴重時它惡化成病態的理解強迫症：只要有一個詞沒弄懂，就無

法聽 - 讀下去。這類心理暗示所造成的負向的意識入侵，其惡性循環的客觀效果相當於將毒藥當補品。幼童沒有這類專求甚解的心結，他們學單詞如魚得水。見多識廣的成人原本該令新單詞更易學更易記，但童心不再的我們卻將小白兔變成攔路虎，單詞難學難記幾乎成為華人學外語的百年共識。我們將此統稱為外語學習的第三伴生障礙：意識入侵。

廣而言之，第二伴生障礙，即聆聽煩躁和聆聽挫折，也源於意識入侵。

單詞刻印的三組神經元

大腦工作的基礎原理是：同啟動的神經元會共連結，Neurons that fire together wire together。每個單詞都對應三組神經元通聯的微線路：聲韻神經元＋情緒神經元＋情景化的語義神經元；如果它們同時啟動大腦就產生微頓悟刻印，新單詞微線路瞬間貫通。此即單詞習得的「小白兔現象」。由此得出單詞習得的三要素公式：

好奇＋情景＋動聽→猜測頓悟 ＝ 單詞刻印。

人是聽故事長大的動物。被懸念喚起的好奇心、追情節的豐富畫面想像和活躍推理，娓娓動聽的詠誦喚起與故事主角的同理共情，都持續啟動著大腦神經叢生長，新單詞的「小白兔」便源源而生。

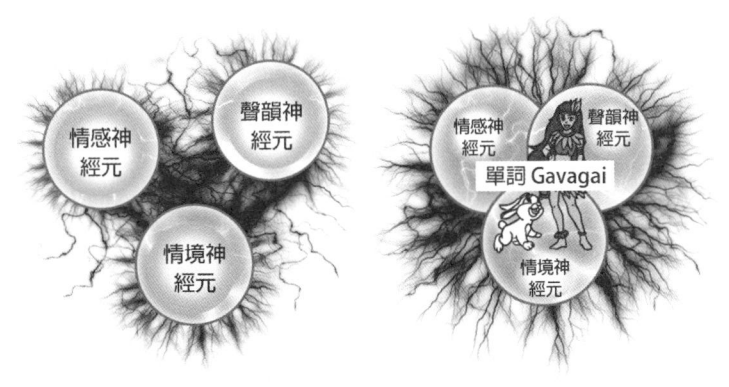

圖 47-1 三組神經元同啟動→單詞刻印

淺淺深深語，萬萬千千詞

第 48 章　單詞量解析與學習目標

莫誤讀大數據

　　人人都想知道單詞的合適目標量是多少，自己當下掌握了多少。人們常用語料庫（Corpus）來評估。根據美國布朗大學製作的語料庫，英語詞彙滿足效用遞減率，即少數常用單詞構成了各種語用場合的主體； 掌握最常用的 2000 個或 6000 個單詞，各類文體的識別率分別約為 80% 或 90%，即平均每五個或十個單詞中有一個生詞。這些資料或令初學者沮喪。但這是大而無當的誤讀。語料庫從天文地理到法律金融無所不包，其識別率並非進階的障礙。類比思考：在地球上的水域裡安全航行，船舶的平均噸位必須是多少？船長的平均航行里程經驗必須是多長？這個問題大而無當。你並不需要直奔太平洋（大語料庫），請先去松蘿湖泛舟蕩漾！英語有一項獨特的優勢：永遠有行遠步高的風景道，分級分類讀物琳琅滿目美不勝收，單詞數量從來不是攔路虎。

表 48-1

Brown Corpus-- 布朗語料庫	
頻率從高到低的單詞量	語料單詞識別率
100	50.0%
250	60.0%
1,000	72.0%
2,000	79.7%
3,000	84.0%
4,000	86.8%
5,000	88.7%
6,000	89.9%
15,851	97.8%
43,831	99.0%

　　兒童文學家蘇斯博士（Dr.Seuss）在華語圈家喻戶曉，其作品是北美學校推薦讀物，他的英語原著甚至比中譯本或小學英語課本更容易聽讀！1950 年代教育督導 W. Spaulding 向蘇斯博士發出挑戰：寫一本讓小童愛不釋手的故事書，限定只能從一年級課綱規定的 348 個單詞庫裡選詞。蘇斯博士接受挑戰，寫出暢銷故事書 The Cat in the Hat《戴帽子的貓》，全書只用了 236 個不同單詞！1960 年出版商 Bennett Cerf 又向蘇斯博士挑戰：賭他無論如何無法僅用 50 個單詞寫出引童入勝的故事。蘇斯博士由此寫出了暢銷書 Green Eggs and Ham《綠雞蛋和火腿》，它只用了 50 個不同的單詞！

　　COCA 和 BNC 分別為當下美式與英式英語的語料庫之冠，規模是布朗語料庫的百倍以上。表 48-2 引用了詞彙學習領域權威學者 Paul Nation 得出的一組資料：文學名著 Lady Chatterley's Lover《查特萊夫人的情人》，掌握 2000 詞可攻，掌握 5000 詞從容。全球閱讀科研得出的結論是：通用（非刪節版）素材聽 - 讀所需的基準單詞量僅為 3000；

即便是學術文獻再贈加 570 個核心專業單詞就可以應對。（註釋 5）

所以，重要的不是當下掌握的單詞量，而是選擇的登山道。條條花徑可徜徉，但處處心病可阻擋。心病者：單詞難學難記的意識入侵而已。

表 48-2

Lady Chatterley's Lover：基於 BNC 語料庫的文本統計		
頻率從高到低的單詞量	不含專用名詞的識別率	包含專用名詞的識別率
1,000	80.88%	82.93%
2,000	88.09%	90.14%
3,000	91.23%	93.28%
4,000	93.01%	95.06%
5,000	94.08%	96.13%

單詞量目標

我們給出詞彙學習的參考目標。它遠高出當下華語圈中小學的課綱。但無論自學還是教學，只要切換到正確的路徑，大幅超越這一目標毫無困難。

表 48-3 英語詞彙量學習目標參考框架

階段	目標數量	建議年齡	行為描述
階段一	5000 +	≈6 歲	本階段僅指耳詞，聽力過關，能欣賞英語母語同齡兒童喜歡的故事，可自由表達日常生活英語，閱讀不著急或剛起步
階段二	15000 +	≈12 歲	能直接聽-讀而享受各種原版英語素材，口語表達嫻熟，英語融入娛樂與生活，開始玩小說創作，英語成為資訊和知識獲取和文化探險的創意工具
階段三	20000 +	≈15 歲	繼續進階

| 階段四 | 30000＋ | ≈18 歲 | 與全球主流專業群體同步運用英語於科研或商業或文創等 |
| 階段五 | X | 終身學習 | 雙語或多語運用成為大腦健康健美的藝術嗜好 |

典友經驗分享——戀上聽的感覺

夏日午後，香草冰激淋，聆聽英語讀物⋯⋯

不知為何，我突然地將這三者聯繫到了一起。或許，我已經將聽英語視作一種午後慵懶似的享受了。這種感覺和融化入口的那抹香草一樣的讓人覺得甜而不膩，絲絲飄香。在那種悠閒的狀態中，讓一則則優美的故事飄蕩在耳邊，慢慢地滲入內心。

不要苦行僧式的學習英語。有意栽花花不發，無心插柳柳成蔭。隨意一些，放鬆一些，可以將它看作晨起的鍛鍊，午後的茶點，晚飯後的散步，睡覺前的小曲。讓它伴隨著你我的生活，讓它成為空氣中的氧氣。

今天你聽了沒有？寫一些有點視覺色彩更富味覺色香的小短文，鼓勵一下每一個努力中的朋友，或許有一天你會和我一樣戀上聽的感覺。

作者：Judy Cui

> 錦瑟無端五十弦，聲聲韻韻思真言
> 此音可待成追憶，只是當時已惘然

第 49 章　單詞記憶的腦加工瓶頸

外語潛能與學霸幾乎無關

我們常遇這類個案：理科學霸的英語科卻偏弱。可以設問，這種現象普遍嗎？外語學習的個體天賦差異有多大？差異的具體表現是什麼？腦神經生理層面的原因又是什麼？有增強語言天賦的方法嗎？

加拿大的 L2 習得的一項實證研究部分解答了上述問題。教育科研有兩種主要模式：實驗室研究和自然狀態下研究。科學家通常偏愛前者，因為自然狀態下有千百種因素影響人的行為，控制與評估的難度倍增。該項研究卻是自然狀態下的研究，被試是 54 名平均年齡 11 歲的法語學生，家庭主要成員裡沒有任何人母語為英語；把他們均分成兩個班級參加五個月的英語強化課程，教師、教學模式、教學量分配等因素全部相同。在課程開始 Time-1 和結束 Time-2 兩個時間點上，對學生實施包羅萬象的語言和非語言智力的心理測量，包括專門評測語音工作記憶能力（Phonological Working Memory）的《語音迴路能力心理測驗量表》，（註釋 6）以便嚴謹地量化分析各相關因素對學生 L2 能力習得的影響。

通過詳盡的數據分析科學家得出結論：L2 單項技能和整體能力的進步速率與在校學習成績或一般學術能力之間的關係甚少，但與語音工作記憶能力高度相關；語音工作記憶能力與包括詞彙能力在內的 L2 整體水準之間的關係屬因果關係。科學家極少對自然狀態下的實驗斷言因

果關係，由此可見這項科研結論的意義重大。（註釋 7）

工作記憶

教育界熟知工作記憶（Working Memory），但或許仍不夠重視。

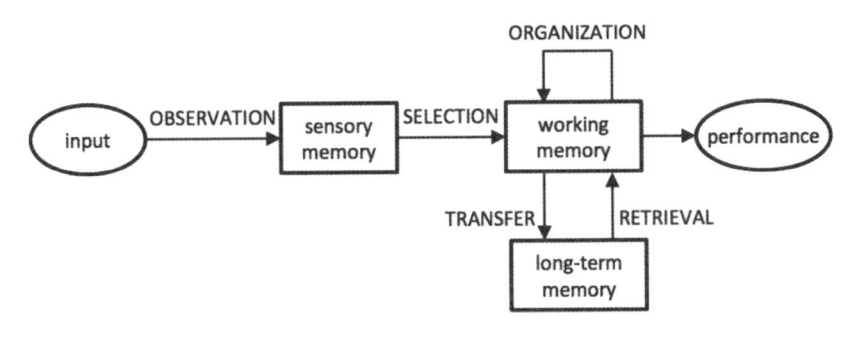

圖 49-1 記憶加工簡化流程

記憶系統的一種分類是：感官記憶→短期 / 工作記憶→長期記憶。用電腦做類比，感官記憶類似鍵盤裡瞬間暫存的鍵入資訊；「被感覺到」的輸入資訊即時發往主機的快取記憶體，這相當於工作記憶系統；被加工後的資訊存入硬碟，這相當於長期記憶系統。

設想一個智力小實驗。同時選購蘋果、香蕉和甜瓜，價格分別是每斤 9.8 / 6.3 / 7.4 元，稱重分別為 4/3/6 斤；規定禁用任何工具，只能心算總價。這需要即時記憶原初資訊和中間資訊：三種水果各自的單價和重量，算出的中間數值，如 4 斤蘋果的價格；心算還要從長期記憶系統調用運算規則等等。若水果種類增加到六七種，且單價與重量各不同，雖然只是小學程度的算術，你會發現難以完成。難在何處？難在算了這項就忘了那項，無法同時記住眾多資訊。從此例可體驗，① 短期記憶是一種正在工作中的記憶；② 其容量很有限（上限僅約 7 個組塊 / chunks）。如果把記憶系統比擬成大型流水線工廠，工作記憶就是流水線上必經的瓶頸。

畢生研究記憶的 A. D. Baddeley 教授提出了工作記憶的模型，見下圖。

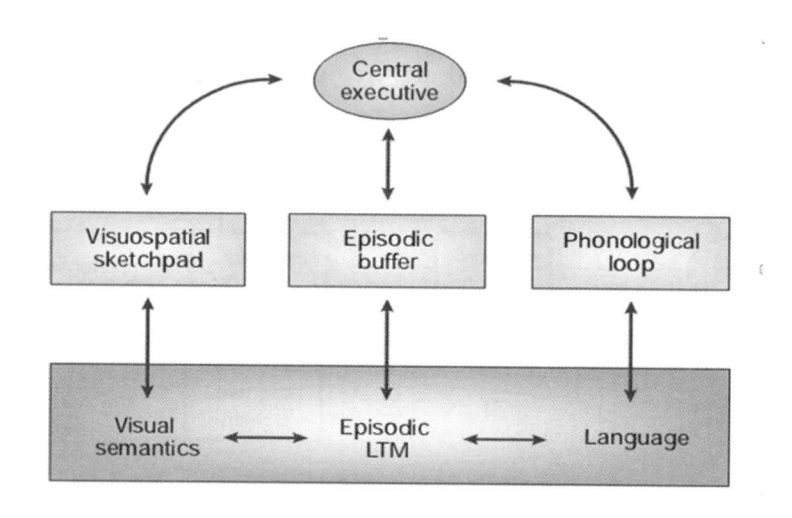

圖 49-2 工作記憶結構模型

圖注：頂部是中央處理（Central executive），綜合統攝工作記憶；中部是語音迴路（Phonological loop）、事件緩存區（Episodic buffer）和視覺空間薄（Visual-spatial sketchpad），分別對應於三大類資訊的存儲加工；底部是長期記憶系統 LTM；各個子系統與 LTM 之間交互作用。（註釋 8）

語音迴路

工作記憶模型裡與語言習得關係最密切的是語音迴路系統；其細分模型如下。

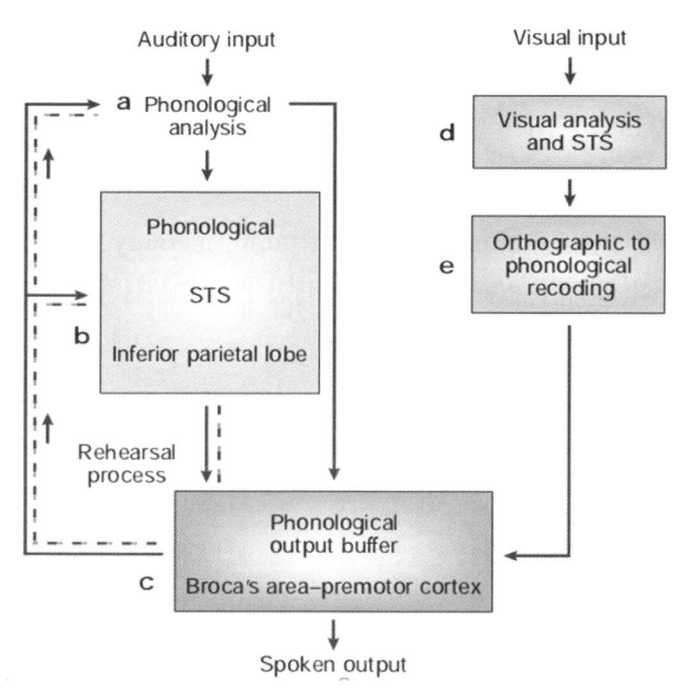

圖 49-3 語音迴路的結構模型

圖注：a ‖ Phonological analysis. 語音解析；b ‖ Short-term storage (STS). 短期寄存器；c ‖ The programming of speech output 含內發音複述機制的話語輸出程式；d ‖ Visual encoding. 視覺編碼；e ‖ Grapheme-to-phoneme conversion. 字元到音素的轉換。感知到的語音流直接進入語音寄存器，然後被傳送到發聲複述的緩存中，通過內在發聲的循環延續存儲。視覺資訊可經過語言編碼，再由內在發聲複述機制進入語音迴路而被存儲。上兩圖引自 A. Baddeley。（註釋 9）

大腦科研有兩項重要結論。① 語言加工的工作記憶的主要編碼方式是聲音，而不是視像或語義。② 語音迴路是人類物種進化的產物，其主要功能是幫助個體習得新語言。（註釋 10）科學家對語音迴路靶向腦區受損、但其他腦區均正常的患者做實驗，發現他們的通用認知能力與常人無異，唯獨在學外語新詞時產生明顯障礙。這證實了語音迴路

在語言習得中舉足輕重。（註釋 11）

倍增單詞記憶的三準則

自然狀態下的 L2 教學研究與實驗室的腦科學研究兩者結論一致，主司語音短期記憶（phonological short term memory）的語音迴路是新語言習得的生理加工瓶頸。心理學家提出以下簡化公式：

（語言資訊的）工作記憶 = 語音加工 + 語言認知

working memory = phonological processing + language cognition

結論：在外語習得入門段聆聽遠比閱讀重要；欲提升外語記憶能力就必須提升聆聽的質與量，由此得出外語習得的行為三準則。

準則一：聆聽的質越高且量越大，長期記憶的質就越高且量越大。

準則二：提升聆聽的質，有主觀與客觀兩個維度；主觀即學習者重視聆聽、喜愛聆聽；客觀即素材詠誦嗓音甜美、富於音樂感和情感；兩者的交匯是學習者選用自己酷愛的素材。

準則三：提升聆聽的量，就要養成愛聽書的習慣。

這些科研與常識吻合。悅耳的歌曲過耳不忘，樂感好的詩詞易被牢記。單純視讀雖然能理解並記住內容概要，但很少能記住句子的具體表達；而聆聽或優美或滑稽的朗誦就容易脫口而出整句。如何改善工作記憶、增強語音迴路的潛能、從而提升外語學習的效率，正成為 L2 教學研究的熱點之一。兩大類簡易有效的實用策略是：優化輸入的語音流質素，設計便利語音流重複輸入的方法。這契合原典法提出的外語習得四要訣： 先導聆聽，聽情感和樂感豐沛的素材，重複聆聽，達到足夠強度。

大腦資源競爭原理

即時和同步是口語交流的剛性約束。交流的雙方邊說、邊聽、邊理解，通常覺察不到理解上或表達上的時間滯後。語言的大腦加工高度複雜，它包含四個層面，語音、句法、語義、環境諸資訊的集成，這極度耗費包括工作記憶在內的大腦資源；進而，後三個層面的加工完全取決於語音加工能夠率先在潛意識中高效率的自動完成，不能被後天灌輸的人工文法知識概念的意識入侵所干擾；語音流加工中任何短暫的滯後，都會導致大腦資源的競爭型分配瞬間崩潰，摧毀語言交流的即時性和同步性。拼命掙紮著聽仍舊聽不懂，就是聽力太弱令大腦語言加工系統崩潰的現象；此時如若再摻和文法知識的理性分析，便是雪上加霜，更令大腦資源分配紊亂而功能癱瘓。

聽力過關的指標

高效的語音加工是外語學習的首要技能；聽力過關的指標不是專注聆聽能聽懂，而是隨意聆聽且倍速聆聽認知難度不高的日常英語也能輕鬆聽清聽懂。

一寸還成千萬縷

第 50 章　提升詞彙記憶的「系統力」

象棋大師的遊戲和記憶力

　　單詞記憶似乎天經地義只能一個個學一個個記；為什麼這樣學倍感艱難？這隱含一項系統論原理：孤立單詞的記憶效率取決於大腦中語音和語義的整體神經表徵。我們通過棋局記憶實驗來闡明。一對多的車輪大戰是象棋大師玩的遊戲，例如大師同時與十個棋手對弈。它顯示象棋大師具備棋局的超級記憶力。下棋觀盤首先要將棋局快速「裝入」腦中，然後對其深加工，推演出後幾步的攻防。有個簡單的心理學實驗，對比象棋大師、普通棋手和新手的棋局記憶力。例如在螢幕上顯示棋局數秒鐘，然後讓被試擺出此棋局。實驗結果顯示大師最強、新手最弱。但如果顯示的並非任何可能的真棋局，而是將棋子隨機亂擺亂放的，就發現大師與新手的記憶力沒有顯著差別了。這個實驗揭示了大腦加工的機制：與被動存儲資訊的硬碟不同，大腦按內在的結構化的神經表徵去加工和記憶外來資訊。若外來資訊符合大腦內在表徵，記憶效率倍增；反之暴跌。科學家常使用一個術語 schema 來統稱大腦的神經表徵系統，漢譯為「認知基模」，簡稱基模；可以把它理解成生理心理的演算法、規則、範疇、模式等系統化的整體，就好比象棋大師頭腦裡棋局博弈的整體知識。（註釋 12）

認知基模的屬性與生長

　　基模有六大屬性。① 內在主觀性，它是心理對外部世界的主觀表

徵；② 層次性，它是從潛意識到意識層層遞進的資訊加工系統；③ 豐富性，五花八門的認知基模各司其職並互動配合，對各類資訊加工；④ 屬於長期記憶系統；⑤ 核心基模根深蒂固；⑥ 先天與後天的互動性，基模的神經生長趨勢被物種基因預設，但具體的生長則依賴個體的後天經驗。這與 I-Languages 與 E-languages 兩者之間的關係相通。認知基模與外部世界互動呈四種狀態。見表 50-1。

表 50-1 認知基模與輸入資訊的關係

	外來輸入資訊與現有認知基模的關係	認知基模的資訊加工與神經生長
1	基本匹配	同化吸收
2	不匹配	扭曲外來資訊而同化吸收
3	持續不匹配	基模自身有可能局部重構
4	持續且嚴重的不匹配	基模自身有可能整體重構

第 31 章闡述的第一伴生障礙，即聆聽錯覺，就可歸類為扭曲外來資訊而同化吸收；翻譯式思維也與此相關。

提升單詞記憶的系統力

以一對十的車輪大戰而言，可以粗略地說大師對棋局的記憶加工效率是普通棋手的 10 倍。

總結：記憶外語單詞既無捷徑又有捷徑。

無捷徑：如果永遠依賴雜亂無序的雕蟲小技來一個個學單詞，整體記憶力無提升，學來學去總歸難。

有捷徑：從六個方面重建新的認知基模，單詞記憶力會倍增。① 源於海量聆聽的高靈敏度的聲韻結構的核心基模。② 故事語境豐富化的認知基模。③ 聽力過關後的詞根詞綴認知基模。④ 以興趣驅動的以學科內容支撐的網狀語義認知基模，這也被稱作 content-based / subject-language integrated learning，即與學科內容結合的語言學習。⑤ 文化思

維譜系豐富化的高階網狀語義認知基模。⑥ 這五項認知基模之間的互動。

典友分享——源於聆聽的「智力改變」

　　英語是我生命的低潮到高潮最戲劇化的一幕。在北京大學中文系讀大三時，初戀男友希望我和他一起去美國讀研。我倆是從初中到大學的十年同窗。可是我 TOEFL 考得很糟，聽力題別人一共只錯兩道，我一共只對兩道，其中一道還是蒙的。男友認為我英語太弱會成為他的負擔，和我分手了。那段日子裡英語是我的噩夢。甚至一打開英語書我就真地跑去廁所嘔吐。同學們都說我愁眉不展，她們不知道那一年絕望的我真地想過自殺。那種怎麼努力刷題也不見長分的焦慮感、一事無成的挫敗感、不如他人的自卑感，冰凍了我的 21 歲。

　　「只要我兜裡有一美元，我就看不起你」，是男友為激將我而說的一句話。被深深刺痛，我開始沒日沒夜地聽英語，翻來覆去地聽 TOEFL 磁帶，然後對照文稿查詞典，一直聽到可以背下來，聽到連夢裡的人都用英語說話。

　　從大三暑假因英語不好與男友分手，到大四我獲得美國教育交流協會 CIEE 的兼職助理工作，不到一年時間裡我的英語不僅好到可以和協會裡美英澳的同事流暢交流，而且畢業論文選定寫《紅樓夢》英譯本的對比研究。我還沒畢業就掙起了美金，甚至給不再是男友的他介紹輔導留學生的工作。雙語的優勢還豐富著我思維、拓寬了我的視野。我曾受聘於普林斯頓大學和紐約大學的中文教學項目，成為獲外籍學生總評最高分的明星教師。

　　多年後我遇到原典法時自然一見如故。聆聽刺激腦神經而快快生長出外語的「翅膀」，這是真的。我總是向師生們力薦原典法。用原典法教學，我的學生都取得了奇跡般的進步。比如我輔導的小學生聽完了

《希臘羅馬神話》，愛上了語速極快的英語新聞；初三的孩子們英語幾乎都考滿分。

不必盲從金髮碧眼的外國人，不必跟風昂貴奢侈的留學鍍金。符合腦神經發展原理的學習方法才是關鍵。

分享者：馬楠

徐老師討論：

人類天賦的語音流加工的效率極高，但偏狹的文本崇拜令我們漠視它，造成外語學習的各種疑難雜症。北大學子的智商處於全民頂端——智商相當於各種認知基模的集成——然而，學外語時如果未能優先建構好目標語言的語音基模，高智商的其他認知基模加在一起都難以應對。一旦新的語音基模建構好了，語言習得如便勢如破竹。

君不見，西語頭，古來詞幹有人收

第 51 章　詞根與詞綴的運用

語言的一種分類

粗略地說，根據單詞形態變化的豐富度，語言分佈於兩個端點之間。一個端點是一個單詞只有一種聲音，這被稱作孤立型語言，漢語是其典型；另一個端點是一個單詞有多種聲音形態，這被稱作綜合型語言。

表 51-1 不同語種動詞形態數量對比舉例

語種	漢語	英語	西班牙語	古希臘語	土耳其語
單個動詞形態數	1	4	≈50	≈350	≈2,000,000

注：參閱哈佛大學教授 Steven Pinker 的科普名著 The Language Inistict 中的原文：In modern Italian and Spanish every verb has about fifty forms; in classical Greek, three hundred and fifty; in Turkish, two million!

巧學詞根與詞綴

與漢語相比，英語單詞的語音形態相對多變，如動詞 work 有 work/works/worked/working 四種形態，對應的漢語單詞只有 gongzuo（ㄍㄨㄥ ㄗㄨㄛˋ）這一種語音形態。從文字與口語互動角度考察，表音文字能夠便捷地記錄聲音變化，這令口語更容易通過聲音的分化組合構成新詞，從而產生大量詞根詞綴。

舉一例。sign 可做名詞或動詞，基本含義是示意的符號，或作出符號性的示意。sign 又構成詞根；對詞根施加聲音的變化和組合就派生出

新涵義和新單詞。signed, signing，前者表示被動或完成，後者表示主動或正在進行的動作；signal，名詞或動詞：信號或發信號；signaled, signaling，同樣，通過詞尾變化而表達被動與主動等涵義；signature，名詞：簽名；signatory，名詞或形容詞；signalize，動詞；signate，形容詞；還有 assign，assignment, designate, design, resign，等等。讀者不妨大聲朗讀它們的發音以體會。

在聽力充分過關的大前提下，有必要系統地學習詞根詞綴。英語常用詞根詞綴並不多，認真學習兩個月就能掌握而終身受益。

詞根詞綴的學習誤區

一位家長帶著他十八歲的兒子向我求助。男孩長期在某著名機構學英語，方法就是反覆強化詞根詞綴。但他考 TOEFL 屢戰屢敗。我問他考過多少次，他說有十幾次之多。我與他交流了一個多小時，期望將他從積習漸靡的強迫症般的詞根詞綴的理性分析裡拽出來，但他展現出的聰明和主見反令我憂心忡忡。我安排原典的資深教師黃雲試著給他上 VIP 課。隔一陣子我問黃雲：「是不是不論讀或聽，他滿眼滿腦全是詞根詞綴？」黃雲說就是。從此我不忍心再問。

若詞根詞綴學用不當會罹患英語學習的「疑難雜症」之一：分析性癱瘓（paralysis by analysis）。聽力低弱時，強析強記詞根詞綴容易造成翻譯型理性分析，構成第 47 章講述的意識入侵和第 22 章闡述的語言加工本能區的供血被大量分流，陷入越學越難的惡性循環，此即分析性癱瘓。聽力過關之後，詞根詞綴等的意識加工就能與語音流的潛意識加工形成正回饋，持續提升記憶效率。

結論

　　值得研修詞根詞綴，但請務必安排在聆聽量累計達到 1500 小時以上、聽力顯著進步之後。

典友經驗分享——聆聽英語的「絲綢之路」

　　曾經因為害怕聽力而夢想英語考試沒有聽力，以至於英語一直停滯不前。現在才知道，那時候犯了最大的錯誤。如果沒有聆聽，如果聆聽沒有到火候，談英語的進步絕對是瞎扯。後悔自己做了那麼多年的白辛苦無用功，因為害怕聽力選擇逃避，結果情況越來越糟糕，完全的惡性循環。

　　我試圖想要清楚地回憶自己從聆聽《萬物簡史》開始的每一次進步，能夠想起的畫面似乎就停留在不斷地聽聽聽，然後有那麼一天就開始可以欣賞英語原版電影電視了。為了紀念，我決定重走《萬物簡史》的「絲綢之路」。

　　第一個重聽的還是 Darwin's singular notion，儘管我之前沒有認真地背誦單詞，但是這次聆聽時竟然可以在腦海中蹦出那些個單詞，生詞也少了很多。從一開始痛苦地聆聽到欣喜地聽清，然後到不知不覺記住了更多的單詞，完成了英語聆聽的兩級跳。原來記憶英語單詞也沒有這麼難。

作者：Judy Cui

徐老師討論：

　　《萬物簡史》是大跨度科普作品，詞彙量大，如果將其改編成原著型教材，詞根詞綴將是它的重點內容之一。Judy 女士沒有專注學習詞根詞綴照樣能欣賞它。聆聽浸潤是雪中送炭，詞根詞綴學習是錦上添花。

鴻雁在雲魚在水

第 52 章　詞彙學習的語境原則

單詞的語境

　　家長常常諮詢：實踐原典法之後孩子喜歡聽英語故事了，但家長擔心孩子學得不紮實，常在孩子聽得津津有味時，拎出單詞一個個地考，就真把孩子考倒了，這該怎麼辦？回答如下。第一，總去考單詞會毀掉孩子聽故事的興趣；第二，孩子的天賦是先從敘事情節的整體語境中去感悟單詞，然後才進階到知曉孤零零的單詞；第三，孩子的感悟直接對應於圖景，由此直接生成英語語義網，而不是點對點的單詞翻譯。能知單詞的情景語義而不知其匹配的中文翻譯是外語習得的正常過程。

　　聽讀故事時單詞在不同語境中的重複能自然強化記憶。以 Gone With The Wind 為例，選出 10 個相對罕用的單詞，統計它們在書中出現的頻次。

表 52-1　10 個相對罕用的單詞在 Gone with the Wind 中出現的頻次

核心單詞	基本詞義	出現頻次	核心單詞	基本詞義	出現頻次
bonnet	女帽或童帽	108	demure	嫻靜	13
bosom	胸 / 胸部	45	magnolia	玉蘭 / 玉蘭質的	12
endure	忍受	28	billow	波浪	12
alert	警覺	22	impotent	無力	11
slant	斜 / 傾斜	18	aristocrat	貴族 / 貴族的	11

文本語境與單詞學習例

再以科普名著《萬物簡史》第 18 章第一段來分析。筆者指導的初中生多能在較短的時間內從感覺頗有難度進步到輕鬆應對。

18 The Bounding Main

Imagine trying to live in a world dominated by dihydrogen oxide, a compound that has no taste or smell and is so variable in its properties that it is generally benign but at other times swiftly lethal. Depending on its state, it can scald you or freeze you. In the presence of certain organic molecules it can form carbonic acids so nasty that they can strip the leaves from trees and eat the faces off statuary. In bulk, when agitated, it can strike with a fury that no human edifice could withstand. Even for those who have learned to live with it, it is an often murderous substance. We call it water.

此段總共 112 個單詞，就出現了 20 個用底線標出的生詞，它們多屬於 TOEFL 詞彙。似乎句句都難。但末尾這一句都能懂：We call it water。 由閱讀常識，點題之句往往出現在段首或段尾，故 water 當為主題詞。順著這個思路再多聽-讀幾遍。然後分析。

Imagine trying to live in a world dominated by dihydrogen oxide, a compound that has no taste or smell and is so variable in its properties that it is generally benign but at other times swiftly lethal.

第一句話就蹦出八個生詞，令人沮喪。其實只要有水的常識就能猜懂。略有一點英語構詞法的直覺，容易推測拼法陌生的 dihydrogen oxide 應是專業名詞，很可能是水的氫氧結構的名詞。通常不必專門記憶專業名詞，但此處氫與氧屬常見化學元素，不妨駐步學一學。dihydrogen 的詞根 hydrogen 就是氫，di- 是前綴，表示兩個之義，oxide 是氧化物，詞幹源自 oxygen，就是氧，可以把 hydrogen、oxygen、oxide 聯合來學，首字母用作助記線索，初中就學過 H 表示氫，O 表示

氧。水的分子式可直接朗讀為 H/2/O，也可以讀成 dihydrogen oxide。科普文章裡出現專業名詞時往往會跟隨短語或句子，解釋此專業名詞。故此，a compound that 從句應是對水這個化合物的說明，易於猜測 compound 多半應是「化合物」的意思。猜中了！再往下，（Water）has no taste or smell，啊哈！太簡單了，水是無色無味的。去問教師怎麼翻譯「水是無色無味的」，當場也未必能立刻給出精當的表達，而這裡就有現成的經典。再往後困難又來了，（Water）is so variable in its properties that it is generally benign but at other times swiftly lethal. 此句雖難，結構卻不複雜：

　　水 in its properties（在它的什麼什麼方面）變化無常，它通常是 benign，但在其他時候則是 swiftly lethal.

　　碰到難句時可先簡化其結構，這句可簡化為：（水）如此變化無常，它通常是＿＿＿，但有時候則是＿＿＿。

　　喜愛好萊塢大片的男生多看過《致命武器》系列，英文為 Lethal Weapon. 容易知曉 lethal 是「致命」之義。這句英語的框架就可以細化為：水通常是 benign，但有時候則是致命的。請讀者自己填空，看能不能猜中 benign 的含義。猜中了！就是良性的意思。順便學習 benign 的醫學常用短語 benign tumor，良性腫瘤。

　　進而，水（in its properties，在它的什麼什麼方面）如此變化無常，它通常有益無害，有時候卻又致命。水的「什麼」的劇烈變化能導致它從有益變成致命？properties 一詞這裡無非是狀態、性質，特性之義，注意到下一句使用了狀態 state 一詞，而經典作品中常避免用詞單調，這裡 properties 的準確含義更可能指特性之類；沒錯，property 就是特性。

　　Depending on its state, it can scald you or freeze you.

　　scald you 構成理解障礙，但緊隨它對稱同構的短語 freeze you，freeze→冰凍。於是獲得以下框架：（水）根據其狀態，它能 X 你或凍

（傷）你。此處 X 最佳匹配是什麼？不查詞典就能推知是燙（傷）。把此句再多聽幾遍並跟讀，scald you or freeze you 這個簡潔對稱的用法就刻印在腦海裡。

回到標題，即使常用詞 main 也令人困惑。查學生詞典 main 只列了一項含義主要（的），此處顯然不匹配。但開篇已經點題：We call it water, 可推測 main 或許泛指水的世界。再往下聽，全章都在討論水和海洋，可判斷推測正確。聽完整章後再查高級詞典，它列出 main 的八個名詞項和五個形容詞項，名詞第五項為「海洋」。如果背單詞翻譯，一項項背下來還能記住多少？但聽讀上下文，main 的這個特殊詞義就永遠刻印在腦海裡了。

把這短短 112 個單詞的段落聽熟後再讀幾遍，自然掌握了 20 個 TOEFL 詞彙，還學了不少經典句型。不再細析最後三句，讀者可自己品味。

語言美感並非科普素材的強項。不難想像，在經典文學、歷史和哲學作品中，更有多少觸動心靈的鴻筆情音，將一磚一瓦的平凡詞彙融入或雄偉或纖秀的建築，令我們百聽不厭、百讀不倦，令我們終身難忘。在音視頻語境裡感受語言文字之美，學習者會發現單詞記憶輕鬆自如。那僅僅是恢復你與生俱來的記憶力。

表層語境與深層語境

喬姆斯基曾區分語言的表層結構與深層結構。本章所析仍局限於「淺層語境」。大腦的語言加工還有更強悍的「深層語境」。充分運用天賦的深層語境是原典法設計的核心理念之一，它應是本書的「左膀右臂」。但筆者「東施效顰」斷臂於此。語言習得的深層語境究竟是什麼？為什麼？如何去舒展？此處留白了。

雪泥鴻爪盡，雛鷹展翅時。最美的維納斯，從來由讀者自己去發現。

乾坤兮廓有前後

第 53 章　外語學習的序差特徵與應對策略

外語學習的序差特徵

　　語音、語法和語義這三大子系統的習得順序，母語是語義相對滯後發展，外語是語義及深層語法超前存在；（註釋 13）我們稱此為外語學習的序差特徵。由此，外語習得的理想路徑是儘快生成目標外語的語音系統，並將其與存量語義系統規模化速配。這令外語學習的效率有可能超越母語。於是有兩個推論：① 須快速生長出外語語音神經網；② 童年期後的外語學習可運用符合大腦加工原理的密集型單詞記憶訓練。

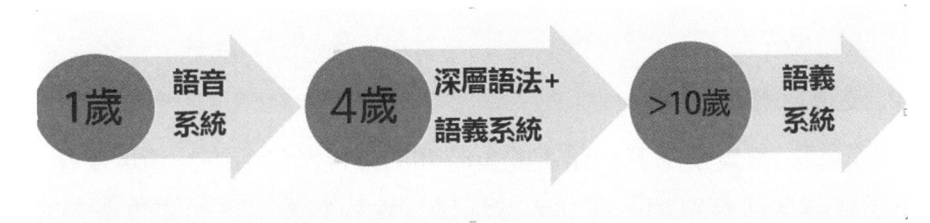

圖 53-1　母語三大子系統生長和成熟順序簡圖

圖 53- 2　外語 三大子系統生長和成熟順序簡圖

單詞記憶的「三綱五常」

用「三綱＋五常＋兩經」的口訣來表達單詞記憶的技巧。

（一）三綱

1. 聲韻為綱

邱吉爾因他的精彩演講和散文而獲諾貝爾文學獎，據傳他掌握的單詞量遠超 10 萬。邱吉爾用一句話總結演講的訣竅：演講的高潮是澎湃迭至的聲韻配上栩栩如生的畫面。（註釋 14）

單詞集中複習的程式是：美聲衝擊→美圖衝擊→拼寫辨記。從感受聲音想像單詞圖景，接著用美圖驗證匹配，最後再看拼寫。理想的發音詞典應有男女老少的嗓音，不同嗓音的衝擊，既重複強化，又能減輕單一嗓音易生的大腦疲勞，還能熟悉發音的細緻差異。這與音樂欣賞相通：主旋律重複不止，但聲部、音色和快慢板等變化不止，產生記憶刻印。

2. 浸潤為綱

① 單詞記憶量是語音迴路不閒置時間的線性函數；② 記憶要重複；③ 重複要避免枯燥單調。與其強背枯燥無味的詞表，不如將專業學習和文娛休閒等都用英語英文來浸潤，單詞量自然迅速增長。

3. 語境為綱

第 52 章已詳述。

（二）五常

1. 常複習

單詞助記軟體常根據艾賓浩斯遺忘曲線設定複習時間。可自主調整間隔時間，不必教條僵化。

2. 常小憩

令短期工作記憶轉變成長期記憶，通常需要大腦對記憶對象持續加工約 30 秒。因此遇見重要生詞時不妨小憩，聚焦於目標單詞的語句，聽聽、想想、看看，並設法造句運用，30 秒之後再學新內容。

3. 常模糊

與電腦不同，人腦整體模式識別和記憶力強、精細識別和記憶力弱；追求精確記憶會令大腦負荷陡增。詞彙有主動與被動之分，後者泛指聽-讀時能識別、但不善主動用於口語和寫作的單詞。如 SAT 閱讀的眾多單詞對美國學生也屬被動詞彙，初學時通常沒有必要精確記憶。類比於工程系統的設計須具備容錯能力，發展外語能力也須培養容納生詞和容納模糊理解的「准生詞」的能力。待粗淺記憶的單詞量快速達到 1 萬以上再追求精細理解。

4. 常洗牌

也稱公平排隊法。前攝抑制與後攝抑制是造成遺忘的原因之一。前攝抑制指當下學習的內容被先前學習的內容所干擾；後攝抑制則相反。由此記憶詞表時，頭與尾的單詞最容易記住，因兩者分別只有後攝抑制抑與前攝抑制；中間的單詞兩種抑制都有，記憶效果差。故集中複習單詞時宜洗牌，即隨機變換單詞順序。

5. 常聯想

活躍的聯想可輔助記憶。

（三）兩經

1.「兩詞經」

指詞根＋詞綴記憶術。第 51 章已專述。

2.「短句經」

提升記憶效率應充分利用工作記憶的容量上限，即 7 個組塊。宜用包含目標單詞的常用短語或經典短句來記憶，既充分利用工作記憶潛能，又熟悉單詞的常用搭配，還學到了語法運用。不論語法規則多麼龐雜，其核心就是詞類之間的組合搭配。（註釋 15）

須提醒，「三綱」是詞彙習得之道，「五常」與「二經」是單詞記憶之術。

試試各種記憶術

為迅速形成海量詞彙的粗淺記憶，可嘗試各種拾遺補缺的記憶小巧。不用怕遺忘。遺忘經常出於各種干擾而暫時提取不出來。一個簡單的心理實驗可說明這一點。假設你耗費 40 分鐘強背了一份 100 個生詞的詞表，數月後測驗發現幾乎忘光了；此時你重新學習該詞表，可能僅用 20 分鐘又能背誦了，這 50% 的節省量顯示遺忘僅是表像。

學習與記憶既有大腦的普遍生理機制，又有個體特長。聲韻聽覺是人類記憶語言的普遍天賦，同時也存在視覺記憶或意義記憶等的個體差異。歷史上流傳的各種記憶術對部分人行之有效，可用關鍵字 Art of Memory 檢索 WIKI 百科以瞭解。進而，多媒體型的 AI 單詞助記軟體日新月異，值得關注、嘗試和互助交流以靈活運用。

類似於體能，各種認知能力多在青春期達到峰值後緩緩下降，唯有詞彙能力例外，它可持續增長到老年期。（註釋 16）這再度證實單詞難學難記是虛錯的意識入侵。類比於體能，鍛煉與不鍛煉截然不同；單詞記憶是腦能——大腦神經元之間天文數量的連接和重塑——健腦或不健腦，結果更天差地別。

索引和注釋

1. Quine O. *Word and Object*. Cambridge, MA: MIT Press, 1960.
2. Julien D. et al. *Intrusive Thoughts, Obsessions, and Appraisals in Obsessive–Compulsive Disorder: A Critical Review*. 2007.
3. Merton K. *The Self-Fulfilling Prophecy*. *The Antioch Review*, Vol. 8, No. 2. 1948.
4. Krashen S. *The Input Hypothesis: Issues and Implications*. Longman, New York, 1985. 並參閱本書第 75 章。
5. Coxhead A. *A New Academic Word List*. *TESOL Quarterly*, 2000.
6. Gathercole & Baddeley. 1996 年版（英語）擬單詞複述能力測量量表。
7. French M. *Phonological Working Memory and Second Language Acquisition – A Developmental Study of Francophone Children Learning English in Quebec*. 2006.
8. Baddeley D. et al. *In Recent Advances in Learning and Motivation*. (ed. Bower A.) New York, 1974.
9. Baddeley D. *Working Memory and Language: An Overview*. 2003.
10. Baddeley D. et al. *The Phonological Loop as a Language Learning Device*. 1998.
11. Gupta P. et al. *Word Learning, Phonological Short-term Memory, Phonotactic Probability and Long-term Memory: Towards An Integrated Framework*. 2009.
12. Bruce A. et al. *The Schema System*. 1989.

13. 喬姆斯基認為人類所有語言的內在語法都相同，稱其為普遍語法 UG，見本書第 69 章；本書根據上下文有時將普遍語法表達為「深層語法」，而將傳統語言學中指稱的語法表達為「表層語法」。
14. 原文：The climax of oratory is reached by a rapid succession of waves of sound and vivid pictures.
15. 這一原則與 L2 教學的短語法流派（The Lexical Approach）理念一致。
16. Trafton A. *The Rise and Fall of Cognitive Skills*. MIT, 2015.

卷七　表達之藝

韻正音音正，律通句句通

第 54 章　外語學習的第四伴生障礙

輸入與輸出

問：強調以聽為本的原典法怎樣解決口語輸出？

答：小童只要培養出聽英語故事的嗜好，即使缺乏雙向交流的環境，都能自動發展出口語交流的基本能力。以下是第 1 章提到的小典友黑妞的案例。

女兒黑妞小學一年級時已基本勝任中文獨立閱讀了，我想到應該開啟一段新的旅程——親子英語實踐。就這樣結識了原典法。對黑妞用原典法學英語我沒有什麼要求，只要她喜歡聽故事就好，對她的口語表達，我從不著急，「遲遲」沒有任何期望、訓練或檢驗。2014 年 5 月我帶三年級的黑妞去美國參加姐姐的畢業典禮。黑妞聽英語故事有一年多了，一直是埋頭聽書、未知口語輸出的能力。在紐約入關的時候，原本我以為自己足以應對入境官員的提問，哪知一句也沒聽懂，正在我張口結舌緊張無措的時候，站在我身後一直不言不語的黑妞上前用流利的英語主動與入境官開口說話了！對方和顏悅色地與黑妞聊了起來，還沒聊完我們就被放行了！那一刻的黑妞真是讓我喜出望外！不知不覺她英語已經能學以致用了。

黑妞上的是普通公立學校，但每週有一到兩次外教英語課。此後黑妞就成了外教老師和同學們溝通的橋樑，遇到大部分同學聽不懂的場合，都是她當翻譯。外教老師開玩笑地對她說：「你是我的小助教，學校該給你發工資」。外教課堂常有英語情景表演，黑妞一直都是同學們

踴躍相邀的夥伴，有次兩個男生為了爭著能與黑妞合作表演，在課堂上打了起來，成為笑談。黑妞英語考試的作文，閱卷老師深以為贊，常以為是另一班級裡從美國回來的一位同學所寫。當英語老師們得知黑妞從來沒有上校外補習班的時候，更覺得驚奇萬分。

黑妞媽 2016.4.29

第四伴生障礙：表達焦慮

但大齡學生則需要刻意訓練。

隨年齡增長，外語初學者在公開場合的口語表達時容易產生焦慮、緊張和窘迫感，我們將此稱為外語學習的第四伴生障礙。

以外教執教的課堂為例，它本身構成一個困境。初練口語需要大量重複；開始學說外語時難免張口結舌，三五次重複達不到基準訓練量要求。此時宜請外教反覆指導矯正；在課堂環境裡這往往令學生更焦慮緊張、更羞於啟齒；（註釋1）進而課堂教學分攤到每個學生的訓練時間太少。小班或一對一教學的性價比太低，也未必能有效化解初學者的緊張焦慮。由此可推知，口語入門期，若能依據大腦科學設計出口語訓練的高效程式，讓學生自己成為最佳 DIY 教練，重複次數完全自主，就能有效化解焦慮和緊張。等熟練掌握基本句型、口音相對純正、自信心顯著增強後再積極參與外語交流的各種實戰。

甘言美語憑大腦

第 55 章　口語的大腦加工與訓練原理

口語加工的六項原理

1. 口語的「舞蹈原理」

喬姆斯基嚴格區分交流（communication）與語言（language）。舉例說來，小狗撒尿也是交流，「這是我的地盤」或「我是你的最佳配偶」。蜜蜂等物種的交流系統很複雜，但都是封閉型的，不具備可以創造出無窮多新表達的句法，後者是人類語言的核心特徵。

另一個並非核心的但仍舊重要的差異是：除了極個別與人類進化譜系遙遠的物種，如歌鳥，其他動物都沒有進化出複雜的口喉聲腔及其關聯肌肉群。這樣來思考：人類口喉聲腔的發聲動作堪比獵豹飛馳的優雅敏捷。口語直接依賴 146 塊肌肉的精細協調運動，此外還有輔佐發聲動作的表情和肢體語言等眾多肌肉群。（註釋 2）語言不僅包含句法和語義，還是大量肌肉群精密協調的動作系統，更融入了情緒情感，是一種身心合一的能力。在這個層面它與舞蹈相通，而與其他的分科知識大不同。

2. 語言知覺與動覺理論

著名科學家 Alvin Liberman 提出過語言知覺的「動作理論假說」：語音流的感知被發音的內在動作所決定。（註釋 3）腦像資料不完全支援該理論，但它推動了語音合成技術的進步。大腦科研確認三個方向性結論：① 語言神經的生長，聆聽知覺優先於話語產生，前者是後者的

基礎；② 一旦母語語音流開始內化，大腦就把感知覺神經與動作神經緊密連結，從此語言動作就開始對語言知覺產生影響；③ 知覺與動作之間的緊密耦合很可能在人類智慧進化中扮演重大角色。

圖 55-1 鏡像神經元原理示意

3. 鏡像神經元原理

G. Rizzolatti 等人於 1990 年代發現了鏡像神經元（mirror neurons），起初他們發往頂級學術期刊的論文被認為毫無價值而遭退稿。但科學界不久就意識到這是重大發現。（註釋 4）有腦科學領域馬可波羅之譽的 V.S. Ramachandranr 教授認為鏡像神經元對腦科學的意義如同 DNA 對生物學的意義，他推測鏡像神經元很可能是語言起源的突變因素之一。鏡像神經元的特徵是：自主動作時被啟動，感知到他人相同動作時也被啟動。例如，猴子抓起香蕉與觀看他人抓起香蕉，兩者啟動的神經元相同。簡言之鏡像神經元將感覺與動作合二為一，它佐證敏銳的聆聽為精準的口語奠定基礎。

4.「草坪踏徑原理」

人腦有近 1000 億個神經元，每個神經元可與多達 1 萬個其他神經元聯結，連接總量遠超全球互聯網，這構成學習的生理基礎。可將神經元之間的連接粗略地比擬為在足球場大草坪上踩出路徑，路徑交錯縱橫就構成網路。體能最好的運動員滿場跑也難以踩出一條路徑，而沿著固定路線來回跑就能踩踏出條條路徑。學習任務以恰當方式重複，神經元之間就能生長出刻印型的突觸連結。猶如學會了游泳或騎自行車便終身難忘（unlearn），同一個故事幼兒能興致勃勃地聽幾十遍，這就是話語在大腦中刻印。可將此比喻為「草坪踏徑原理」。口語訓練須堅持恰當的重複，但不要將重複理解為死記硬背，應追求產生愉悅感的重複。

5. 大腦加工快感原理

形成愉悅感的生理機制是大腦產生出多種傳遞介質和激勵介質以及神經生長因子（Neurotrophic factors）等。產生愉悅感的行為會令大腦自動追求重複體驗，特別有利於強化烙印型神經網生長。例如愛上一首新歌，很容易通過卡拉 OK 等重複方式習得且經久不忘。反之，無法喚起積極情緒體驗的重複極易令人疲憊，大腦加工效率驟降。

6. 人類語言設計特徵原理

美國國家科學院和人文與科學院的雙院士 Charles Hockett 是後布魯姆菲爾德時代（post-Bloomfieldian）結構主義語言學的領軍者。他建構了被命名為 Hockett's Design Features 的語言設計特徵理論，提煉出人類語言的 13 項設計特徵，其中有 11 項根植於聲音的生理加工。（註釋 5）這裡僅列出與口語訓練密切關聯的三項：① 獨立且並行的口喉聲腔與聽覺器官（Vocal-Auditory Channel）；② 話語聲音的接受與產生之間的精確可互換性（Interchangeability）；③ 話語自我聆聽的全回饋監控（Total Feedback）。語言設計特徵理論闡明：話語的輸入與輸出，

兩者既獨立又平行且相互耦合，耦合的生理機制是聲韻流的接受與產生之間存在精確的可互換性；在大腦裡，這表現為語言的聽覺中樞與動作中樞的直接連結、以及聽覺與動覺合一的鏡像神經元；在行為上，幼兒的語言習得既能精準地感知他人的話語，又能精準地監聽自己的發音，自發調校口語發聲動作。

容易觀察到兩個對立的普遍經驗現象：現象 A，嬰幼兒初始說話時雖然發音欠清晰，但語調已惟妙惟肖，隨後語音清晰度自動臻於完美；現象 B，源於聆聽錯覺，成人學外語普遍存在頑固的口音和語調偏差。

綜上所述，外語口語習得的首要訓練並非是模擬實景交流的碎片化語句，更非文本語法分析，而必須是語音流感知與聲腔動作這兩者之間高強度的互動互益訓練，從而在缺乏雙向交流場合下也能實現 I-languages 的神經生長，為口語流暢輸出奠定生理硬體基礎。

口語訓練三要訣

1. 用耳朵引領發音訓練

口音的準確性歸根到底取決於聆聽的精確性；只有精細地感知，才能經練習而精確地動作，即說得標準且流暢。即使有外教輕易覺察出你的口音偏差、口耳相授地糾正，都不能替代你自己的耳朵，外教大腦裡童年生長出的母語神經聽覺系統無法植入你的大腦。如果仍未消除聆聽錯覺，就難以細膩感受自己發音的偏差，更無法糾音。進而，多數外教的口音遜於優質音視頻；善用多媒體科技可令外語學習的聆聽與發音的自我訓練遠勝一對一外教。

2. 需要大量重複

重複訓練不僅需要強度，而且須要集中，恪守「固定線路」。在足量泛聽的基礎上，口語訓練的初期須集中於有限素材的精聽和精練。

淺嘗百句不如精練十句。

3. 用愉悅感強的素材

重複必須能引發欣快感等積極情緒。外語教學體系中強調的情境配合的實用性或語言難度分級考量，在口語初學階段反而不重要。經典演講、小說和影視劇等都包含常用句型，掌握後都具備強大的可遷移性。

「標準」口音的功效

文豪蕭伯納說：美英是被一個共同語言分割的兩個民族（The US and the UK are two nations divided by a common language）。世界各地的英語口音差異日益擴大。這帶來另一種挑戰。學術界通常避提「標準」口音。本書中標準口音泛指優質的英音或美音。發音標準具備多重功能。① 如前所述，口語發音精準能反過來增強語音知覺。② 各種方言口音可以看作是對「標準口音分佈中心」的偏離，由數學模型可知分佈中心點與各偏離點之間的平均距離最近；由此可推論平均而言，掌握相對標準的英語口音更容易適應聆聽差異化口音。這就好比華人更容易聽懂漢語的各種方言，或老外怪聲怪調的漢語。③ 由第 49 章的語音迴路中的「內在發聲複述機制」可推知，發音標準具備正回饋增進語言記憶的功效。④ 由第 45 章母語偏好的實驗可知，發音標準是友好型口語（listener friendly speech），它能顯著減低聆聽者的大腦加工負擔，迅速消除心理距離；聞「鄉音」而一見如故是人類的生理本能，這令對方更樂意交流，由此誘導出更多的口語練習機會；反之，怪腔怪調的英語令對方大腦加工負擔陡升，極易造成交流疲勞，它是疏遠型口語（listener unfriendly speech），不利於創造更多的口語交流機會。⑤ 提升自信和自尊。⑥ 有益於人生職業發展。

> 士三月不見，音磁而聲純
> 媛三月不聞，韻美而語甜

第 56 章　原典「全真」口語訓練法

本章講解根據大腦工作原理設計的口語訓練程式，適用於青少年和成人。

「全真」口語訓練法

(1) 基礎聆聽訓練。較高強度的先導聆聽浸潤 100 天以上，不必介意開口說話。聽力明顯進步後再開始口語訓練。

(2) 尋覓「情侶」。選百聽不厭的素材，體裁不限。

(3) 音軌刻印訓練一。將音頻切分成約一分鐘的段落。認真聽 9 遍，9 是約數，多多益善，下同。

(4) 音軌刻印訓練二。保持句子完整的前提下將音頻再次細分成約 20 秒的段落，繼續聽 9 遍。

(5) 非同步跟讀，口語動作模仿訓練一。播放音頻，輕聲做影子跟讀（shadowing / speech repetition），約 9 遍。

(6) 同步跟讀，口語動作模仿訓練二。播放音頻，精確同步朗讀。就如卡拉 OK 的跟唱，9 遍以上。等韻律節奏和發音都進步了，逐漸增加自我朗誦的音量。

(7) 韻律為王，口語大動作塑造。初始跟讀時無須過分在乎發音是否準確，而應首先注重韻律（prosody）。它主要包括三個方面，A. 節奏，B. 重讀，尤其是重讀母音（元音）要飽滿，C. 語調起伏。儘量惟妙惟肖地模仿輕重緩急和抑揚頓挫，這個階段不苛求發音精准，關鍵要韻律逼真。甚至可用同一種聲音來哼讀哼唱，聚焦於體會和把握韻律

感。

　　(8) 逐個發音矯正，口語動作細分塑造。達到較佳的韻律模擬度後，再針對薄弱的母音和子音（輔音），一個一個地精細矯正，且每段訓練只集中矯正一個母音或子音，等到該發音基本穩定之後，再訓練另一個發音。矯音訓練優先注重雙母音和長母音發音精準且飽滿有力，以強化韻律感。類比於藝術體操，對韻律的模仿相當於大動作訓練，逐個發音的矯正相當於細部動作訓練。

　　(9) 對比鑒別，口語-聆聽整合訓練一。借助 AI 軟體將自己的朗讀與原聲朗讀對比聆聽鑒別，同時也要自我聆聽鑒別。

　　(10) 精益求精，口語-聆聽整合訓練二。根據與原音頻的對比，再從 7/8 兩項中選出必要的環節重複訓練。

　　熟能生巧，口語-聆聽整合訓練三。重複上述各項，直至對自己發音的滿意度持續提升，且所練句子脫口而出。跬步千里，口語-聆聽鞏固與進階。一個 20-60 秒訓練完了，再訓練下一個 20-60 秒。此時你已經開始欣賞自己日益純正的發音，成就感漸增，很容易發展出口語訓練的嗜好，重複訓練不再厭倦，成為樂趣。

口語訓練小貼士

　　① 再次強調韻律比單個音素發音更重要。可觀察兩歲幼童說話，其韻律感惟妙惟肖，但口齒發音常欠清晰，這是口語習得的自然過程。一旦韻律感對了，原腔原味就帶出來了，後續單個母音或子音的發音校準就容易進行。② 以角色扮演的方式來朗誦，配合手臂動作，加強語言表達的韻律感。③ 無須刻意在乎連讀、弱讀和變音之類的細節，它們會在口語嫻熟後自然而生。④ 每個小段都練習到純熟後再進階，效果更佳。⑤ 逐個發音矯正訓練階段請配合使用優質的發音視頻教材，結合自我觀察和體會口型和舌位等。

你會發現每積累到三五分鐘素材的練習，口語都會明顯進步。積累到 60 分鐘素材的訓練你會驚喜連連：我的發音已可以媲美老外了！一旦通過以上程式訓練，鍛造了較純正的口音，掌握了基本句型，雙向交流時的自信心會倍增。

口語訓練配套輔助工具

① 選用口語發音的優質視頻教程。② 原典法不贊同音標先導和主導的學習方式，但這並非排斥學音標；使用優質視頻教材時可同步學學音標；小童則無須學。③ 善用日新月異 AI 型的配音或矯音訓練軟體；但也要避免喧賓奪主，避免淪為外在工具的奴僕。

消融心理障礙

英語口語弱，除了聽力弱和缺乏交流機會之外，重要原因還包括羞於表達、教學以書面應試主導、選用的素材不佳等。應對策略仍是原典法的諸原則。第一，向嬰兒學習，化解心理障礙。第二，強化聆聽。聽力好了，雙向交流一多半障礙消除了，想說什麼，總能連比帶劃擠出來憋出來蹦出來；否則即使能背誦幾十句套話，老外說話你聽不懂，交流就難以為繼。第三，用本章講解的訓練儲備常用句型。第四，培養英語寫作的愛好。寫作與口語都是語言的輸出，寫作沒有口語交流的時間剛性約束，經常寫作會越來越熟練於日益豐富的短語和句型，現場交流時就能脫口而出。對大齡學生外語習得的順序可以是聽 - 讀 - 寫 - 說，即說與寫的順序可以靈活調整。

總結：外語學習的第四伴生障礙是口語表達焦慮。與此對應的第四軍規是：先自聽、自話、自校；發音好了，現場交流時會膽量倍增，句錯音對也很萌，現學現改更高效。

典友經驗分享——原典英語口語練習法的實踐報告

清明在家無聊，找到原典英語口語練習法，好奇，就自己試了下。

實驗時間：2小時左右；選取材料：奧巴馬的演講；實驗者基礎：專八裸考通過，目前在一家外資公司工作，外語給老外的印象一致是impressed。但仍然感覺收穫巨大，成效顯著。

操作流程：

① 先把演講聽兩遍，能聽懂；② 切割成1分鐘MP3，從第一個音頻開始，聽9遍；③ 切割成20秒的MP3，聽9遍；④ 打開文本，跟著錄音朗讀3-4遍；⑤ 不看文本，同步跟讀錄音9遍；⑥ 朗讀時嚴格按照徐老師建議，先放棄個別清晰語音，以哼唱模式，注重模仿語氣和語調，享受英語的韻律之美而不是發音之准；⑦ 用智慧手機錄音——這個時候我已經可以熟練的把這段語音流背誦下來了；⑧ 將自我錄音與原聲20秒音頻穿插對比聽9遍，仔細察覺不同之處；⑨ 重複5,6,7,8的步驟，直到自己滿意為止；⑩ 繼續下一個20秒。

效果

收穫巨大四個字已經不足以形容我的感受。奧巴馬演講的發音特色和音調起伏被徹底掌握，感覺就好像拳擊運動員的影子練習一樣，耳朵、眼睛和腦中想的都是英語，音調幾乎是不自覺的從口中流出，像蜜糖一樣順滑。

結論

徐老師說的一點都沒錯。起步時不要急於開口去模仿，默默地聽才能突破聽力。個人覺得至少有4個月以上的先導聽力浸潤才好。至於糾正發音，因為我本人發音基礎較好，所以這方面沒多大問題，主

要是語調和語言的流暢度，全真法可以說是最佳。所以大家不需要強調各種口語練習法，先花力氣把自己聽力輸入問題解決再說。缺點：單個發音不容易自己領悟，還是要學習發音教程。推薦使用 American Pronunciation Workshop ＋愛荷華大學的口腔剖面；基礎弱的使用《賴世雄美語音標》。

個人覺得原典全真法是目前最好的口語練習法，沒有之一！

作者：doctorwho 2013-4-5

詩言志，歌永言

第 57 章　外語學習的第五伴生障礙

語言的意願系統之謎

　　喬姆斯基認為語言包括三大部分：① sensory-motor system, 感覺 - 動作系統；② conceptual-intentional system，概念 - 意願系統；③ syntax，具有遞歸性質的句法系統。（註釋 6）三者之中與各學科知識最接近的是概念 - 意願系統，如化學或經濟學等都可歸入概念系統，學校裡將它們與外語並列為分科知識。略微思考可知語言與這些分科知識迥然不同：後者並不蘊含意願的內在特性。

　　以 Helen Keller 和她的老師 Anne Sullivan 的真人真事來領悟意願的獨特性。Sullivan 在 Keller 的左掌心上一次次地寫著 water, 同時拿起水喉讓流水衝擊 Keller 的右掌，Keller 猛然頓悟，我發現了！左掌心感受到的那個觸覺與動覺的軌跡，就是右掌感受到的清涼爽膚的水的觀念符號；隨之發生的是：Helen Keller then nearly exhausted Sullivan demanding the names of all the other familiar objects in her world.

　　此案例對洞悉人類與動物的心理鴻溝富於啟發。沒有習得語言符號之前 Keller 的心理世界與動物接近。一旦 Keller 將水潤肌膚的感知經驗與水的符號表達之間建立起聯繫，僅僅是初次體驗，她立刻噴湧出詢問的意願（intention）。請注意這絕非孤例，母語習得中個個幼兒都呈現無窮無盡的是什麼和為什麼的意願提問。在動物的語言教學實驗中從未發現過這類意願行為。科學家們堅持不懈地教黑猩猩學語言。成功之處是猩猩可以學會數百個「單詞」；不成功之處不僅在於猩猩無法掌握

句法規則，也在於它們從未表現出用單詞符號來表達內心感知覺經驗世界的強烈欲望；除了要吃要喝，它們沒有任何主動的概念型提問行為。

由此可見，從猿進化到人，把無比豐富的感知覺用符號表達出來（symbolized）的意願衝動是一個關鍵突破，這不僅僅是句法的生物演算法的進化，而且是自我意識的飛躍；迄今科學家對意願系統一無所知，它是語言與意識進化的謎中謎。

第五伴生障礙：「表達壓強瞬間歸零」

由此易知，為內在的感知覺經驗建立語言表達的輸出通道是人類特有的本能衝動。可將感知覺的經驗比擬為龐大而沸騰的「水庫」，將語言概念符號體系比擬為「洩洪渠」。一旦習得母語就為此本能衝動建立了最直接順暢的洩洪渠：母語的神經表達通道。每當外語初學習者湧現出任何表達欲念，其早生早熟的母語神經通道立刻在潛意識層面自發引導，瞬間實現母語化輸出，釋放了意願的「表達壓強」，從而自動避開去建立外語表達輸出的新的神經通路。這就類似於右利手的人對便於用右手嫻熟完成的複雜動作，不會自發用左手來做。我們將此母語表達強勢所伴生的外語表達弱勢，稱作外語學習的第五伴生障礙。由此得出外語學習的第五軍規：在特定年齡窗之後，由意識層面主導的強制型的口語和寫作訓練是必經的提高階段。

輸入假說 VS 輸出假說

L2 教學流派之一自然法強調大量輸入；它提出了學習素材的難度公式 I ＋ 1, I ＝ input，＋1 表示輸入素材的結構難度比學習者當下掌握的程度略略高一點。（註釋 7）學者 M. Swain 強調語言輸出的作用，提出了與自然法「相對立」的模型，可概括為公式 O ＋ 1, O ＝ Output，＋1 表示說出或寫出的句式比學生原先的程度略略高一點。在不斷嘗試說或寫的輸出中，學生令表達的新句式被對方理解，根據回饋

互動不斷調整、鞏固正確句式，從而掌握外語的結構。（註釋 8）

　　上述兩個流派可互補。聽 - 讀基本過關後說 - 寫就成為語言進階的新挑戰。聽－讀是語言輸入，說 - 寫是語言輸出。輸出是：① 更積極和活躍的心理加工，把各種被動的成分主動組織起來，表達無窮多的新句子；② 更強制更直接地運用語言生成規則。聽或讀可以運用語義和情景補償策略，繞開規則生成的心理加工。例如聽清楚了一句話中的四個詞彙，顧客、服務生、餐館和菜譜，那麼不論是否掌握句法，都可以大體猜測出含義，從而回避句法規則的直接加工。但說或寫則須強制運用句法。一旦聽 - 讀顯著進步，必須硬著頭皮訓練口語和寫作。

　　總結：母語輸出可類比於語言的「右利手」；要訓練外語口語，可規定好每日的時段，讓母語「放假」，強制讓外語工作。語言學家趙元任先生就經常將這種策略運用於多語種學習。

複習：外語學習的五大伴生障礙

表 57-1 外語學習五大伴生障礙和應對訓練原則

序號	伴生障礙	訓練原則
1	聆聽錯覺	讓耳朵掛帥，聆聽主導
2	聆聽煩躁	以嬰兒為師，喜好語言之聲
3	意識入侵	以嬰兒為師，不求甚解順其自然
4	表達焦慮	先自聽 - 自說 - 自校
5	表達意願被強勢母語「搶答歸零」	在規定時段讓母語「休息」強制讓外語「上崗」

從腦康復醫學領悟

假設患者右半腦中風導致左上肢癱瘓,那麼最「自然的康復」是充分運用右上肢,何況多數人原本就是右利手。但這樣會導致「習得型廢用」(Learned non-use),令暫時癱瘓的左手永久癱瘓。醫學家 Edward Taub 等人發明出「強制誘導運動療法」(Constraint-induced movement therapy):束縛健康手臂而強制大量使用癱瘓手臂。實踐證明這一「低科技」療法優於諸多高科技方法。它對外語學習的借鑒意義在於:學口語有必要強制安排只用外語的訓練時段。

Constraint-Induced Movement Therapy: A New Approach to Treatment in Physical Rehabilitation. 1998.

黃山歸來必看嶽

第 58 章　英文筆耕自修路徑

　　聽力、口語和閱讀均可按部就班地訓練。寫作即創造，創造力的培養難以用固定法則框限，但前人的寶貴經驗值得初學者珍重。

學界推薦的兩部經典

　　原典的理念是最好的母語學習素材往往就是最好的外語學習素材，這也適用於寫作。即便基礎的寫作訓練各類考試教材也非精品。學界普遍推薦的寫作指南是《風格的要素》（The Elements of Style），它原系康乃爾大學教授 William Strunk Jr. 的課堂講義。此後兒童文學大師 E. B. White 將其補充修訂出版。這是一部名副其實的口袋書，正文不過 80 多頁，長期穩居當代文庫（The Modern Library）寫作類好書榜首，不僅美英高校將其列為寫作的必讀經典，科學家和程式師都推薦其為案頭常修書。另一部廣受佳評的寫作指南是《文通語妙》（On Writing Well）。作者 William Zinsser 長期執教於常春藤大學。該書可看作是《風格的要素》的姐妹篇，它以實例展現寫作要則，具象化各類非虛構體裁寫作的良工巧技，包括遊記、家族史、回憶錄、體育、藝術、幽默以及商業等。Zinsser 廣征博引其他作家的案例，也娓娓道來自己創作的切身經歷，令人常讀常新，時時感受作者溫馨的鼓勵和細膩的指引。

寫作指南擴展推薦

　　有《風格的要素》和《文通語妙》做案牘之底，讀者便可依自己的興趣，續修寫作訓練的其他佳作。喜歡驚悚大師 Stephen King 的青年可讀他的《論寫作》（On Writing: A Memoir of the Craft）。酷愛藝

術的女生可看暢銷書女作家 Natalie Goldberg 的《骨感雋文》（Writing Down the Bones）和 Anne Lamott 的《鳳鳴文香》（Bird by Bird: Some Instructions on Writing and Life）。喜歡成功學的，《聽寫作大腕侃成功之秘訣》（Stein On Writing: A Master Editor of Some of the Most Successful Writers of Our Century Shares His Craft Techniques and Strategies）或是不二之選。作品覆蓋奇幻、驚悚、現實和神秘文學的 Ray Bradbury，其《寫藝之禪》（Zen in the Art of Writing）將東方文化融入寫作訓練，華文讀者頓感親近。理科學霸可將美國科學院院士 Steven Pinker 的《風格之感：21 世紀思想者寫作指南》（The Sense of Style: The Thinking Person's Guide to Writing in the 21st Century）做案頭參考。常思考終極人生的，可將文豪 John Gardner 的《小說創作：蕙心厚德》（On Moral Fiction）列入必修書單。

邏輯思維與寫作

口語是日常交流的本能，寫作則相當於用語言之器淬煉智慧，連大哲大智者們都必須世代接力。全美人文科學基金主席 Bruce Cole 說：寫作就是思考；寫作之難，難在只有思維清澈才能句妙文佳（Writing is thinking. To write well is to think clearly. That's why it's so hard）。作家 E. J. Poncela 評說：「讀起來毫不費力的文章，落筆時必下過極深的功夫」（When something can be read without effort, great effort has gone into its writing）。思維清澈而文本流暢的寫作，他人閱讀時大腦加工效率高，更易於思維啟迪與創新。

邏輯與實證雙向結合的批判理性是人類認知的普遍短板。入門書可選《偵緝邏輯謬誤》（The Falacy Detective）和《修行邏輯：慧思入門》（Being Logical: A Guide to Good Thinking）等書。

閱讀時文期刊學寫作

例如可將《時代週刊》（Time）和《經濟學人週刊》（The Economist）納入常規閱讀篇目，其中不乏模仿寫作的好範文。措施如下。① 中小學生從少兒版時代週刊（Time for Kids）起步，程度弱的成人也適用；這兩個期刊均提供有聲版，聽讀是向純讀過渡的好路徑。② 起步期習慣於一知半解。③ 堅持爬坡；閱讀前幾冊會感覺雲裡霧裡，但只要堅持，就會發現不知不覺中理解力已在持續進步。④ 挑選最有感覺的文章精讀後模仿寫作。

模仿寫作與閱讀摘要

它包含兩步，精讀或精聽而分析範文的結構→模仿範文的結構而「創作」。（註釋9）

首先分析範文的寫作思路與結構。文章是從例證歸納推斷出理論，還是從概念的普遍定義而例舉具體情況？作家哪一段描寫令你心有所動？一句話裡作者怎樣選用和搭配單詞？一段話裡重點在開始還是結尾？等等。以下舉一範文例，它分析用「眾包方式」製作廣告的利與弊。

標題部分。Story, Louise. 「The High Price of Creating Free Adds.」New York Times, May 26, 2007, Business Section, electronic edition. 明列文章來源，這個細節是西語文化界的規範，體現對智慧財產權的尊重。

正文部分。此處僅列出頭三段話：

From an advertiser's perspective, it sounds so easy: invite the public to create commercials for your brand, hold a contest to pick the best one and sit back while average Americans do the creative work.

But look at the videos H. J. Heinz is getting on YouTube.

In one of them, a teenage boy rubs ketchup over his face like acne cream, then puts pickles on his eyes. One contestant chugs ketchup straight from the bottle, while another brushes his teeth, washes his hair and shaves his face with Heinz's product. Often the ketchup looks more like blood than a condiment.

　　分析。引文第一段表達公司市場人員的創意：與招聘專業公司來設計廣告相比，組織業餘廣告賽更容易且便宜。語氣平淡。第二段話用 But 轉折，語氣驚訝，已蘊涵作者的結論：事與願違。第三段以事實陳述而推進分析，列舉出業餘廣告一個比一更差勁的實例（不再詳引原文），組織業餘廣告比賽的公司不斷遭受各種損失。包括：業餘廣告出品差，依舊要聘請專業廣告公司來組織和評比業餘廣告賽，等等。最後得出結論：通過業餘廣告比賽遴選出廣告，未必便捷便宜，更未必有效。文章的總體結構是從具體事實案例推斷出結論，採用了「先錯而後知」的寫作策略。

　　自己寫。分析之後，模仿寫出結構類似但話題不同的文章。假設選定「作業抄襲」話題。

　　模仿原文結構，開篇先說出「常識」：抄襲對學生完成作業太有幫助啦！然後語氣轉折提出疑問，果真如此嗎？再往後，就要打開思路，具體分析抄襲會造成哪些弊害。最後得出判斷，抄襲等於剽竊，它造成長遠的傷害。

　　華人學生常見的卡殼在於思路不開闊，感覺無觀點可寫、無事實可說。如果這個瓶頸突破了，寫作就能比較順暢地展開。除了平時閱讀經典的積累之外，思路開闊包含兩個層面，其一是不固守單一立場，其二是學會將問題分解，找出相關事實。比如此例中抄襲的利弊，可以分解到從學生、教師、師生互動的三個現場角度，再擴展至學術與文化的視角，分析可能造成的種種後果，一條條列出來，寫作的「骨頭和肉」也就鋪陳開了。我們列舉出三大方面。

It prevents students from learning;

It creates mistrust between teachers and students;

It violates the spirit of intellectual research.

然後動筆寫。

第一段，未經檢驗的常識。From a student's perspective, it seems easy: download an essay from the internet, present it as your own work and wait for your teacher to give you a good grade.

第二段，語氣轉變的反問。But look at what happens when a teacher or classmate discovers that you have plagiarized someone else's work.

第三段，列舉分析具體情況。At one school, when a student found out her classmate was plagiarizing, she had to choose between reporting her classmate or keeping silent. This situation created tension among classmates. At another school, when a teacher discovered a student was plagiarizing, he not only failed the student, but also reported him to the Office of Student Affairs. This incident was put on his permanent record...

最後總結，Taking the easy way doesn't help anyone. Classmates, teachers, and the academic community all suffer when a student plagiarizes.

宜多做這種訓練：挑出自己有興趣的話題，不預設立場，先檢索閱讀對比不同的觀點和論據，對它們做出事實評估和邏輯分析，綜合後考慮怎樣表達出自己的認知和論證。

另一種訓練是寫言簡意賅的閱讀摘要。例如讀完一篇萬詞的長文，心有所感，便嘗試用五百詞的閱讀筆記來清晰表達其概要，可用於日後複習或分享給師友以相互交流。如此這般訓練多做幾次，基礎寫作能力就會穩步提升。

無論怎麼講解，關鍵是要有寫作的熱忱並堅持練習，享受語言創作藝術的無窮樂趣。

洞中方七日，世上已千年

第 59 章　英文寫作自助工具

　　AI 型搜尋引擎和軟體是英文寫作的便捷助教。本章掛一漏萬略舉幾例。

英英詞典和優質搜尋引擎

　　英英詞典的兩大優勢是釋義精準和例句經典。單詞只有放在例句裡才能體會其細膩的語義和語用。宜選用百年聲譽的軟體版詞典，如 Oxford 和 Merriam-Webster 等。亦可用 Google 直接查詢，例如欲查詢單詞 urban，輸入 urban meaning 即可。

　　語言學研究發現引領語言變化趨勢的是大眾而非學者，由此權威詞典年年選錄民間流行的新詞。可用 Urban Dictionary 查詢新潮詞語，以與權威詞典互補。網址如下。

　　http://www.urbandictionary.com/

　　優質網路詞典都提供性能日益改進的寫作助理功能。例如同義詞-近義詞網站 https://www.thesaurus.com/，就提供拼寫、語法檢查、同義詞與近義詞的差異和精選等多種基礎寫作的支援功能。

單詞搭配助手

　　英文寫作常遇單詞搭配如何拿捏的困惑，用以下這個 App 常可輕鬆解決。（註釋 10）

　　http://www.netspeak.org

　　其首頁介面極簡，列出五項基本功能與一項組合功能，運用亦非常簡單。

表 59-1 netspeak.org 首頁

輸入功能符號的例子	功能釋義	搜索功能簡譯
how to ? this	The ? finds one word.	? 一個詞的搭配
see ... works	The ... finds many words.	… N 個詞的搭配
it's [great well]	The [ ] compare options.	[ ] 內不同單詞的搭配對比
and knows # much	The # finds similar words.	# 同義或近義詞的搭配
{ more show me }	The { } check the order.	檢驗 { } 內的詞序
m...d ? g?p	The space is important.	組合後的靈活運用例

下文舉例上表中六項功能裡的三項。

表 59-2 輸入「the ? effect」獲得的結果

the same effect	1500000	23%
the net effect	470000	7%
the desired effect	420000	6.20%
the opposite effect	320000	4.70%
the overall effect	260000	3.90%
…	…	…

列出單詞 effect 最常用的前置搭配。

表 59-3 輸入「The desired # effect」獲得的結果

The desired effect	420,000	49%
The desired result	310,000	36%
The desired outcome	100,000	12%
The desired impression	8,300	1.0%
…	…	…

列出與 effect 接近的表達；其中第四項的百分比陡降，提示它相近度低。

表 59-4 輸入「how [do can] you know」

How do you know	1,400,000	96%
How can you know	54,000	3.70%

在相同句型中對比兩個動詞，顯示 How can you know 相對罕用，提示它含特定語氣，如質疑等。

注意該網站提供的是單詞/短語搭配的大數據統計，而不是直接釋義。

創意寫作助手

當代寫作發展到文-圖-聲多媒體融合的創作。IT-AI 型的「文學創客網藝坊」具有紙書不具備的優勢：智慧化、彙聚相關話題的寫作精品案例、「書無巨細」地支持 DIY。本節僅舉一應用例 TV Ttrope，網址 http://tvtropes.org/。它不僅囊括影視劇創作，還涵蓋小說、傳記、散文、動漫、音樂及廣告創意等。例如，想借鑒文學作品中「英雄先挫後勝」敘事套路中「惡棍自吹」（evil gloating）的案例，在搜索欄直接輸入關鍵字 evil gloating，便獲得文字、視頻、案例和分析評論等的多媒體全數據。http://tvtropes.org/pmwiki/pmwiki.php/Main/EvilGloating

學會善用 AI

GPT 等生成式 AI 全方位升級了寫作及翻譯功能，特別值得學習者探索和恰當運用，這既能成倍提升工作效率，更能豐韻舒展創意，培養出與 AI 互動的創作能力，而不用擔心被 AI 取代。

確實，寫作不易，但如果你富於創作熱忱，喜好鑒賞佳作，恒有對萬事萬物的好奇，不懼思維的淬煉，勤於表達的鍛磨，晨起一杯香茗，午後一杯咖啡，一邊傾聽大師講述的往事依依，一邊寫出自己的今思悠悠，一天天一步步，一不小心你就發現自己已然是雙語寫作的全球網紅了！

典友經驗分享——八歲女童欲創作 Harry Potter 續集

作者：非而媽媽 發表於 2013-9-3

2013 年 5 月到 8 月 Fariy 小同學徹底迷上了 Harry Potter。這期間

把 Jim Dale 朗讀的 HP1 從頭至尾循環聽了六遍。七部電影看了不止一遍。新學期開始了，Fariy 已經開始了 HP2 之旅。正在聽第三遍。每天必聽，聽得如癡如醉。和閨密 Winnie 一起，經常玩一個自己發明的說 HP 人名的遊戲。兩個人，按照主角到配角，一家到一家，一個教授接一個教授地說下去……這樣能說上好半天。

我也試聽了這本書，只有自己試了，才能理解孩子的感受。沒想到連我都聽入了迷。

在某次路途中，Fairy 和 Winnie 兩個小朋友居然異想天開地創作了 Harry Potter 第八部的故事大綱，聽得我都瞠目結舌了。兩個人計畫把故事完善好，就去 J. K. Rowling 的網站給她寫信。Fariy 在某天早晨又突發奇想，說應該告訴 Mary Pope Osborne 寫一本新的 Magic Tree House，讓 Jack 和 Annie 去 Hogwarts。

原典法帶給我們的收穫不僅僅是英語和學習英語的方法，還把孩子們領進了一個奇妙精彩樂趣橫生的世界。我特別讚歎徐老師的「膽大妄為」，居然敢給小學生推薦 Harry Potter 原著！

索引和注釋

1. ① Krashen S. *Explorations in Language Acquisition and Use*. The Taipei lectures. 2002. ② Tammy T. et al. *Language Learning and Perfectionism: Anxious and Non-Anxious Language Learners' Reactions to Their Own Oral Performance*. The Modern Language Journal, 2002.
2. Kjellin O. Five Cornerstones for Second-Language Acquisition - the Neurophysiological Opportunist's Way. 2004. 該作者的相關論文是本書第 56 章所設計的口語訓練程式的主要參考之一。
3. Liberman M. et al. Perception of the Speech Code. 1967.
4. Rizzolatti G. et al. Neurophysio-logical Mechanisms Underlying the Understanding and Imitation of Action. 2001.
5. Hockett C. The Origin of Speech. in Scientific American, 203, 89-97, 1960.
6. Hauser M. et al. The Faculty of Language: What Is It, Who Has It, and How Did It Evolve? 2002.
7. Krashen S. The Input Hypothesis: Issues and Implications. Longman, New York, 1985. 並參閱本書第 84 章。
8. Swain M. et al. Problems in Output and the Cognitive Processes They Generate: A Step Towards Second Language Learning. 1995.
9. 本節為美國漢學家 Mary Ann O'donnell 博士於 2007 年供稿。
10. 本節為香港大學英語 - 哲學碩士張恬女士 2016 年供稿。

卷八　文化之維

> 有絲竹之悅耳，無案牘之勞形

第 60 章　用歌曲 - 影視學外語

株株「校草」原是朵朵「校花」

　　數年間王真女士帶著小名豌豆的女兒遍訪北上廣深的教授名師、耗鉅資求學英語，均未見成效。因長期受虐於英語，豌豆日見自卑。2012 年 8 月底我第二次偶遇王真，她身旁的一群閨蜜問她「為什麼你不請徐老師指導豌豆？」她的答覆令我詫異，「徐老師指導的都是學霸，我們豌豆是差生，怎敢打擾！」「你立刻帶豌豆來見我」，我叮囑她。她的答覆令我再次意外，「好的！不論豌豆學得好學不好英語，徐老師你都會喜歡她的！」一周後母女倆來了。豌豆剛升讀高二，在小客廳落座後我問她：「我只講學習原理和運用方法，不講知識，媽媽可以一起聽……」豌豆脫口而出「我不要媽媽陪。」王真便去大客廳等候。深知這次交流是她的「SOS」，我必須「反洗腦」，把豌豆從根深蒂固的錯誤方法中拽出來。臨別時豌豆輕聲告訴我「現在我有信心了；把英語學好了我想去留學」。

　　王真女士說當晚我對豌豆的指導耗時三小時。3 個月後我在李津逵教授組織的深圳銀湖沙龍上再遇母女倆，看到豌豆神采奕奕、媽媽喜氣洋洋，還沒開口我就知道「功德圓滿」。王真女士一入座便對我說：「那次您指導之後，豌豆自己果斷停掉了 XDF 的課，每天堅持聽書三四個小時以上……」，看見我側過臉朝鄰座的女士歉意地苦笑，王真心直口快，「沒關係！她是我的好友！」風度優雅的鄰座正是曾長期指導豌豆學英語的 XDF 深圳校區校長。2013 年 1 月豌豆赴加拿大留學後，王真的好友、

城市規劃設計業的名人吳文媛女士遇見我，她第一句話就是「不可思議！不可思議！加拿大老師評估豌豆的英語，說她可以免修了！」不久之後豌豆在英語演講賽中超越加拿大本土學生榮獲全校冠軍。她自信心倍增後各科成績均躍升，出落為亭亭玉立的資優生。豌豆的奇蹟卻完全在我預料之中。樂感好且擅長器樂的青少年，只要戒除文本閱讀崇拜，切換到享受聆聽，都會創造外語習得的奇蹟。

我沒有再見到豌豆。她給我留信：「等完成學業後，我會回國，為你拉大提琴」。她是學校交響樂團的大提琴手。

音樂與語言關係的當代科研

從語言習得這個角度來概述。① 音樂和語言都是人類特有且普遍具有的能力；兩者都是以聲韻元素所構建的表達系統。② 音樂和語言在大腦裡有多個加工中心，它們具備廣泛複雜的重疊或相關。③ 音樂與語言都顯著啟動大腦的情感中樞。④ 語言啟蒙從富於音樂感的育兒式語言和兒歌的薰陶開始，世界各民族無不如此。⑤ 胎兒就能感知加工並記憶音樂和語言。⑥ 並非音樂或語言天才的成人，他們聲韻的加工都具備顯著提升的潛能。⑦ 音樂薰陶在語音、詞彙和句法等多個層面有益於語言學習。⑧ 音樂薰陶可促使大腦神經優化生長。（註釋1）

將音樂融入L2學習

越上溯歷史，音樂與語言的融合愈發緊密。柏拉圖說：音樂以聲韻培育心靈之善。華夏古典教育之六藝，音樂亦顯列其中。詩「歌」是古典文學之冠；語言、歌曲和表演三位一體的戲劇源遠流長；說書曾長期盛行於民間，古代說書-聽書時，聽眾經常與說書人唱和互動、參與吟詩和歌詠的即興創作。活字印刷普及之前民間通過聆聽而學習、娛樂和傳播文化，遠超過閱讀。

傳承至今，產生了將音樂運用於L2教學的全身反應法（Total Physical Response）教學流派。將歌曲音樂融入語言學習能產生多種助益。（註釋2）① 愉悅型記憶，有助於刻印詞彙、短語和句式。② 歌曲的旋律和節律，抑揚頓挫、強弱變化和音節伸縮，有助於改善口語發音。③ 助益跨文化學習和欣賞，音樂既有民族風格，又具普世美感，能幫助消融文化排異的心理壁壘。④ 詠唱歌詞韻文，不僅能學到詞彙搭配和短語表達，還能瞭解文化對音樂風格的影響等等。⑤ 多數流行歌曲的歌詞句式大體相當母語5年級左右的語言水準，難易適中，包含口語常用表達，且多有短語或短句重複的特徵，便利記憶加工。

　　將音樂融入外語學習宜不拘一格。我們推薦多欣賞英語音樂劇，如Matilda The Musical, High School Musical，Les Misérables，The Phantom of the Opera, My fair Lady, The Wizard of Oz，Beauty and the Beast 等。音樂劇有三點優勢：素材的規模顯著提升，文化元素更豐富，表演更能激發興趣、刻印記憶。

影視法學英語（註釋3）

　　四大優勢。① 容易激發興趣。② 畫面場景為理解提供了豐富的線索；即使聽不懂，第一遍看也能看個大概，再聽音頻就容易堅持。③ 聽懂的部分能馬上聯想到畫面，真切體會語言運用場景。④ 對白有助於學習生活口語。

　　可能存在的五個缺陷。① 單位時間的語言信息量低於有聲書。② 語言結構偏簡單。③ 容易依賴翻譯字幕。④ 如果畫面過於豐富且快閃容易干擾聆聽。⑤ 節奏太快的影視可能對兒童大腦發育不利。

　　酷愛影視劇的學習者不妨在起步期就將它用作主幹素材。我們有三項建議。① 邊觀看邊專注聆聽。② 觀看後從影視提取出音頻隨時隨地聽。③ 把影視與有聲書有機結合；影視作品多源於小說的改編，兩者可以相互搭配。

與影視相比有聲書亦有兩項局限。其一是過分書面語化，其二是沒有影像畫面支援，起步期純聽易生挫折感。解決方案：幼童可從有聲繪本或趣味動畫片起步。

　　影視中的場景對話和俚語特別有助於學口語，有聲書的書面語化特別有助於閱讀訓練。兩者可相互增益。

影視法操作程式

　　可從 321X 公式類推而自主設計。以下簡述供參考的框架。① 先看無字幕視頻一遍。② 提取出音頻隨時隨地多聽。③ 再度看無字幕影視一兩遍，將已熟悉的語音流與情景匹配，包括：A. 體會話語運用場景，B. 注意表情、口型及肢體動作等，C. 細膩體會語調的情感蘊含。④ 觀賞帶英文字幕的視頻。⑤ 選看中文字幕視頻。最後這步操作非必須，但選用得當也有效能；若譯文品質高可借鑒學習，否則亦可發現翻譯差誤，逆向借鑒而提升自信。

　　兒童使用影視法學英語有兩項原則：少看多聽，喜愛的素材，觀看與聆聽的時間占比約為 1:10；不必糾結先看後聽抑或先聽後看，視頻觀看可前可中可後，靈活安排。

曾經滄海難為水，除卻聲韻非是書

第61章 語言學習的情感原理

有位即將赴法留學的典友問我，「為什麼原典法反復強調外語學習的情感原理？」，「一旦你與法國姑娘戀愛就能體會了」，答覆之後我即建議，「請讀讀法國學者 Anne Reboul 的學術論文《為什麼語言真的不是交流系統》」。（註釋4）

聲濃於文

人類從來不存在毫無情感的母語習得。但外語教學常為追求知識體系的「純粹」而將情感剝離。

語言首先是情感的喚起，繼而或同步是畫面場景的湧現和想像，然後產生表達此情此景的語言，最後才是抽象知識的淬煉。簡言之，語言是情智合一、情湧而智生。進化語言學的先驅之作、達爾文的《人類和動物的情感表達》就探討了這一主題。語言學家 G. Brown 分析了口語表達語義和情感的聲韻特徵（phonological features），至少有11項之多。（註釋5）科研確認嗓音能直接表達至少24種不同的情緒。（註釋6）大腦科學還發現，語言理解深加工的特徵是大腦情感加工區被啟動。

文字能記錄基礎語音，但卻無法直接表達出口語中蘊含的情緒情感的多元聲韻特徵。就情感喚起而言，聆聽明顯優於視讀。（註釋7）能夠有效啟動大腦語言神經、促進其高速生長的天然介質是融入豐富情感的詠誦。血濃於水，聲濃於文。白紙黑字的經典文本，其多重涵義是潛藏的休眠的，對初學者尤其如此。精湛的朗誦能夠傳意、傳情、傳

神，把隱藏於文字之內的情感酣暢淋漓地表達出來；它既是欣賞原作的錦上添花，更是理解文本的雪中送炭，因而是外語學習的絕佳助教。恰如母語啟蒙的導師是母親而非專家，外語啟蒙的導師是群星璀璨的有聲書大師，而不是文法知識專家。把語言教材編撰成剔除了情感的純知識體系，看起來高大上，學起來少慢差。

語言的情感之元

2014 年科學家公佈了一項科研：The Role of Reward in Word Learning and Its Implications for Language Acquisition，腦像資料揭示學外語能啟動大腦的情愛快感區。大眾媒體用「標題黨」來報導，例如英國每日郵報的標題是：Yes! Oui! Si! Learning a new language activates the same part of the brain as SEX。直譯大約是：真的！哇！靠！學一門新語言啟動與性愛相同的腦區。（註釋 8）

眾多華人學外語非但毫無快感，還常倍覺苦痛。邏輯上這有三種可能。第一，華人與西人大腦結構不同；第二，學習方法錯；第三，兩者兼而有之。

跨文化的語言教育本能

情智啟蒙的育兒式語言（infant directed speech）是跨文化的行為，它包括搖籃曲、兒歌、音樂和各種動作歌謠，世界各民族無不如此；（註釋 9）育兒式語言充溢情感且富於樂感，自發自然地運用各種誇張的嗓音，音節更清晰，母音和子音的聲學特徵更顯著，語調波谷放大，韻律感和語速張弛感增強，並隨時結合環境重複等等。這特別有助於母語習得。（註釋 10）鑒於外語教材體系中情感元素近於真空，自學時簡便可行的是用自己酷愛的文學作品＋經典詠誦朝夕相伴。就親子英語啟蒙而言，英語的母語兒童使用的高品質詠誦的多媒體故事書，具備育兒式

語言中特有的強化型聲韻加工線索和豐富的情感度，往往是最佳素材。

從音書發燒友到外語達人

　　外語教學不證自明地假設外語比母語難學，這缺乏科學根據，限制了教師的想像力和創造性。相比於母語習得、外語學習也蘊藏諸多優勢，例如，更便於選用從嗓音詠誦到文化內涵都更優質的素材。建設外語教學素材體系不僅應該考量詞彙、句型和語法等，更須富有思想和文化素養，還須融入情感和樂感。在尚未發展出評估素材情感度和樂感度的科學方法之前，簡單有效的經驗方法就是運用經典朗誦的經典文學作品。

　　中文的書法傳統有多悠久，西語的聲藝（voice acting / artists）傳統就有多深厚。例如，與奧斯卡獎齊名的格萊美獎（Grammy Awards）是聲藝的大獎，它包含有聲書專項獎；被華語兒童喜愛的 Jim Dale 朗誦的《哈利·波特》有聲書就榮獲格萊美獎多項大獎和提名獎。又如被華語網友暱稱為狐狸姐的 Emilia Fox，畢業於牛津大學，精通英、德、法和西班牙語，她不僅拍攝過約 70 部影視劇，還朗誦過 100 多部有聲書。有位典友說「一聽到 Emilia Fox 詠誦的書就恨不能娶她為妻」。不久後他就成長為英語教學的網紅。若音書發燒友能如音樂發燒友那麼多，雙語教育早已大普及。

典友經驗分享——愛上英語直至像呼吸一樣自然

　　你將英語當作什麼決定了你英語的掌握程度。當作沉重的負擔，那你永遠都走不出學習英語的怪圈。學不好英語的，長期苦苦掙扎的，都對英語心懷畏意。英語就好像一汪沼澤，越掙扎越深陷。

　　你若學會去愛英語，就好像情人眼裡出西施，你的英語就一定會變得超棒。原典方法提倡的嬰兒式聆聽，就是給你機會愛上英語，直至愛得像呼吸一樣自然。

最近開始聆聽經典影片的音頻。不知為何，常常無法堅持反復觀看一部影片，但是，聆聽影片的音頻卻往往能百聽不厭。一遍又一遍地反復之後，很多句子能夠脫口而出，不但完成了輸入，也逐漸完成了輸出。

作者：Judy Cui

原諒我這一生，不羈放縱愛自由

第 62 章　互聯網浸潤與開放社會

不同語種的文化貢獻

　　C. Murray 的專著《人類貢獻研究》用歷史大數據評估不同語言文化的原創貢獻，拼音文化呈日益擴大的優勢。（註釋 11）由美法兩國高校參與的《全球語言網》（Global Language Network，GLN）專案，運用聯合國科教文組織的翻譯大數據庫（UNESCO's Index Translationum）與互聯網資料，得出與 Murray 相似的結論。

　　漢語的使用人數全球第一，文本資訊產出全球第二。這是資訊的規模而非品質。有沒有資訊品質的評估方法？有，例如譯著。紙書相當於對資訊的首輪篩選，譯著是更嚴格的二輪篩選。書籍的譯出譯入量體現跨語種的文化需求，既顯示優質資訊的傳播方向，又揭示不同語種的知識貢獻量。GLN 專案將所有兩兩語言之間的翻譯流量匯總，結合互聯網資料，得出計量模型的「語言中心指數」。見表 62-1。（註釋 12）

表 62-1 語言翻譯流量 - 語言中心指數表（引自 MIT Media Lab）

語種	中心指數值	譯出量	譯入量	使用人數（億）
1.English	0.89803531	1225237	146294	15.00
2.French	0.29695532	216624	238463	2.00
3.German	0.26334749	201718	292124	1.85
4.Italian	0.09374308	66453	59830	0.70
5.Russian	0.08565274	101395	82772	2.78
…	…	…	…	…
20.Chinese	0.01396375	13337	62650	15.75

　　如王國維先生所言，可信者不可愛、可愛者不可信。GLN 資料顯示：中文的譯出譯入量約占全球翻譯總量的 3%，排第 14 位，其中譯出量更低；以 GLN 的語言中心指數值評估對文化需求的貢獻，中文約為英文的六十四分之一。 有學者將此描述為「中文是一個資訊孤島」。（註釋 13）

從原典到「原俗」

　　對缺乏線下物理環境英語浸潤的華語師生，最佳替代便是互聯網浸潤，其便捷度和素材品質均可達至更佳。借用圖 24-1 來概括用原典法學外語的兩大階段。第一步，圖中右半側，先培養聆聽習慣，注重長神經；第二步，圖中左半側，用互聯網浸潤，鍛煉腦神經的同時、注重長知識。我們將此表述為：從原典到原俗。英語表達是：Step 1（原典）Make English listening a part of everyday life; Step 2（原俗），make「English internet living」a part of everyday life. 也就是把英語用起來，基於互聯網的生活、學習、工作和娛樂都儘量用英語平臺。

　　運用互聯網和 AI 新科技，長輩日益滯後於晚輩，教師日益滯後於學生，這是人類前所未遇的「代際反超」現象，成為教育的新常態和新挑戰。

互聯網浸潤

　　當代高品質教育的基本特徵是：母語＋英語＋互聯網＋AI。英語承載的教育資源和AI工具客觀上遠超其他語種。只要掌握英語，每個學生都坐擁比20世紀的哈佛大學更好的圖書館和師資，令每一個身居僻壤的孩童都能站在巨人的肩膀上，與哈佛學子同窗。

　　從互聯網中自由獲取和篩選海量優質文化教育資源，以下蜻蜓點水採擷。

　　通用教育類。①英文維基百科：en.wikipedia.org。② www.archive.org 系版權已過期的優質素材大全。③ books.google.com. 它不僅有海量素材，還常有導讀類的概括。④ OpenCourseWare，各類公開課，亦稱慕課。⑤ 前沿科普TED，除了限時演講外，它還有配套的播客電臺和文章。

　　教育-文娛混合類。如眾所周知的youtube，它有分門別類的頻道，例如趣味型化學科普頻道 Periodic Videos，以白板動畫展示各科前沿科普的實用型課程 The RSA Animate，等等。

　　聚集器類 Aggregators。顧名思義它梳理聚集同類型素材，可有效節省搜索時間。例如 www.metacritic.com，是影視迷、遊戲迷和音樂迷的大愛，多有專業高手與觀眾點評的對比。相似網站還有：www.rottentomatoes.com。

　　流行新詞查詢學習。① Meme 詞典 http://knowyourmeme.com/：英語「網紅詞」的全媒體詞典。② 中文網路詞彙詞典 http://www.chinasmack.com/glossary：翻譯素質較好，使用便捷。舉例：杯具＝悲劇。「Cups」or「cupware」is a pun for「tragedy」. noun/adjective.

　　家教與家政幫手。DIY＋KIY（Know It Yourself）類，如 http://lifehacker.com/、www.howstuffworks.com、http://www.diynetwork.com/、http://www.instructables.com/、類似的還有 about.com 和 answers.com 等。

大眾文娛類。① 單口喜劇，Stand-up comedy。又可細分為多種子類型。② 小品喜劇 Sketch comedy 和即興小喜劇 Improvisational comedy，如曾獲得多項電視大獎的 Celebrity Juice。③ 脫口秀 TV- Talk shows，主播多是網紅，訪談對象常有名人，白天時段的節目通常更適合家庭文娛教育。④ 真人秀 TV- Reality shows。⑤ 綜藝大觀類 TV- Variety/game shows。⑥「爆笑搞怪」類，可用關鍵字檢索，Reaction videos、Comedy review、Parody 等等。⑦「標題黨」等，Clickbait。素質高的畫龍點睛，素質低的牽強附會，但它們常是體會語言活用的實戰素材，多見於大眾型小報如 http://www.dailymail.co.uk/，http://www.thesun.co.uk/ 等等。

如果碰到了喜愛的文本，想聽但找不到配套音頻，可用高品質 AI 朗讀軟體。

互聯網浸潤資源琳琅滿目，讀者可舉一反三，循興趣和需求運用。互聯網和 AI 日新月異，任何簡介都易成明日黃花；學習者還須培養鑒別力，淘篩泥沙俱下的資訊，避免誤用或空耗青春年華。

以脫口秀為例簡說

我們對脫口秀的印象或許是：聽不懂＋俗文化。首先，評價英語功底有兩項經驗標準，既能欣賞文學和科普名著，又能消遣主流娛樂節目。如果販夫走卒笑到噴飯的節目，資優生卻一頭霧水，那說明仍存短板。第二，雅文化往往起源於俗文化。例如脫口秀曾多次榮獲格萊美大獎。

初聽脫口秀會有四個層面的困難。首先是文化鴻溝而非語言知識；即便單詞全懂仍舊聽得雲裡霧裡。第二是常有新潮表達。第三是常見各類雙關語。第四是與有聲書相比語速略快，與電影對白相比句型略複雜。脫口秀浸潤須更有耐心，每個脫口秀可聽十遍以上，聽過幾十個脫口秀之後就會漸入佳境，從「俗樂」中收穫鮮活的語言精華。

AI 的演算法邏輯、挑戰與機遇

人們常說 GPT 類 AI 演算法具備強大的創造性，這種見解對錯相伴。迄今為止 AI 受限於訓練它的資料的規模和質素。一方面資料規模越大且素質越好，AI 的性能就越高，另一方面 AI 的創造性受限於存量資料的天花板。例如，它生成的文本或可綜合眾多作家的微觀寫作技巧，但它並不能誕生出當代的曹雪芹或黃春明；這就好比如果訓練 AI 的物理知識庫屬於牛頓力學範疇，它絕無可能自我創造出愛因斯坦的相對論。

無論如何，訓練 AI 的英文語料庫得天獨厚，善用英語與雙語 AI，無論做文創還是做科研都如虎添翼；反之，若受限於單語單文語料庫訓練的 AI，便等於揮刀自宮。

章末研討

開放社會有哪些巨大優勢，這些優勢是否被珍重被善用？

念天地之悠悠

第 63 章　語言學習的大師原理

職高生的成就

　　比照於現代，嚴復是標準的「職高生大師兄」。他 13 歲入讀福州馬尾船政學堂，學習被同時代的鴻儒們鄙夷的奇技淫巧，數學、天文、航海和英文等，歷時五年，畢業後登軍艦服役數年。他 23 歲才留學英國，前後共兩年三個月，讀理工科的海軍學院，而非綜合性大學如牛津劍橋。嚴復歸國後的公職是奠基中華海軍，他卻以自修的副業開創了華夏新啟蒙時代的翻譯學。其譯著包括赫胥黎的《天演論》，亞當・斯密的《原富》，約翰・密爾的《群己權界論》和《穆勒名學》，孟德斯鳩的《法意》，斯賓塞的《群學肄言》，還有《社會通詮》和《名學淺說》等，今譯名依次為《進化論與倫理學》《國富論》《論自由》《邏輯學》《論法的精神》《社會學研究》《政治學的歷史》和《邏輯學入門》。這是一項浩大的工程，相當於社會科學重量級經典的小百科全書，還覆蓋了前沿生物學。梁啟超評說「嚴氏中學西學皆為我國第一流」。

　　單槍匹馬的理工男，一無經費資助、二無著名博導加持、三無科研團隊分擔，而且還僅用工餘時間。對比百年後的外語教學圈，名校博士成群結隊、科研經費源源不斷。兩岸再無嚴幾道？

科舉型大腦？

　　嚴復也有文明對撞大時代裡中西兼修的糾結。歸國後他念茲在茲科舉正途，全力以赴鑽研那個時代的「聯考」長達 10 年；他自述為「發

憤治八比，納粟為監生」。以嚴復的超級大腦，在他思維敏捷的鼎盛期四次挑戰「中等科舉」的鄉試，但次次名落孫山。比照於今，這相當於一個 IQ 超高且勤奮異常的學生，「指考」卻年年折戟。在統計學上這應是零概率事件：無論科舉或八股文有多少荒誕，「國學」童子功深厚的嚴復應對它原本應是庖丁解牛。但對嚴復而言，成就彪炳千古的譯著似乎遠比科舉容易。

嚴復半戲半真地將科舉屢屢落第歸因於「誤學西語」。理工男職高生自修西語人文經典，這種既跨語種又跨學科的淬煉磨礪，潛移默化地重塑了他的腦神經網路。此後無論他如何發奮，不復再有能勝任科舉的中文大腦。這提示兩種語言文字的 I-languages 神經表徵差異較大。可以這樣來類比：設計能自由切換運行安卓與蘋果兩種作業系統、且各自性能不減的手機，難度太高。廣而言之，這又提示「文明的衝突」部分源自文字體系所產生的大腦神經生理生長的重大差異。

男兒有淚

嚴復研修英文經典曾數度半夜「起而大哭」。第 5 章案例裡的毛毛娘也曾記載過男兒有淚的場景，如下。

今天毛毛開始聽《魔戒》第二部。剛才看到毛毛在流淚，我嚇了跳。仔細問才知道，原來他是被為 Boromir 之死，唱的哀歌給感動得流淚了。

毛毛娘：原典論壇 2013 年 2 月 26 日樓貼。

無論在英倫本土的 BBC 還是在全球的亞馬遜，《魔戒》都被評為最偉大的英語小說。聽這部巨作為之潸然淚下的毛毛是個才 11 歲的小男孩，僅僅 10 個月之前他聽《哈利·波特》連一句都聽不懂！《魔戒》也是馬斯克童年的酷愛。影響人生成長的巔峰時刻，未必是考試滿分或競賽奪獎，而是情到深處的心靈體驗。華人有 3500 萬在校大學生，可

曾有青年俊彥夜夜聽書難釋耳、回回掩卷歎英雄？

教授有淚？

　　高中生陳龍昊 2009 年 2 月首考 TOEFL，成績剛過 60 分。焦慮中的父子倆找到我求助。我問龍昊學英語的方法，他說一直在某機構燒錢，膜拜該機構廣為宣傳的那則故事，「某學生因死背《新概念》而令英語爐火純青，更令美國名教授自慚形穢到淚如泉湧」。於是龍昊狂背《新概念》，憧憬著未來能有同樣的淚遇。

　　聽從我的勸誡，龍昊立即遠離該機構，改用原典法聽讀英語名著。僅百日之後他二考 TOEFL，成績躥升到 90 多分。龍昊給自己的「延遲獎勵」是留美後自行車單騎橫貫美國。我並非英語教師，但年復一年遇見用教材背誦法而失敗的青年，龍昊的案例仍令我心悸，毅力如此強悍的男孩恪守此招都會慘敗，機構卻不改編謅。2023 年夏我最後一次檢索那淚崩之作，依舊大喇喇地展示在該機構網站上：《學新概念英語學到美國教授感動得淚眼濛濛》。部分文字如下：

　　看了這位中國學生背《新概念》而寫出的好到不可思議的英文論文，（美國教授說）：我 20 年教書沒有教出這麼漂亮的文章來…教授就哭了起來……。（註釋 14）

大腦之別與數據之別

　　這個時代擇校越來越難、擇師卻越來越易。外語學習的大師就是經典。教學專家或嗤之以鼻：連基礎教材都學不好，怎麼用經典？經典之所以為經典，不在於其難而在於其美。例如，「鵝，鵝，鵝，曲項向天歌，白毛浮綠水，紅掌撥清波。」它不是大學生才啟蒙的詩作。英語也多有大量淺白的經典，鑄成拾級而上的天梯。

嚴復有一個被史學家們忽略的素質：聽力超棒。他初到英國就熱衷去法院及議會現場旁聽辯論，且次次被震撼。「聽君一席話勝讀十年書」，用大腦科學表述就是聆聽輸入的優數據能比閱讀更有效地促進腦神經優化生長。無論讀書或聽書都宜選擇優數據。優數據是什麼？如嚴復一生所示，它從來不是考試教材。嚴復先後擔任過北洋水師學堂總辦、京師大學總辦、復旦公學校長、安徽師範學堂校監和北京大學堂校長。對自己大半生從教他有兩句總結：雖言陪才久矣，卻實無一士；名位顯赫（的那些學生），皆庸才也。

　　嚴復傳承了英語文化翻譯學鼻祖廷代爾（William Tyndale）的精神。

轉千灣，轉千灘；風之語，輕輕聽

第 64 章　站在翻譯大師的肩膀上

廷代爾的座右銘與日月同光：「I will cause boys who drive ploughs to know more of the scriptures than scholars.」（註釋 15）我要讓扶犁耕田的農孩們比學者們更懂經典。他為此付出了生命的代價。

讀不懂英文？

秉承廷代爾和嚴復的理念，原典法自學叢書的合著者多為草根。時任交警的謝鋼先生實踐原典法後成長為親子英語行家，我邀請他合著第二版《英語自學方法教程》。該書出版之後謝鋼發來部落格截屏一幀，它出自一位外語教學專家，主旨是「原典法吹牛……我們懷疑這個徐老師讀不懂英文……」。謝鋼問是否要回應。我囑咐他：「華人學術圈特別欠缺學術批評，難能可貴有資深專家主動批評。」

從名著的譯著反思（上）

倡導華語中小學生用「高難度」英語名著學英語，此事並非由美英高校的專家發起。由徐海天老師力薦，從 2006 年起原典法就將《萬物簡史》列為英語學習的素材「標配」。起初我們並未關注譯著。讀者諮詢時發來阮一峰博士的文章《<萬物簡史>中文版翻譯品質低劣》，（註釋 16）我們便買來中譯本。該譯著有院士團隊加持和把關，科普貢獻巨大，但譯文差誤率確實偏高。本文寫作時我再次購買譯著，是 2018 年第 20 次印刷的彩圖珍藏版。以下僅就該譯本第 25 章 Darwin's Singular Notion 前半章內容選析商榷。

1. The formative

Darwin's time aboard HMS Beagle, from 1831 to 1836, was obviously the formative experience of his life, but also one of the most trying.

中譯本 P382：達爾文在「貝格爾」號上從 1831 年一直待到 1836 年。顯而易見，這對於他來說，這既是一次增長閱歷的大好時機，也是一次充滿艱辛和困苦的旅行。

翻譯的永恆原則是含義不變。上句是本章的樞紐句。formative 語義清晰，Merriam-Webster 詞典釋義是，giving or capable of giving form；它不是「增長」之義，而是「塑形」之義。進而，原文不用 a formative 而用 the formative，強調是獨一無二的「塑形」。最後，排除雙關語等特殊場合，回譯法（Back-Translation）是檢驗翻譯準確性的常用方法，即不參照原句，將譯文逆向翻譯為原文後比對。對此句用回譯法可得：Darwin's time aboard HMS Beagle, from 1831 to 1836, was both a good time to enrich his experience and also...。顯然，將 the formative experience of his life... 譯成「增長閱歷的大好時機」，失之不止毫釐。

2. Betrothed

Darwin was astounded to learn upon the conclusion of their voyage that almost at once FitzRoy married a young woman to whom he had long been betrothed. In five years in Darwin's company, he had not once hinted at an attachment or even mentioned her name. 中譯本 P38：他們的遠航剛剛結束，菲茨羅伊就和一個他愛慕已久的年輕女子結了婚，這使達爾文吃驚不小⋯⋯。

這段說出征時才 23 歲、與達爾文朝夕與共的艙友菲茨羅伊船長，遠航整五年他從未言及自己的未婚妻，連一星半點暗示都沒有。如此冷漠絕非愛戀。所以遠航歸來兩人立刻成婚這件事令達爾文震驚不已。此處 had long been betrothed 指早早就履行了訂婚儀式，更反襯男主的冷

漠，這能翻譯成「愛慕已久」嗎？

3. The most romantic + A more prosaic

The cause of the illness has never been established, but the most romantic and perhaps likely of the many suggested possibilities is that he suffered from Chagas's disease, a lingering tropical malady that he could have acquired from the bite of a Benchuga bug in South America. A more prosaic explanation is that his condition was psychosomatic. In either case, the misery was not. 中譯本 P385：他得病的原因，至今沒有定論。人們有許多猜測，但最無根據而又最有可能的……一種比較合乎實際的說法是一種心理疾病。

這應該是翻譯「共振偏差」的案例。將 the most romantic 譯成「最無根據」是小偏差，將 A more prosaic... 句翻譯成「一種比較合乎實際的說法是一種心理疾病」是大偏差；兩處偏差共振後放大。原著上下文講述達爾文一生備受此病折磨；但這段譯文等於暗示「達爾文是嚴重的心理疾患者」，原義就面目全非了。此外，「最無根據而又最有可能……」的譯文強化了表達的矛盾，更易造成理解困惑。「the most romantic and perhaps likely...」意思是「（雖然是）最大膽假設（卻）又很有可能...」。A more prosaic，其詞義是更平淡無奇而不是「比較合乎實際」。它傳達的蘊意是：面對疑難雜症時那些束手無策的醫生慣於湊合的萬能診斷是「心理疾患」。這兩處用法都反映了作者用詞的精准細膩。

4. Since I opened my first note-book

This summer will make the 20th year (!) since I opened my first note-book,... I am now preparing my work for publication. 中譯本 P386：到今年夏天，我已經第 20 年（！）沒有打開我的第一部手稿了……

此句是原著引用達爾文的一段親筆信，翻譯更應精益求精；但完全顛倒了。應該是「到今年夏天，我已經打開我這部手稿20年（！）了……」。

5. Arguably required

But if he stepped aside, as gentlemanly conduct arguably required, he would lose credit for a theory that he had independently propounded. 中譯本（386）：……就如發揚紳士風度所必須做的那樣……。

Arguably required 是對該不該這樣做有不同觀點和理據的爭論；它絲毫沒有「必須」之義。

6. 凡 A 皆 B ≠ 凡 B 皆 A

... that all that was new in them was false, and what was true was old. 中譯本 P387：凡是新的內容都是荒謬的，凡是舊的內容都是正確的。

後半句譯文是邏輯錯誤。

7. Much less amenable

Much less amenable to Darwin's claim of priority was a Scottish gardener named Patrick Matthew who ... 中譯本 387：還有一個人對達爾文最先發現進化論的資格構成了大得多的威脅……。

類比於看到「還有一個人對愛因斯坦最先發現相對論的資格構成了大得多的威脅」，為譯文把關的院士們本該頓生好奇、趕緊翻檢原文探查真相。原著這一章的敘事主脈之一是：學者華萊士如何對「對達爾文最先提出了進化論的資格」客觀上構成了最大威脅。這是眾所周知的科學史實。作者此處插入一個名不見經傳的蘇格蘭園丁做烘托，用以增加閱讀趣味。Much less amenable... 沒有一絲一毫「對達爾文最先發現進化論的資格構成了大得多的威脅」的含義。它是說此人對達爾文最先提出了進化論的資格很不服氣。這是原作者又一處用詞精妙的對比，表

達委婉的反諷。如欲匹配 amenable 之雅，可翻譯成（不像華萊士那樣）心悅誠服。

8. A title so tepid and tentative

Provisionally he called it An Abstract of an Essay on the Origin of Species and Varieties through Natural Selection - a title so tepid and tentative... 中譯本 P388：……這個書名過於冗長和含混……。

Tepid 與 tentative 均毫無「冗長或含混」之義。Tepid 本意是不冷不熱，用流行詞說就是沒有「標題黨」。Tentative 本意是可以商榷，近義於「芻擬、芻議的」。例如胡適百年前那篇引陵谷滄桑之變的源頭文章就冠名為《文學改良芻議》。作者精選 Tepid 和 Tentative 兩詞彰顯了達爾文的嚴謹與謙和：理論石破天驚，達爾文卻雲淡風輕。讀者或會感覺：An Abstract of an Essay on the Origin of Species and Varieties through Natural Selection 這個題目確實很長啊。首先，長≠冗長。其次，西語學術著作書名長的比比皆是。第三，達爾文終稿的書名比此初擬的書名還多 6 個詞！第四，譯文必須忠實原文。最後，《物種起源》不僅是科學經典，其文筆也清澈優雅，是品鑒維多利亞時代英文大師風格的臻品。翻譯者如此處理，給人的印象是達爾文的文筆平庸。

9. But rather less of a critical one

On the Origin of Species was an immediate commercial success, but rather less of a critical one. 中譯本 P388：《物種起源》在商業上立刻取得成功，但卻沒有激起多大反響。

可用類比造句法來甄別：《哈利·波特》在商業上立刻取得成功，但卻沒有激起多大反響。

最後給出第 25 章後半段裡一句譯文，「在一般人的眼中，人是由猿進化而來的觀點是達爾文學說的重要特點，實際上根本不是，這一觀

點只是在達爾文的學說中順便提了提。」中譯本 P392。

　　這段譯文既違背英語原文更違背科學史。為論證「人是由猿進化而來的觀點」，達爾文於 1871 年出版了上下兩卷各 450 頁的巨著：《人類的由來》（The Descent of Man）。為什麼譯文錯到這麼離譜、把關的諳熟科學史的院士毫無覺察？留給讀者自己去探究吧。

從名著的譯著反思（下）

　　喬姆斯基用生物語言學來表達其理論新路向，這很難為重文輕語的華語學術界消化，在西方也曾備受冷眼。認知語言學家 Steven Pinker 拔筆相助，他撰寫了科普喬氏理論的暢銷書 The Language Instinct《語言本能》。該書的中文譯著由美國名校畢業的華裔科學家擔綱。

　　僅舉一例：其第五章標題「Words, Words, Words」被翻譯成「字、字、字」。（註釋17）在喬姆斯基理論裡 Words 屬於內化語言（I-Languages），它指進化而生的生物性的心理實體（biological and mental entity）。把 Words 翻譯成外化語言（E-Languages）的人工實體（artifacts）「字」，就好比將「手」翻譯成「手套」，「完美」地定點清除了喬姆斯基語言學的精髓。

單語單文的智慧天花板？

　　翻譯後的概念失真並不罕見，這不能純然歸咎於翻譯家，它還有深層因素。不同語言文字體系互動時會產生不易察覺的系統性偏差；追本溯源它歸結於文化差異，而後者又根植於大腦神經生長的差異。這或已成為華夏族群理性思維和創新能力的瓶頸之一。解決之道既簡單又直接：普及雙語雙文。

汪洋中的一條船

第 65 章　苦盡甘來的孤舟民族？

　　猶太人的世界人口占比僅為約 0.2%，其諾貝爾科學獎、菲爾茨獎、圖靈獎和英特獎等的獲獎占比均高達 20% 以上，奧斯卡導演獎更超過 35%。（註釋 18）約略地說當代猶太族群的高階智慧貢獻度為全球均值的近百倍。

　　為什麼猶太族群如此卓爾超群？華文學者常將其歸因於宗教。然而，崇宗教而立的文明比比皆是，它們均未呈現等量齊觀的智慧貢獻。運用史學界聲名遐邇的地理環境和生物資源決定論更解釋不通，不贅述。（註釋 19）以色列歷史學家 Yuval Harari 自評：猶太族群的歷史貢獻泛善可陳，其脫穎而出是當代之新象。（註釋 20）如果從基因 - 文化互動進化理論（Gene-Culture Coevolution）俯瞰，便能一目了然猶太族群出類拔萃的來龍去脈。（註釋 21）

　　首先，以進化心理學的遠望鏡通覽。人類文明演化的內源動力是物種生物基因所蘊涵的智力潛能。據此可清晰地區分出「宏三期」的文明。第一期是口語文明，它由人類物種的語言基因突變肇始。第二期是文字文明，它對應於將口語物化為文字後、各大軸心文明誕生。（註釋 22）第三期是數理智慧文明，它體現了人類憑藉物化的文字符號所淬煉出的高階邏輯智慧；它存在兩個緊密關聯的里程碑，首先是數理邏輯孕育出的科學革命，然後是科學智慧與工匠智慧結合所物化出的工業革命。

　　繼而，用智力測量的內窺鏡剖析。猶太族群的 IQ 遠超其他族群。用加德納（H. Gardner）的多元智慧理論的顯微鏡細檢，（註釋 23）IQ

的 8 個子項中猶太人實際上有且只有兩項拔萃出類；其語言 IQ 奇高，其數理邏輯智商 IQ 很高，其餘 6 項與其他族群無異。（註釋 24）語言和數理邏輯這兩項高智慧精准匹配了奧斯卡獎所體現的人文成就和諾貝爾獎等所體現的科學成就。

　　多元智慧理論的 8 大智慧是：語言＋數理邏輯＋空間＋動作＋音樂＋人際＋內省＋自然博物。如前所述，語言智慧令人類物種逸出地球動物圈而殊途孤進，誕生了前兩期的文明；當借助文字符號的數理邏輯智慧進階到體系化的科學，第三期文明開啟；此時語言與數理邏輯 IQ 雙高的猶太人脫穎而出，後來居上。

　　回到基本問題：為什麼猶太族群的 IQ 木秀於林？邏輯上存三種可能：源自先天基因，源自後天教育，源自這兩者之間的互動。猶太族群最多只有 3500 年相對獨立的歷史，他們與如今豆萁相燃的阿拉伯人有共同的近祖；以生物演化考察，如此短暫的時間尺度，即使產生些許基因差異也無關宏旨。

　　科研日益揭示猶太人的高 IQ 源於他們普遍實踐的多語言童蒙教育。語言和數理邏輯都是人類獨有的符號化智慧。可將語言與數理邏輯分別視作 1.0 版與 2.0 版的符號化智慧。在人類的基因譜中前者早已成熟且充分傳播，後者遠未「成熟和普及」。同時，在族群整體的文明實踐中，多語言童蒙教育能充分舒展 1.0 版的符號化智慧、而將其遷移到 2.0 版的符號化智慧。通俗地說，兒童語言 IQ 越高，越容易經由教育提升其數理邏輯的 IQ。

　　在《為什麼 Ashkenazi 猶太人的智商木秀於林？》（Why is the IQ of Ashkenazi Jews so High?）一書中作者用詳實的科研資料展望人類光明的未來：只要把猶太文明與華夏文明的優勢相融合，人類的平均 IQ 就能上升 30%，IQ 達到 145 以上的天才人口總數將達到 10.5 億，世界各民族的諾貝爾科學獎的貢獻率將都能媲美猶太民族！（註釋 25）

猶太族群是善用雙語和多語實現大腦增強的典範族群。這一實踐原本太值得被虛心借鑒。但當代的各種正確將 IQ 差異當禁區，客觀上阻斷了教育進步的普惠大道。

華人或常自傲於其 IQ 高於多數其他族群；但相比於猶太族群則遜色，以人均原創智慧貢獻相比兩者更存雲泥之別。見賢思齊，我們宜三省吾身。請想像這樣的未來：華人族群的高階智慧的貢獻度將比肩猶太族群。

　　　　　　　　　　任那海風再吹，吹不乾心中眼淚

第 66 章　學冠西東的婚外情緣

　　1937 年 8 月 33 歲的魯桂珍穿過淞滬大會戰慘烈的炮火，登上一艘遠洋輪，告別遍地廢墟的故土，前往劍橋大學攻讀生物化學博士。她怎會料到，一位功成名就的英國皇家科學院院士，將為愛癡狂，由此顛覆了西方學術界對華夏文明的傲慢與偏見。

　　1954 年共 7 卷 27 冊的巨著 Science and Civilization in China 首卷出版，其主編李約瑟（Joseph Needham）在扉頁上寫道「謹以本書獻給南京藥商魯仕國」。（註釋 26）

　　魯茂庭字仕國，與李時珍同鄉的他為長女取名魯桂珍，期許子女傳承華夏醫藥學的智慧。魯桂珍從金陵女子大學生理學專業畢業後去上海從事醫藥學科研。她赴劍橋大學後僅兩年便獲博士學位。

　　魯桂珍的劍橋導師 Dorothy Needham 是李約瑟紅顏知己的髮妻，她寬容了自己的丈夫與自己的學生的婚外情，還請魯桂珍給自己取了個中文名，李大斐，諧音暗合於大妃。魯桂珍為李約瑟朗讀父親魯仕國的來信：人類的科技進步史不能抹殺古代華夏的貢獻。李約瑟將燃燒的情迷智惑昇華為畢生求索。他降尊紆貴，從蜚聲世界的生物學泰斗跨界做了華夏文明史研究的小學徒。他越研究困惑越多：為什麼劍橋的華人學生個個天資聰慧，古代華夏能工巧匠更層出不窮，近代卻沒有大科學家？這最終形成了著名的李約瑟之問（Needham's Grand Question）：為什麼從西元一世紀到十五世紀中國的技術發明持續領先西方、卻未能孕育出近代科學？

　　愛因斯坦思考過這個問題。他認為科學思維有兩大支柱，一是古

希臘開創的形式邏輯，一是伽利略等人奠基的實證邏輯；中國文化缺乏這兩大要素。（註釋27）鑄造「邏輯」這一中文譯詞的嚴復亦早有斷言：邏輯既是西方文明之本、又是華夏文明之缺。（註釋28）這構成了一個問題鏈，為什麼華夏文明弱於邏輯思維？

從IQ理論、大腦科學和基因-文化互動進化理論，揭秘李約瑟之問的全景躍然而出。

首先，系統化的科學是人類的數理邏輯智慧借助文字符號體系而千年發展的成果。

第二，魯桂珍等華人學生的聰慧現象並非個案。百年來心理學研究和涵蓋STEM等學科的教育測量都反覆證實不同族群確實存在IQ差異；從高到低依次為東亞裔-歐裔-拉美裔-非裔；細分的族群中只有猶太人突破了此序列。（註釋29）

第三，高IQ首先令人類成為經驗工具型智慧物種。工具技術的累進被用作劃分文明演化的主要標誌之一，如石器→青銅器→鐵器→動力機器→智慧型機器。在八大智慧中，高階的數理邏輯智慧長久處於「紙上談兵」的緩育態。在科學革命之前，如果某族群整體IQ高，還能發展出勤勞刻苦的質素，它必會盛產能工巧匠而木秀於林。這恰恰對應於在經驗科技領域領跑了人類文明1500年華夏族群。與此同時，IQ高於華夏族群的猶太人，其空間智能IQ還略低，這不利於產生能工巧匠。在古代，語言和數理的高IQ除了擅長於依賴多語言和數值計算的商業，難有用武之地。歷史長河中的猶太民族確實精明於商，甚至為此而備受嫉恨；從莎翁名作《威尼斯商人》中可見一斑。

第四，當高階數理邏輯智慧步入成熟期，原本囿於「紙上談智」的思辨理性厚積薄發，科學革命誕生，持續累進後它與工具經驗智慧結合，物化為工業革命。科學革命、工業革命與資本主義這三者循環放大而加速，從此猶太人的語言和數理的高IQ如魚得水，一飛沖天。

第五，語言是思維的生理外殼，文字又是語言的物質外殼，它就是外化語言（E-languages）的物化形態；而思維的邏輯理性歸根結底依賴於大腦中內化語言（I-languages）神經的生理生長，從本書科普的文字-腦神經互動關係的科研，均可交叉驗證，拼音類文字更便於邏輯思維的神經生長，從而更便於邏輯體系的奠基、創新、繼承和發展。通俗地說，同等抽象的邏輯理性，用越簡明的文字體系表達，越有利於個體學習、並令其在代際傳承中發展。

第六，如果某種文明將語言的精髓主動地明確地歸約於邏輯，形成源遠流長的尊崇邏輯的文化傳統，就特別有利於其天才個體的 I-languages 的神經生長在與 E-languages 的互動中聚焦於邏輯理性，令其在代際傳承中持續發展。這恰是西方文明的基因：從古典哲學家柏拉圖到現代語言學家索緒爾都推崇邏輯，這被稱為邏輯中心主義（Logocentrism）。（註釋 30）其他各大文明均弱於這種邏輯中心的傳統。

綜上所述有以下推理：人類邏輯理性的進步只能是代際傳承的接力→它是個體可用於發展高階邏輯智慧的生命期函數→這取決於文字體系的大腦加工效率→大腦加工效率高的文字便於童年期快速習得，從而個體可用於發展邏輯智慧的生命窗就更長→更有可能形成尊崇邏輯的文明傳承→越易於加速體系化邏輯智慧的代際接力→構成正回饋放大的進程→孕育出科學革命→物化成工業革命。

漢字中文勝任表達經驗工具智慧，也擅長於意像豐富的文學藝術創作。但與極簡的表音文字體系相比，將其用於探討高階邏輯思維，個人需要付出額外的畢生努力。這不利於孕育出高階邏輯智慧、並令其在代際傳承中持續進步而集大成。

不難將上述分析用數學建模來驗證。建模參數包括族群 IQ、個體智慧工作年限、文字體系的大腦加工效率和平均習得年齡、文字體系之

間的交流度／閉環度，以及人口統計學等等。由此建立的代際疊進模型可得出 N 多結論，此處只敘四項。就孕育和發展原創型邏輯智慧體系的（概率）而言，① 拼音文字比非拼音文字高；② 兩者差距被非拼音文字體系的封閉度加大；③ 兩者差距被代際累進擴大；④ 雙語雙文＋體系開環就能迅速消除此差距。

俯瞰全景：① 華夏是三千年的工程師族群，猶太成為科學家民族不足兩百年；② 科學主要是數理邏輯智慧代際累進的成果；③ 文字體系越難，用其培育高階邏輯智慧越難；④ 外國人學華文很難，華人學雙文很易——此為原典法之主題；⑤ 通過雙語雙文令華語族群既盛產優秀工程師、更湧現卓越科學家。

俱往矣。西方的各種正確將 IQ 當作禁區，東亞各族不必如此忌諱，更宜見賢思齊。借鑒當代猶太文明、以及下章所述的古雅典文明，迅速普及雙語和多語教育就能全面提升族群 IQ，還能顯著增進開環交流，華語族群的原創科學貢獻便可能在三五代人的跨度裡追齊猶太民族；如若能同步傳承發揚儒墨道佛的溫良博愛慈悲，便可既豐韻自己又造福人類。這或許是受益於數理邏輯文明而走向富庶的東亞諸文明回饋人類的責任。

不喜宏大敘事的個人只須明白一個硬道理：雙語雙文／多語多文能大幅提升自己（孩子）的 IQ 和 EQ。

1987 年李大斐女士辭世。魯桂珍與李約瑟墮入愛河整半個世紀之後，耄耋之年的他倆於 1989 年名正言順地步入並蒂連理的聖堂。兩年多後魯桂珍往生。

> 前不見古人，後不見來者

第 67 章　獨步古今的奇點文明

　　Karl Jaspers 將 2500 年前人類各大文明的同步崛起命名為軸心時代（Axial Age）；（註釋 31）但他沒有覺察出古雅典是一種奇點文明。

觀古今而識奇點文明

　　愛因斯坦認為古雅典永遠是人類文明的導師。將古雅典與當代「哈佛 - 麻省理工大學城」對比，可領悟這一洞見。後者有三大優勢：教育技術、智商分佈和學術人口。古雅典文化教育的技術互動傳播手段原始簡陋；其人口智商只能是常態分佈。哈 - 麻大學城的學生與師資來自前 1% 的智商群體，其人才聚集度是古雅典的百倍以上，憑藉互聯網科技產生的智慧互動與發酵，其「偉大貢獻指數」原本該是古雅典的千萬倍，但並未見等量齊觀的大師輩出。

表 68-1 教育技術對比

	手機	電腦	電視	電臺	互聯網	造紙術	印刷術	學校	考試
古雅典	無	無	無	無	無	無	無	幾乎無	無
現代	多	多	多	多	多	多	多	多	超多

表 68-2 人口對比

	本科生	研究生	學術師資	醫學專業人員	總和
哈佛 + 麻省理工	10000	21000	>5,600	>10,000	>45,600
古雅典自由民					≤40,000（註釋 32）

前後不過兩百多年的古雅典何德何能而獨步古今？

大腦內生增強的文明

　　Eric Havelock 14 歲就入讀劍橋大學；成年後他同時擔任哈佛與耶魯古典文明系（Classics）主任和多倫多大學教授，成為多倫多學派（Toronto School of Communication Theory）的奠基者之一。他與心理語言學教授 D. Olson 提出了古希臘文明大器早成的文字 - 腦科學假說，簡介如下。按字母 - 音位原則評測近乎完美的古希臘文——古希臘文的認知效率優於現代英文——在文字 - 聲韻 - 語言 - 思維之間建立了心理加工自然度最高的匹配，其文字的腦加工效率最高，這為分析性 - 綜合性 - 藝術性和邏輯性思維的孕育和生長，提供了更優越的大腦神經硬體，按文字優化→大腦加工效率提升→大腦生理增強→思維精進→智慧噴湧的路徑，造就了古雅典的文化大爆炸。（註釋 33）

「雙文明」的大腦增強

　　H.Innis 和曾任美國當代語言學會主席 Walter Ong 等人在 Havelock 假說的基礎上提出了「雙文明」的理論雛形。（註釋 34） 筆者提煉後簡介如下。

　　（1）口語文明向文字文明的演變，通過將語言和意識外化為符號——包括但不限於文字，如數學符號——又將符號內化為語言和思維，此雙向互動持續再造了個體大腦的生理結構，循環強化了意識覺醒、理性淬煉和數學智慧的生長。

　　（2）從口語文明演進到文字文明，其常態過渡有兩大特徵：① 漸變，大體遵循純口語文化→繪畫表達→象形文字→表意文字→表意 - 音節混合文字→音節文字或音節 - 義素混合文字→字母 - 音位文字（或字母 - 音位 - 義素混合文字）的進階路徑；② 口語文明與文字文明這兩者的關係是「峰谷此長彼消」，象形文字誕生後各大文明即湧現文字圖

騰，文字文明一峰高過一峰，口語文明從峰頂滑落至谷底。

（3）西元前 500-300 年的雅典沒有經歷上述漸變，而呈現奇點突變，一步就從口語文明躍遷至滿足字母-音位原則的文字文明；文字最優化的文明拔地而起，與口語最優化的峰值文明，兩者同代接力。這一雙文明的雙峰疊加誕生了文化大爆炸。

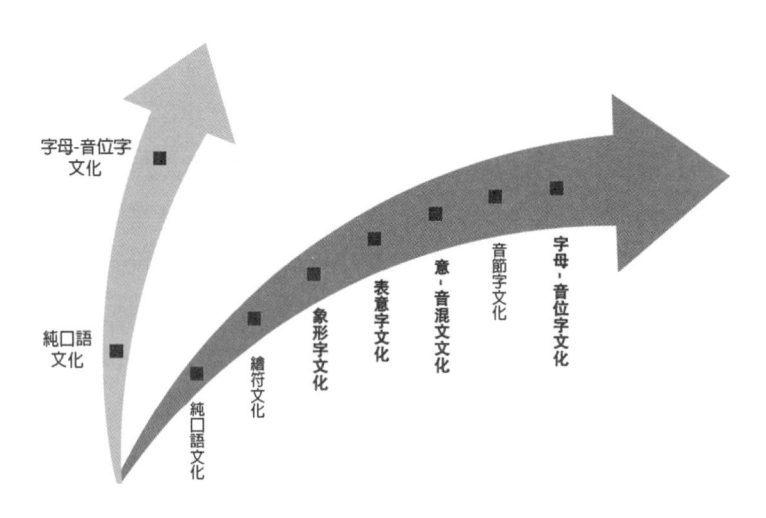

圖 67-1 右側：文字文明演化的常規路徑；左側：古希臘文字文明的奇點躍遷

（4）人類有可能創造出「第二波雙文明共存疊加高峰」，即在文字文明主導的同時復興口語文明。W.Ong 用原階口語文明 Primary Orality 與 二階口語文明 Secondary 0rality 來區分這兩者。

E. Havelock 與 W. Ong 等人的學術專著已成為當代學術經典。如 W. Ong 的學術巨著《口語文明與文字文明》（Orality and Literacy）被翻譯成 11 國文字。

大腦神經的兩大類優化生長

古雅典文明相當於自發的大腦增強的生物工程實驗：大腦的語言認知神經獲得了兩類極限互動生長，① 口語文明極大化所嚴格淬煉的

原發型極限生長——筆者稱此為「繆斯－荷馬傳統」（註釋35） ② 最優化拼音文字體系所淬煉的繼發型二次極限生長。這令古雅典不僅具備 Jaspers 所提煉的軸心文明的共通特徵，還擁有雙文明重疊雜交的奇點特徵；口語文明鼎盛期的慣性仍存，高效率拼音文字又在兩代人之內普及於世（蘇格拉底→柏拉圖→亞里斯多德）。兩類文明跨代並聯互動，優勢融合而一飛沖天。

文字文明扶搖直上成為各大文明的主導之後，口語文明被迅速邊緣化，在古雅典本土亦如此。作為族群整體的文化實踐，大腦增強的原發型極限生長不復存在。唯一的例外是猶太文化碰巧有限地承繼了古雅典的雙文明傳統。

移動多媒體技術時代，只要我們源海若而豐河伯，擁抱多語言文明，便不難借鑒古雅典文明而創造諸夏華語文明的新輝煌。

「輕視」文字的文明創造高效文字

古希臘拼音文字誕生的路徑如下：對口語文化推崇備至→令人對語音的精細覺知(phonological awareness)爐火純青→全面解析口語語音的內在結構→借鑒同期腓尼基拼音符號，將音位與字母逐一匹配→近乎完美滿足字母 - 音系原則的文字體系誕生。

① Gelb I. A Study of Writing, University of Chicago Press, 1963; ② Havelock E. Origins of Western Literacy : Ontario Institute for Studies in Education, 1976.

常規演進

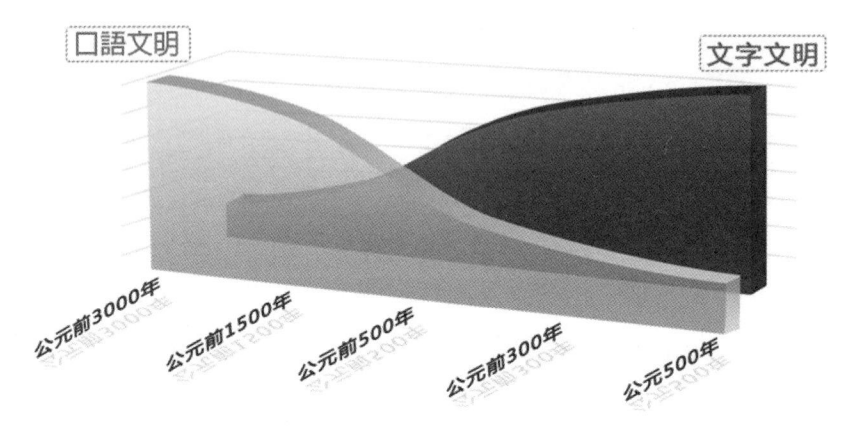

圖注 67-2：淺色與深色分別代表口語文明與文字文明，前者隨文字文明逐步興起而迅速衰落。

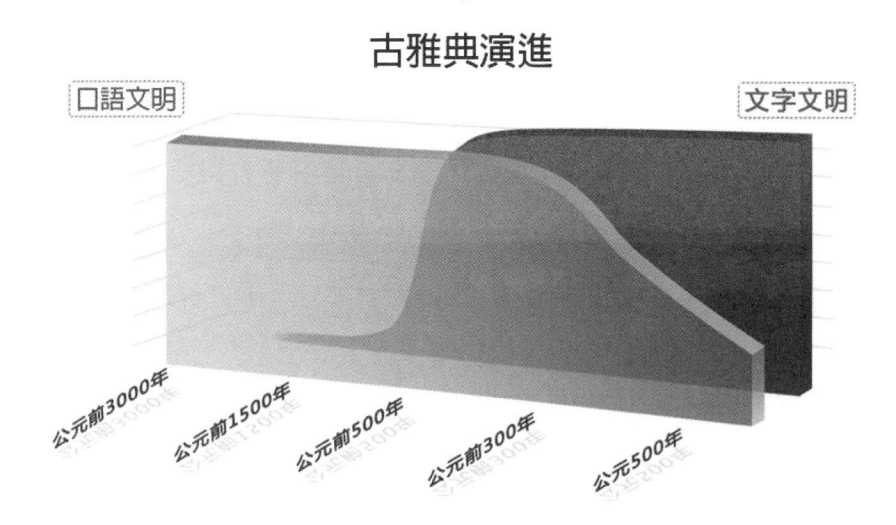

古雅典演進

圖注 67-3：古雅典在西元前 500-300 年口語文明仍處於峰值期，文字文明突然躍升到峰值期。

> 天下皆知善之為善，斯不善已

第 68 章　「文字三害」的千年哲迷

一個盤亙西方 2500 年之久的哲學與教育學懸謎終於被當代破解，但代價慘痛。

蘇格拉底懸謎

蘇格拉底令人困惑地堅稱：文字閱讀令人健忘、令人膚淺、令人失語。他的論辯如下。其一，口語是有聲而有生命對話，文字是無聲而無生命的獨白。文字是圖畫的胞弟，它看上去寶相莊嚴，但倘若你向它求知、千百遍地設問，它就裝聾作啞，既不能為己辯護，更不會給你指教。其二，習慣於依賴外在文本而記憶，人們便不再努力舒展內在記憶的巨大潛能。其三，越荒於思考而訴諸情緒的文字，越容易風靡天下，令大眾趨於膚淺，最終會喪失對語言精髓的掌握。（註釋 36）

400 年阻抗文字而記憶力驚人

可用當代腦科學來解讀蘇格拉底對文字副作用的說不清道不明的直覺擔憂：口語文明所珍重的大腦內生型增強實踐，極可能隨文字文明的崛起而湮沒失傳。用數量類比來理解此杞人憂天。假設個體大腦記憶量的生理極限是一百萬 TB。口語文明時代人們會想法設法無窮逼近此極限；一旦發明了文字，資訊的記憶不再依賴個體，個人便容易為自身大腦擁有一百 TB 的記憶量而沾沾自喜。

蘇格拉底對文字的抨擊是口語文明風雲突變的絕唱。古希臘拼音文字早在西元前 8 世紀就臻於成熟，但直到柏拉圖之前，世世代代的文

豪——實為語豪——都如蘇格拉底，對文字滿腦疑團。他們對口語文化的推崇反令文字的普及被延宕了近四百年。但這同時令古希臘人的記憶力出神入化。以詩歌大國華夏來對比，白居易的長詩《長恨歌》共100行／句。而盲人荷馬的《奧德賽》有 12,000 多行／句，《伊利亞特》有 15,000 多行／句。即便如此，在禁用文字助記的吟詩大賽中荷馬還曾經輸給另一個大詩人 Hesiod。

文本閱讀崇拜之殤

可將上述文字三害論稱作「蘇格拉底教育假說」。它一語成讖。半個多世紀以來數億華人學子用文本閱讀圖騰的模式苦學外語，苦到萬眾曾瘋狂於「瘋狂英語」，但多數少年的結局痛骨錐心。其一，單詞難記，其二，難以駕馭英語思維；其三，既聾又啞。健忘、膚淺和失語三害俱全。它成為蘇格拉底假說的千年不遇的超大規模教學的「逆向」實證檢驗。

當然，代代都有部分華人少年成長為雙語／多語達人，他們中不乏此後躋身外語教學圈而位高權重的專家，但華人學外語難的群體狀況並未由此而根本改觀。為什麼會這樣？非常有必要從當代語言學理論和全球大數據的角度透析，找出根治華人學外語難這一百年頑疾的路徑方略。

本卷總結和推論

個體／族群之未來，在個體身心健康／社稷體制健康的大前提下，高智商決定一切。

語言是人類物種的核心智慧，是提升個體／族群智慧的引擎。

童年期方法正確的多語言的互助型自學是提升智慧的杠杆。

其他：請讀者自己總結。

索引和注釋

1. 這方面的文獻眾多。例如 Ray J. *For the Love of Children: Using the Power of Music in An "English as A Second Language" Program.* Diss. University of California, 1997. 相關研究的主要索引請見《英語學習的革命——論中國人學英語》第 5 章，2011 年，中國金融出版社。
2. Murphey T. *Music and Song,* Oxford University Press, 1992.
3. 本節寫作參照了網文《影視原典法》，作者網名「音佳而變」。
4. *Why Language Really Is Not A Communication System: A Cognitive View of Language Evolution.* 2015.
5. Brown G. *Listening to Spoken English.* 1977.
6. Cowen A. et al. *Mapping 24 Emotions Conveyed by Brief Human Vocalization.* 2019.
7. ① Coan J. et al (Eds.) *Handbook of Emotion Elicitation and Assessment.* Oxford University Press, 2007. ② Ververidis D. et al. *Emotional Speech Recognition: Resources, Features, and Methods.* 2006.
8. ① 科研報告：Ripollés P. et al. *Current Biology, Vol. 24,* 2014. ② 大眾媒體：每日郵報官網檢索, http://www.dailymail.co.uk/sciencetech/
9. Boysson-Bardies B. *How Language Comes to Children. From Birth to Two Years.* Cambridge (MA), 1999.
10. Vouloumanos A. et al. *Tuned to the Signal: the Privileged Status of Speech for Young Infants.* 2004.
11. *Human Accomplishment: The Pursuit of Excellence in the Arts and Sciences. 800 B.C. to 1950.* 2003.
12. *The Structure and Implications of the Global Language Network.* MIT Media Lab. 2013.

13. 大象公會：《漢語對現代文明的貢獻有多大》；2016 年 4 月網路檢索。
14. 新東方線上，https://nce.koolearn.com/20140508/781161.html
15. Lane T. *A Man for All People: Introducing William Tyndale*. 1988.
16. https://www.ruanyifeng.com/blog/2005/08/post_136.html, 2023 年 12 月檢索。
17. 《語言本能》，P137 等處；汕頭大學出版社，2004。
18. Lalany N. *Ashkenazi Jews Rank Smartest in World*. 2012.
19. Diamond J. *Guns, Germs, and Steel: The Fates of Human Societies*. 1999.
20. *Homo Deus: A Brief History of Tomorrow*. 2017.
21. Lumsden C. et al. *Genes, Mind and Culture: The Coevolutionary Process*. Harvard University Press, 1981.
22. Jaspers K. *Origin and Goal of History*. Routledge Revivals, 2011.
23. Gardner, H. *Frequently Asked Questions—Multiple Intelligences and Related Educational Topics*. 2013.
24. Cochran G. et al. *Natural History of Ashkenazi Intelligence*. 2006.
25. Pellissier H. *Why Is the IQ of Ashkenazi Jews So High?* 2011. 並見① Pinker S. *The Lessons of the Ashkenazism: Groups and Genes*. 2008. ② Jaušove N. et al. *Increasing Intelligence*. 2017. ③ Richard L. et al. *On the High Intelligence and Cognitive Achievements of Jews in Britain*. 2006.
26. 轉引自龔永泉：《南京女兒魯桂珍》，《鐘山風雨》雜誌，2021 年 5 月。
27. ① Wright A. *Review of Science and Civilisation in China. Vol. 2,* 1957. ② Gorelik G. *A New Answer to the Needham Question,* Center for Philosophy and History of Science, Boston University, 2011.
28. 約翰・穆勒：《穆勒名學》，嚴復譯，商務印書館 1981 年版。見

書中嚴復評述部分。

29. Loehlin C. *Group Differences in Intelligence. In Handbook of Intelligence.* Cambridge University Press. 2000.

30. Derrida J. *Of Grammatology.* Johns Hopkins University Press, 1976.

31. 同 22。

32. http://www.pbs.org/empires/thegreeks/educational/lesson1.html，不包括奴隸人口；2016 年 4 月檢索。

33. Havelock E. *The Literate Revolution in Greece and Its Cultural Consequences.* Princeton University Press, 1981.

34. ① Havelock E. *Preface to Plato.* Harvard University Press, 1963. ② *The Muse Learns to Write: Reflections on Orality and Literacy from Antiquity to the Present.* Yale University Press, 1986. ③ Ong W. *Orality and Literacy.* 3rd ed. Routledge, New York, 2012.

35. 參見本書第 80 章。

36. *Plato's Dialogue: Phaedrus.* Around 370 BCE.

卷九　理論之峰

> 玄之無玄，眾妙之門

第 69 章　喬姆斯基語言學理論

請三思導讀篇引用的名言：最實用者莫過於好理論。原典法建構的兩大基石之一是喬姆斯基語言學。本章就此補課。（註釋 1）

2018 年張偉文博士代表華人學術圈採訪喬姆斯基時坦言：「您的理論很難被我們所理解」（It is really difficult for us to understand your theory）。（註釋 2）

就好比進化論是複雜的系統理論，但它的核心理念清澈通透，喬氏語言學亦如此。

生成語法理論概貌與版本迭代

喬姆斯基綜合了生物學、大腦科學、形式科學和分析哲學等多學科，創建了生成語法（Generative grammar）和普遍語法（Universal Grammar, UG）理論；後文常簡寫其為 UG。

表 69-1 生成語法表達的演進和版本迭代（Berwick & Chomsky 2017）。
（註釋 3）

「版本」比喻	年代	英文通用稱呼	當前狀況
Version 1.0	1957	Standard Theory	已被淘汰
Version 2.0	1965	Extended Standard Theory	已被淘汰
Version 3.0	1973	Revised Extended Standard Theory	已被淘汰
Version 4.0	1975	Relational Grammar	已部分被淘汰
Version 5.0	1981	Government and Binding / Principles and Parameters Theory	部分有效

| Version 6.0 | 1990 | Minimalist Program | 是語言學研究的方法論,有效 |
| Version 6.0 + | 2000～ | Merge.
（基於集合論的最簡演算法） | 有效,持續探索中 |

讀以上表格或令人眩暈,但請注意關鍵字「淘汰」。這可以類比於智慧手機的升級換代。喬氏語言學的核心哲理一以貫之,但它是用數理邏輯來假設性地表達大腦中的語言加工的生物演算法,這些表達會根據科研探索而「升級換代」。外語習得無須特別關注這些具體表達,只須領悟它們都大腦神經的潛意識加工。倘若囿於喬氏理論數理邏輯表達的持續迭代（iterating）,容易飄葉障目,陷入只見樹木不見森林、或萌生難以企及而瞠乎其後的困惑。

拒棄結構主義語法理論

被結構主義（Structuralism）主導的語言學界,很容易錯把 UG 理論當作某種線性改進版的「結構主義語法」。後者顧名思義,彰顯其專精於語言的內在結構。對此,喬姆斯基反覆否定。我們摘錄少量原文。

（原文）The first efforts to approach these problems quickly revealed that traditional grammars and lexical studies do not begin to describe, let alone explain, the most elementary facts about even the best-studied languages...traditional grammars and dictionaries appear to have broad coverage of linguistic data,that is an illusion however...（註釋4）（譯文）（生成語法）探索這些問題的最初努力很快揭示,即便對研究得最為詳盡的語種,傳統的語法和詞彙研究並沒有開始描述、更不用說解釋這些語言最基本的事實……傳統語法和詞典貌似廣泛覆蓋了語言學資料,然而這是一種錯覺……。

This「Principles and Parameters」approach...rejected the concept of rule and grammatical construction entirely: there are no rules for forming relative clauses in Hindi, verb phrases in Swahili, passives in Japanese, and so on. The familiar grammatical constructions are taken to be taxonomic artifacts, useful for informal description perhaps but with no theoretical standing. They have something like the status of 「terrestrial mammal」or 「household pet.」（註釋5）（譯文）「原則和參數」的研究路徑……完全拒棄了（結構主義語言學理論的）規則和語法結構的概念：並不存在生成印地語中的關係從句、斯瓦希裡語中的動詞短語、日語中的被動語態等的那些規則。這些（在結構主義語言學理論中）熟悉的語法結構被視為人工的分類術語，它們可能對非正式的描述有價值，但並無（科學邏輯的）理論基礎。（在科學探索的道路上這些分類術語）它們的地位類似於「陸生哺乳動物」或「家庭寵物」。

喬姆斯基解釋說：如果類比於雪花，傳統語法是描述雪花千姿百態的表面結構，生成語法是探析而闡明雪花（水分子）完全一致的內在結構和特性。喬姆斯基還常說：請把自己想像成火星人科學家，你就容易領悟地球人有且只有一種（內在語法結構相同的）語言，它豐富多彩的差異僅限於表觀形態。（The Martian scientist might reasonably conclude that there is a single human language, with differences only at the margins.）。（註釋6）

需要指出，喬姆斯基高度肯定結構主義語言學在語音學、人類學語言學（Anthropological Linguistics）、語言形態差異和語料庫大數據等方面的重要成就；他之所以完全拒棄（rejected）結構主義語言學，是因為後者的前提假設和理論範式已經束縛了語言科學的進步。

綱領與前提假設

理論體系都有或隱或顯的哲學前提假設（Assumptions）。範式創

新的起點是以第一原則反覆淬煉，釐清重構理論的前提假設。（註釋7）這是遵從主流理論的大多數科學家無須承擔的一項思維重負。以下簡述喬氏語言學的綱領與六大前提假設。

〈綱領〉語言學的基礎研究是生物學的分支，其科研探索與理論建構的方向是與大腦科學相統一。（The study of language is part of biology... for unification of linguistics and the brain sciences.）。（註釋8）這被命名為生物語言學（Biolinguistics）。

〈假設1〉嬰兒都能毫不費力地習得任何一門語言，由此推斷，人類所有語言具有共同的語法內核。

〈假設2〉共同的語法內核只能源於人類物種基因（Genetic Endowment），其初始狀態對應於胎兒大腦中特定的神經結構，稱其為語言習得裝置（The Language Acquisition Device, LAD）。它在與後天語言環境的互動中生長、發育出日益成熟的語言生理硬體系統，外化為語言交流的社會行為。語言內核主要是人體神經系統的子系統，它應被當作生物器官系統來研究。從社會文化等諸多層面研究語言必要且重要，但若缺失了對語言的生物基礎、機理和淵源的研究，便無法推進語言學科研。

〈假設3〉語法內核的功能和特徵是：用極小化的有限規則產生遞歸型的無窮無盡的語句。

〈假設4〉語法內核極可能源於人類約10萬年前的基因突變而致的腦神經重構。由這一短窄的進化窗口期推斷，語法內核應具備演算法極簡的特徵。

〈假設5〉：與（假設3-4）相關，語言的生理內核是思維表達系統，而不是交流系統；後者是語言所派生的重大功能，但並非語言的生理內核；將語言的內核視為交流系統是20世紀科學哲學的重大謬誤之一。（註釋9）

〈假設 6〉：語言學研究應遵循理性美學的普遍原則，理論的解釋力取決於其構架的最簡性。

部分重要術語與相關理念

1. 普遍語法與生成語法

由（假設 1-2），語法的核心結構不存在語種之間的性質差異，因而被冠名普遍語法，Universal Grammar，簡稱 UG；由〈假設 3〉，普遍語法的核心就是生成語法，Generative Grammar。

2. 內化語言與外化語言

由（假設 1-5），應區分出內化語言與外化語言。本書前文已闡述，複習如下。

內化語言：Internalized Languages（internal, individual, and intensional），（註釋 10）簡稱 I-languages。外化語言：Externalized Languages，簡稱 E-languages；它是 I-languages 通過語音流、動作或文本等形式外化的產物；交際行為與文化典籍等都屬於外化語言。

喬氏理論的研究聚焦於 I-languages，結構主義語言學的研究局限於 E-languages。

3. I-languages 的相關指稱

喬氏最常用的術語是語言官能（Language Faculty）和語言的運算系統（The Computational System of Language）。（註釋 11）為科普起見，本書通常採用的「演算法」這一術語；根據上下文，它可特指語法內核的演算法，亦可泛指與語言相關的其他認知模組的演算法。

4. 描述型理論與解釋型理論

語言學尚缺乏自然科學的統一性（Consilience）。（註釋 12）

由此喬姆斯基將語言學理論粗分為兩大類：追求描述恰切性的理論（Descriptive Adequacy），追求解釋力恰切性的理論（Explanatory Adequacy），可分別簡稱為描述型理論與解釋型理論。前者描述、提煉和歸納不同語言的各種形態、表觀結構差異及社會運用，後者不僅具有前者的功能，而且能解釋為什麼會產生表觀形態千差萬別的語言。結構主義語言學屬於前者，UG 理論屬於後者。

5. Principles and Parameters

漢譯為原則 - 參數理論；它是探索語法理論的一種假說框架。其思路如下。人類約 7000 種語言的表觀形態千差萬別，但作為物種的生物稟賦，語言的內在結構應當一致。由此，合理的語法理論應包括兩大方面：① 先天的生物性的跨語種的普遍原則，它是 I-Languages 的原初狀態；② 從 I-Languages 發育出的形態各異的 E-Languages 所依賴的核心參數集。假設性的舉例：參數集的 C 類組合令 I-Languages 發育成漢語，參數集的 J 類組合令 I-Languages 發育成日語。同時，無論這些生物稟賦的生理機制的參數集是什麼，它們又必然地以某種形式外化於嬰兒後天所接受到的這種或那種母語的聲音信號（signal）之中。

6. Minimalist Program

漢譯為最簡方案，它並非狹義的語法理論，而是研究 UG 的方法論體系。倘若把語言學探索類比於作登山，最簡方案就好比在探討「攀登珠穆朗瑪時最佳且最簡的裝備是什麼，最佳的路徑方略是什麼」。它遵循科學哲學的最簡原則而聚焦三個相互關聯的根本問題：作為人類生物稟賦的 UG，它必須滿足的大腦工作的生理基礎和生物學原理是什麼？這些生理基礎和生物學原理對 UG 的制約和影響的具體方式是什麼？UG 是否最經濟地運用了這些既有的生理條件？

語言的架構

直接引用喬姆斯基原文以概述。

The 「Basic Property」 of language is defined as a finitely-specified procedure represented in the brain, which generates a discrete infinity of hierarchically structured expressions. These unordered structures are linked to two interfaces: (I) the sensorimotor interface and (II) the conceptual-intentional interface. The sensorimotor interface externalizes and linearizes internal structures, usually in the sound modality. Externalization and linearization account for the structural diversity of the world's languages.（註釋13）（譯文）語言的「基本屬性」被定義為存在於大腦中所表徵的一個有限的且特異化的加工程式，它生成離散型的無限的層次結構的表達。這些非線性順序的結構連結到兩個互動介面：（i）感覺 - 動作介面和（ii）概念 - 意願介面。感覺動作介面將內部結構外化和線性化，通常以聲音模式來實現。外化和線性化造成了世界各種語言的結構多樣性。

While MC yields appropriate structures at CI, it poses difficulties at SM. Looking further, there is substantial evidence that externalization to SM is the primary locus of the complexity, variability, and mutability of language, and that, correspondingly, mastering the specific mode of externalization is the main task of language acquisition:mastering the phonetics and phonology of the language, its morphology, and its lexical idiosyncrasies.（註釋14），（專業術語縮寫說明：MC：Minimal Computation 最小計算。CI：Conceptual-intentional Interface 概念 - 意願介面；SM: Sensorimotor Interface 感覺 - 運動介面）。（譯文）雖然最小計算在概念 - 意願的介面產生了適當的結構，但它對感覺 - 運動介面造成了困難。深入探索，大量證據顯示，向感覺 - 運動介面的外化，是語言複雜性、差異性和多變性的主要場所，

相應地，語言習得的主要任務就是：掌握外化的具體模式，也即，掌握語言的語音系統和韻律系統、形態和詞彙的差異性。

歸納三要點：

(1) I-Languages 由三大相互作用的認知模組構成，意願-概念模組，UG-生成語法模組，感覺-運動模組。

(2) 喬姆斯基聚焦於剖析 UG －生成語法模組；他還坦陳自己難以在有效釐清問題的前提下去富有成效地探討意願-概念模組。

(3) 不同語言（外語）的差異，並非源於語法內核 UG，而主要源於語言外化的感覺-運動模式，即存在於 I-Languages 向 E-Languages 轉換的感覺-運動的演算法互動介面（interface）；對非聲啞人它就是聲韻加工模式（參考前文：usually in the sound modality）。

請特別關注要點 (3)，它指明了建構新一代外語教學體系的藍圖。

圖解內化語言 I-Languages 的結構

喬氏理論通透簡潔，其對應的語言結構的簡化圖如 69-1/2。

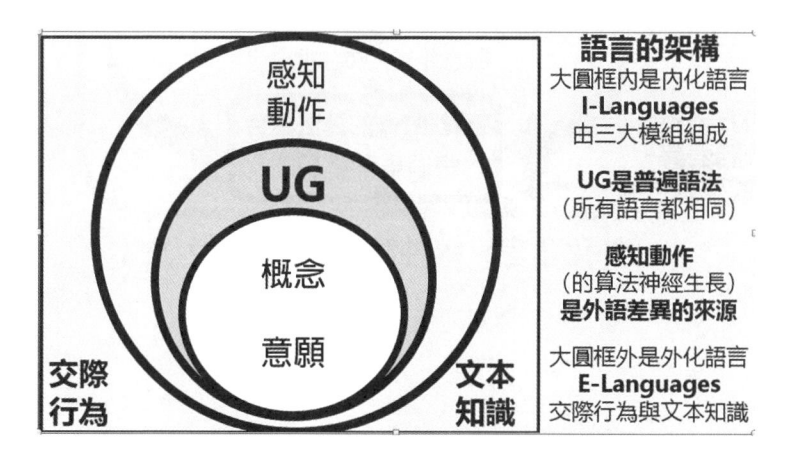

圖 69-1 喬姆斯基理論的語言架構

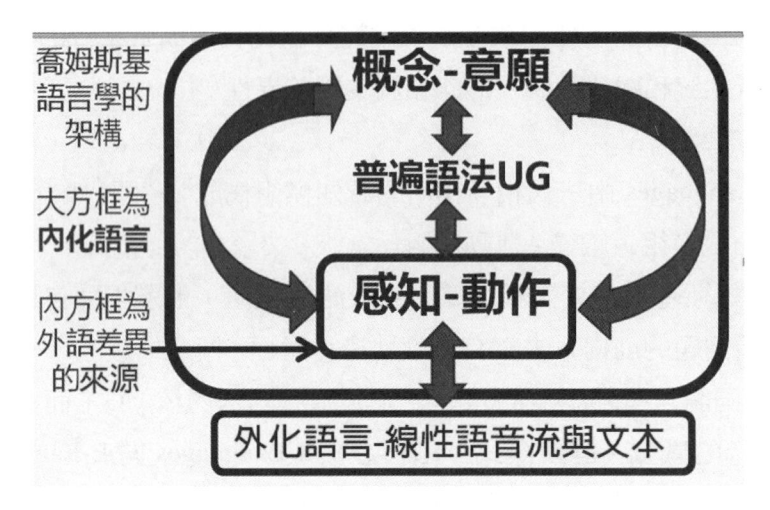

圖 69-2 喬姆斯基理論的語言架構

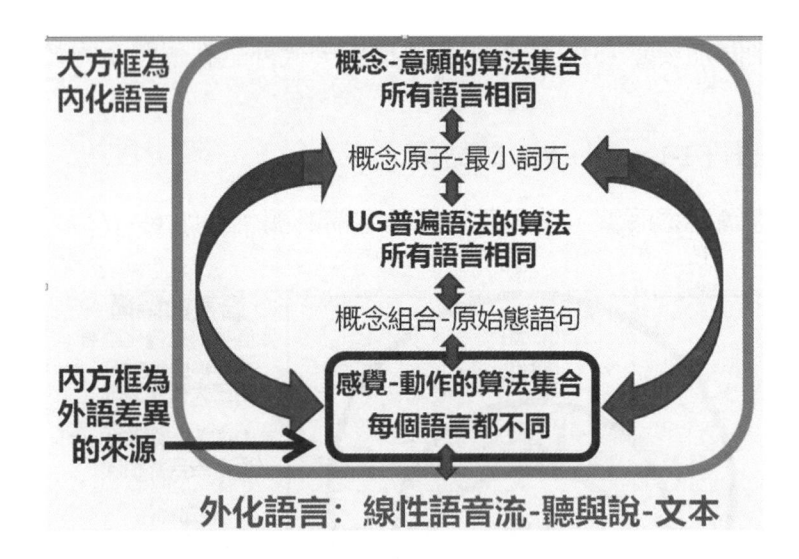

圖 69-3 喬姆斯基理論的語言架構

I-Languages 是生物演算法的薈萃

將上兩圖略展開,便有圖 69-3 及表 69-2。請對照閱讀,不再詳解專業術語和概念的細節。

表 69-2 語言相關的生物演算法神經比較

心理認知模組	進化跨度	演算法複雜度	算力	當下科研難度評估*
概念-意願	>3 億年	高度複雜	強	>5
語法與概念-意願的互動介面	約 10 萬年	複雜	強	>4
生成語法 UG	約 10 萬年	高度簡約	超強	≈2
語法與聲韻加工的互動介面	約 10 萬年	複雜	強	≥3
聲韻加工	>5 億年	高度複雜	強	≥3
概念-意願與聲韻加工的(直接)互動(非語言)	>3 億年	複雜	強	≥4

* 系依據經驗資料的哲學思辨的比喻值;數值越高難度越大。

總結如下:生成語法／UG,① 是人類的物種特性,② 是語言架構的核心,③ 其生物進化的突變期短,所對應的演算法應高度簡單,④ 相較於其他認知模組,其科研難度較低,⑤ 研究它的數學工具已具備且在進步之中,⑥ 探究它的生物學科研正在迅速進步,⑦ 如果弄清楚了 UG,對科學和人文都能產生深遠的溢出價值,會成為人類認識自身的重大突破。

生成語言學 vs 結構主義語言學

見下表。

表 69-3 語言學兩大理論體系的對比

	生成語言學 /UG 理論	結構主義語言學
哲學取向	語言學家對人類語言的奧秘知之甚少。	語言學家對人類語言的奧秘知之甚多。
哲學理念	人類的數千種語言都有共同的語法內核，它源於人類共同的物種稟賦；不同語言所呈現的豐富差異並非是內在語法結構的差異，而是共同的語法結構外化成聲韻表達的差異。語言首先是生物性的，語言學科研的主攻方向是與大腦科學統一。	人類的數千種語言的語法結構千差萬別；這些差異主要源於與社會文化交融的語言自身相對獨立的演化，語言主要是一種社會存在；語言學研究的重點與生物學和大腦科學關係不大。
本體論	語言的生物內核是思維的表達系統，交流是語言派生出的強大功能。	語言從行為層面到在生物內核都是交流系統。
研究領域和方法論	主要隸屬於生物學，延申到社會科學；且探究語法的表達形式須借助數理模型。	主要隸屬於社會科學。

雖然這兩大理論路向論戰不休，它們是可以互補的。前者探索 I-languages 的原初狀態和發育機制，後者研究由 I-languages 發展出的 E-languages 的各種表觀形態的演化和運用；兩者之間以 I-languages 為內因之源而互動，從而交織於心理認知、社會與文化的諸多層面。

師者，尋道、創業、問惑

第 70 章　外語習得最簡綱領

　　越來越多的腦像科研證實喬姆斯基語言學富於遠見。例如 2022 年發佈的一項重磅報告研究了隸屬 12 種不同語系的 45 種不同語言的個體大腦，確證存在著跨語種的普遍一致的語言加工的腦神經網結構。（註釋 15）

對外語教學的啟迪

　　歸納提煉前導各卷章跨學科的科普，可得出如下理念。
(1) 人類的所有語言均具有共同的語法結構內核，習得了一門母語就習得了一切語言的語法內核；結構主義理論描述的語法結構差異僅是表像；按照喬氏理論早期的術語，不妨將前者與後者分別理解為深層語法與表層語法。
(2) 對非聾啞人，語言（包括表層語法）的差異源於語言外化的聲韻表達模式。
(3) 語言內在結構的初始態是基因預設的生物性的演算法神經的集合。
(4) 語言習得是此演算法神經集合的（潛意識的）啟動與生長。
(5) 顯性語法知識屬於意識層面的理論假說，它是一種鏡像認知；類比地說，人類對語言的自我認知，結構主義語言學相當於將拙樸銅鏡升級為精美玻璃鏡，而生成語言學相當於研發各種內窺鏡。
(6) 將鏡像知識混同於生物本體是錯謬；鏡像知識並不能直接參與

潛意識的語法加工。這就好比，見習醫生在腸 - 腦軸線（Gut-brain axis）和消化系統的學科考卷上得滿分，這能助益他們管理飲食營養，但並不能直接參與品嘗牛排時的腸 - 腦軸線內在的生理消化的運作。沒有任何幼童通過學習顯性語法知識而習得語言。

(7) 外語教學體系設計的首要目標是為潛意識的語言加工演算法神經的正常 / 優化生長創設條件。

(8) 該條件的核心要素是語音流的大腦加工，不論它是自發的還是自覺的、有或沒有自然的雙向交流條件；原典法將其統稱為 Subcontiously engaged listening / SEL。

由此可推導出新一代的外語教學體系的設計綱領。

外語習得最簡綱領

(1) 以聲韻的潛意識加工為本。

(2) 依據腦神經生長的剛性順序，輸入先於輸出，輸入為因輸出為果，故以語音流輸入加工為本。

(3) 運用科學哲學的操作主義準則，（註釋 16）得出外語習得最簡綱領的操作型定義：外語教與學的聽、說、讀、寫四項技能中，必須區分出本原的首要的技能，它是聽力；教學體系設計應以音為本、聆聽先導且主導，而不是籠統的聽 - 說先行，更不是以文法知識或文本閱讀為中心。

承繼喬氏力主的理性美學的最簡原則，可將此命名為「外語習得最簡綱領」，它亦等價於「外語自學 / 教學最簡綱領」，英文是 Minimalist Program for L2 Acquiring / Learning / Instruction。

以下三章用大數據模型檢驗它。

徒勞無功想，把每朵浪花記清

第 71 章　用大數據檢定外語教學的頂層設計（上）

數據與理論

　　文學家柯南・道爾（Conan Doyle）的一句評論成為科學界推崇的格言：「在擁有數據之前建構理論大錯特錯，不知不覺中人們開始扭曲事實以強配理論，而不是修正理論以符合事實。」（It is a capital mistake to theorize before one has data. Insensibly one begins to twist facts to suit theories, instead of theories to suit facts.）。（註釋 17）

　　諾貝爾經濟學獎得主 D. Kahneman 指出：學術界同樣普遍存在各種認知陷阱，可統稱為「理論致盲」（Theory induced blindness）。理論致盲主要滋生於局部的小數據型經驗案例和小數據型科研，它背離了基於大數據的推理思維，而且它最顯著的認知特徵就是固執己見。（註釋 18）思想家 Yuval Harari 亦評說：人類的普遍認知特徵是嗜好故事而無感於大數據。

檢驗理論的黃金標準

　　評估理論假說的黃金標準是看它能否提出可以被實證檢驗的重大預測。不同於自然科學，社會科學的困境在於事實萬象紛呈且相互矛盾，任何大相徑庭的理論假說都可以用局部事實自圓其說、用零散實驗自證其說。恰如應對疾病，若無特效藥，偏方就多如牛毛。未經大數據實證檢驗的理論越多，越有「理論致盲」之嫌。前後三版的劍橋大學的綜述專著《語言教學的流派》便如此，該書中先後登堂入室的 L2 教學

理論和流派多達 18 種，令公眾如墮雲霧。（註釋 19）

　　科學方法論中迄今有且僅有兩種路徑能可靠檢驗理論假說。第一種是涓滴不漏地控制重大相關條件的因果型實驗或判決型觀察，第二種是自然條件下積累的實驗獲得了趨近綱舉目張的結構化大數據。這兩者在社會科學領域都極難實現。但 L2 教研別幸運，它存在基本滿足第二種路徑的大數據寶藏：TOEFL 和 IETLS。

　　欲令 L2 教學體系超越經驗知識和散裝型小數據型科研的無限循環，必須做拋磚引玉的破冰之旅；它訴諸大數據分析的邏輯推理，但採用的數學運算不超過初中水準；若能耐心讀一讀想一想，放過暫時不懂的專業細節，或許會發現，正如好的詩歌越讀情愫越朦朧，好的數理邏輯越讀思維越清澈，就此開啟療愈數學恐懼症的愉悅之旅。數理無感的讀者可直接看第 73 章的結論分析。

TOEFL 大數據的科研價值

　　歷經 40 餘年的迭代改進於 2005 年啟用的網考型 TOEFL 已臻於成熟，截止 2022 年其題型與測試模式（test format）穩定不變，它始終聚焦於信度（Reliability）與效度（Validity）俱佳，在專家團隊、研發年份、考生規模和不同語種群體數等方方面面均比碎片化的散裝科研高出數個量級。（註釋 20）它的年均考試量已逾 100 萬人次，十多年累計逾 1000 萬人次，覆蓋 140 種母語，這相當於超大規模的 L2 習得科研；（註釋 21）只要從中找出數據分析的簡明邏輯，就能對 L2 教學的頂層理論做出判定型實證檢驗，並由此拓展方法論的探索。

提出可檢驗的理論假說

　　L2 教學各流派的頂層設計都蘊含某種假設。

　　TOEFL 高分群體的表觀是聽、說、讀、寫四項技能都進步，L2 教

學統稱其為「四會」。強調四會看似全面均衡，但值得深究的關鍵問題卻被掩蓋。外語習得的起步期什麼是四項技能比較理想化的進步率？究竟是齊頭並進較好？還是某種差異化的單項技能率先突進更佳？就此可以先粗分出外語教學體系的六大類假設。

表 71-1 關於外語能力優秀群體的特徵的不同假設

假設	外語能力優秀群體的特徵是：	對應的教學體系策略的頂層設計
零假設 H_0	聽力與閱讀同步進步的群體	同步抓聽力與閱讀
備擇假設 H_1	聽力進步最快的群體	先主攻聽力
備擇假設 H_2	閱讀進步最快的群體	先主攻閱讀
假設 H_3	口語進步最快的群體	先主攻口語
假設 H_4	寫作進步最快的群體	先主攻寫作
假設 H_5	聽說讀寫同步進步的群體	同步抓四項技能，簡稱「四會」

由第 20 章的四個單項技能之間的相關係數的分析，假設 H_3 不成立；由亙古經驗，假設 H_4 不成立；假設 H_5 成立的必要條件是零假設 H_0 成立。由此將檢驗聚焦於表 71-1 的前三個假設。

L2 習得大數據研究邏輯：「技能排序差異假說」

複習第 20 章的類比簡析：想像虛構狀況，倘若發現某個部落的平均身高是男低女高，那就構成特徵性差異。由此類推，TOEFL 高分與低分這兩大群體之內，聽與讀這兩個單項技能得分的相對排序可能呈現三類模式；① 隨機狀態，② 某種基本不變的狀態，③ 相比於低分群體，高分群體浮現出規律性的顯著差異。

如果「外語習得最簡綱領」成立，有如下推理。

(1) TOEFL 高分群體的普遍共性（而非個體差異）是聽力進步的速率領先於其他三項技能，將此稱為「技能差異化進步率假說」，

並比喻地簡稱其為「指紋型差異」。

(2) 標化測驗中讀與聽是純客觀型評分，其信度優於人工參與評分的說與寫；因此，該指紋型差異最可能在聽與讀的分數對比中被可靠偵測出來。

先簡說一個類比例。想像一個無窮大的隨機搖獎箱，內裝銀幣和金幣，兩者的真實比例未知。將聽力與閱讀分別類比對應於金幣與銀幣。於是可將表 71-1 中的三個假設 H_0、H_1 和 H_2 分別類比對應於三種不同的預測：金幣與銀幣各占約一半，幾乎全是金幣，幾乎全是銀幣。依據反復隨機搖獎的結果可推斷出哪個預測最接近真實。將這個類比概括於下表。

表 71-2 三種假設的類比例，金銀幣的比例與根據搖獎結果檢驗

假設	檢驗判斷	對應的 L2 教學理論的假設 外語高分的群體特徵是	類比的搖獎箱內兩種金屬幣的百分比預測（假設）
零假設 H_0	基本符合	聽力與閱讀同步進步	金幣與銀幣各占約 50%
備擇假設 H_1	明顯不符合	聽力進步最快	金幣占 ≥99%
備擇假設 H_2		閱讀進步最快	銀幣占 ≥99%

這個類比例中的「反復搖獎」就相當於 ETS 年復一年公佈的全球 TOEFL 分數。

簡化型 TOEFL 大數據的統計推斷邏輯

由此聚焦於聽與讀的得分對比，從表 71-1 得出表 71-3

表 71-3 － TOEFL 高分群體行為特徵的三種假設所對應的成績表現

假設	TOEFL 高分群體的行為特徵是	對應的 TOEFL 成績表現
零假設 H0	聽力與閱讀同步進步	聽力分 ≈ 閱讀分
備擇假設一 H1	聽力進步顯著領先於閱讀進步	聽力分高於閱讀分
備擇假設二 H2	閱讀進步顯著領先於聽力進步	閱讀分高於聽力分

對三種假設實施檢驗，邏輯推理如下。

由統計學常識，如果兩個數據集的平均分 μ 值相同或相近，且標準差 σ 值相同或相近，就可以直接比較。TOEFL 的聽力分與閱讀分滿足這兩個條件。

由統計學可知平均分用於檢驗，其結論高度穩定且可靠。將連續 14 年不同母語的 TOEFL 考生根據總分從高到低大體均分成三大組：高分組，中分組，低分組。ETS 年均刊佈的母語群體數約為 111 個，每個組別約有 37 個不同母語考生的群體。計算出每一年度高分組內所有母語群體的聽力分的均值與閱讀分的均值。把每一年全球的 TOEFL 考試分數統計看作一次隨機事件，從 2007 年到 2021 年連續 14 年的 TOEFL 考試成績就相當於連續 14 次隨機事件（缺 2011 年資料，下同）。（註釋 22）

如果零假設 H0 成立，每年高分組的聽力分均值高於閱讀分均值的概率為 0.5，反之亦然。

如果備擇假設 H1 成立，每年高分組的聽力分均值高於閱讀分均值。

如果備擇假設 H2 成立，每年高分組的閱讀分均值高於聽力分均值。

通常當零假設 H0 事件的統計概率小於 0.02 時則拒絕它。

連續 14 年 TOEFL 的真實大數據是：每一年高分組聽力分均值都高於閱讀分均值，零假設 H0 成立的統計概率是 0.5 的 14 次方，即 0.5^{14} = 0.00006。

結論：零假設 H0 不成立，備擇假設 H2 也不成立，接納備擇假設

H1。即 TOEFL 高分群體／外語能力優秀群體的行為特徵是：聽力進步顯著領先於閱讀進步。（註釋 23）

直觀比較

如果陌生於統計檢驗的邏輯，可從表 71-4/5 的直觀資料的全貌而獲啟迪。

表 71-4　2007-2021 年 TOP 33% 高分組的組內單項技能確切排位第一匯總

	閱讀	聽力	口語	寫作	累積母語組數	年均高分群體母語數
累積	12	182	55	38	514	≈37（即總分排名前 37）

說明：因 ETS 公佈的統計值舍入誤差大，並列第一不等於確切第一，未納入。

從排序第一的高分群體數，聽力是閱讀的 15 倍之多（182:12），就能看出端倪

表 71-5　2006-2020 年 TOP15% 的 17 個高分母語群體閱讀分 VS 聽力分跨年總均值

總分排名	母語	閱讀分	聽力分	總分
1	Dutch	24.50	26.21	100.29
2	Konkani	24.36	25.14	99.36
3	Danish	23.29	25.71	98.71
4	German	23.36	25.36	97.57
5	Assamese	24.14	24.57	97.50
6	Luxembourgish	23.73	25.09	97.45
7	Malayalam	23.64	24.36	96.21
8	Estonian	23.29	25.21	96.00
9	Tamil	23.43	23.79	95.50

10	Slovenian	23.21	25.29	95.43
11	Finnish	23.00	25.43	95.07
12	Kashmiri	22.86	23.79	95.07
13	Icelandic	22.57	25.29	95.00
14	Hindi	23.29	24.00	95.00
15	Oriya	23.43	23.86	94.93
16	Kannada	22.71	23.71	94.43
17	Hebrew	22.57	25.36	94.29

說明：年均 111 個母語群體，前 15% 為 17 個群體。

TOEFL 前 15% 的 17 個高分群體的連續 14 年的平均值無一例外是聽力分高於閱讀分，而華語考生的特徵與此完全背反。見下表。

表 71-6 2006-2020 年華語考生 TOEFL 閱讀分 VS 聽力分跨年總均值

	閱讀分	聽力分	總分
Chinese	20.43	18.86	78.36

討論與特別提醒

外語能力優秀者無疑存在廣泛的個體和小群體差異，有人 / 小群體閱讀分最高、或口語分最高、或寫作分最高，等等。同時，大數據揭示了外語教學「當局者迷」的整體真貌：高分群體最普遍的特徵是聽力進步最快。

特別提醒：如果大數據的真實與個人的感知相背離，那麼必須接納大數據而糾正個人認知。這就好比在哥白尼之前幾乎所有地球人的感覺和認知是太陽繞著地球轉，在伽利略之前幾乎所有地球人的感覺和認知是物體下落的速度與其重量成正比。

為何不牽我的手，同看海天成一色

第 72 章　用大數據檢定外語教學的頂層設計（下）

將大數據的統計檢驗視覺化

將回歸分析（Regression Analysis）用於 TOEFL 大數據的統計，能將檢驗結果視覺化。

回歸分析是是統計學中最常用的資料分析方法之一，它分析兩個或多個變數之間的整體關係模式。數學家之所以將關鍵字命名為「回歸」，顧名思義，就是闡明貌似散亂無序的資料都是對某種整體趨勢的偏離；當資料量足夠大時運用回歸分析所獲得的回歸線就能一目了然地俯瞰整體趨勢的特徵。

先講解兩個概念：方差齊性與秩值。

方差齊性與可比較性

TOEFL 總體的讀、聽、說、寫四項技能得分大體滿足分佈中心一致，即平均分 μ 值基本相同；但不滿足方差齊性，即 σ 值相差較大。「滿足方差齊性」系指兩個資料集中個體資料的聚散程度相同或相近。例如兩個班級的數學測驗，不僅平均分一致、從最低分到最高分的整體分佈狀態也基本一致，那就屬於滿足方差齊性。具體地，TOEFL {讀-聽} 兩項大體滿足方差齊性，{說-寫} 兩項亦如此；但 {讀-聽} 的 σ 值顯著大於 {說-寫} 的 σ 值。前文已述，μ 值相同或相近且 σ 值也相同或相近的兩組資料可以直接比較。由此 TOEFL 的聽力分與閱讀分可以直接比較，口語分與寫作分亦然；但這兩組之間不能直接交叉比較。

秩值

秩值就是分數排名的算術值。如 2017 年 TOEFL 全球考生群體總分前五名分別是荷蘭語、阿薩姆語、德語、孔卡尼語和丹麥語（Dutch、Assamese、German、Konkani、Danish），分數分別為 100、99、99、99、98，對應的秩值就分別是 1、3、3、3、5，其中第二到第四名並列，算術值便是（2+3+4）/3 = 3。

秩值還可以是任何母語族群內讀、聽、說、寫四個單項技能得分排名的算數值。例如，華語考生 2017 年 TOEFL 讀、聽、說、寫的平均分是 21、19、19、20，對應的秩值分別是 1、3.5、3.5、2，即聽與說兩項並列的算術值是（3+4）/2 = 3.5。

由此可以得到兩組秩值變數：各母語群體的總分秩值與每個母語群體內各單項技能的秩值（各單項技能的相對排序）。用這兩組變數做回歸分析，就可以對比檢視 TOEFL 分數分佈模式的全貌背景與動態變化。秩值的概念和計算簡單通透，L2 教學各理論流派的頂層設計邏輯是否合理，均可用秩值模型做出一目了然的判決。

L2 教學流派對應的回歸線特徵

為便於對照閱讀，將前一章表 71-3 簡化後刊載如下。

表 72-1 高分組內閱讀 - 聽力得分相對排序的三種假設

假設	檢驗判斷	對應的 L2 教學理論假說，外語高分群體的特徵是：
零假設 H0	基本符合	閱讀分與聽力分同步進步的群體
備擇假設 H1	明顯不符合	聽力分進步最快的群體
備擇假設 H2		閱讀分進步最快的群體

用以下三幅理想狀態的回歸線示意圖來視覺化表 72-1 的三種假設。

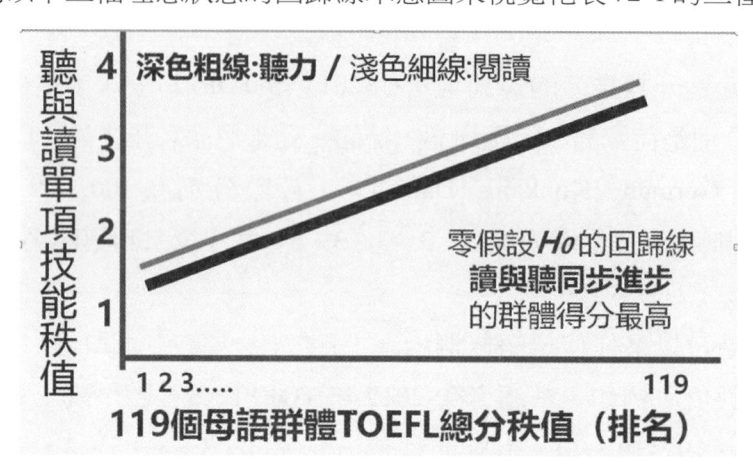

[圖示：聽與讀單項技能秩值 vs 119個母語群體TOEFL總分秩值（排名），深色粗線:聽力 / 淺色細線:閱讀，零假設 H_0 的回歸線 讀與聽同步進步 的群體得分最高]

圖 72-1 特徵是兩條回歸線的斜率相似；請注意關鍵是兩條回歸線大體平行，具體的斜率值無關宏旨。

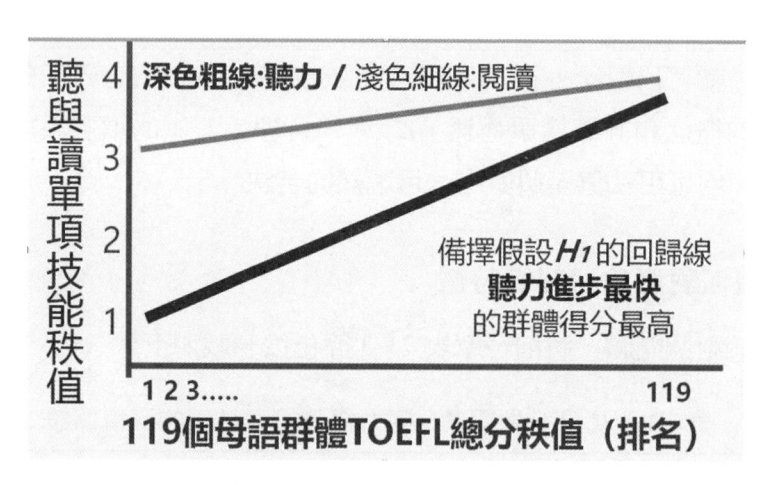

[圖示：聽與讀單項技能秩值 vs 119個母語群體TOEFL總分秩值（排名），深色粗線:聽力 / 淺色細線:閱讀，備擇假設 H_1 的回歸線 聽力進步最快 的群體得分最高]

圖 72-2 特徵是兩條回歸線的斜率呈顯著差異

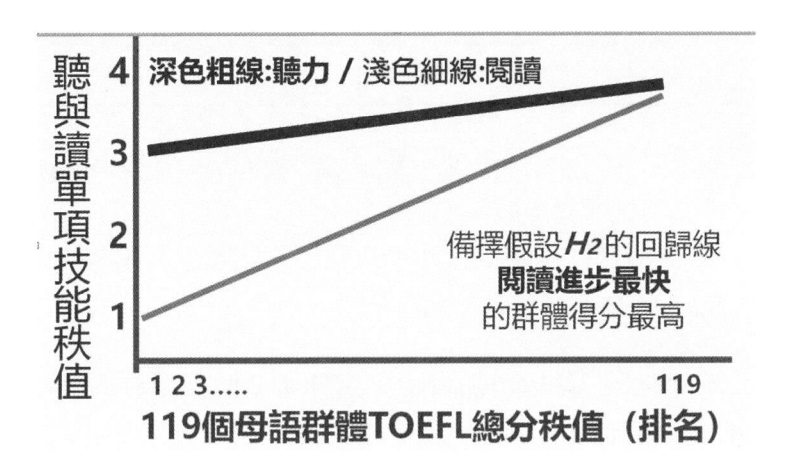

圖 72-3 特徵是兩條回歸線的斜率呈顯著差異,但與圖 72-2 相比呈反向分佈。

TOEFL 大數據回歸分析的計算

計算過程、實際的回歸線圖和讀圖講解如下。

(1) 將各母語群體 TOEFL 總分按排名換算成秩值。

(2) 將各母語群體內聽、說、讀、寫四個單項技能得分的相對排序換算成秩值。

(3) 計算出各母語群體總分秩值與四個單項技能秩值連續 14 個年份（2007-2021 年）的均值；由統計學可知這樣獲得的二級秩值高度穩定可靠。

(4) 計算出覆蓋所有母語群體〈總分秩值 VS 單項技能秩值〉的四條一元線性回歸線。

讀圖時請牢記：秩值與 TOEFL 分數呈反比,即,得分越高排名越前秩值越小；由是,橫坐標從左到右是從高分到低分的母語群體排序,縱坐標從下往上是單項技能得分從高分到低分的相對排序；概括見下表。

表 72-2 一元回歸分析圖的解讀：TOEFL 總分秩值與各母語群體內單項技能秩值

X 軸	Y 軸
所有母語群體總分的秩值／排序	各母語群體內讀、聽、說、寫四項技能得分的秩值／即相對排序

說明：本回歸統計囊括 14 個年份共 119 個母語群體，其中有少數母語群體的資料低於 14 個年份。

視覺化效果：圖 72-4/5/6/7 展示了全球 119 個母語群體連續 14 個年份 TOEFL 總分秩值相對於各母語群體內讀、聽、說、寫四個單項技能秩值的回歸線。說明：因版面空間限制，橫坐標未全部顯示已納入回歸分析的 119 個母語的名稱。

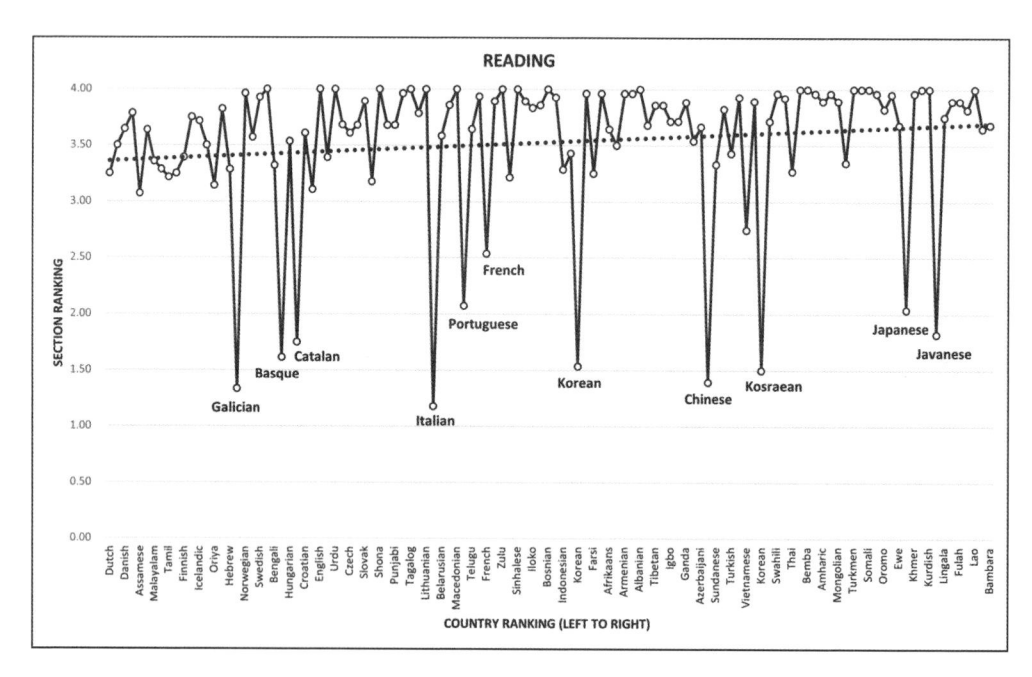

圖 72-4 閱讀秩值的回歸線

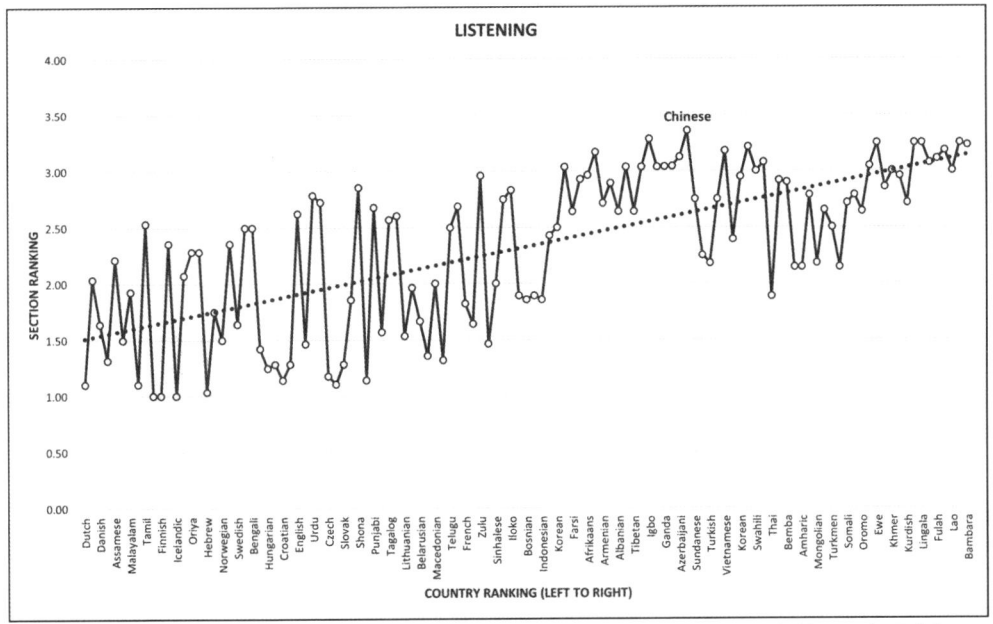

第 72 章　用大數據檢定外語教學的頂層設計（下）　373

圖 72-5 聽力秩值的回歸線，請特別注意華語考生的聽力秩值全球最低。

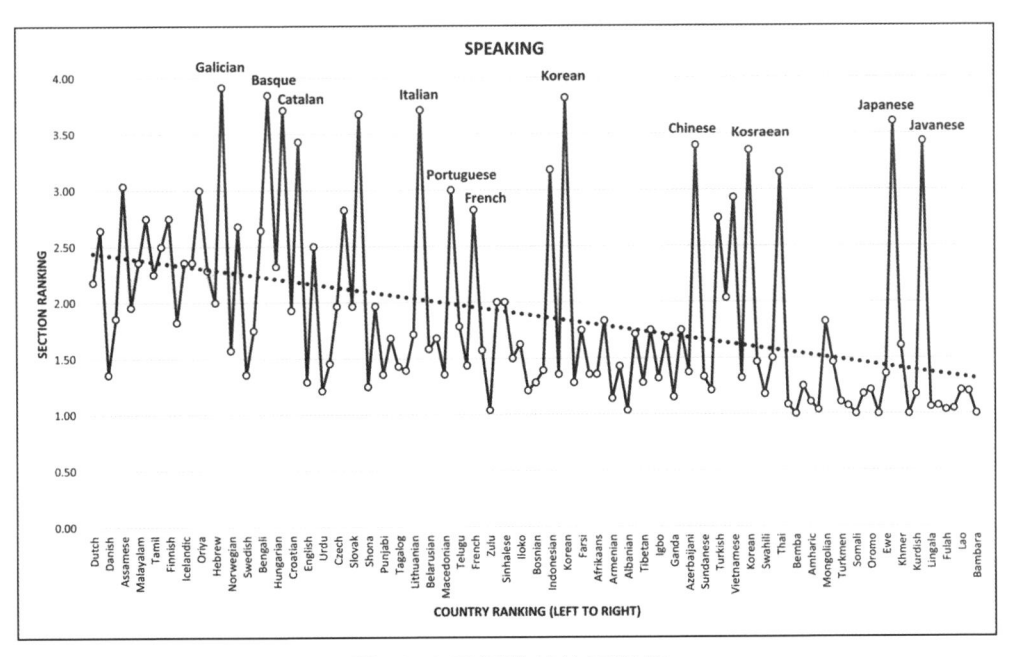

圖 72-6 口語秩值的回歸線

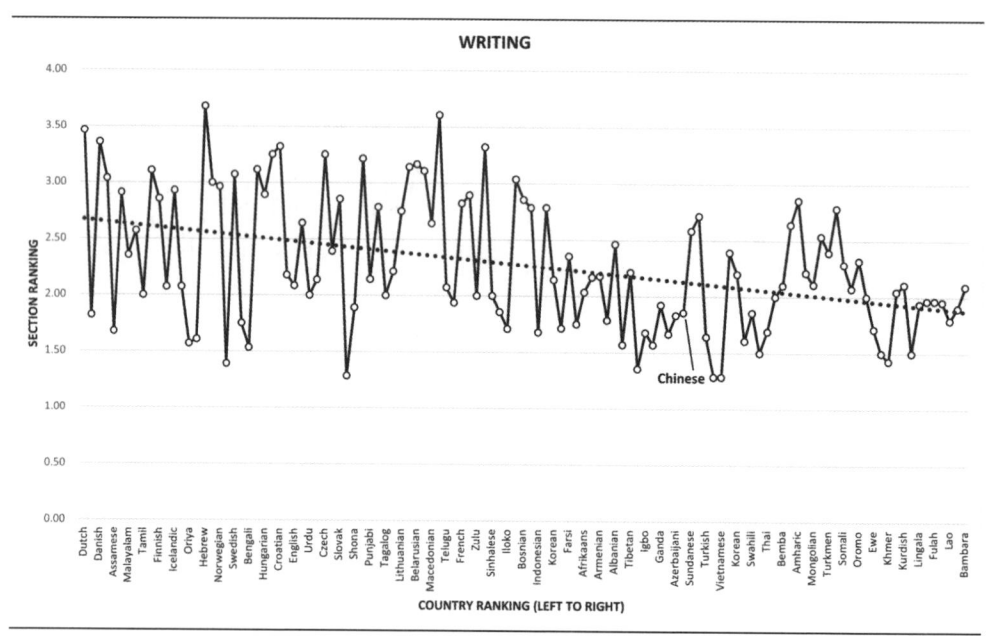

圖 72-7 寫作秩值的回歸線

回歸分析結果簡析

　　將實際計算出的讀與聽這兩條回歸線（圖 72-4/5），與三種理論假設所預測的理想化回歸線（圖 72-1/2/3）作對比，立刻得出可靠且直觀的檢驗推斷；同時對照表 72-3，特別注意聽與讀兩者的斜率值相差近五倍，顯著不同步。結論一目了然：應拒絕零假設 H_0 而採納備擇假設 H_1；同時也拒絕備擇假設 H_2。

表 72-3 四條回歸線的斜率值對比

14 個年份 TOEFL 大數據匯總的四條回歸線概貌：斜率對比				
	讀	聽	說	寫
斜率 (Slope)	0.0029	0.014	-0.0097	-0.0069
單技能秩值隨總分提升的變化	輕微上升	顯著上升	下降	下降
{讀／聽} 斜率比與 {說／寫} 斜率比	讀／聽：0.21；聽／讀：4.83		說／寫：1.41；寫／說：0.71	

補充說明：① 口語與寫作這兩條回歸線的斜率為負，這符合 TOEFL 總體標準差 σ 值所預測的分佈；而且它倆數值比相對相近，這更旁襯而凸顯聽力與閱讀這兩者的差異化分佈特徵。② 高分群體的總體表現是寫作的進步率略高於口語，這進一步旁證假設 H3 不成立。

將華語圈 L2 教學界的普遍認知與大數據回歸分析獲得的硬結論對比，兩者大相徑庭。前者的金科玉律或潛在假設是：語言能力優秀群體的關鍵特徵是閱讀能力進步最快，它對應於假設 H2，或聽讀同步進步（包括更籠統的「四會」理念），它對應於假設 H0。全球 TOEFL 大數據呈現的真實狀況是：語言能力優秀群體的行為特徵是聽力進步最快，它對應於假設 H1；從原始得分考察，高分群體的閱讀分當然有較顯著的提升，但就進步速率和提升幅度對比，它明顯低於聽力分。

大數據解密與解讀：凡是閱讀顯著進步的人大多數是聽力領先於閱讀提速進步了，也即閱讀卓越普遍源於聽力比閱讀更卓越。其實這符合語言習得的亙古經驗。毫無疑問會存在廣泛的個體差異。就進步率對比，外語習得入門期當然有閱讀優於聽力的個體／群體，特別是在閱讀崇拜主導的教學體系中如此；但大數據解密的真相是，他們外語能力的可持續的綜合進步率反而普遍偏低。這應該是華語師生辛勤拼搏五十年、整體仍未突破聾啞英語的肇因。最值得關注：119 個母語群體中華

語考生聽力秩值最低,並不是分數排名最低、而是四項技能的(關係模式)中聽力排序全球最低;見圖 72-5。

L2 教學的「伽利略時刻」與「哥白尼認知轉換」?

　　TOEFL 大數據的剖析和統計檢驗或可比喻為「外語教學的伽利略時刻」,即類比於人類認識史上,亞里斯多德等智者們曾認定物體的下墜速度與其重量成正比;這一被尊奉為真理達千年之久的認知被伽利略證實是謬誤。它還可以構成外語教學的「哥白尼認知轉換」。

江山多勝跡，我輩復登臨

第 73 章　華人外語教學中的百年通病

將前兩章獲得的核心結論重複如下：基於具備優異的信度與效度、跨度 14 年、逾 110 個母語群體和逾千萬人次的外語能力測評大數據，從均值對比、概率計算和回歸分析三個層面都證實 L2 能力優秀群體的普遍的行為特徵是聽力進步最快。這一結論強有力地支持〈外語習得最簡綱領〉。這也從宏觀上檢驗了喬姆斯基所力主的 I-Languages 的理論構架：各種語言具備相同的語法內核，其廣泛差異主要源於聲韻演算法神經的表達。它還足以對 L2 教學各種理論體系頂層設計是否合理做出判決。

對重建 L2 教學體系的啟迪

TOEFL 高分群體的普遍特徵聽力分高於閱讀分。華語考生與此正相反，這主要歸因於照搬母語的文本閱讀中心的教學模式。該模式對母語教育恰當，因為它建立在兒童母語聽力的「童子功」的基礎之上。但將其套用於外語教學是本體論與方法論的雙重倒置。

廣而言之，華人的外語教學流行四類理念：強調文法知識，強調閱讀，強調「四會」和強調「聽-說領先」，分別對應於四類失之毫釐謬以千里的前提假設。簡析如下。

第一類，文法知識至上。第 13 章已述，它早已被國際學術界徹底否定。

第二類，書面語至上。語言學從經驗知識邁向科學體系，經歷了兩輪哲學理念的範式轉換，先後誕生了結構主義語言學和生成語言學。

這兩者的共同特徵均是否定「書面語至上論」的千年傳統。東亞文明長期被非表音類的文字體系及文史哲混合型思維主導，對當代語言學的基本理念認知不足；這放大了將母語教學模式直接套用於外文教學的失誤。

　　第三類，聽、說、讀、寫 的「四會」主張。它貌似均衡且將聽置於首位，但將四項技能並置而並重，造成多中心即無中心的失焦，同樣違背了奧卡姆剃刀原則。（註釋 24）它所對應的多技能齊頭並進的教學模式在外語習得起步期侵佔了聽力訓練時長的剛需，因而效率低。籠統的四會理念還滋生了貌似百花齊放實則七零八落而雜亂無序的教學模式。

　　第四類，聽－說先行。與前三者相比它確有進步，但仍存諸多隱患。其一，將聽－說並列，隱含聽-說同等重要，仍違背奧卡姆剃刀原則；其二，聽－說並列缺乏大腦科研的實證理據；其三，它需要配置足量的英語口語嫻熟的教師，而且還需要足量的課外交流時間，從而難以落實。

　　還值得指出，本書其他卷章用多學科研究來定性論證「外語習得最簡綱領」，相當於為第 71-72 章的定量檢驗提供因果關係的探析。

　　大數據的統計檢驗還揭開了美英 L2 教學主流理論的面紗：對引領當代語言學革命的好理論、對日新月異的大腦科學、對優質的結構化大數據，它們近乎熟視無睹。

討論

　　外語自學和教學必須以聆聽為總綱、綱舉目張；其優先的自學和教學目標是快速拉升聽力，其操作特徵是聆聽最大化與聆聽最優化，在聽力過關之前任何以閱讀和文法知識為中心的教學體系都屬南轅北轍；當且僅當聽力基本過關之後，再漸進增加說、讀、寫三項技能訓練的時間占比。

基於大數據的統計檢驗得出的結論，如果其分析推理存在重大謬誤，就必須以科學理性質疑它。同時也要警醒另一種狀況：L2 教學被西方學術界固化為盤根錯節的經濟利益生態鏈，長期漠視甚至頑固排斥滌穢布新的科學探討。

章末研討

　　請你診斷華人外語教學中的百年通病，並用六字概括它，被評選出的前三十名回答精闢者將獲獎。（可通過微信公眾號（原典之光）聯繫作者團隊）

小姑居處本無郎

第 74 章　「可理解輸入」的意識入侵

　　第 71 章簡說過諾獎得主 D.Kahneman 提出的「理論致盲」。L2 教學主流學派中的「可理解輸入」概念是典型案例。本章與下一章剖析。

阻礙我們聽力的魔鬼就是「想聽懂」

　　原典論壇裡的典友 Viola 與青年 Judy Cui 各有一段經歷異曲同工，節選如下。

　　Viola：單獨發帖，向徐老師彙報啦！2010-09-10

　　女兒從去年 11 月開始聽典，歷時四個半月用 532 法聽完了《萬物簡史》。隨後聽完的有：《雙城記》《玩偶之家》《蠅王》和《動物莊園》。目前正在聽《飄》。女兒這學期進高一了，聽典已經成了她最喜愛的活動之一。英語突飛猛進，讓我們更堅信原典的力量。借這個帖給徐老師鞠躬！萬分感謝！

　　還向徐老師彙報一個意外的喜訊，孩子平時也看日語動畫《柯南》來放鬆。我們家沒人懂日語，她自己也沒打算用動漫學日語，可是上月她告訴我，其他的日語動畫片，無字幕居然也能聽懂四五成，這不是太讓人覺得奇怪了嗎？真是無心插柳啊！打通耳朵，對學習任何語言都有莫大幫助。您的原典法看似沒什麼奇特，但準確地把握了語言的關鍵，您的洞察力讓我們少走了很多彎路。

Judy：我的聽典日記，第一次頓悟

聽典第八天。

怎麼辦？今天似乎對於聽英語意興闌珊，即使再努力集中思想，也總是無法進入耳朵⋯⋯現代社會流行「速食」，學習也是這樣。還沒有開始，就想要看到結果。

聽典第九天

九這個數字在華夏文化中常常被認為是一種收穫。

打起精神，繼續聆聽《萬物簡史》第 26 章。謹防單純聆聽容易入睡，我拿了張紙和一支筆，按朗讀的節奏韻律開始畫起了線條。The stuff of life... 我好像茫茫然地聽清了一些東西。剛才我沒有花費心思去搞明白自己在聽什麼，只是聽著音畫著線條，有些單詞就自動地浮現出來。

難以抑制的激動。難道我開始悟道了？！這時屏氣聆聽，真的，我開始聽清朗讀的節奏，不再是一團團糾纏的噪音，而是一段段清晰的音節。靜下心來。沒有任何一種方法可以像原典法一樣使你靜下心來。聆聽，就好像打坐或者瑜伽冥想那種狀態，靜靜地深呼吸，讓語音流淌入你的大腦深處。

Viola：女兒的心得

Judy 的這種感覺我女兒也出現過。剛聽《萬物簡史》時也是聽得心煩氣躁。不過她跨過這個階段靠的是倔強，因為她特別喜歡科普書。有次她對著音頻賭氣：你讓我聽得煩，我偏聽，別想我放棄！聽不懂我也要聽！看你把我怎樣！

哈，到底是孩子，對著音頻賭氣，但沒成想這樣一副沒打算聽懂、死纏爛打的心態，反而聽清了很多很多，女兒那叫一個高興呀。她最後

總結出體會：阻礙她聽力的魔鬼就是「想聽懂」！越是著急聽懂，心情越不寧靜，也就越難聽懂。把「聽懂」這個想法一放下，心態一放鬆，反而聽懂很多。這是她實踐過程的心得。今天看到 Judy 的記錄，想起了這段經歷，寫上來跟大家分享。

　　徐老師當時的評論：
　　特別感謝 Viola 和 Judy！
　　這是絕佳的總結：阻礙我們聽力的魔鬼就是「想聽懂」。
　　有哲學家說過：感覺到了的事物，你未必能理解它；只有理解了的事物，你才能更深刻地感覺它。這裡，徐老師鄭重告訴學生，語言學習的哲理正相反：一旦你太想理解它，你反而難以感受它；只有當你不理解它也不求理解它，你才能更本真地更直覺更深刻地感受它。

音樂家的「悲劇」？

　　著名哲學家波普爾在《知識與身-心問題》（Knowledge and the Body-Mind Problem）一書中探討了意識入侵。波普爾敘述了他的好友、提琴家 A. Busch 的親身經歷。一次提琴家 B. Huberman 向 Busch 請教他是如何將貝多芬小提琴協奏曲中的一段演奏得如此行雲流水，這一段 Huberman 自己總是演奏不佳。Busch 回答說「啊，那太容易了！」然後邊認真思考邊努力向 Huberman 講解；從此，他發現自己再也不能嫻熟演奏這一段樂曲了。

The Centipede's Dilemma

　　A centipede was happy - quite!
　　Until a toad in fun
　　Said, "Pray, which leg moves after which?"

This raised her doubts to such a pitch,

She fell exhausted in the ditch

Not knowing how to run.

百足神腿思而癱

百足蟲兒走得歡，

直到蟾蜍來調侃：

「天哪！哪條腿先，哪條腿後？」

百足蟲想想想暈了頭，

一下子癱在小水溝，

不知如何會走路。

中譯者：薛小慧

從心理學看「可理解輸入」的誤區

追求可理解，應該區分出本能 - 潛意識追求與理性 - 意識追求。後者引發了外語學習中諸多認知與操作混亂。

心理學中，刻意追求可理解被歸類為過度思考（Hyper-Reflection），對應於 Humphrey 定律，寓言化的表述是「百足思而癱」（The Centipede's Dilemma），它源自一首同名的英文小詩。心理學家 G. Humphrey 說：這首詩包含深刻的真理；如果我們有意識地關注嫻熟的習慣的技能，就會跟那條蜈蚣一樣。（註釋 25）

與此相關的還有「欲消彌彰效應」（Ironic Process），也稱作白熊問題（White Bear Problem）。（註釋 26）以下三種狀況大腦啟動的模式相似：讓被試看白熊圖片，讓被試想像看到了白熊，叮囑被試一定不要去想白熊。第三種就是人工誘導的思維入侵（Intrusive Thought），也即意識入侵。它引發反向的強迫症，好在它是一過性的。但任何一個似是而非的概念變成根深蒂固的信仰，那就構成強大的意識入侵。成語「心閒手敏」與俗語「關心則亂」說的也是這個理。一旦糾結於去思考

去分析運用自如的技能，就變成心不閑而手不敏了，原本駕輕就熟的技能，「亂」矣。

　　「可理解輸入」的理念產生恒久的心理暗示：「我必須即時理解」。這不僅加重暫時不理解時的焦慮，還會派生出各種頑固的強迫症，如字幕強迫症、翻譯強迫症、單詞糾結強迫症和素材難度高而不可理解的強迫症等，成為嚴重干擾大腦潛意識加工的災難。（註釋 27）其始作俑者美國學者克拉申卻被尊為 L2 教學的理論之「神」。

思其力所不及，憂其智所不能

第75章　剖析「自然法」

　　國際 L2 教學界的目標語種長期以西方語言為主。這伴生兩類相互強化的心態：美英學者以師自居，非西語圈學者奉美英流派為圭臬。這種其他學科罕見的學術生態嚴重阻礙了 L2 教研的進步。

　　克拉申運用 L2 獲得理論設計出自然法（Natural Approach）。主觀上，克拉申熱誠幫助非英語母語區的師生，渴望引導他們教好學好英語，他奔波列國講學四十餘年，他的演講富於感染力；客觀上，這令其理論中的缺陷氾濫成災。

概覽自然法及其貢獻

·五大假說

　　自然法提煉出「L2 獲得的五大假說」，摘要如下。

　　① 獲得-學習假說；The Acquisition-Learning Hypothesis。強調只有潛意識的心理加工才能獲得語言自然交流的能力。② 監控假說；The Monitor Hypothesis。意識加工的語言知識學習不能生成語言交流能力，但能監控助益其輸出。③ 可理解輸入假說；The Comprehensible Input Hypothesis。強調當且僅當語言輸被學習者理解時才能產生語言獲得（Acquisition can take place only when people understand messages in the target language）；克拉申並提出公式 input + 1（i +1），主張輸入語句的結構難度只應比學習者當下水準略高一點（input that contains structures slightly above the learner's present level）。④ 情感過濾假說；The Affective Filter Hypothesis。主張教學中要消除緊張、焦慮和尷尬等

負面情緒。⑤ 自然順序假說：The Natural Order Hypothesis。認為顯性語法規則知識的教學並不能改變語法結構習得的順序。（註釋 28）

部分借鑒喬姆斯基理論

自然法的代表作 Natural Approach: Language Acquisition in the Classroom 中的「示意圖 3」中將喬姆斯基鍛造的術語「Language Acquisition Device / LAD」用作其核心構件。此後該示意圖的改進版被視作的自然法理論框架的經典圖解，簡稱為「輸入假說」模型。（註釋 29）

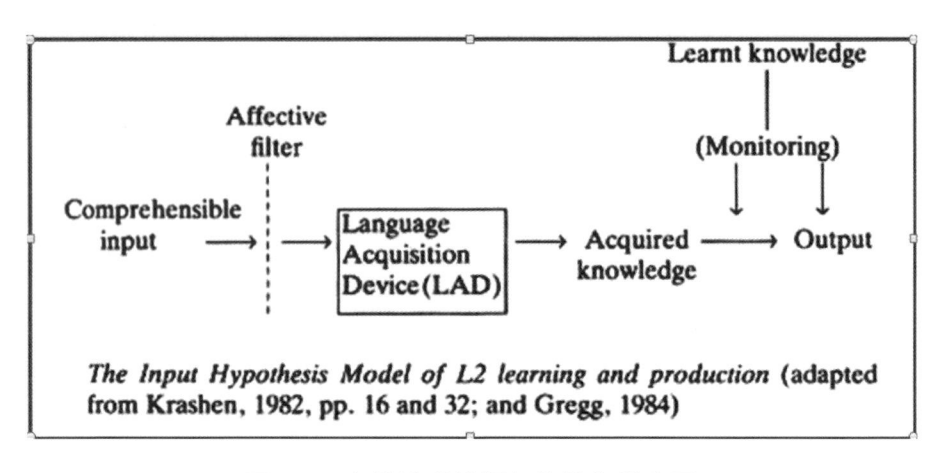

圖 75-1 自然法理論框架的簡化示意圖

運用公理化思維

主動厘請假設性前提（Assumptions）並從中淬煉出假說（Hypothesis），由此建構理論體系，這是令經驗知識邁向科學的關鍵環節。L2 教學體系中惟有自然法就此認真嘗試。這是公理化思想方法的借鑒運用；所謂借鑒，是免除嚴格的形式化表達，但遵循其極簡原則。運用公理化思維也存在風險：一旦前提假說不能自洽，便失之毫釐謬以千里。

強調潛意識加工、情感和大量輸入

克拉申將「獲得 - 學習假說」列為其五大假說之首，指出 L2 教研應該聚焦潛意識加工；他也強調情感在 L2 獲得中舉足輕重；他還力主大量輸入（Massive Input）在外語習得中至關重要；這些真知灼見都富於遠見。（但他所主張的大量輸入有兩個缺憾：更強調閱讀輸入而沒有單獨釐清和強調聆聽輸入，把課堂教學作為輸入的主要來源。）

自然法的缺陷

理性思維是不疑處生疑。自然法的關鍵缺陷是五大假說包含內在矛盾，不能邏輯自洽，其「可理解輸入」假說是一個本原謬誤。

從公理化思想方法分析

自然法借用的 LAD 根植於古今中外的經驗事實：嬰幼兒可以毫不費力地習得人類近 7000 種語言中的任何一種；也即，「人類的語言對人類嬰幼兒均應歸類為可理解語言」；這是比五大假說更高階的公設，它構成喬姆斯基語言學的「元命題」。「可理解輸入」的命題等價於「人類的語言中存在著人類不可理解的語言」，這是是畫蛇添足的邏輯與事實的雙重謬誤。不妨做思想實驗的對比，只有「火星人的語言」或海豚的「語言」才能被歸類為不可理解的輸入。

進而，在教學實踐中「可理解」往往恰被師生們解讀為「意識層面的理解」；越強調它，越加重它與「潛意識獲得假說」之間的衝突，喧賓奪主。還可通過可理解輸入的代表公式 i+1 來思考：亞非美歐的媽媽們「教」嬰兒習得語言時是否需要這類引發心理糾結的理論綱領，「我的愛語呢喃和兒歌吟誦必須是寶貝 99% 可理解的，以滿足 i+1 公式？」

從「認知邏輯情態」分析

請對比五種「認知邏輯情態」，前三種異常，後兩種正常。

技術派專家的邏輯：區分出可理解輸入→ 存在不可理解的輸入→ 對初學者 99% 以上的素材不可理解→ 僅滿足 i +1 的少量素材可理解→ 不可理解是極大概率事件→頑固的負面的心理暗示。

可理解執念情態 A → 暫時不理解→素材太難→自己太弱→ 焦慮指數飆升→ 學了三五天還不理解就煩躁、挫折和抓狂，為何我還沒有進步→ 負面情緒與暫時不理解狀態相互強化的惡性循環。

可理解執念情態 B → 翻譯就可迅速理解→ 依賴翻譯→ 翻譯訴諸意識加工→阻礙阻斷了潛意識語言加工和靶向神經的生理成長。

本能邏輯：人類近 7000 種語言對每一個新生兒都可理解→「人類語言不可理解」的假說是冗餘是累贅→ 父母本能：沒有「可理解」的束縛，什麼兒歌好聽、什麼話語慈愛，就說給嬰兒聽→ 嬰兒本能：我三天聽不懂、三個月還是聽不懂，但我不煩躁不挫折不抓狂→ 我愛聽還愛聽→ 三年後我就嫻熟於一種乃至多種語言→ 難道人類（媽媽）的語言有不可理解的嗎？！

本體論邏輯：不理解是表像、假像、過渡狀態，可理解是存在、真實、永續發展狀態→ 在教學體系的綱領中對人類語言預設可理解與不可理解之分是錯謬，易導致大腦加工「思而癱」（Paralysis by Analysis）。

從系統論分析

氣候或腦神經元網路等動態大系統都宜用混沌理論（Chaos Theory）描述。其特徵是對初始狀態極為敏感，常被俗稱為「蝴蝶效應」。語言加工是億萬神經元的潛意識的自發協同加工的系統，每個嬰兒都由此習得母語。可理解輸入是成人後天植入的贅肉型概念，是典型

的意識入侵。越強調可理解輸入，越將此意識入侵的振幅從「蝴蝶的翅膀升級為直升飛機的旋翼」，改變大腦潛意識語言加工狀態，造成負面的多米諾效應。

從大腦實驗技術分析

第 22 章講解過，一種已成為經典範式的實驗技術是阻斷大腦背外側前額葉皮層（disrupting the dorsolateral prefrontal cortex）的工作，以暫時「遮罩」後天灌輸的理性概念，這種場合往往能有效提升成人的外語學習能力。反之，強制啟動可理解輸入這類後天植入的意識概念，會分流和擾亂語言本能加工靶向區的血液供給，妨害其靶向神經的工作和生長。

證偽「可理解輸入」的腦科學實驗

當代心理語言學和神經語言學科研的經典技術範式之一是大量使用「本真不可理解」的人工語言，如具有某種統計分佈特徵或模擬語法規則的結構、但沒有任何語義的合成聲波；科研確認大腦神經能夠提煉這些結構。進而，腦成像科研還發現，對語言輸入的靶向神經加工，三個月大的新生兒已經與成人大腦基本一致。（註釋 30）這些大腦科學的實證科研都直接且徹底地否證了可理解輸入的理論。

從比較教育學分析

就智力難度評估 STEM 教學高於 L2 教學。可理解輸入這一 L2 教學專屬的意識入侵造成當代教育奇觀：迄今仍不擅長 STEM 的非洲裔師生從不怵外語，（註釋 31）而擅長 STEM 的華人師生，有人發明「瘋狂英語」而曾風靡於世，有著名學者宣導「死去活來」學習法。（註釋 32）這類說法背後共同的認知邏輯都是外語太難學，等價於「不可理解

的輸入太多」，都是「可理解輸入」的不同表達版本。還可以與其他學科對比：是否有必要區分出「可理解的音樂／化學／經濟學」與「不可理解的音樂／化學／經濟學」，將其用做建構這些學科教學體系的核心邏輯？

從代表作冠名的自相矛盾分析

請三讀自然法的代表作的冠名：Natural Approach: Language Acquisition in the Classroom。「在教室裡習得外語」能被稱作 Natural Approach 嗎？若將其更名為 Unnatural Approach: Language Acquisition in the Classroom，是否特別貼切？

還可以從體化認知理論（Embodied Cognition）、神經達爾文主義（Neural Darwinism）和神經元組選擇理論（The Theory of Neuronal Group Selection，TNGS）、（註釋 33）從科學方法論的問題環節、約束條件環節和量化環節、以及從統攝分析（Meta-analysis）等多學科多層面分析「可理解輸入」概念的錯謬，限於篇幅不展開。

總結

可理解輸入假說令五大假說不能邏輯自洽，它既與語言潛意識獲得假說左右搏擊，又與情緒過濾假說相互打架；它極易引發學習者的「可理解焦慮症」和「可理解強迫症」，它人為強化了 L2 學習的第二第三伴生障礙；這一典型的「思維添加劑」因「通俗易懂」而家喻戶曉，被當作金科玉律，成為外語教學的特供與標配。類比於某些食品添加劑，它們並無營養甚至可能有害，卻因能增進色香味而曾廣為流行。就智慧譜系的古典淵源考察，這類思維添加劑接近於佛教中所說的「執念」。

克拉申先生是「好心辦了壞事」；只要運用奧卡姆剃刀將在五大

假設中的「可理解輸入」剃除，只保留四項，並設法將其擴展到課堂教學之外，它原本可以成為 L2 教學的好理論。

華人學者的使命？

建設以大腦科學為基石的新一代的教學體系，青出於藍而引領國際學術界 L2 教學理論的範式轉換，早已萬事俱備。

書山文海九成同，洋業中抄三代聾；總守枯枝當花貢，萬紫千紅待東風。

東風者，三五個善思能覺而捷足先登的青年俊彥而已。

章末作業：英語＋邏輯的模仿造句

模仿的目標例句：Natural Approach: Language Acquisition in the Classroom。

參考答案：Natural Approach: Pregnancy Acquisition in the Classroom / Natural Approach: Getting Pregnant in the Classroom. 請細品。是不是改成 Unnatural Approach: Getting Pregnant in the Classroom 更貼切？因為，用「實驗室」來替代句中的「教室」，就是科學家發明的造福人類的「人工受孕」了。但科學家不會將此命名為：自然受孕法。

智慧出，有大偽

第 76 章　簡析「交際法」

　　美英 L2 教學的多數流派都遵循一套理論：語言從外顯行為到生理內核都是交流系統；它們均可不同程度地歸類於交際法，英文是 Communicative Approach 或 Communicative Language Teaching, CLT。

　　從本書講解的科研、大數據分析及豐富案例均可知，交際法課程教學欲獲得好效果，學生宜先積累約 1500 小時以上的聆聽輸入量；在入門段就強調基於課堂教學的交際法會產生諸多缺陷。以下僅簡析其中五項。

交際法諸缺陷舉例

　　第一，低興趣度。只有激發學童的興趣，喚起豐富的情緒體驗，培養出日常聆聽的習慣，才能快速達到 1500 小時的有效聆聽量。交際法主導的的課堂教學有兩大特徵：① 碎片化情景對話操練，② 強調學生與學生之間用外語交流，老師注重引導。請想像諸如此類的課堂場景：兩個或數個學生就索然無味的碎片情景張口結舌，相互尷尬地憋夾生的英語；這種交際能頻頻喚起學生的興趣嗎？能讓學生體驗豐富的情緒情感嗎？

　　第二，低品質度。請對比經典有聲書的輸入品質；以碎片化情景對話操練主導，相當於以低素質的語言輸入／輸出主導。

　　第三，低性價比。通過交際法課堂積累 1500 以上的聆聽輸入、從而培養出交流能力，費用極高。

　　第四，階層固化。交際法對富裕家庭效果較好。例如上國際學校、

年年赴美英加澳參加夏令營、長期聘用一對一外教等等。但這與普惠大眾的教育理念背道而馳，而且它強化了少數英語國家的經濟霸權。

第五，科學方法論的缺失。導讀篇科普過，解決問題的第一步是清晰地界定問題，The first step to solve a problem scientifically is to formulate it with clarity and precision。（註釋 34）包括交際法在內，美英主流的 L2 教學理論都沒有清晰界定華人學外語的普遍問題究竟是什麼。本書卷一案例中的華人平民家長都釐清了這個問題。為什麼美英 L2 教學的理論圈對此諱莫如深？

當學術被商業扭曲？

他們心知肚明華人學生普遍缺乏雙語交流環境，更不是家家富裕，卻反覆論證「學外語只有交際法是唯一正途」。它的深層邏輯是不是更契合商業導向：離開了向我們付費的交流課堂你們就無法習得英語？這是不是更像理論包裝版的「何不食肉糜」？

從語言學理論透析

第 69 章簡介過，喬姆斯基畢生強調把語言的內核當作交流系統是當代語言學的最大謬誤，他力主語言的內核是思想的表達系統而不是交流系統，語言所具備的強大的交流功能是從屬的派生的。在公眾來看這兩者似乎沒多大區別。不妨用這個概念來思考：「外語的可自學性」。如果交際法是真理，它的推論便是外語不具備獨立於雙向交流的可自學性，這就阻斷了外語自學理論體系的探索建設。如果喬姆斯基理論的大方向正確，它的推論便是外語習得在諸多層面都具備「不依賴雙向交流的可自學性」；科學家惟須釐清，哪些方面、那些階段最適合於自學？然後才需要高品質的雙向交流來錦上添花。

從科學哲學透析

科學哲學界有句廣為流傳的箴言：「一個能解釋萬物的理論，不能解釋一物」（A theory that explains everything, explains nothing）。（註釋 35）用這句話來解剖貌似完美的交際法，它的話術就是用交流來解釋語言的一切。用華語圈的俗語說便是：語言交流是個筐，什麼都可以往裡裝。

波普爾說：「每當一個理論在你看來是唯一可能的理論時，這就表明，你既不理解這個理論，也不理解它想要解決的問題。」（Whenever a theory appears to you as the only possible one, take this as a sign that you have neither understood the theory nor the problem which it was intended to solve.）（註釋 36）語言交流確實可以用來解釋無窮多的社會現象；不勝枚舉的漢語成語俱是古已有之的「交際法理論」：各抒己見，集思廣益，互切互磋，百家爭鳴、仗義執言、促膝長談、不恥下問，呢喃細語，行萬裡路交萬人友，等等。貴為 L2 教學專家，如果只會拾古人牙慧而獨尊交際法，那或許正表明他們「既不理解這個理論，也不理解它想要解決的問題。」

學外語的個人不必深究象牙塔裡的錯綜，但宜回歸常識並追隨大腦科學，先以自學為主愉悅聆聽 1500 小時以上，讓大腦的語言靶向神經快速生長，然後再恰當運用交際法去錦上添花；兒童學外語則需要家長的指導；本書前兩卷的真人秀已經示範，不懂外語的家長都能做得比外教更好。

化解交際法缺陷的邏輯路徑

做一個類比，當新父母面臨無法母乳餵養的特殊狀況時，科學家研發出了確保嬰兒生理成長所需營養成分的配方奶（Formula Feed）。

母語學習相當於母乳餵養；幼童根本不需要文法理論知識等的正式教學，都能輕鬆習得人類的任何一種語言，前提是有語言交流互動的家庭和社會的環境。海峽兩岸的華人兒童普遍缺乏英語交流環境，這就意味著外語教學專家義不容辭的職責是研製出性價比高的「配方奶」、用以最大限度地替代外語父母和玩伴，而不是用學術把交際法裝潢成包治百病的萬金油，甚或不是「奶媽」而冒充「奶媽」，永遠把華人學童捆綁於性價比極低的付費型課堂教學和遊學。

華人家長的挑戰

外語習得存在普適的語言學和腦科學的原理，卻不存在統一的具體程式和素材配方。由此，需要家長遵循科學原理，做家庭化的外語自學程式和素材配方的創客。就語言輸入的品質而言，素材配方可以做到優於英美父母的日常話語交流；由此，假以時日，華語兒童的英語甚至可以媲美英美同齡兒童。挑戰在於如何將科學原理所闡明語言習得的正確路徑，具體化為每個家庭每個兒童遴選和調配的文化食材、優化的實施操作程式，這就好比是營養學家與大廚的對接。家長永遠有層出不窮的新困惑新問題，從專家或網路或書本都難以及時找到解決方案。理想狀況是家長們以群體互助方式邊學邊做，身邊還有富於公益心的「老典友」——先行數年實踐原典法的老師、教練與志願者家長和兒童，予以即時指導、諮詢、幫助和陪練。耳書家長營就是這樣的群體。

章末作業：華人家長的選擇題

怎樣引導孩子成長為華語＋英語的雙語達人？對平民家庭這是一個常識和邏輯的選擇題：

A. 舒展家長自己的熱誠和創意；B. 依賴常春藤的白人專家所霸控的交際法的英語教學產業鏈。

本書中的華人家庭都選擇了 A。請複習第二章愛心媽媽的總結：學

英語，家庭才是「母校」，父母才是主教練，不論父母是否掌握英語都是這樣。

索引和注釋

1. 張春梅女士參與了本卷的寫作與相關科研。
2. Noam Chomsky & Zhang Weiwen. *Heritage & Innovation: A Review in Linguistic Research*. 2018.
3. Berwick C. & Chomsky N. Why Only Us: Language and Evolution. MIT Press, 2017.
4. Chomsky, N. *The Essential Chomsky*, p280. The New Press. 2008.
5. Chomsky N. *New Horizons in the Study of Language and Mind*, p28. Cambridge University Press, 2000.
6. 同上，p17。
7. Irwin, T. 1988. *Aristotle's First Principles*. Oxford University Press.
8. 同索引 1, p6, p15.
9. 這是喬姆斯基語言學的核心理念之一，在他的多部論著中均有闡述。見 Chomsky N. *What Kind of Creatures Are We?* Chapter I. Columbia University Press, 2015.
10. Chomsky N. *A Minimalist Program for Linguistic Theory.* 1993. 喬姆斯基細膩地區分 intensional 和 intentional，本文不展開專業細節。
11. Chomsky N. 1965. *Aspects of the Theory of Syntax.* The MIT Press. 並見索引 4.
12. 見本書第 15 章。
13. Chomsky, N. 2016. *Minimal Computation and the Architecture of Language*. Chinese Semiotic Studies, 12(1):13-24.

14. 同上。

15. Malik-Moraleda S. et al. *An Investigation across 45 Languages and 12 Language Families Reveals A Universal Language Network*. Nat Neurosci. 2022.

16. 操作主義準則 *Positivism / Operationalization*. ① Cohen L. et al. *Research Methods in Education*. 6th Edition. ② Bridgman P. Einstein's Theories and the Operational Point of View. In: *Albert Einstein: Philosopher-Scientist*. Cambridge University Press, Vol. 2, p335-354, 1982.

17. Doyle A C. *The Adventures of Sherlock Holmes: A Scandal in Bohemia.*

18. Kahneman D. *Thinking, Fast and Slow*. 2011.

19. Rechards,C. et al. *Approaches and Methods in Language Teaching*, 3rd Edition, Cambridge University Press, 2014/2022.

20. Taylor C. et al. *The Evolution of TOEFL*. In C. A. Chapelle C. et al(Eds.), *Building a Validity Argument for the Test of English as a Foreign Language*. 2008.

21. ① Sawaki, Y. et al. *Investigating the Value of Section Scores for the TOEFL iBT Test*(TOEFL iBT Research Report No. 21). 2013. ② Ling, G. et al. *Do TOEFL iBT® Scores Reflect Improvement in English-Language Proficiency? Extending the TOEFL iBT Validity Argument*. 2014.

22. Test and Score Data Summary for TOEFL Internet-based (and Paper-based) Tests. Jan. 2006 ～ 2021. *ETS Official Website*。截至本文寫作期，除 2011 年資料之外，均可從該官網下載。

23. 更嚴謹的統計檢驗請見下一章與書末的「附一章」。

24. 見本書第 14 章。

25. *A Dictionary of Psychology*. 3rd Edi. Oxford University Press, p120, 2009.

26. Wegner D..*White Bears and Other Unwanted Thoughts: Suppression, Obsession, and the Psychology of Mental Control*. 1989.

27. Julien D. et al.. *Intrusive Thoughts, Obsessions, and Appraisals in Obsessive–Compulsive Disorder: A Critical Review*. 2007.

28. Krashen S. et al.. *Natural Approach: Language Acquisition in the Classroom*. 1983.

29. Gregg K.. *Krashen's Monitor and Occam's Razor*. Applied Linguistics, 5, P79-100, 1984.

30. ① Saffran J. et al.. *Statistical Learning by 8-month Old Infants*. 1996.
② *Dehaene-Lambertz G, et al.. Functional Neuroimaging of Speech Perception in Infants*, Dec 2002, Science.

31. Iruka N. et al.. *Broadening Participation in the Sciences within and from Africa: Purpose, Challenges, and Prospects*, CBE Life Sci Educ.

32. 《如何學好外語·十位語言大家的學習建議》，2022 年 3 月檢索。

33. 由諾貝爾獎得主 G. Edelman 等人創立。

34. Brugman G. *Problem Finding: Discovering and Formulating Problems.* European Journal of High Ability, 2006.

35. 在科學哲學界廣為流傳的這句話常被認為出自 Karl Popper，但真實源頭已難以考證。

36. Popper K. *Objective Knowledge: An Evolutionary Approach,* Clarendon Press, 1972.

卷十　語言之謎

海內存知語，天涯若比鄰

第 77 章　語言「創世紀」與語言習得

自創母語

　　母語最美！但如果那母語竟是孩子們自己獨立創造的呢？！

　　Derek Bickerton 是混生語（Creole Languages）研究的泰斗。混生語是多種語言的人聚集生活，沒有任何語言主導，以七嘴八舌的碎語混雜為基礎、短期內自成一體的新語言。Bickerton 夢想著做一項語言創世紀的終極實驗：讓六個不同母語的家庭同居一嶼孤島，每個家庭都有且僅有尚未習得母語的幼童，看朝夕相處的孩子們會創造出什麼樣的新母語？這項因違反倫理而被絕棄的實驗，在中美洲的尼加拉瓜（Nicaragua）自發實現了。

　　尼加拉瓜原來沒有聾啞人手勢語言——手勢語有完整的語法——散居的聾啞兒童只有簡單的家庭化手勢表達。1980 年尼加拉瓜開建聾啞學校，教師們徒勞無功地教授一種唇讀語言。然而聾啞兒童在課堂外用日益豐富的手勢動作密切交流，老師們一頭霧水，以為學童中流行表演默劇。隨著多間聾啞學校同步出現這種現象，校方請來麻省理工的手勢語專家 J. Kegl 領銜的研究小組。研究發現，年幼兒童以年長兒童有限的手勢表達為基礎，正自生自發地創造著一種包含日益複雜語法規則的全新的手勢語言體系。（註釋 1）

　　請通過對比來領悟。15 歲的理科資優生容易習得微積分，但 7 歲之前就做不到；進而，要在 7 歲之前發明出微積分，即便牛頓和萊布尼茨也做不到！萬年不遇的尼加拉瓜語言創世案例則顯示語言能被幼童群

體輕而易舉地自主發明，而且年齡越小發明力越強。

語法複雜度與文明差異無關

巴布亞紐幾內亞（Papua New Guinea）被歐洲人於近代發現時仍處於新石器時代。該島區原住民人口曾遠低於世界人口的千分之一，狂野的地形、山脈、叢林、沼澤和海洋令島民們相互隔絕，存在著 800 多種語言，超過人類語言總數的 10%，更令語言學家震驚的是它們分屬於至少 30 種不同的語系（language families）。（註釋 2）這些新石器時代島民的「原始語言」，與歐美發達社會的現代語言相比，其語法核心結構的複雜度相同。

語言學習的五個佯謬

① 巴別塔（Tower of Babel）佯謬。幼童語言習得天賦與社會的文明程度無關。② 諸子百家佯謬。幼童語言習得絲毫不依賴書面語教學。③ 倉頡 - 畢昇佯謬。2000 年前人類近 7000 種語言多數沒有文字，但古代社會依賴多語種交流的商旅遍佈全球各地。④ 鳩摩羅什佯謬或吉爾伽美什佯謬。（註釋 3）500 年前多數語言並沒有歸納出自己的語法理論，但語言之間的相互翻譯自古有之。⑤ 喬姆斯基佯謬。新語言的習得能力，擁有高深語言學理論的專家遠不及毫無顯性語言學知識的普通幼童。

語言的核心能力與社會文明程度無關、與書面語無關、與文法理論知識無關、與體制化教育無關。進而，小童群體具備自主創造全新語言的能力，這比自學一門現存語言的難度高出數個量級。由此推理便獲得 L2 教學體系建構的黃金準則：務必以自學而非課堂教學為中心。

> 無名，天地之始；有名，萬物之母

第 78 章　語言韻律與語言習得

有一位典友問：「原典法強調韻律，但在外語教學流派中卻很少提及，這有什麼講究嗎？」

生命的協同律動

第 55 章簡介過鏡像神經元。它是感同身受（共情心）、亦步亦趨（動作同步）和鸚鵡學舌（語音流模擬）等行為的生理基礎。科學家做過一個實驗，讓芭蕾舞者、卡波耶拉舞（capoeira）者以及不善舞蹈者這三組被試觀看舞蹈視頻，發現觀看芭蕾舞時，芭蕾舞者大腦中對應的鏡像神經元——表演相同的芭蕾舞步所須啟動的神經元——同步啟動，其他兩組被試沒有這種啟動；同樣，觀看卡波耶拉舞時只有卡波耶拉舞者大腦中對應的鏡像神經元系統同步啟動。（註釋 4）

可以將學外語類比於學跳交際舞。不同語言的句法（表層語法）就好比不同類型交際舞的舞步。將母語比作你嫻熟的華爾滋舞步，將初學的外語比作你陌生的倫巴舞步；自學外語時，語音流就好比是虛擬舞伴，但它不會直接教你、不會為你耐心領舞，所以你總被磕絆碰摔，無法產生舞蹈快感。一旦你開始掌握倫巴舞步的律動，你就能默契協同虛擬舞伴而收穫源源不斷的快感，越學越順。學外語就是大腦語言神經「韻律舞蹈動作」的啟動和生長，當相關腦神經的啟動律動與輸入語音流的韻律匹配，琴瑟和諧的聆聽快感就源源而生，此即嗜聽。

語言蘊含著萬物之靈的神秘：律動的同步 - 和諧 - 共振。例如，合唱或集體正步走，對人類輕而易舉，對動物卻從來不見。歌鳥（song birds）天天互學互鳴對歌，但從不會合鳴同一首歌；牛羊日日群奔，卻不能步調一致地行進哪怕半分鐘。孟子說「金聲玉振而集大成」。愛因斯坦說「生命中的一切都是律動」（Everything in life is vibration）。因發現 DAN 而獲諾貝爾獎的科學家 Francis Crick 提出了一個假說：意識和創新思維源於大腦神經元集群的啟動以週期為約 25 毫秒的頻率和諧共振。（註釋 5）語言的奧秘深藏於生命的律動，只不過科學對它所知甚少。

語音流結構元素的名分

科學也講究「名分」：表達概念的符號。文字就是口語的名分。名正言順用於科學就是名正而思順，符號體系對人類的抽象認知舉足輕重。能夠在概念上分類、並用符號清晰命名的對象，研究起來就得心應手。對比用羅馬字符與阿拉伯字符標識的數字，若捨棄後者，要發展高階數學思維就相對困難。

語音流有兩個重要構成：音位（Phoneme）與韻律（Prosody），由於古希臘文和古拉丁文已相對精准地表達了音位，音位自然成為近代語音學研究的重鎮。但即便在「完美」的拼音文字裡也難覓韻律的靚影，它成為語言學家族裡被冷落的「灰姑娘」。

語言的韻律

語言韻律主要包括三個關聯的維度：節律（Rhythmicity），強弱和語調。可以區分出特徵節律與表達節律。這樣來理解：每種語言都有區別於其他語言的旋律模式，這就是特徵節律；每句話都是母語特徵節律的具體變奏，這就是表達節律。強弱即音量的強度。而語調則是音高貫穿單詞、短語和句子的起伏變遷。語音學中將韻律稱作超音段 (Suprasegmental) 構造，以區別於母音輔音等可被時序切分的音段（segment）構造。韻律是貫通語音流的脈絡，它把輔音、母音、

音節和短語等各層次音段串接融合為甘言美語。層級構造（Prosodic Hierarchy）是韻律的特徵，它有兩個神秘的層面，與句法的層級結構（Syntax Hierarchy）或數學模型關聯，與音樂的層級結構或數學模型相通。

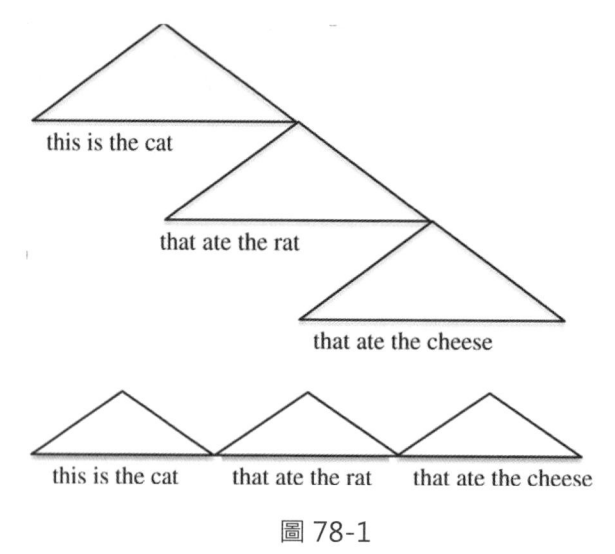

圖 78-1

上圖：句法的層次結構，包含無窮遞歸性；下圖：韻律的層次結構，雖然不含遞歸性，卻可承載句法的遞歸。

韻律的符號體系

1990年代科學家終於找出了那雙「水晶鞋」：語言韻律的符號體系，設計發明了「調比」標識系統（the Tones and Break Indices，ToBI）和「律調」標識系統（Rhythm and Pitch，RaP）等。（註釋6）語言韻律的研究由此加速。

這樣來理解：表音文字對語言之聲的表達是有音無韻。若要完整地記錄口語，除了滿足字母-音位原則的字母體系，還需要一套類似五線譜的標識體系。從科學家提煉韻律標識體系之艱難，可窺見語言習得時幼兒大腦潛意識加工的「高精尖」。

韻律與句法：語言的「雙螺旋」構造假說

原典法的論證存在一個缺環：聆聽為本的第一定律難以解釋無聲的手勢語。喬姆斯基認為語言的輸出既可用聲韻又可用手勢，兩者之間的巨大差異提示它們不屬於語言的同質內核。在這個層面原典法與喬姆斯基的思路有所不同。腦成像研究發現，手勢語與有聲語這兩者的加工使用相同的腦神經結構。這提示聲韻和動作這兩者通過某種同構而密切關聯於語言的內核；這同構應當源於律動。語言既是通過句法骨架將離散的詞元概念組合成一個個命題的句子，又是通過韻律經絡將離散的音位編織成一段段話語的「樂曲」；句法與韻律這兩者以當代科學還不明瞭的方式雙雙匹配。我們將此稱為語言的「雙螺旋」構造假說。比喻地說，人類語言是天然的夫妻結構，夫為句法，妻為韻律。

韻律自誘導假說

邏輯上，雙語或多語種環境會對毫無具體語言知識的嬰兒會造成重大的輸入混亂；現實中，多語環境中成長的嬰兒掌握多語的進程與單語兒童並無顯著差異。它提示新生兒必定具備某種先天稟賦，能夠自動區分不同語種的輸入，把它們井然有序地納入各自的範疇加工。科研發現，新生兒確實是根據語音流的特徵節律、而不是音段資訊（母音、輔音和音節）、來區分不同的語種。（註釋 7）

科學家需要釐清兩大狀況。(1) 話語的聲音信號本身是否包含豐富的句法參數線索？也即聲音模式與句法模式是否有相關性？(2) 如果是，嬰幼兒能否利用、怎樣利用這些相關線索資訊而習得語言的句法？

科研發現韻律在語言習得的腦加工中提供至少四方面的重要資訊。(1) 短語、意群和子句的層級分段；(2) 標記核心單詞和短語；(3) 情感蘊含；(4)「言外之意」；從而構成句法加工的基礎。科研還發現不僅離散的語言聲音信號中隱藏了豐富的句法線索，語言的節律類型與句法

類型也有某種相關（Morphosyntactic Similarities）（註釋8）

　　即使科學家也才剛開始探查句法與聲韻複雜關聯的蛛絲馬跡。這又引出前述重大疑問：「毫無抽象能力又缺乏任何語言知識」的嬰兒是怎樣習得玄而又玄的句法規則的？科學家發現，以韻律為主脈的語音流資訊確實是嬰幼兒提煉母語句法參數的媒介，由此提出了句法加工的韻律誘導假說（Prosodic / Phonological Bootstrapping）。（註釋9）

　　不再科普專業內容。只需領悟其實踐蘊含：「以文為本」的教學模式根本無法啟動大腦中語言韻律加工的神經系統，這相當於學唱歌時唯讀歌詞而禁止聆聽。

從例句體會韻律在句法加工中的作用

The teacher said # the student is stupid.

The teacher # said the student # is stupid.

Steve # or Sam and Bob will come.

Steve or Sam # and Bob will come.

　　#表示由韻律線索提供的短語分段資訊（在口語中未必表現為停頓）。容易覺察，文本完全相同的句子，語義內涵大相庭徑。由於口語的韻律線索提供了短語分組資訊，會話中排除歧義毫無困難。但文本則不然。

前塵後世輪回中，誰在聲音裡徘徊

第 79 章　進化語言學與 L2 教學體系

語言習得的邏輯框架

　　包括兩大先天基礎與四大後天任務。先天基礎是物種基因預設的普遍語法與語音聽覺。後天任務是：① 從語音流的聲學線索提煉出母語的聲韻結構；② 將聲韻的單元與概念詞元匹配；③ 從聲韻的結構中提煉出語法形態的參數值；④ 前三項互動，生成無窮擴展的語句理解和表達。有以下推理。

　　首先，聽、說、讀、寫四項能力中，有四大科研和經驗證據，惟有聆聽是語言習得的本原能力。① 六個月大的胎兒聽覺中樞已初步成熟、開始工作。② 新生兒能夠辨別人類任何一種語言的所有語音。③ 口語發展在時序上滯後於聆聽且依賴於聆聽；④ 嬰兒沒有讀 - 寫能力。

　　進而，具體的句法知識「一片空白」的嬰兒，不論母語、文化、階層等差異，都步調一致地在四歲左右就能嫻熟地運用母語的核心句法規則。嬰兒只能是基於物種稟賦的 I-languages 原初狀態，從環境語音流中提煉出語法神經後天生長的參數值。由此，語言習得的奧秘蘊藏於四個相互關聯的方面：A. 語音加工天賦；B. 母語的聲韻流構造；C.（家庭）舐犢情深的語言互動；D. 聆聽。其中 A-B 兩項是給定的主客觀條件，嬰兒不能更改但可充分利用；C 項是嬰兒參與卻難以主控的環境；唯有 D 項是個人的自發自主項。外語學習唯一缺失了 C 項，解決路徑只能是將 A-B-D 這三項發揮到極致，這最終歸結到 D 項，即把自主聆聽發揮到極致。

結論明確：在雙向交流匱乏的條件下，解決華人外語學習的普適方案是將聆聽輸入的「單向交流」最大化且最優化。

進化語言學 (Evolutionary linguistics)

與 Chomsky 幾乎同名的 Chimsky 是當代語言學的另類明星：一隻黑猩猩。它的取名是雙關語，黑猩猩的英文是 Chimps。Chimsky 的一生被哥倫比亞大學的 H. Terrace 教授用來做 Chomsky 理論的終極檢驗之一：與人類共享 98％ 以上基因的黑猩猩能否習得人類語言中最有限的句法？Chimsky 確實學會了上百個手勢語單詞，但詳盡分析它表達出的所有單詞序列後均未發現句法結構的蛛絲馬跡。（註釋 10）

當代人類普遍具有的稟賦都是經歷了數百萬年適者生存的磨礪所凝練的結晶。凡是經過進化淬煉鍛造的物種特異智慧，都具備高效率和自動化的特徵，如候鳥的空間導航能力、人類語言的聽與說。與此相對應，凡是那些由人類在幾千年短暫文明中所創造的文化工具能力，如閱讀、寫作、數值計算和文法知識等等，它們在亙古進化中與人類物種的生死存亡無關，大自然沒有鍛造好這類後天技能令它們具備高效率和自動化的大腦加工天賦。

全球 L2 教學體系的兩類框架

第一類：敬畏人類進化的與生俱來的語言自學本能，將文化工具定位於輔助個體生物稟賦的舒展。第二類：輕視萬年進化的稟賦，迷戀人類的工具發明，如文本閱讀和文法知識至上，外加課堂教學的各種微創新。

有必要學顯性文法知識嗎？

權威的英語考試如 TOEFL 和雅思以及日本語能力測試（The

Japanese-Language Proficiency Test）均放棄了文法知識的直接測驗題。原典法不贊同文法知識中心的教學模式，但主張操作上有時序前提的融合。外語習得必須聆聽先導且主導，快速培養出語感；在此時序前提下恰當地學習顯性語法知識，就能夠 ① 容易理解，② 容易記憶，③ 能促進基於語感的隱性語法能力的鞏固，④ 令語言表達符合通用規範。

> 問世間聲為何物，直教人生死相依

第 80 章　語言學習的「繆斯原理」

音樂與語言的三重特徵關係假說

　　有若干理論假說主張音樂與語言同源，如 W. T. Fitch 等人的原始樂語假說（Musical Protolanguage Hypothesis）。（註釋 11）以下簡介 Steven Brown 的三重特徵假說：共用特徵，平行特徵和獨立特徵。① 共用特徵。指音樂和語言共用的大腦加工區域及週邊生理器官；包括基礎聽覺加工、韻律加工，以及口喉聲腔的動作控制等；它們在進化階梯上最古遠，反映了音樂與語言的演化之根。② 平行特徵。指在語言和音樂中相互對應，既具有某種同構或相似、又兼存內容差異的生理加工模組；包括離散型（Discreteness）的聲韻單元，如語言母音輔音的音位 VS 音樂的音高，組合型的聲韻結構，如短語構成與樂語表達（Phrase Formation and Expressive Phrasing Mechanisms）。它們往往倚重左右半腦對稱的區域，體現進化階梯上的中段、從同源的功能模組中平行演化出基本同構卻有內容分化的加工模組。③ 區別特徵。指那些為音樂抑或語言各自獨具的大腦加工模組。如音樂特有的等時節拍，音高的同步或非同步和絃式混聲的音樂句法，語言特有的概念指涉的單詞和命題句法（Propositional Syntax）等。它們反映了相對晚近的進化階段，音樂與語言各自發展出獨立的神經模組。S. Brown 用一個合成詞「樂語」（Musilanguage）來表達音樂與語言的進化的同根性，兩者都兼具表達情感與概念的功能，音樂擅長傳情，語言擅長達意；在進化之根上情愫和概念混沌合一，然後分化演進。（註釋 12）

如果語言的樂源性假說的思路正確，那麼聲韻加工就是語言習得中的王冠。

從聲學指紋破解音樂與語言的神經關聯

音樂與語言沒有化石，這是驗證音樂與語言同源假說的實證難題。

科學家 A. Patel 從聲學－數學模型獲得靈感，樂譜是精准的聲學符號標記，由此應能探查音樂與語言是否普遍相關。其洞見在於：如果音樂與語言共用大腦的眾多神經硬體構造，那麼它倆各自產生的「核心軟體」——聲波模型——應該隱藏著某種「指紋相關」。Patel 搜集了 19 世紀英法兩國著名音樂家器樂作品的樂譜紙書，其中英國 137 部，法國 181 部，千辛萬苦地將它們轉錄為電子資料，然後輸入建模軟體對比。結果顯示兩國音樂家的作品清晰地呈現與各自的母語相關。Patel 興奮地奔相走告於同事。一位同事說：「你怎麼不早說，我有數碼版的英法音樂家樂譜大全！」其樣本量是 Patel 手工錄製樣本的數倍。再次輸入建模軟體獲得了同樣的結果。這是科學史上首次硬證據：音樂與語言在大腦神經構造上存在著「指紋相關」。（註釋 13）

古典人文與繆斯原理

原典用「繆斯原理」來統稱語言的動感、情感、美感和社群互動，以及將音樂歌舞戲劇融入語言學習的傳統。

神話譜系是諸大文明的智慧源頭。它們以人格化、故事化、隱喻化（Allegory）、形象化和禮儀化來表達人類的認知，（註釋 14）不免被當代人輕視。但古代文明的技術落後並不代表其智者對自然萬物的思考就微不足道。

首先，神話也蘊含智慧範疇的提煉。九位繆斯女神都是記憶女神 Mnemosyne 的女兒，分別司職史詩、抒情詩、聖詩、愛情詩、喜劇、

悲劇、歷史、舞蹈和天文；也即，她們用音樂、詩歌和舞蹈來舒展記憶、語言藝術和智慧靈感。第二，音樂、詩歌和舞蹈是人類自發的大腦增強實踐。第三，與中世紀的宗教理性和近代科學理性相比，古老的原初神話思維或許更為均衡；在前者中力量和智慧曾是男性的專利；在後者中力量屬於男性，智慧卻往往源於女性的優雅之美。

與古希臘文明相通，六經中《詩》、《樂》「三分天下」有其一。音樂與藝術是教育啟蒙的無形之手、心靈創造的統覺之慧。將亙古傳統與日新又新的腦科學結合，足以提供三大啟示。第一，外語學習中由聆聽培養語感、在大腦中建構目標語言聲韻系統（而非文字）的神經表徵，具有優先性。第二，將音樂運用於語言習得，既要將音樂素材與語言素材相結合，又要充分舒展語言自身的音樂性。第三，美感和快感是心靈創造的源泉；音樂與語言，感性與理性，藝術與科學，激情與智慧，愉悅與創造，直覺與洞見，它們雙雙關係的玄妙，不論是否為當代科學所理解，都蘊含教育的真諦。不能因為尚不能「科學地」分析它們，就把學習蛻化為沙礫化的知識記憶和刷題。當代文明被功利驅策，STEM強勢而人文音樂藝術衰微，這並不健康。

繆斯原理主要包含六個層面：① 唯美以情智合一；② 覆蓋手勢語；③ 動作智慧與感知覺智慧同樣古老，它倆以當代科學遠未理解的方式互動進化，孕育出生命的自我意識和有聲語言；④ 群體互動是大腦增強的主要路徑之一；⑤ 可孕育科學與人文的統一；⑥ 「母語」有多層語義，從個體的母語到所有語言的母語；說到底，母語和外語俱是人類的姐妹語，每一門外語都是學習者的「姨媽語」；進而，「母語」和「繆斯」也是身心哲學（mind-body）的姐妹詞，它們蘊含的「女性/母性情智」是人類文明傳承發展的血脈，但長期被男權壓抑。

圖 80-1　繆斯壁雕。注意音樂舞蹈的美感和群體互動特徵。

「母公設系統」與「繆斯原理」

原典法並非具體方法或獨門秘笈，它是多層次的方法論體系，其人文哲學綱領被表述為「繆斯 - 荷馬 - 倉頡原理」。略展開講解如下。

首先，① 科研資料是暫時的局部的，語言的奧秘再有百年科研也無法窮盡；② 既要追求科學的日新又新，又要尊重智慧的淵遠流長；③ 人類理性存在普遍局限； ④ 科學理性並非人性的全體；⑤ 科技常被資本主義功利驅策的競爭而異化。所以，原典法主張科學、哲學及亙古智慧的互補互益。命名為原典法，其根基是謙卑重於創新，敬畏語言的百萬年生物進化和萬年的文明演化。

第二，AI 加速進步對教育產生迫在眉睫的挑戰；狹義的科技思維並非教育進步的源泉。回溯古今智慧的脈絡，重拾口語文明和多語言文明的精髓，並用原典文化的人物肖像來表述，便於喚起關注、反思和批評。

第三，公設化思維是智慧譜系的財富，它有三要素，一致性、獨立性和完備性。形式化系統的不完備性早有定論；完備性意味著封閉性，不適用於融合科學與人文的 L2 習得體系的建構。借鑒公設化思維時須考量四個要素：傳承性、一致性、獨立性和開放性。口語文明時代，繆斯「唯美、唯歌、唯動而唯憶」，體現了語言的樂感與美感、情智合

一與身心合一，還有社群和諧互動；荷馬「唯聽而唯音」，突出了聲心互動；倉頡「唯目」，代表了口語文明向文字文明的進階（Orality → Literacy）。（註釋 15）三足鼎立又相互補充，構成「母公設系統」。母公設系統借鑒了公設化的邏輯思維，但它本身並非形式邏輯。要根治華人學外語難的世紀頑疾，無限趨近第 15 章闡述的 Consilience 而建設出能貫通自然科學、社會科學和人文的雙語教育體系，宜動用人類智慧譜系的「十八般武藝」；可稱此為方法論的方法論；進而，在方法論體系的整合中，母公設系統有可能成為公設系統的智慧之母。

章末作業：章首句溯源與淺解

愚魯地借改古人元好問之＜雁丘詞＞。

愛河中的胎教，聲聲如歌；往生前的遺言，聲聲如泣。

請溯源並解讀其他各章的章首句。

相看兩不厭，相聽到永遠

第 81 章　外語學習的「水仙花謬誤」

　　西語文化源頭兩大美少年 Paris 和 Narcissus 的故事我們耳熟能詳，前者顯露人類情欲的永恆衝突，後者蘊含人類情智的亙古困境。Paris 的生死情愛我們感同身受，Narcissus 的哲理存亡卻常被忽略。Narcissus 邂逅水靜流深中的自我，一見鍾情於無比幻美的鏡像，久久匍匐在水潭邊；深愛著 Narcissus 的女神 Echo，她甜美悅耳的嗓音，她回蕩山林的心語，聲聲如泣，渴望喚醒 Narcissus，但他不聞不語，不離不棄地陪伴著鏡像之自我，憔悴而死或溺斃而亡。

　　當人類發明文字，便孳生出文字圖騰，從而把語言的鏡像當做本體，以人工的文字貶抑的天然的語言，以現世的知識鄙棄淵遠的造化，以個人的智巧替代物種的進化，以專家的自戀藐視天道的本真，從而孳生出外語教學理論和實踐的世紀錯謬。

　　聲韻令人美麗，聆聽令人睿智。人之所以能遠離飲血茹毛，視野海闊天空，勝過雲雀雄鷹，不在於眼睛比百鳥銳敏，而在於「耳朵」與百獸迥異，在於那或甜美或雄渾的空谷傳音（Echo），在於那婉轉雲霞的天籟之韻，在於那閉上雙眸都能流淌入心底的天道之聲，在於每一個生靈從母腹就開啟的悅聽之旅。當你自棄了這聆聽之旅，你也就告別了心靈成長的學習之旅。你逆天道而行的純視覺外語學習，不論多麼刻苦勤奮，命中註定無法超越 Narcissus 那雙英俊明亮卻被蒙蔽的眼睛；那是人類對文法知識自戀的一株鏡花，是繆斯女神警醒英俊少年的一叢水仙。它幻美無比，但它潛藏著學習的劣變，它表演著知識的偏狹，它曝露著男性的自戀，它膨脹著人類的譫妄，它還預示著青春的速朽和生命的夭亡。

圖 81-1 Narcissus and Echo 美少年那思思與幽谷回聲女神艾可可（英國畫家 J‧W‧Waterhouse）

　　菩提本是樹，明鏡原非容。文法理論不是語言之本體，而是語言之觀照。如果你渴求美貌，可以修武，如泳劍射騎，可以修文，如琴棋書畫，可以修心，如哲禪悲慈，你也可以修形，淡妝濃抹乃至傷筋動骨；但你不必總是去修鏡。指望日夜叩鏡而冠天下至美，那是白雪公主後母的乖謬，是魔戀「風月寶鑑」而歿的荒塚。

　　如果專家真正期望學生舒展語言潛能，就不該強迫師生代復一代地塞填文法知識。如果少年渴望學好外語，就要把文法理論這面玄鏡「束之考閣」，找回上蒼賜予每個人的語言天賦。沒有這種小思考大覺悟，人人得天獨厚的多語種潛能就不免永遠是那叢無聲無息的 Narcissus —— 水中月鏡中花。

> 如果大海能夠帶走我的哀愁
> 就像帶走每條河流

第 82 章　基於腦科學的原典法公設系統

波普爾說：「科學可以被描述為一種系統化地追求極簡的藝術」（Science may be described as the art of systematic oversimplification）。（註釋 16）

原典法公設體系建構

分三大步。首先，運用方法論第一原則，提出聆聽為本的第一公設。第二，運用方法論第二原則，對第一公設做多學科分析和交叉驗證。第三，遵循科學哲學中實證主義和操作主義的準則，來定義第一公設。（註釋 17）它有兩個層面：第一是外顯行為，歸納為「聆聽最大化、聆聽最優化」；第二是內在原理，歸納為「被人類物種基因預設的大腦語言神經的正常生長依賴於聆聽」。將以上三步集成為外語學習體系的第一定律，並由此推導出三大定律，或可簡稱為「原典法三定律」。

表 82-1 基於腦科學的原典法三定律

第一定律	聆聽（Subcontiously Engaged Listening）＝ 語言中樞神經正常生長
第二定律	（聽力過關後的）閱讀 ＝ 語言中樞神經二次生長
第三定律	（缺乏聆聽量積累的）提前閱讀 ＝ 干擾語言中樞神經正常生長

再將其擴展成實操七定律。

表 82-2 基於腦科學的原典法實操七定律

大腦語言神經生長的三大定律	擴展的七定律與簡化表達式	定律簡釋
原初生長定律（核心定律）	喜愛聆聽 = 語言神經優化生長	神經生長的情感原理，母語親情的最佳替代，歸屬於繆斯原理
	先導聆聽 = 語言神經正常生長	神經生長的物理→生理轉換原理，由語言之聲的能量和頻率促發轉換，與文字無關
	海量聆聽 = 語言神經加速生長	神經生長的量化原理 亦稱大數據增強原理 以上兩項歸屬於荷馬原理
二次生長定律	閱讀訓練 = 語言神經優化升級生長	聽力過關後的閱讀是內化高速聆聽歸屬於倉頡原理
干擾生長定律	唯讀不聽 = 遮罩語言神經生長	聽力低弱時閱讀主導是錯誤習得方式
	重讀輕聽 = 阻滯語言神經生長	
	先讀後聽 = 扭曲語言神經生長	

以上定律集合構成〈外語教學最簡綱領〉。

原典法的命名

英文名為 *Homer Approach*，有如下涵義：① 遵循語言習得的本原程式；② 強調自學是原點；③ 強調家庭本位的教育；④ 強調方法論的各個層面都追根朔源；⑤ 強調遵循語言文化的經典；⑥ 強調人類文明的相互借鑒學習。其具體方法與訓練程式的技術層面（method / procedure）的英文是 Audio Premier, Acoustic Enhancement and All-in-One。Audio Premier 顧名思義：① Audio，廣義的有聲書；② Premier，高品質，即文本經典＋詠誦經典；③ Acoustic Enhancement，將 Audio

Premier 具化，將樂感和情感與聲學科學等貫通，運用 AI 等各種語音知覺的增益技術和訓練程式，增強大腦對語言各成分各層次的加工。④ All-in-One，多合一與集成化，它有以下兩個層面，A. 訓練程式，在遵循聆聽先行的大原則下，融入說、讀、寫技能，且兼收並蓄各教學流派的活動式教學（activities）；B. 方法框架，原典法不但不排他，而且可與 L2 教學的其他體系單向結合而相容。（註釋 18）

原典法與 L2 其他 教學流派的關係

　　單向結合的「時序公式」通常是，原典法 → L2 學習的傳統方法；以下公式可能不正確， L2 學習的傳統方法 → 原典法；詳見《英語自學方法教程》第一版第 42 章。

舒眉暖對千夫指，俯首難為孺子牛

第 83 章　美歐主流 L2 教學流派取樣比較

對比簡析國際主流 L2 教學理論

表 83-1 原典法 VS 國際主流的 L2 教學四大流派

理念和特徵	原典法	自然法	交際法	內容-語言集成法	任務教學法
1. 重視喬姆斯基語言學路向	強	中	弱-無	弱-無	弱-無
2. 重視以大腦科學為基礎	強	中-弱	弱-無	弱-無	弱-無
3. 以自學為中心	強	弱	弱	弱	弱
4. 可以不依賴教師	強	無	無	無	無
5. 可以不依賴課堂	強	無	無	無	無
6. 聆聽先行的海量輸入（註釋 19）	強	強-中	中-弱	中-弱	中-弱
7. 重視移動音頻輸入	強	中-弱	中-弱	中-弱	中-弱
8. 起步期以相對長篇的故事為主幹輸入素材	強	弱	弱	弱	弱
9. 要求素材經典（Premier）	強	弱	弱	弱	弱
10. 強調音頻詠誦優質	強	中-弱	中-弱	中-弱	中-弱
11. 重視各種情感的喚起和體驗	強	中	弱	弱	弱
12. 宣導公益互助 O2O 社團自學	強	?	?	?	?
13. 強調家庭親子雙語學習	強	無	無	無	無

14. 適用於不懂英語的家長指導孩子習得外語（親子英語）	強	無	無	無	無
15. 雙向適用於學生與教師	強	弱	弱	弱	弱
16. 宣導學生和家長是自學方法的創客	強	無	無	無	無
+1. 起步階段強調文本輸入	無	強-中	強-中	強-中	強-中

表格中術語對照或解釋

交際法 Communicative Approach ‖ 自然法 Natural Approach ‖ 內容型教學法 Content-Based Instruction / Subject-Language Integrated Instruction ‖ 任務型教學法 Task-Based Instruction。

強-中-弱-無：對該理念-特徵-方法-技術貫徹落實的程度，問號表示難以確定。

再精煉原典法的六項特徵。① 強調自學；可以不依賴教師；這一理念同時蘊含對西方文化中心論的批評。② 既適用於自學，又適用於教學；可不依賴教師，但宣導教師積極參與。③ 教師具有教師和學生的雙重身份。本項含三層意義：A. 原典法能提升教師的 L2 水準；B. 繼承教學相長的傳統；C. 學生具有學生與教師的雙重身份。④ 繼承家庭本位和社會即學校的教育理念，不規限學習場所，從家庭到學校到社會處處可用。⑤ 各類高素質的 L2 音頻（而非教師）是主要輸入源。⑥ 只強調指導原則的宏框架，儘量避免限定實操程式的微動作，教師、學生和家長都是教與學的方法創客。

L2 教學體系建設的三項標準

三大標準是：普遍有效，操作簡易，鼓勵師生和家長自主創新具體方法和程式。前兩者不言自明。談談第三條。醫學須對治病療傷的藥

劑分星擘兩，教育卻不能將心靈成長的引導操弄成巨細靡遺的規行矩止。合理的 L2 教學體系應該也必須在原則綱領之下為學習者自我調整、探索和創造開闢廣闊空間，讓師生和家長成為教與學的 DIY 創客。「學有定則而法有自創」應當成為 L2 教育科學與藝術的追求。L2 習得的獨特性還在於，語言的神經生長，低齡者遠遠優越於年長者，即學童優於教師、青年教師優於資深專家。再疊加上科技提速更新等因素，與其他學科相比，L2 學習中越資深的專家越應該尊重一線師生的自主，虛心向他們學習。

須用以上三大標準鑒析 L2 學習的各類「西洋理論」。

國際主流 L2 教學流派的突出優點

雖然它們的理論體系陳舊，但課堂教學實踐的優勢顯著：多才多藝的活動式教學是西語文化「繆斯原理」的微傳統，值得華人虛心學習。

平，則兼善天下；達，則獨戒其身

第 84 章　雙語雙文的腦神經生長「原典假說」

60 秒科普？

「抖音」火爆後有人問我「您能不能一分鐘講清楚原典法？」。我說：可以，但講清楚≠聽明白。

一分鐘版本：大腦是神經元聯網的生物晶片群。正如決定手機性能的要素是晶片的納米級，決定大腦性能的是神經元網的密度。與手機不同，大腦的神經網能自動升級。例如幼兒的腦神經每秒鐘可長出一百萬個新連結。與單語單文相比，方法正確的雙語或多語言習得，自動且持續地提升著大腦語言晶片群的納米級，令其生長出密度更高的且充分優化的神經網。這就是原典法。

更簡短的 20 秒版本：原典法原理示意圖；記住，僅是示意圖。

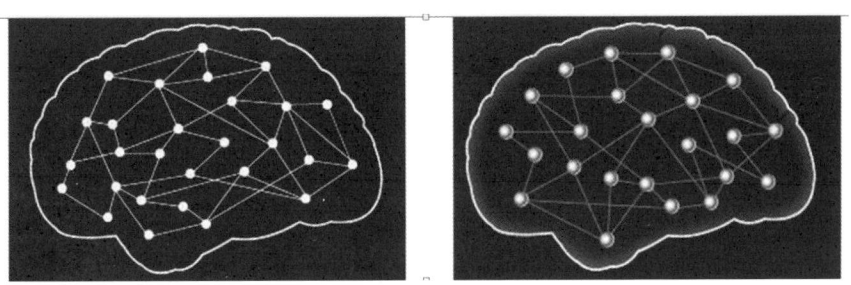

圖 84-1 左圖：單語單文 A 的腦神經網；右圖：單語單文 B 的腦神經網

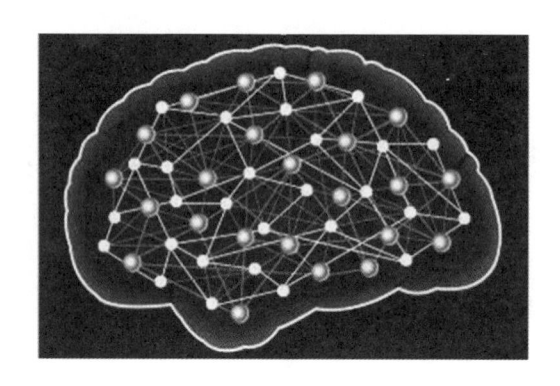

圖 84-2 雙語雙文 A ＋ B 的腦神經網

「腦神經網納米級假說」

　　語言 - 文字 - 思維這三者之間的動態關係，百代學人也難以完全破解。但文字體系是這三者之中人類發明出的牽一髮而動全身的杠杆工具箱。在西方文明的衝擊下，近現代東亞各族多有改進此工具箱的種種嘗試。蔡元培和魯迅等人宣導漢字拉丁化；越南等國走通了文字拉丁化的道路；日本則採用混文模式。假設中文英文各有所長，那麼遠比漢字拉丁化合理的自然路徑是普及雙語雙文。

　　進而，結合圖 84-1/2，類比於視頻有從低清到標清到高清的解析度之分，不同語言的聲韻系統和語義系統也會有清晰度分化的差異。與單語單文相比，雙語的聲韻系統和語義系統的清晰度和豐韻度會因互動分化而提升，這或可構成令語義思維清晰度和豐韻度增益的神經生理基礎，進而構成思維創新的生理基礎。我們稱此為「腦神經網納米升級假說」。

雙語雙文腦神經生長的「原典假說」

　　漢語＋英語的雙語雙文教育更有利於促進大腦語言中樞神經的優化生長，提升個體與族群的 IQ。

三百六十五里長路，從少年到白頭

第 85 章　雙語雙文與大腦增強

超級人工智慧？

未來學家、牛津大學的教授 Nick Bostrom 在 2014 年的著作《超級智慧：道路、危險與戰略》（Superintelligence: Paths, Dangers, Strategies）中預言：一旦達到科技奇點（Technological Singularity），AI 自我提升性能的突破就如核爆而生成超級智慧（Superintelligence, SI），人類可能淪為 AI 的奴僕。此類「AI 威脅論」或是盛世危言，但值得常思常慮。

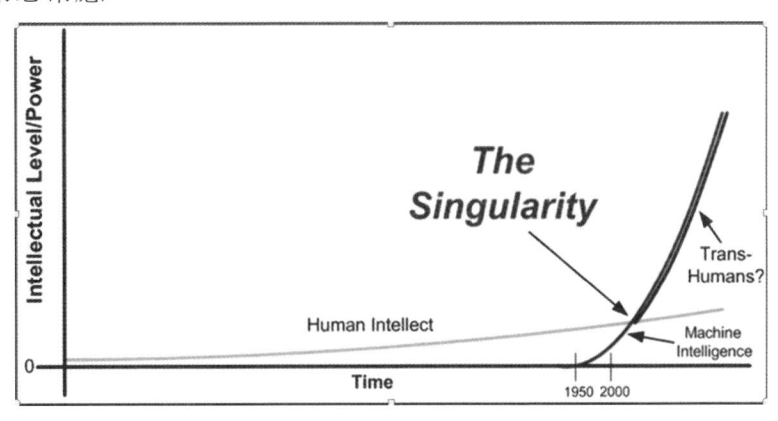

圖 85-1 科技奇點科普圖

雙語雙文與大腦增強

面對 AI 挑戰，人類的出路是自我增強：Human Enhancement，（註釋 20）其核心是大腦增強；它又有兩大類路徑：① 人工型，如大腦神

經介入或基因工程；② 自然型，舒展和優化大腦的生理生長。雙語-多語習得是自然型大腦增強的主要路徑之一。

西方學者回避「雙語提升 IQ」的表述，代之以「雙語的認知增益」（Cognitive benifits / advantages of bilingualism）。這方面的科研如雨後春筍。畢生鑽研雙語大腦的科學家 Ellen Bialystok 發現：經常使用雙語者不僅在各種複雜型認知任務中有優勢，而且能將大腦衰老平均推遲約 4.5 年。（註釋 21）印度科學家研究了 600 多名腦卒中患者，發現雙語使用者的認知康復速率顯著地快於單語使用者。（註釋 22）瑞典科學家使用腦像技術對比研究兩組同齡大學生，一組軍事學院外語口譯專業學生，一組醫學院學生，經過 3-6 個月相同強度的學習，前者的大腦神經生長明顯超出後者；（註釋 23）也即，就大腦增強的生理效用考察，用數理化生無所不包的學科訓練的醫學專業學生，比不上用多語言訓練的學生。這類研究反復證實多語言運用令大腦神經硬體顯著增強，這是 IQ 大幅提升的生理基礎，怎麼強調都不過分。

語言關鍵期的原典預測曲線

若能自覺運用雙語或多語的優質語音流以促進大腦語言神經增強型生長，我們預測語言習得敏感期的曲線有望如圖 85-2 所示。在技術層面，這是通過由優質音頻所承載的聲學增強（Acoustic Enhancement）來實現大腦增強（Brain Enhancement），它嘗試將聽覺＋聲韻（Auditory ＋ Sound）這兩者在基因＋科技＋文化這三個維度互動融合，（註釋 24）以貫通身＋心＋物，建構出既符合人類亙古傳統又運用當代科技的 L2 習得體系。

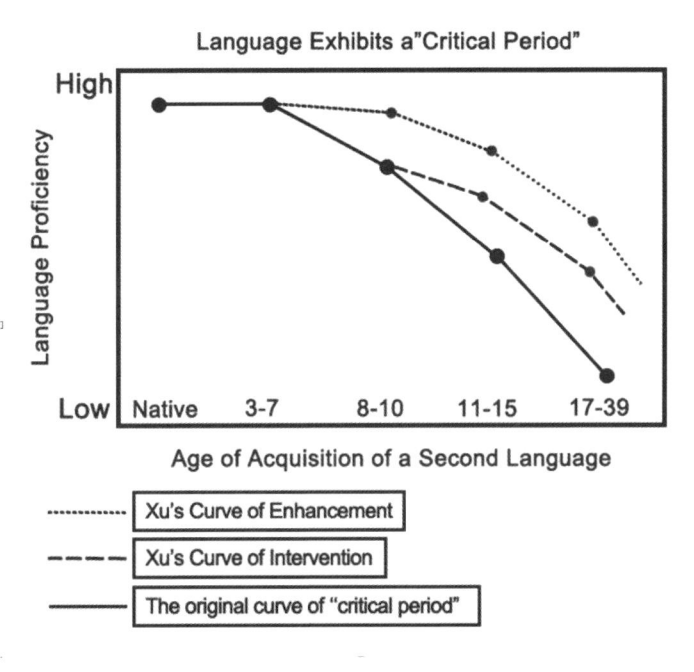

圖 85-2　Xu's Curve of Enhancement

　　古希臘人銘刻在山岩上的三句箴言是：「你想強壯，跑步吧！你想健美，跑步吧！你想聰明，跑步吧！」如果細讀荷馬史詩的《奧德賽》就能推知它還有欲言又止、留給後人去凝想的另三句話：「你想強壯，雙語吧！你想健美，三語吧！你想智慧，多語吧！」

讓我們期待明天會更好

第 86 章　大腦增強與 2050 教育前瞻

　　思想家 Yuval Harari 擔憂 AI 進步會令越來越多的個體日益淪為無用階級（Useless Class）。文字誕生後文盲易淪為社會的弱勢群體。超級 AI 降臨後不能善用 AI 的族群很可能命運多舛。同時，如前章所述，面對 AI 挑戰人類的出路是大腦增強而提升智商，智商越高越能善用 AI，令個人的創造力千萬倍地舒展。

各類行為與大腦增強之間關係

　　表 86-1 簡述部分行為或活動與自然型大腦增強之間的關係。

表 86-1　大腦增強的部分行為分析（經驗猜測值 - 並非科研評估值）

	生理健腦	本能智慧複雜度	大腦啟動區域	情感增益	數理邏輯思維增益	綜合創造思維潛能	總評
基於公序良俗的開放的社群活動	強	高	廣泛	強	強	強	優
興趣與好奇心	強	高	廣泛	強	強	強	優
體育	強	中-高	廣泛	中-強	?	良	良-優

舞蹈	強	中-高	廣泛	強	?	良-優	良-優
歌曲	強	中-高	廣泛	強	?	良	良-優
器樂	強	高	廣泛	強	?	良-優	良-優
趣味型手工	強	高	廣泛	強	強	良	優
應試型知識灌輸	弱	中	通常有限	弱	依賴學科?	不良	不良
冥想-氣功-瑜伽等	強	?	較廣泛	?	?	?	良
充足香甜的睡眠	強						優
雙語雙文	強	高	廣泛	強	強	強	優

表 86-1 是基於人類亙古實踐和當代科研所做的簡陋猜測，它沒有包括各項活動之間的互動對大腦增強的影響。按加德納多元智慧理論，8 大主要智慧之間存在 28 組雙重互動，例如，語言-音樂，語言-數理；存在 56 組三重互動，例如，語言-音樂-數理；等等。這些互動大多均具備提升 IQ 的巨大潛能。

人類的挑戰

高 IQ 既不等於更不保障身心健康和社稷健康，還醞釀更大的危險。例如秦帝國的重臣商鞅和白起的高智商令生靈塗炭。IQ 增益與道德健康、與人格健康、與伴隨生理成熟的性健康等之間的互動關係，以及與社群社稷健康的關係，科學家一無所知。

人類是越無知越自信的地球動物。與古人相比，今人對百年後的滄海桑田更一無所知，卻更躊躇滿志。半個多世紀的外語教學恰是明證，我們越無知到錯教錯學，越自信到瘋狂英語或文法圖騰。它展現了人類這個物種的本能：無論連上蒼都嫉妒的「語言巴別塔」究竟是什麼，它都是浩瀚宇宙的《暗淡藍點》（註釋 25）裡我們這一群群同而不和的靈長目動物瘋狂地撬動未來的那個阿基米德支點。

> 使真情溶化成音符
> 傾訴遙遠的祝福

第 87 章　上帝之音

　　徐老師提倡要親近「繆斯英語」與「荷馬英語」，逾越考試英語。

　　繆斯英語與荷馬英語，你聽得懂說得純，你閉上眼睛，語言之樂繞耳，你漸入夢鄉，天道之聲入心。

　　語言不僅是知識的、規則的、理性的，更是智慧的、情愫的、性感的。她令人如醉如癡，令你淚如泉湧。若不然，你用什麼與幼子對話，和愛女談心？伴情人呢喃？或者，你用什麼，去煽動億萬民眾，令他們心甘情願為你金玉其外的撒旦之心蹈火赴湯？

　　我們從來都說聲情並茂，不說字情並茂；我們從來只說聽君一席話勝讀十年書，不說讀君一頁書勝聽十日談。

　　只有聲韻才有性感，才富於樂感，才放射出情愫萬種的磁力。「我愛你！」一秒鐘的告白，三音節的心聲，一千個男生說出來，一千種激情，一萬個女生說出來，一萬種柔情；乾巴巴傻呆呆的文字，聲空而情虛，無論誰寫出來，都只剩下點橫豎撇捺的擁擠。

　　漢字書法自有其美，但那已不再是聲韻之靈動，不再是弦樂之華音，而是圖形。拼音文字更無美感可言，但這可以令它不異化為吞噬語言樂音的圖騰。

　　文字是人工的機巧，語言是天然的造化。文字的歷史以千年而計，語言的生命久遠到十萬年之上，神秘到蹤跡難覓。

　　亞里斯多德和當代結構主義語言學的領軍大師 Charles Hockett 都說，語言的設計特徵就是將聲音與語義配偶。略深思而追問，他倆的哲

思失卻了主角，人類語言那不朽的設計大師，祂是誰？

西元前 8 世紀與荷馬比肩的大詩人 Hesiod 自述：我那恢弘的歌喉是繆斯女神贈予我教化眾生的禮物。（註釋 26）

語言，是上蒼在所有生靈之中唯一賜予人類的禮物。語言的奧秘深藏於：融情感和智慧於聲韻、而非文字。

《約翰福音》的開篇之句：In the beginning was the Word, and the Word was with God, and the Word was God。傳教士們千錘百煉將其漢譯為：太初有道，道與神同在，道就是神。什麼是 Word？那便是 Language. 什麼是語言？語言，就是道就是神，就是上帝之音。

拼音文字之所以平淡無奇、忠實於稍縱即逝的語言之聲，或許正是上帝，讓篤信上帝的子民，留住上帝賦予人類語言樂音的無窮之美。

語言的聲韻之美，美到無法再美，美到令上帝自己也嫉妒，一定要讓它擁有比青春更青春的特質——短暫又短暫，剎那又剎那，即刻消失在無邊的虛空之中。

再新銳的科技，也無法令你親耳聆聽，昭君的琴瑟，貂蟬的歌吟，司馬相如的《鳳求凰》，奧林匹斯之巔，盲人荷馬，悲壯的《伊利亞特》，蒼涼的《奧德賽》，月光天穹之下，比《離騷》更古樸，比《詩經》更清純，少女 Sappho，傾國傾城的千古絕唱。（註釋 27）無論他們妙曼的歌喉，觸動過多少仰慕癡迷的心靈，那回蕩縈繞的聲音，早已消失在飄渺的天籟，無蹤無影。

青春與美麗不能永續，天才與靈感無從複製，音樂和語言沒有化石。

我常常想，西方文明最偉大的創造，不是它汙糟的工業，不是它貪婪的金融，也未必是它理性的科學，而是它將語言與音樂融為一體的繆斯女神 Muses。由此，Muses 的子嗣才恒久地鍾情於 music；由此，Muses 令販夫走卒在柴米油鹽的掙扎之餘，being amused，短暫的人生，

即使沒有華彩的樂章，也不再那麼乏味無聊；由此，Muses 讓布衣之子寒門之女，musing upon，將血肉之心，昇華到星月蒼穹；由此，Muses 才演化出天賦人權的民主憲政和集智慧與靈感之大成的 museum。

衝雲破霄的當代科技或許是上帝的獎賜。祂終於被那千年如一日、鍾情於語言的樂音且篤信上帝的文明感動。似乎聽見祂的聲音：「我取走的，我賜還，因為你值得。」 祂讓他們發明了多媒體，創造出互聯網，令那美到短暫又短暫、即刻消失在飄渺和虛無之中的天籟之音，得以一次次地復活再生，得以聲聲不息，飄進每一個少男少女的心，讓他和她，在人類的「創造」，那無聊的考試中時時得到片刻的愉悅。

最惡毒的詛咒莫過於「令他們世世為奴」。你洞察這詛咒嗎？你認為這不可能嗎？考試這種創新，與迷戀於這種創新，或許是上蒼對無神而無信仰族群的懲罰，令他們的子女世世代代被剝奪童趣，生活在瑣碎、愚腐和壓迫的應試之中。

「多磕頭少說話」的國粹演變成「多低頭嗑題、不抬頭說話」，東方特色的聾啞英語，如龔自珍所痛，萬馬齊喑，萬生齊喑。任何一曲非主旋律的「鄭聲」，非權勢所同，非孔子所容，都要消音。

「喑」者，女媧賜予倉頡的風月寶鑑，被倉頡的子嗣錯用。有口有音，卻聾啞於萬眾失聲；剝奪了聲音的千言萬語，只留下喉舌的千骸萬體。似乎望見，上帝與女媧，目光對視的那一瞬。

那美麗到短暫又短暫、即刻消失在飄渺和虛無之中的天籟之音，即使通過人工智巧的多媒體，而得以保留與再生，那保留與再生，也依舊是宇宙的一瞬。

我們常說只有美麗才能超越時空而永恆；但這永恆之說不過是我們的自慰，它以人類文明的存續為界，而人類文明，在宇宙的時間尺度裡，在上帝的時間尺度裡，恰是短暫之剎那。個人的生命，更是剎那之剎那。

我的少年朋友，在這短暫的剎那中，外語學習，你是選擇，妙曼的聲音、美麗的樂章，還是選擇，乏味的嗑題、醜陋的考試？

當萬籟俱寂，彷彿聽見祂的聲音：What I gave, I will take, whoever you are. 我賜予的，我收回，無論你是誰。如生命。

當長夜寒冬，依稀聽見祂的聲音：What I took, I will give, if you deserve. 我取走的，我賜還，如果你值得。如生命綻放的絢爛。

索引和注釋

1. Kegl J. et al. *Creation through Contact: Sign Language Emergence and Sign Language Change in Nicaragua*. 1999.

2. Wurm S. *Linguistic Prehistory in the New Guinea Area*. 1983.

3. 用迄今為止發現的人類最早的書面語譯作 *Epic of Gilgamesh* 命名。

4. B. Calvo-Merino et al. *Action Observation and Acquired Motor Skills: An fMRI Study with Expert Dancers*. 2004.

5. (Synchronous firing at 40 Hz) *The Astonishing Hypothesis: The Scientific Search for Soul*. 1995.

6. ① Silverman et al. *ToBI: A Standard Scheme for Labeling Prosody*. 1992. ② Dilley C. et al. *The RaP (Rhythm and Pitch) Labeling System*. 2005.

7. Ramus F. et al. *Language Identification with Suprasegmental Cues: A Study Based On Speech Resynthesis*. 1999.

8. Fenk-Oczlon G. et al. *Crosslinguistic Correlations Between Size of Syllables, Number of Cases, and Adposition Order*. 2005.

9. Speer S. et al. *Prosody in First Language Acquisition - Acquiring Intonation As A Tool to Organize Information in Conversation*. 2009.

10. Terrace H. *Nim Chimpsky and Noam Chomsky: Why Language Began with Words*. 2015.

11. Fitch W. *The Evolution of Language*. Cambridge University Press, 2010.

12. *The Origins of Music*. MIT Press. 2000.

13. Patel A. et al. *An Empirical Comparison of Rhythm in Language and Music*. 2002.

14. Eliade M. *Myth and Reality* (Trans. by Trask W). New York: Harper & Row, 1963.

15. 見本書第 68 章。

16. *Stanford Encyclopedia of Philosophy*, 詞條 *Science and Pseudo-Science /*

Simplicity.

17. *Positivism / Operationalization*：① Cohen L. et al. *Research Methods in Education*. 6th Edition. ② Bridgman P. *Einstein's Theories and the Operational Point of View*. In: *Albert Einstein: Philosopher-Scientist*. Cambridge University Press, 1982.
18. 參見《英語學習的革命——論中國人學英語》第 8 章。
19. 自然法強調大量輸入 Massive Input；但它與原典法有諸多差異。包括：它沒有獨立強調先導聆聽輸入的本原重要性，它將教師的口語輸入作為聆聽輸入的主要來源，它更強調閱讀輸入等等。參見本書第 74-75 章。
20. Bostrom N. *Human Enhancement*. Oxford University Press, 2009.
21. Bialystok E. et al. *Bilingualism: Consequences for Mind and Brain*. 2012.
22. Wood H. *Bilingualism Is Associated with Better Cognitive Outcomes After Stroke*. Nature Reviews Neurology, Volume 12, 2016.
23. Mårtensson J. et al. *Growth of Language-Related Brain Areas After Foreign Language Learning*. NeuroImage, 2012.
24. 在原典體系設計中 Audio Premier + Acoustic Enhancement 是 Brain Enhancement 的技術基礎。
25. Carl Sagan 的科普名著：*Pale Blue Dot: A Vision of the Human Future in Space*.
26. 見 Hesiod 的作品 *Theogony*.
27. Sappho：西元前 7 世紀到 6 世紀古希臘女詩人，西方文化的抒情詩之母。

> 北風又傳來熟悉的聲音，剎那間我淚流滿面
> 永誌不忘那最初的相約，她護佑我走得更遠

附一章：用大數據診斷華人外語教學中的百年通病（增強版）

第 71-73 章的統計檢驗結論太重要，本章用更嚴謹的概率模型做覆核。非科研型讀者請忽略。

一、秩值型檢驗的基本邏輯

ETS 公佈的各母語群體的平均分只保留到個位數、舍入誤差過大，且缺乏群體的 N 值，遂令常規統計檢驗難以實施，可引入的數學推導難以被文科圈理解。有鑑於此，我們將參數檢驗與非參數檢驗結合，設計了簡明通透的「秩值型」統計檢驗。第 72 章已講解過秩值的概念。

1.「同比型變動」

將全球不同母語的考生分成高分、中分和低分三大組，考察此三大組別內讀、聽、說、寫四項技能的相對排序，聚焦檢驗讀與聽這兩者是否滿足「同比型變動」。同比型變動系指三大組內的單項技能得分的相對排序基本符合依據總體的 μ 值和 σ 值所推斷出的相應位置。

以 2010 年 TOEFL 數據為例來說明，見表 S-1

表 S-1，2010 年 TOEFL 全球總體四項技能平均分 μ 與標準差 σ

	R	L	S	W
μ	20.1	19.5	20	20.7
σ	6.8	6.8	4.6	5

注：R、L、S、W 分別為讀、聽、說、寫的英文縮寫；下同

可推知滿足【同比型變動】的高分組內各單項技能秩值之間的相互關係會同時滿足以下兩項公式，其中 K_R、K_L、K_S、K_W 分別表示讀、聽、說、寫的秩值。

$K_R \approx K_L$

即閱讀秩值與聽力秩值相近。

$K_R / K_L < K_S / K_W$

即閱讀秩值和聽力秩值小於口語秩值和寫作秩值（閱讀分和聽力分高於口語分和寫作分）。

2. 複習：針對 L2 教學頂層理論生成假設

TOEFL 高分組內讀 - 聽得分的相對排序是否符合【同比型變動】存在著四類可能，前三類各自分別對應於 L2 教學的三大類框架，見表 S-2。

表 S-2 高分組內閱讀 - 聽力得分是否符合【同比型變動】的三種假設

假設	檢驗判斷	對應的 L2 教學理論假說，外語高分群體的特徵是：	秩值表現
零假設 H_0	基本符合	閱讀與聽力同步進步的群體	$K_R \approx K_L$
備擇假設 H_1	明顯不符合	聽力進步最快的群體	$K_L < K_R$
備擇假設 H_2		閱讀進步最快的群體	$K_R < K_L$
其他假設		閱讀與聽力這兩者對比的進步率呈隨機態	$K_R \approx K_L$

注：「其他假設」的秩值表現與零假設 H_0 相似，不贅析。

將假設檢驗聚焦於對比讀與聽的秩值；同時將高分/中分/低分三組的讀、聽、說、寫的四項秩值全部納入統計，以便檢視全貌背景與動態變化。

二、基於概率模型統計檢驗的思路

1. 同比型分佈模式的數據概貌

TOEFL 總體分佈中四項技能的 μ 值相同或相近，{讀-聽}兩者的 σ 值相近且較大，{說-寫}兩者的 σ 值相近且較小，由此同比型分佈的全貌可用表 S-3 來概括。

表 S-3 四個單項技能得分【同比型變動】的組內秩值的分佈模式概貌

秩值	聽力 VS 閱讀 K_R vs K_L	口語 VS 寫作 K_S vs K_W	{聽力-閱讀} VS {口語-寫作} {K_R, K_L} vs {K_S, K_W}
低分組	相對接近	相對接近	{聽力-閱讀} 大於 {口語-寫作} 即 {聽力-閱讀} 得分較低
高分組	①相對接近	相對接近	② {聽力-閱讀} 小於 {口語-寫作} 即 {聽力-閱讀} 得分較高
變動	③相對接近	相對接近	←↑從低分組到高分組的秩值變動

如果統計結果基本符合表 S-3 中的①＋②＋③ 項的狀態，就接受零假設 H0；如果這三項全部背離，則只能放棄零假設 H0，同時根據背離的具體模式判別備擇假設 H1 與 H2 的取捨。

本文寫作期可從 ETS 官網下載到除 2011 年之外 2005 年-2021 年間的按年匯總的 TOEFL 網考統計值；其中 05-06 兩年系合併資料，它屬於網考的實驗導入期，可能存在欠穩定的諸因素，由此本文的統計推斷基於 2007 年-2021 年「連續」14 個年份的 TOEFL 全球大數據。

2. 統計程式說明

(1) 將各母語群體內的讀、聽、說、寫四項技能的相對排序換算成秩值 K_R、K_L、K_S、K_W，下文中的其餘符號可類推。

(2) 將各母語群體根據總分排序分成高分組、中分組和低分組，統計出三個大組的讀、聽、說、寫秩值的連續 14 年的平均值。分析後採用 A/B 兩種方式分組。

以總分 μ 值為基準，正負 6 分歸入中分組，其餘按分數高與低，分別歸入高分組與低分組。例如某年總分 μ 值為 80，則 74-86 分為中分組，≥87 分為高分組，≤73 分為低分組。以下稱此為分組的「A 方式」。

以該年刊佈的母語群體數 N 為基準，按總分排序最接近三分之一的群體數的分值變動點來分組。例如，假設某年刊佈了 111 個母語群體的資料，三分之一為 37，則高分組的分組截點取總分降冪中最接近前 37 名的分值變動點；假設第 35 名的平均分為 90 分、而第 36-42 名的平均分為 89，35 比 42 更接近 37，所以前 35 個母語群體歸為高分組；餘類推。以下稱此為分組的「B 方式」。

(3) 區分出總體分佈中讀/聽兩項技能同時滿足以下兩條件的年份。

$\mu_R \geq \mu_L$ 且 $\sigma_R \geq \sigma_L$（不等式 A）

不等式 A 將用於檢驗，其中 μ_R/μ_L/σ_R/σ_L 分別為該年份總體的讀與聽的 μ 值與 σ 值。14 個年份中共有 6 個年份滿足「不等式 A」，見表 S-4。

表 S-4 滿足（不等式 A）的總體 μ 值和 σ 值的年份示例

年份	平均分 / 標準差	R	L	S	W	T
2019	μ 值	21.2	20.9	20.6	20.5	83
	σ 值	6.6	6.4	4.4	4.7	19
其餘年份為 2010/2012/2015/2017/2018 年，詳細資料略。							

(4) 檢視歷年高分、中分、低分三個大組的秩值的均值 K_R、K_L、K_S、K_W，檢驗讀與聽這兩者的秩值分佈模式是否滿足零假設 H_0。

3. 秩值分佈的數值邏輯

由表 S-3，零假設 H_0 對應的秩值在高分組內的分佈有三大特徵：① K_R 與 K_L 相近，（K_S 與 K_W 亦相近）；② K_R 與 K_L 顯著小於 K_S 與 K_W，即相對排序靠前（在低分組內則相反）；③從低分組到高分組，K_R 與 K_L 變動的幅度基本同比，（K_S 與 K_W 的變動亦如此）。

上文括弧中的內容與的檢驗無直接關聯，但它們構成全貌背景，能更清晰地襯映出統計檢驗中的事件概率。

統計推斷的核心原理是計算出事件概率；有多種方法計算，下文選五種，它們都免除了複雜的數學推導。

三、實際計算的檢驗邏輯（顯著性水準）

（檢驗一）：讀與聽的總體 μ 值相近且 σ 值相近；高分組內 K_R 值略小抑或 K_L 值略小的概率均為 0.5。14 年的成績相當於 14 次獨立取樣；14 個年份的高分組內全部呈現「K_L 值顯著小於 K_R 值」事件的概率為：

P^{14}=0.00006（P=0.5）即概率為十萬分之六。

（檢驗二）：讀與聽這兩者的總體 μ 值與 σ 值仍存微量差異，

為完全消除此影響，施加更嚴格的條件，須滿足「不等式 A」（$\mu_R \geq \mu_L$ 且 $\sigma_R \geq \sigma_L$），也即當總體的閱讀分的 μ 值與 σ 值均不低於聽力分的 μ 值與 σ 值的條件下，查驗高分組的 K_L 值小於 K_R 值的狀況；發生這種事件的概率 P≤0.5。如前所述共有 6 個年份滿足「不等式 A」，其高分組內的秩值全部呈現「K_L 值顯著小於 K_R 值」事件的概率為：

$P^6 \leq 0.016$（P≤0.5）即概率最大值小於 1.6%。

（檢驗三）：用數值來嚴格地定義「K_L 值顯著小於 K_R 值」事件，如下：

｜$K_L - K_R$｜＞1（不等式 B）

其邏輯為：單項秩值的全距為（4-1）= 3。秩值差大於 1 便相當於大於全距的三分之一且大於半距的三分之二，這是極端顯著的差異。發生此類事件的概率 P 遠遠低於 0.5；由此 14 個年份高分組內的秩值全部呈現「K_L 值顯著小於 K_R 值」的最大概率為：

$P^{14} \ll 0.00006$（P≪0.5）即概率遠遠小於十萬分之六。

（檢驗四）：讀與說的總體 μ 值相近，但前者的 σ 值顯著大於後者。於是高分組內的 K_S 值小於 K_R 值（對應於口語分高於閱讀分）的事件概率 P<0.5；14 個年份高分組內全部是 K_S 值小於 K_R 值的事件的概率為：

$P^{14} < 0.00006$（P<0.5）即概率小於十萬分之六。

（檢驗五）：以上四種均為高分組內秩值的橫向對比，秩值的縱向變動蘊含更豐富的資訊。零假設 H_0 是斷言 K_L 值與 K_R 值這兩者的變動基本同比，於是有以下公式

（$K_{LB} - K_{LT}$）≈（$K_{RB} - K_{RT}$）

其中，K_{LB} 與 K_{LT} 分別為歷年低分組與高分組的聽力秩值，K_{RB} 與 K_{RT} 分別為歷年低分組與高分組的閱讀秩值；括弧中的減法反映出秩值從低分組到高分組的變化幅度，即反映出得分的進步率。由是，任

何一年（K~LB~-K~LT~）顯著大於（K~RB~-K~RT~）的事件概率 P<<0.5；根據秩值均值自身的標準差計算，將此事件成立的數值嚴格設定為：

（K~LB~-K~LT~）-（K~RB~-K~RT~）>0.45（不等式 C）（註釋 1）

也即，從低分組到高分組聽力秩值的提升比閱讀秩值的提升高出 0.45 以上。

14 個年份全部是（K~LB~-K~LT~）顯著大於（K~RB~-K~RT~）事件的概率為 $P^{14}<<0.00006$（P<<0.5）即概率遠遠小於十萬分之六。

如果上述五種極小概率事件竟然全部出現，則必須放棄零假設 H~0~ 而採納備擇假設 H~1~；同時它也排除了備擇假設 H~2~。

四、基礎計算示例

以 2019 年為例，該年 TOEFL 全球總體的總分 μ 值為 83 分；以 A 方式分組，低分/中分/高分三大組分別對應於總分 ≤76 分 / 77-89 分 / ≥90 分。其中低分組與高分組的秩值統計分別見下表。

表 S-5 低分組各母語的秩值與秩值的組內均值

	R	L	S	W	T	K~R~	K~L~	K~S~	K~W~
Javanese	16	15	15	16	62	1.5	3.5	3.5	1.5
……	…	…	…	…	…	…	…	…	…
Uzbek	18	19	21	19	76	4	2.5	1	2.5
本組秩值的均值 K						3.78	2.65	1.30	2.28
均值 K 相對排序						4	3	1	2

說明：共 20 個不同母語的群體；僅顯示一前一後兩個母語的資料。

1　單項 K~X~ 值的全距為 3，即 4-1＝3。分組後歷年高分-中分-低分三個組的 K~X~ 均值的分佈為 1.17～3.82，全距為 2.47（3.82-1.35）。計算出 14 個年份的四個單項技能的各組均值 K~X~ 的標準差 S~K~，S~K~≤0.3；取 ≥1.5 倍的 S~K~ →＝ 0.45，這是極其顯著的差異。

表 S-6 高分組各母語的秩值與秩值的組內均值

	R	L	S	W	T	K$_R$	K$_L$	K$_S$	K$_W$
Catalan	23	24	22	22	90	2	1	3.5	3.5
……	…	…	…	…	…	…	…	…	…
Luxembourgish	24	26	25	24	99	3.5	1	2	3.5
本組秩值的均值 K						3.40	1.49	2.06	3.05
均值 K 相對排序						4	1	2	3

說明：共 40 個不同母語的群體；只顯示一前一後兩個母語的資料。

注意：① K 值的大小與排序高低成反比；② 表 S-6 末行的高分組閱讀秩值的均值 K 是顯著背離零假設 H$_0$ 的事件。

五、統計結果匯總

計算出每年高分／中分／低分三組的四項技能秩值的均值；再計算出四項技能秩值連續 14 個年份的總均值。匯總見下文。

（一）以總體 μ 值為中心的 A 方式分組

1.1 全體（14 個年份匯總）

表 S-7 14 個年份的高分組明細

年份	秩值 (組內均值)K$_X$				聽力與閱讀的秩值差	母語組數	總分範圍
	K$_R$	K$_L$	K$_S$	K$_W$	K$_L$ - K$_R$		
2007	3.36	1.43	2.95	2.26	-1.93	43	85-102
2008	3.36	1.56	2.90	2.19	-1.80	45	86-102
2009	3.32	1.92	2.44	2.32	-1.40	50	86-101
2010	3.33	2.30	2.13	2.25	-1.03	44	87-100
2012	3.59	2.06	1.96	2.39	-1.52	41	88-101
2013	3.61	2.06	1.95	2.37	-1.55	54	85-100
2014	3.58	1.98	1.79	2.65	-1.60	43	87-100

2015	3.50	1.93	2.02	2.55	-1.57	44	88-100
2016	3.43	1.95	2.19	2.43	-1.48	42	89-99
2017	3.52	1.70	2.07	2.63	-1.82	42	89-100
2018	3.46	1.63	2.15	2.85	-1.83	36	90-99
2019	3.40	1.49	2.06	3.05	-1.91	40	90-99
2020	3.19	1.40	2.24	3.10	-1.79	29	94-100
2021	3.00	1.17	2.54	3.29	-1.83	26	95-101

說明：後文僅刊列匯總表，不再刊列明細表。

表 S-8，14 個年份的匯總表

組別	14 個年份秩值的均值				同組不同項秩值差		
	K_R	K_L	K_S	K_W	$K_L - K_R$	$K_L - K_S$	$K_L - K_W$
高分	3.40	1.76	2.24	2.59	-1.65	-0.49	-0.84
中分	3.51	2.50	1.77	2.15	-1.02	0.72	0.34
低分	3.66	2.96	1.39	2.01	-0.70	1.57	0.95
秩值差	0.26	1.20	-0.85	-0.58	← 低分組與高分組的同項秩值差 $K_{XB} - K_{XT}$		

說明：（$K_{XB} - K_{XT}$）為該項技能低分組的秩值減去高分組的秩值，它反映該技能的相對排序從低分組到高分組變動。

1.2 滿足（不等式 A）（6 個年份匯總）

表 S-9，6 個年份的匯總表

組別	6 個年份秩值的均值				同組不同項的秩值差		
	K_R	K_L	K_S	K_W	$K_L - K_R$	$K_L - K_S$	$K_L - K_W$
高分	3.47	1.85	2.07	2.62	-1.62	-0.22	-0.77
中分	3.54	2.58	1.64	2.13	-0.96	0.94	0.45
低分	3.64	3.02	1.31	2.07	-0.62	1.71	0.95
秩值差	0.17	1.17	-0.76	-0.55	← 低分組與高分組的同項秩值差 $K_{XB} - K_{XT}$		

（二）以母語群體數的三分之一為基準的 B 方式分組

2.1 全體（14 個年份匯總）

表 S-10，14 個年份的匯總表

組別	14 個年份秩值的均值				同組不同項的秩值差		
	K_R	K_L	K_S	K_W	$K_L - K_R$	$K_L - K_S$	$K_L - K_W$
高分	3.35	1.74	2.31	2.59	-1.61	-0.57	-0.85
中分	3.50	2.30	1.85	2.33	-1.20	0.45	-0.03
低分	3.64	2.87	1.48	2.00	-0.77	1.38	0.86
秩值差	0.29	1.13	-0.83	-0.59	← 低分組與高分組的同項秩值差 $K_{XB} - K_{XT}$		

2.2 滿足（不等式 A）（6 年匯總）

表 S-11，6 個年份的匯總表

組別	6 個年份秩值的均值				同組不同項的秩值差		
	K_R	K_L	K_S	K_W	$K_L - K_R$	$K_L - K_S$	$K_L - K_W$
高分	3.43	1.82	2.11	2.65	-1.61	-0.29	-0.83
中分	3.57	2.44	1.67	2.33	-1.13	0.77	0.11
低分	3.60	2.89	1.43	2.06	-0.72	1.46	0.83
秩值差	0.17	1.07	-0.68	-0.59	← 低分組與高分組的同項秩值差 $K_{XB} - K_{XT}$		

（三）針對（不等式 B）的檢驗

每一年高分組內的秩值量差都滿足不等式 B。

六、檢驗結果匯總

（一）初檢：秩值統計概貌

表 S-12 將匯總後的秩值填入根據表 S-1 製作的本表，做全貌檢視

組別		K_R vs K_L	K_S vs K_W	$\{K_R, K_L\}$ vs $\{K_S, K_W\}$
低分	同比型變動	相對接近	相對接近	$\{K_R, K_L\} > \{K_S, K_W\}$
	背景檢視→	（符合）	（符合）	（符合）
高分	同比型變動	相對接近	相對接近 ↑背景檢視 （符合）	$\{K_R, K_L\} < \{K_S, K_W\}$
	H_0 檢驗	①不符合		② K_R 不符合
從低分組到高分組的秩值變動		相對接近	相對接近 ↑背景檢視 （符合）	說明：表中「背景檢視」與 H_0 檢驗不直接相關，但反映出符合總體 μ 值和 σ 值推斷的全貌分佈模式
	H_0 檢驗	③不符合		

總結如下。① 高分組的閱讀秩值 K_R 與聽力秩值 K_L 呈差異極大化，且其量差的絕對值高於聽力秩值 K_L 與口語秩值 K_S 的量差（和／或與寫作秩值 K_W 的量差）；② 高分組內的閱讀秩值顯著大於口語和／或寫作秩值（秩值越大排序越低，即得分越低）；③ 從低分組到高分組聽力秩值 K_L 的提升幅度顯著高於閱讀 K_R 秩值。以上這三項在零假設 H_0 中均屬極小概率事件，連續 14 年一致呈現則為不可能事件。

（二）判決檢驗

（檢驗一）～（檢驗五）全部拒絕零假設 H_0、採納備擇假設 H_1，它們的顯著性水準 α 分別為 0.00006、≤ 0.016，後三項均 < 0.00006；同時也拒絕備擇假設 H_2。

七、擴展討論

第 71-73 章闡述過：大數據檢驗採納備擇假設 H_1 相當於 L2 教學科研的「伽利略時刻」。此外，結合第 72 章的回歸分析，它立刻浮現

出諸多科研價值連城的草蛇灰線。相比於自然科學，影響 L2 能力的因素異常豐富且多變，包括文化、社會、教育、地域和具體語種等等，由此部分母語群體的單項技能秩值呈現偏離回歸線的極大化差異振幅。振幅最大的單項技能依次是閱讀與口語，同時這兩者的振幅呈現鏡像對稱分佈，即遠離回歸線的母語群體中，閱讀能力趨強的群體往往是口語能力偏弱的群體；進而兩者之間還浮現出語族型關聯；例如，義大利語、葡萄牙語和法語是印歐語系中呈現出整體閱讀趨強而口語偏弱的少數群體，它們都屬於羅曼語族（Romance languages）。東亞的漢語、韓語和日語考生閱讀與口語也呈現鏡像分佈，這應該主要源於閱讀崇拜的文化因素。又譬如，在印尼這同一地區內，兩種母語 Javanese 和 Indonesian 族群的英語 L2 能力存天壤之別，全球總分排名分別是 110 和 61。還有，新冠疫情期的資料呈有趣異動。例如 2020 年之前 12 個連續年份的總體 μ 值的平均值為 80.5，全距為 78-83，而新冠疫情期的 2020 年與 2021 年的 μ 值分別躍升為 87 和 88；許多相關統計值也產生顯著的漂移或「扭曲」。

總之，大數據給語言研究者帶來種種驚豔，令我們對人類語言進化頓生無比敬畏，更有無窮無盡的妙想奇思。

遲到的 Tips

說聲對不起。

如果某章的內容讀不太懂，且如果它的章首句摘自或改編自歌曲，把那首歌唱出來，再讀，你或許會發現，豁然開朗了。

國家圖書館出版品預行編目資料

Homer approach：大幅提升IQ的英語自學方法-兼論華人外語教學中的百年通病 / 徐火輝, 徐海天編著. -- 初版. -- 臺北市：博客思出版事業網, 2025.05
面； 公分
ISBN 978-626-7607-08-4(平裝)
1.CST: 英語 2.CST: 語言學習 3.CST: 學習方法 4.CST: 外語教學
805.18　　　　　　　　　　　114001695

語言學習4

Homer Approach：大幅提升IQ的英語自學方法-兼論華人外語教學中的百年通病

編　　著：徐火輝、徐海天
主　　編：楊容容
編　　輯：陳勁宏
美　　編：陳勁宏
校　　對：楊容容　古佳雯　沈彥伶
封面設計：陳勁宏
出　　版：博客思出版事業網
地　　址：臺北市中正區重慶南路1段121號8樓之14
電　　話：(02) 2331-1675 或 (02) 2331-1691
傳　　真：(02) 2382-6225
E - MAIL：books5w@gmail.com或books5w@yahoo.com.tw
網路書店：http://5w.com.tw/
　　　　　https://shopee.tw/books5w
　　　　　博客來網路書店、博客思網路書店
　　　　　三民書局、金石堂書店
經　　銷：聯合發行股份有限公司
電　　話：(02) 2917-8022　　傳真：(02) 2915-7212
劃撥戶名：蘭臺出版社　　　　帳號：18995335
香港代理：香港聯合零售有限公司
電　　話：(852) 2150-2100　　傳真：(852) 2356-0735
出版日期：2025年5月 初版
定　　價：新臺幣300元整（平裝）
ISBN：978-626-7607-08-4